EMILY BELL

Maybe this year –
Dieser eine Tag im Winter

W0462577

Über die Autorin

Emily Bell wuchs in Dublin auf und zog nach ihrem Studium nach London. Sie hat schon in verschiedenen Jobs gearbeitet, unter anderem als Tour Guide, Buchhändlerin und Pubsängerin, und schreibt heute Vollzeit. Sie lebt mit Mann und Tochter im Norden von London.

EMILY BELL

Maybe this year

Dieser eine Tag im Winter

ROMAN

Aus dem Englischen von
Angela Koonen

lübbe

Dieser Titel ist auch als Hörbuch und E-Book erschienen

Die Bastei Lübbe AG verfolgt eine nachhaltige Buchproduktion. Wir verwenden Papiere aus nachhaltiger Forstwirtschaft und verzichten darauf, Bücher einzeln in Folie zu verpacken. Wir stellen unsere Bücher in Deutschland und Europa (EU) her und arbeiten mit den Druckereien kontinuierlich an einer positiven Ökobilanz.

FSC www.fsc.org
MIX
Papier | Fördert gute Waldnutzung
FSC® C014496

Vollständige Taschenbuchausgabe

Deutsche Erstausgabe

Für die Originalausgabe:
Copyright © 2021 by Emily Bell
Titel der Originalausgabe: »Baby it's cold outside«
Originalverlag: Penguin Books

Für die deutschsprachige Ausgabe:
Copyright © 2022 by Bastei Lübbe AG, Köln

Textredaktion: Dr. Ulrike Brandt-Schwarze
Titelillustration: © Shutterstock.com: RAKHIMOVA DARYA | Kozyreva Elena | Stock Vector One
Umschlaggestaltung: Christin Wilhelm, www.grafic4u.de
Satz: two-up, Düsseldorf
Gesetzt aus der Warnock
Druck und Verarbeitung: GGP Media GmbH, Pößneck
Printed in Germany
ISBN 978-3-404-18882-6

1 3 5 4 2

Sie finden uns im Internet unter luebbe.de
Bitte beachten Sie auch: lesejury.de

Für Stella
Ich liebe dich über alles.

1

I've Got My Love To Keep Me Warm

Samstag, 14. Dezember 2019

Es gibt nicht viel, was man als Single beherzigen muss, aber in den zwei Jahren, die ich allein lebe (falls jemand fragt, aber eigentlich sind es vier), habe ich mir ein paar feste Regeln gesetzt. Nummer eins: Sorge mindestens zwei Monate vorher für eine Verabredung über Weihnachten. Nummer zwei: Bemüh dich um deine Familie, selbst wenn sie dich in den Wahnsinn treibt. Oh, und Nummer drei: Sag niemals einer Freundin ab, weil sich etwas Besseres bietet. Meiner Mutter sind diese Grundsätze offenbar unbekannt, denn anderthalb Wochen bevor ich sie besuchen soll, um mit ihr Weihnachten zu verbringen, sagt sie mir ab.

Es ist fünf Uhr nachmittags und ein ungemütlicher Tag mit Graupelschauern. Der Himmel sieht aus, als ob es bald schneien würde, aber das passiert in London praktisch nie. Ich habe mich tapfer ins West End begeben, um auf die letzte Minute Geschenke zu besorgen, und stehe im Fortnum & Mason, wo ich die Zitronenkekse für meine Mutter kaufe. Sie wird sich beschweren, wie überteuert die sind, aber ich weiß, sie isst sie wirklich gern – und mehr Beziehung besteht zwischen uns nicht. Ich überlege gerade, ob ich eine Tüte Lady Grey dazulegen soll, als ich mein Handy summen höre und sehe, dass sie es ist. Ich hasse es, in Geschäften zu telefonieren, und bin versucht, den Anruf zu ignorieren. Aber das tue ich nie, denn schließlich könnte das die letzte Gelegenheit sein, mit demjenigen zu sprechen.

»Hi, Mum.« Ich begebe mich in die Ecke, wo am wenigsten los ist, und senke die Stimme. Der Laden ist gerammelt voll, und die Kunden können sich kaum bremsen beim Anblick der festlichen Leckereien: Schachteln mit Turkish Delight, türkisblaue Blechdosen mit Keksen und Macarons, reihenweise schimmernde Champagner- und Schaumweinflaschen. Durch die dunkelroten Teppiche und Kaminsimse mit Tannengrün, an denen große goldfarbene Christbaumkugeln leuchten, fühlt man sich in eine viktorianische Weihnachtskarte versetzt. Chormusik mischt sich mit dem permanenten Geraune der Leute, und aus dem Café im Erdgeschoss duftet es nach Tee und Lebkuchen. Ich bin in Weihnachtsstimmung – zumindest bis ich höre, weshalb sie anruft.

»Hallo, Darling, kannst du reden? Bald ist Mittwoch.«

»Mittwoch. Du meinst Weihnachten?«

»Ja. Weihnachten. Weshalb ich anrufe …« Ich höre sie im Hintergrund mit irgendetwas klappern. Vermutlich wischt sie die Arbeitsfläche in der Küche sauber oder brüht sich eine Tasse Tee, während sie per Kopfhörer telefoniert, noch in der Trainingshose von ihrem langen Spaziergang im Matsch. Meine Mutter kann es nicht leiden, untätig zu sein, und wenn sie anruft, dann meistens, während sie etwas erledigt. »Ich hab mich gefragt, ob wir unsere Pläne überdenken könnten. Es hat sich etwas ergeben. Ich weiß, es ist schade, aber wie wär's, wenn wir uns eine Woche später treffen?«

»Du meinst, in der Woche nach Weihnachten? Wirklich? Was hat sich ergeben?« Ich unterrichte Musik an einer weiterführenden Schule und sehne das Trimesterende am nächsten Freitag herbei.

»Tja, du wirst das sicher albern finden. Aber die unglaubliche Frau, deren Bücher ich gelesen habe, die durch Südamerika gereist ist und diese Visionen hatte …«

»Und lauter Drogen nahm?«

»Keine Drogen, nur Ayahuasca, das ist ein großer Unterschied. Es geht mehr um spirituelle Erfahrung. Jedenfalls, du wirst es nicht glauben, sie ist zurzeit hier und veranstaltet ein Jul-Retreat, eine viertägige Selbstheilungstauchbaderfahrung! In Herefordshire, bei voller Verpflegung.«

»Mit Drogen?«

»Wir werden Ayahuasca trinken, aber das ist kein Selbstzweck. Darling, es tut mir wirklich leid, dass ich unsere Verabredung nicht einhalte. Aber dieses Retreat ist genau das, was ich brauche – nach diesem Jahr.«

Mit dieser Bemerkung hat sie mich. Nach diesem Jahr kann ich nichts dagegen einwenden, wenn sie etwas für sich tut. Sie hat mit neunundfünfzig Jahren ihren Arbeitsplatz als Sekretärin in einem Reiseunternehmen verloren und wurde durch eine Zweiundzwanzigjährige ersetzt, die auch für die Hälfte ihres Gehalts den Unterschied zwischen Instagram Reels und Stories erklären kann. Da war sie verständlicherweise sehr niedergeschlagen. Also möchte ich ihr eine Stütze sein. Ich wünschte jedoch, sie hätte sich früher dazu entschlossen und mir und meinem Bruder dadurch Zeit gegeben, eine Alternative zu organisieren. Aber vielleicht hat er längst eine?

»Was ist mit Miles?«, frage ich.

»Oh, der wird zur Familie seiner Freundin gehen. Das war

kein Problem, du brauchst dir seinetwegen keine Gedanken zu machen. Ich hab ihn gerade angerufen.«

»Da bin ich aber erleichtert«, sage ich sarkastisch.

»Du brauchst nicht so zu reagieren, Darling – ich musste ihn zuerst anrufen, er ist der Jüngste. Weißt du, du könntest so einen Kurzurlaub auch gebrauchen.«

Jetzt bin ich verwirrt. Bietet sie mir an mitzukommen? Eine schreckliche Vorstellung. Andererseits könnte uns das einander auch näherbringen. »Heißt das, du hättest es gern, wenn ich dich begleite? Wie ist die Unterbringung?« Ich frage mich, ob ich mich dort möglicherweise mit einem Buch in mein Zimmer verkriechen könnte.

»Ich fürchte nein, Darling. Ich habe den allerletzten Platz bekommen, als Gratisgeschenk von der Autorin, und ich finde, das darf ich nicht ablehnen.«

»Okay.« Na gut, wenigstens muss ich nicht das Für und Wider von Ayahuasca-Konsum abwägen. Ich nehme mir einen Moment, um die Tatsache zu verarbeiten, dass meine Mutter Weihnachten lieber mit fremden Leuten als mit mir verbringt. Liegt es an mir? Habe ich etwas falsch gemacht? Habe ich sie nicht oft genug angerufen oder besucht? Und dann der niederschmetterndste Gedanke von allen: Das wäre nicht so schlimm, wenn mein Vater noch da wäre.

Ich kann mich gut erinnern, wie Weihnachten mit ihm gewesen ist, wie schön das war, selbst dann noch, als wir ihn nach der Trennung nicht am Weihnachtstag, sondern erst später besucht haben. Gleich beim ersten Mal entschied er, kein zweites trauriges Truthahnessen mit mir und Miles zu veranstalten und unser Weihnachten lieber auf eine erwachsene, intellektuelle Weise zu begehen. Ein Spaziergang an der South Bank und eine heiße Schokolade im Café des British Film Institute, anschließend in die Nachmittagsvorstellung von *Ist das Leben nicht schön?* Oder Dim Sum in Chinatown und einen Nachmittag lang in der Buchhandlung stöbern, um mit einem Stapel neuer Taschenbücher nach Hause zu fahren. Ich hoffe, er wusste, wie sehr ich diese unweihnachtlichen Weihnachtstage mit ihm geliebt habe. Er starb vor sechs Jahren, da war ich sechsundzwanzig, und meine Eltern hatten sich getrennt, als ich zwanzig war, deshalb gab es nicht viele solcher Weihnachtsfeste, drei, um genau zu sein.

»Tja, wenn es das ist, was du willst, dann hoffe ich, du verbringst ein paar schöne Tage«, sage ich zu ihr. »Ich werde zu Hause bleiben. Das macht mir nichts aus«, füge ich hinzu für den Fall, dass sie sich das fragt.

»Schätzchen … danke, dass du so verständnisvoll bist. Aber ich fühle mich schrecklich deswegen. Und deshalb tue ich Folgendes: Ich werde meine Flugmeilen mit dir teilen, als Weihnachtsgeschenk für dich – du kannst fliegen, wohin du willst. Auf meine Rechnung.«

Was für ein herzerwärmendes Geschenk für eine Tochter: Du kannst fliegen, wohin du willst, nur besuchen kannst du mich nicht. Doch ich kann ihr nicht richtig böse sein. Sie ist keine krasse Narzisstin, wie meine Freundin Kiran einmal nach zu viel Rotwein behauptete, sondern nur vollauf mit ihrem eigenen Leben beschäftigt. Und das hat mich belastbar gemacht. Die Absage ist enttäuschend, aber ich komme klar. Ich bin zweiunddreißig, nicht zwölf. Ich kann Weihnachten auch mal allein verbringen.

»Das ist nett von dir, Mum, aber ich muss nicht in ein Flugzeug steigen. Ich werde hier ausspannen.«

»Was ist mit …« Meine Mutter stockt für einen Moment und überspringt die Option, die sich nicht mehr bietet und die wir nie erwähnen: Dad. »Was ist mit deinen Freunden? Bestimmt kannst du dich mit denen verabreden. Was macht

Caroline zurzeit? Du wolltest doch schon immer mal Weihnachten mit Freunden verbringen, nicht wahr? Das kann wirklich toll sein!«

Jetzt werde ich ärgerlich. Ich kann ihre Absage akzeptieren. Aber ich lasse mir nicht einreden, dass sie das eigentlich mir zuliebe tut.

»Sicher. Hör mal, ich stehe vor der Kasse und bin jetzt dran. Ich rufe dich später noch mal an.« Ich lege auf und lege die Kekse ins Regal zurück – ich würde sie ihr nicht mehr rechtzeitig mit der Post schicken können – und begebe mich zum Ausgang. Ella Fitzgerald singt aus den Lautsprechern, dass sie sich mit ihrer Liebe warm hält. In dem Gang vor mir steht ein deutsches Pärchen in gleichen Parkas vor den Macarons und diskutiert, welche Packung sie nehmen sollen, und eine junge Mutter mit einem Baby im Tragetuch sieht sich die Geschenkkörbe an, während sie das Kinn auf dem Kopf ihres Kindes ruhen lässt. Ich dränge mich nach draußen und gehe auf die U-Bahn-Station zu.

Und dann passiert es. Ganz plötzlich werde ich von Trauer überschwemmt. Wie in den ersten Szenen vom *Zauberer von Oz* verblassen die Lichterketten und festlichen Farben am Piccadilly, und alles wird grau und kalt. Es ist, als würde mir der Boden unter den Füßen weggezogen. Weihnachten ist wirklich meine geringste Sorge. Ich könnte zu Hause bleiben und *Doctor Who* gucken oder irgendwo ehrenamtlich arbeiten oder vielleicht zu Javier und Paul gehen. Trotzdem denke ich: *Wann bin ich mal an der Reihe? Wann stehe ich mal im Mittelpunkt meines eigenen Lebens und nicht am Rand des Lebens anderer?* Ich bekomme einen Kloß im Hals und fürchte, dass gleich Tränen fließen. Ich hasse es zu weinen und lasse es deshalb nie so weit kommen. Gerade will ich die Treppe zur U-Bahn hinuntergehen, als mir bewusst wird, dass ich ein paar Minuten lang einem Straßenmusiker zugehört habe.

Er singt *River* von Joni Mitchell. Den Song habe ich seit Jahren nicht mehr gehört. Ich wollte es nicht mehr, weil er mich an ihn erinnert: den Einzigen, der ihn genauso schön fand wie ich. Der Straßenmusiker klingt wie ein Ire, und mir kommt die verrückte Frage, ob er es ist. Ich dränge mich zwischen den Zuhörern an der Regent Street durch, bis ich ihn sehen kann – natürlich ist er es nicht. Dieser Mann ist blond und sonnengebräunt, nicht dunkelhaarig und blass. Ich weiß nicht, wo er jetzt ist, aber ich bin mir ziemlich sicher, dass er nicht mehr auf der Straße musiziert. Und er hat auch nie gesungen, sondern Gitarre gespielt, zu meinem Gesang.

Ich bleibe stehen und lasse die Passanten an mir vorbeiströmen, bis ich nicht mehr zuhören kann. Ohne ihn anzublicken, werfe ich ein paar Münzen in seinen Hut und gehe weiter. Mir ist noch nicht danach, in meine leere Wohnung zurückzukehren. Ich bin traurig und unruhig und von Erinnerungen aufgewühlt, die längst vergessen sein sollten. Darum lasse ich die U-Bahn links liegen und schlendere die Rupert Street hinunter und durch Soho, schaue durch beschlagene Fensterscheiben zu lachenden, plaudernden Leuten, steige über Pfützen, in denen sich Leuchtreklame und Lichterketten spiegeln. Ein Verkäufer der *Big Issue* bietet mir die Weihnachtsausgabe an. Ich kaufe eine, und mein Blick fällt auf das Datum: Dezember 2019. Ich denke an den Tag zurück, als ich ihm in dem Café in Italien gegenübersaß, und er sagte: *Wenn du in zehn Jahren nach Dublin kommst, werde ich da auf dich warten … um sechs Uhr am Weihnachtsabend vor dem Bewley's Café auf der Grafton Street.*

Kaum zu glauben, dass die zehn Jahre schon um sind. Als er das damals vorschlug, schien das Jahr 2019 so weit weg zu sein, reine Zukunftsmusik. Aber die Zeit ist wie im Flug vergangen, und nun ist es da. Nicht dass ich glaube, er würde sich an unsere Abmachung noch erinnern. Ich habe sie ja selbst fast vergessen, bis mir im Januar klar wurde, welches Jahr gerade anfing. Doch dann hatte ich an andere Dinge zu denken, und meine Tage waren voll ausgefüllt – bis jetzt.

Ich hole mein Handy hervor und überlege, wer mich jetzt aufmuntern könnte. Dabei bin ich in einer glücklichen Lage, denn ich kann Caroline oder Kiran jederzeit anrufen. Wir sind seit unserem fünfzehnten Lebensjahr befreundet. Wenn ich eine Leiche loswerden müsste, würde Kiran mit einem Spaten kommen, und Caroline würde eine Decke und eine Thermosflasche Tee mitbringen und würde wahrscheinlich einen Podcast kennen, der mich in meinen Gefühlen bestätigt. Aber ich will nicht über die Erinnerung reden, die der Song in mir hochgespült hat. Auch nicht über die Absage meiner Mutter. Sie sollen nicht glauben, ich würde mich zu Weihnachten bei ihnen einladen – sie haben beide schon eigene Pläne, die sie mit Ehemann und Freund abgesprochen haben. Natürlich würden sie nicht wollen, dass ich mich einsam fühle, aber ich möchte lieber mit jemandem reden, der versteht, wie es ist, ständig für sich allein zu entscheiden und Verantwortung nur für sich selbst zu haben, nicht auch für jemand anderen.

Es fängt wieder an zu regnen, ein kalter dichter Schneeregen. Inzwischen bin ich am Bloomsbury Square neben der Bowlingbahn angekommen. Ich tauche aus meinen Gedanken auf und stelle fest, dass ich den ganzen Weg zur Adresse meines Freundes Joe gelaufen, wie auf Autopilot einer vertrauten Strecke gefolgt bin. Diesen Weg von Soho zu seiner Wohnung bin ich Hunderte Male gegangen, manchmal mit Joe allein und meistens mit unserer Clique. Kein Wunder, dass ich unbewusst hier gelandet bin. In seiner Wohnung brennt Licht. Gott sei Dank. Er ist derjenige, mit dem ich jetzt am liebsten reden möchte, und es ist doch viel netter, das persönlich zu tun, als nur zu telefonieren oder zu simsen. Ich greife nach dem Handy und wähle seine Nummer.

2

Baby, It's Cold Outside

Die meisten Londoner empfinden es als unsozialen Akt, wenn man plötzlich bei ihnen reinschneit. Je nachdem, um welche Tageszeit man es tut und wie gut man sich kennt, wäre das in etwa so, als würde man auf den Boden spucken, Abfall auf die Straße werfen oder mutwillig öffentliches Eigentum zerstören. Aber Joe und ich sind wie eine Familie – tatsächlich sind wir sogar besser als das, wenn man bedenkt, was meine Mutter sich gerade geleistet hat. In unserer Clique stehen wir uns alle nahe, und das seit der Schulzeit, doch bei den anderen würde es jetzt nicht passen. Carolin hat einen romantischen Abend mit ihrem Freund Stefan, an dem sie jeden Moment mit einem Heiratsantrag rechnet. Kiran dürfte gerade ihre Zwillinge ins Bett bringen, und Javier und Paul verbringen ein Liebeswochenende in Bath. Joe und ich sind die Singles der Clique, wobei er in der Hinsicht viel erfolgreicher ist als ich. Und deshalb rechne ich halb damit, dass er sich gerade fertig macht, um zu einer Samstagabendverabredung zu gehen, oder dass er mit der Freitagverabredung Schluss macht.

Augenscheinlich nicht. Er öffnet mir die Tür in seinen Couchklamotten, wie er sie nennt – einem weichen roten

Flanellhemd, Trainingshosen und dicken grauen Wollsocken. Seine dunklen Haare sind zerzaust. Er sieht aus, als hätte er ein Nickerchen gemacht. »Hallo, Fremde«, sagt er. »Du frierst – komm rein!« Er beugt sich zu mir herunter und umarmt mich.

Er hört Musik, wahrscheinlich einen Spotify-Weihnachtsmix, und gerade läuft eins meiner Lieblingsduette: Frank Sinatra und Dorothy Kirsten mit *Baby, It's Cold Outside*.

»Du weißt, man kann den Song nicht mehr spielen.« Ich ziehe meinen Mantel aus. »Der Text geht nicht mehr. Er dreht sich um einen Mann, der eine Frau in seiner Wohnung festhält, während sie bettelt, dass er sie gehen lässt.«

»Ach, komm schon ... echt jetzt? Der stammt aus einer anderen Zeit. Ist das nicht übertrieben?«

»Mmm«, sage ich. »Es war ganz harmlos gemeint, als Mickey Rooney den Japaner in *Frühstück bei Tiffany* spielte, nicht wahr? Auch aus einer anderen Zeit.«

»Okay, du hast recht«, sagt Joe. »Hey, warte mal. Bleib so. Nein, mit dem Arm über dem Kopf ...«

Ich halte beim Abwickeln des Schals inne. Er greift sich einen Skizzenblock und Bleistift und führt einige schnelle Striche aus, während ich die Augen rolle. »Joe, im Ernst ... lass mich doch erst mal reinkommen. Darf ich es wenigstens sehen?« Er zeigt mir die Skizze. Meine Locken sind vom Wind zerzaust, meine Augen ausdrucksvoll, er hat sogar meine Sommersprossen angedeutet.

»Ich wollte das nur schnell festhalten, falls wir mal einen Trollfilm drehen ...«

Ich schlage mit dem Stiefel nach ihm, den ich gerade ausgezogen habe, und stelle ihn mit dem anderen in sein Schuhregal, wie er es mir beigebracht hat. Bei einem Blick in den Spiegel streiche ich mir durch die Haare, aber die tun, was sie wollen, ein wetterfühliger Lockenschopf, der bei der geringsten Luftfeuchtigkeit Kringel bildet.

»Entschuldige, Norah«, sagt er. »Das hatte nichts mit der Arbeit zu tun. Ich konnte nur nicht widerstehen.«

Joe ist Trickfilmzeichner oder genauer gesagt ein 3D-Charakter-Modellierer. Er zeichnet viel zur Übung, obwohl er hauptsächlich Programme benutzt, die Namen haben wie Python und Z-brush. Er arbeitet für ein Filmstudio in Soho, das in erster Linie Videospiele herstellt und im vergangenen Jahr einen Spielfilm im Stil von *Avatar* gedreht hat, der ein Megahit wurde. Ich weiß noch, wie besorgt seine Eltern waren, als er seine Ingenieursstelle aufgab, um in der Animations- und Trickfilmbranche zu arbeiten. Verglichen damit erschien meine Stelle an der Schule krisenfest. Doch nun kann Joe sich eine Atelierwohnung in Bloomsbury leisten – wenn auch bei einem zwielichtigen Vermieter, der die Miete wegen seiner Visumprobleme nicht erhöhen kann –, und seine Firma zieht in ein neues Zehn-Millionen-Pfund-Gebäude in Brentford um, in dem sie ein Kino mit zweihundert Sitzplätzen für Filmvorführungen haben werden. Man kann also sagen, es hat sich für ihn gut entwickelt.

»Fortnums!«, sagt Joe mit Blick auf meine Einkaufstüten. »Gibt es was zu feiern?«

»Nein. Aber du kannst gern ein paar Trüffel haben.« Ich hole sie aus der Tüte und lege sie auf seine Küchentheke. Ich liebe Joes Wohnung. Sie besteht nur aus einem großen Raum und einem kleinen Bad, aber sie hat hohe Decken und hohe Fenster mit Blick auf die Straße, Bücherregale, Pflanzen und überall Kunst – Zeichnungen mit Wäscheklammern an Nylonfäden aufgehängt und gerahmte Originale an allen Wänden – und lauter Stumpenkerzen. Außerdem einen Barwagen, der für die meisten meiner Kater verantwortlich ist.

»Ich habe Lebkuchen gebacken, möchtest du welchen?«

»Ist nicht wahr!«

»Doch.« Joe stellt das Gebäck und Teller auf den Tisch und legt Papierservietten mit Rentiermuster dazu, während ich mich mit untergeschlagenen Beinen in meinen Lieblingssessel am Kamin setze, einen abgenutzten aus Leder, der wie der des Vaters in der Serie *Frasier* aussieht. Wie ich sehe, hat Joe Weihnachtsdekoration aufgehängt, er hat sogar einen kleinen Weihnachtsbaum, im Gegensatz zu mir. Die Mühe habe ich mir gespart. *Joe ist in der Hinsicht ungewöhnlich*, denke ich. Den meisten (Hashtag nicht allen!) alleinlebenden Männern, die ich kenne, ist ihre Wohnung egal, so als ob sie auf eine Frau warten, die daraus einen Ausstellungsraum ihrer Persönlichkeiten macht oder wenigstens Lampenschirme über die nackten Glühbirnen hängt. Joe ist anders. Er hat es genau so gestaltet, wie er es mag.

»Also, was ist los?«, fragt er.

»Du weißt doch, dass ich Weihnachten eigentlich bei meiner Mutter verbringen wollte?«

»Was ist passiert? Erzähl mir nicht, sie hat jemanden kennengelernt.«

»Nein. Im Grunde ist es lustig. Sie fährt zu einem Drogen-Retreat, ist so ein New-Age-Ding. Wie auch immer. Ich, na ja …« Ich ziehe die Knie an die Brust und lege die Arme darum. »Ich fühle mich ein bisschen scheiße, ganz allgemein …« Meine Stimme schnappt über, und ich habe wieder Angst zu weinen.

»Okay, lassen wir den Lebkuchen. Ich mixe dir einen Drink. Willst du einen Boulevardier?«

»Einen Boulewas? Klar.« Ich hole tief Luft. »Kommt da Whisky rein?«

»Ja, Whisky, süßer Wermut und Campari. Mit Eis und

Orangenschale.« Er mixt und schüttelt und benutzt seine Barutensilien, die wir ihm alle zusammen zum Dreißigsten geschenkt haben. Und von denen wir reichlich profitieren. »Zünde ein paar Kerzen an.« Er wirft mir eine Schachtel Streichhölzer zu.

Ich fange sie auf und knie mich vor den Kamin, dankbar für die Aufgabe. Joe weiß, dass ich Aktivität für das beste Mittel gegen seelischen Schmerz halte. Als ich das Streichholz anreiße und die dicken Stumpenkerzen anzünde, werde ich ruhiger. Ich sehe zu, wie Joe den rotbraunen Cocktail über die Eiswürfel in die Kristallgläser gießt, die wir letzten Sommer in der Camden Passage gekauft haben. Whisky. Irischer Whisky. Dublin. Andrew.

Komm nach Dublin ... um sechs Uhr am Weihnachtsabend vor dem Bewley's Café auf der Grafton Street.

Aber natürlich wird er nicht dort sein. Es ist – ich rechne schnell nach – sechs Jahre her, seit wir zuletzt Kontakt hatten. Er wird sich nicht mehr daran erinnern, und selbst wenn, wird er nicht hinkommen. Er ist zu Weihnachten bestimmt an einem anderen Ort und mit jemand anderem zusammen – im Gegensatz zu mir. Ich habe immer geglaubt, das würde auch mir so gehen. Ich habe mir nie vorgestellt, ich könnte 2019 um diese Zeit noch Single sein *und* keine Pläne haben.

»Norah? Alles okay?«, fragt Joe.

»Oh ... klar! Alles gut. Ehrlich.« Ich ermahne mich und versuche, präsent zu bleiben. »Also, kein Date heute Abend? Wie war es letzte Woche mit Kristy ... oder Misty?«

»Felicity. Fliss. Ja, war schön! Sie ist nett.«

»Werdet ihr euch noch mal treffen?«

»Sicher.« Er zuckt die Achseln. Und mir tut die arme Fliss schon leid. Ich hoffe, sie wartet nicht auf eine SMS von ihm.

Ich denke darüber nach, wie sehr sich die Kräfteverhältnisse in seinem Dating-Leben von denen in meinem unterscheiden. Für mich ist das Singledasein eine alltägliche Londoner Frauentragödie, aber für Joe ein Mysterium, über das niemand Aufschluss geben kann. Ich persönlich glaube, der Übergang vom jugendlichen Computerfan zum heißen, gut bezahlten Junggesellen hat sich so schnell vollzogen, dass es ihm zu Kopf gestiegen ist, und jetzt hat er dabei zu viel Spaß, als dass er dieses Leben je aufgeben würde. Was seine Dates angeht, ist er auf langweilige Art diskret und erzählt mir nie etwas Interessantes.

»Was machst du Weihnachten, Joe? Fährst du zu deinen Eltern?«

»Nein … zufällig bin ich auch eine Weihnachtswaise. Hab ich das nicht gesagt? Meine Eltern machen eine Flugreise, bei der die Kinder nicht eingeladen sind.«

»Nach Hongkong?«, frage ich, weil sein Vater von dort stammt.

»Nein, zum Skifahren nach Österreich. Sie feiern ihren fünfunddreißigsten Hochzeitstag.« Er grinst. »Darum bin ich nicht eingeladen. Und meine Schwester feiert Weihnachten mit ihrem neuen Mann. Ich könnte etwas mit Kollegen unternehmen. Ein paar Australier haben sich zusammengetan und einen Truthahn besorgt – ich weiß, das klingt wie der Anfang eines Witzes.«

Es ist wirklich gut zu wissen, dass ich einen Plan B habe. Aber während er redet, wandern meine Gedanken meilenweit weg. Vierhundert Meilen weit, um genau zu sein. Natürlich wäre es verrückt, nach Dublin zu fliegen – aber na und? Es gibt nichts, das mich aufhält.

»Norah, was hast du? Du brütest doch über etwas.« Er reicht mir meinen Cocktail, und dankbar nehme ich den ersten Schluck.

»Nichts. Es ist im Grunde albern. Ich dachte nur gerade … Erinnerst du dich an den Iren, den ich mal in Italien kennengelernt habe?«

Er wirft sich in den Sessel gegenüber, dass seine Eiswürfel klirren, und legt die Füße auf einen Schemel. »Ja … ich glaube. In Rom? Prost, übrigens.«

»Prost.« Ich nehme den nächsten Schluck und spüre, wie ich unter dem Whisky und dem süßen Wermut auftaue. »Nein, das war in Verona. Schmeckt herrlich, übrigens.«

»Ach ja, bei eurer Girls-Gone-Wild-Tour. Wie hieß er noch gleich?«

Ich ignoriere die Titulierung. »Andrew.« Ich habe den Namen seit Jahren nicht mehr ausgesprochen und bekomme eine Gänsehaut. »Es war … etwas Besonderes. Wir sind zwei Jahre in Kontakt geblieben, haben es aber nicht geschafft, uns zu treffen. Er ist nach Amerika gegangen, und ich bin hiergeblieben. Es hat einfach nicht geklappt. Aber er sagte damals: *Wenn du niemanden hast, treffen wir uns in zehn Jahren in Dublin. Am Weihnachtsabend 2019.* Wir haben den Treffpunkt und die Uhrzeit vereinbart.«

Joe zieht die Brauen hoch. »Und du überlegst hinzugehen?«

»Nein … natürlich nicht.« Und einen Augenblick später gebe ich es zu. »Aber eigentlich habe ich nichts anderes vor.«

»Doch, hast du«, sagt Joe sofort. »Du kannst mit mir abhängen. Ich bin mir sicher, dass ich zu dem australischen Truthahnschmaus jemanden mitbringen darf.«

Ich bin gerührt. »Danke, Joe. Das wäre bestimmt schön.« Aber meine Gedanken kreisen wieder um Andrew. »Außer … meinst du wirklich, es wäre so verrückt, hinzugehen?«

Joe streicht sich durch die Haare, die dick und wellig, aber beneidenswert gefügig sind. »Ja, na klar. Denn wieso habt ihr beide euch nicht eher mal getroffen oder seid wenigstens in Verbindung geblieben? Wieso das kitschige Drama, seine Nummer auf einen Papierflieger zu schreiben und abzuwarten, ob er an deinem Haus vorbeischwebt? Er hätte in den zehn Jahren doch mal einen Wochenendtrip oder einen Besuch vorschlagen können.«

»Hat er. Aber da war ich gerade mit jemandem zusammen. Mit Matt, erinnerst du dich? Andrew kam wegen eines Konzerts nach London und hat gefragt, ob wir uns treffen wollen, und ich habe abgelehnt.«

»Oh.« Joes Gesichtsausdruck ändert sich. »Das ändert alles.«

»Und wir sind ja in Verbindung geblieben ... wir haben uns E-Mails geschrieben. Aber dann, kurz nach dem Konzert, ist es im Sande verlaufen. Und meine E-Mail-Adresse änderte sich, und ich glaube, seine auch. Auf meine letzte Mail hat er jedenfalls nicht mehr geantwortet.«

»Hast du ihn gegoogelt?«

»Natürlich ... ist schon eine Weile her, aber da hab ich nichts über ihn gefunden. Kann sein, dass es einen Eintrag gab, in dem es um ihn ging, aber ohne Bild, sodass ich mir nicht sicher sein konnte. In den sozialen Medien war er auch nicht präsent. Also ist er verschwunden.«

»Gib mir zwanzig Sekunden. Ich finde ihn.«

Doch er hat nicht mehr Erfolg als ich. Er findet einen Flötisten namens Andrew Power, aber keinen, der wie der Mann aussieht, den ich in Erinnerung habe.

»Du weißt, er hätte dich googeln können, wenn er gewollt hätte«, sagt Joe.

Ich zeige auf mich. »Du weißt, wie ich heiße? Norah. Jones.«

Joe grinst. Meine Eltern fanden es unglaublich, als eine

Sängerin mit meinem muffig altmodischen Namen einen Riesenhit landete. Später wurde ständig gewitzelt, dass ich alle zu den Grammys einlade, und es gab unendlich viele Versuche, mir einen Norah-Jones-Song als Klingelton zu verpassen, während mein Handy irgendwo herumlag. Der Name war auch für meine Gesangskarriere nicht hilfreich – so als hieße man zufällig Naomi Campbell und wollte Model werden. Ob man ihn änderte oder nicht, das war wie ein Zeichen von Gott: Bemüh dich nicht.

»Dann hätte er eben ausgiebiger suchen müssen. Norah Jones Lehrerin London. Da bist du.« Er hält mir sein Handy hin. »Schönes Foto.«

»Er weiß nicht, dass ich unterrichte«, sage ich triumphierend. »Die Stelle habe ich erst bekommen, nachdem der Kontakt abbrach. Davor habe ich noch versucht, Sängerin zu werden.«

Joe schüttelt den Kopf. »Du hast es nicht versucht, du warst eine Sängerin. Du *bist* eine Sängerin.«

»Nett, dass du das sagst.« Ich versuche, das Schwanken meiner Stimme zu kaschieren. »Wie auch immer. Klar, er könnte mich finden, wenn er wirklich wollte, aber vielleicht hat er sich weiterentwickelt.«

»Ja, genau wie du! Oder nicht?«

»Offenbar nicht, denn ich sitze hier bei dir.« Ich zucke mit den Schultern und versuche, nicht an all das zu denken, was falsch gelaufen ist. Meine Mutter. Mein Vater. Dieses Weihnachten. Mit zweiunddreißig noch Single, und noch dazu einer, der das nicht genießt, also eine doppelte Pleite. »Du kannst mir glauben, ich weiß, wie verrückt das ist. Aber was hab ich zu verlieren?«

»Nichts, aber ich hasse die Vorstellung, dass du enttäuscht wirst. Wenn du nämlich hingehst, und er ist nicht da. Was der Fall sein wird, fürchte ich. Wahrscheinlich ist er verheiratet und hat Kinder oder lebt mit jemandem zusammen, und selbst wenn nicht, wird er nicht aufkreuzen. Weil nämlich Männer – ja, ich verallgemeinere – weil Männer nicht dazu neigen, an die Vergangenheit zu denken, so wie Frauen das tun. Ich denke nie an irgendeine Ex und schon gar nicht an eine Urlaubsbekanntschaft. Er erinnert sich vermutlich gar nicht mehr an die Verabredung.«

»Das weiß ich! Aber danke für deine ›Herrklärung‹.«

»Man kann es wohl kaum ›herrklären‹ nennen, wenn ich … erkläre, wie es ist, ein Mann zu sein«, erwidert er.

»Meinetwegen. Schau, mir ist klar, dass er höchstwahrscheinlich nicht auftauchen wird. Aber vielleicht ja doch. Und das kann ich nur erfahren, wenn ich hingehe.«

»Willst du das ernsthaft tun?«

Inzwischen habe ich meinen Cocktail ausgetrunken. »Eigentlich ja. Glaube ich. Denn wieso nicht? Was kann schon passieren? Außer dass ich zehn Minuten auf der Grafton Street herumstehe.« Ich seufze. »Allerdings wäre das ziemlich hart. Allein die weite Reise machen und in der Kälte auf jemanden warten, der wahrscheinlich nicht kommt.«

»Tja, na ja.« Joe steht auf und mixt uns zwei neue Drinks. Während ich ihm zusehe, geht mir durch den Kopf, dass er Weihnachten auch nichts Besonderes vorhat. Und mir kommt eine Idee.

»Wäre es denkbar … dass du mitkommst?«, frage ich.

»Mit dir? Nach Dublin?«

»Ja. Warum nicht? Das könnte schön werden«, sage ich hoffnungsvoll. »Wir könnten Spaß haben. Bier trinken … ins Museum gehen … ein hübsches Hotel nehmen … Wie wär's?«

Er schüttelt den Cocktailbecher, ohne darauf einzugehen. »Du müsstest nicht, äh, mit mir zusammen auf der Straße warten, am Weihnachtsabend«, füge ich hinzu. »Du könntest etwas unternehmen. Oder mit einem Whisky und einem Buch im Hotel bleiben.«

»Danke. Klingt aufregend.«

»Na ja, aber davon abgesehen kann es toll werden! Und das würde mir viel bedeuten. Joe? Könntest du ... darüber nachdenken?«

Er gießt wortlos die Cocktails ein und gibt mir meinen. »Vielleicht. Aber keine Folkmusik. Und auch keinen Jazz. Zu diesen Bedingungen könnte ich es in Erwägung ziehen. Oh, und wir müssten uns wirklich ein schönes Hotel suchen. Und wenigstens einmal in ein richtig gutes Restaurant gehen.«

»Wirklich?« Ich starre ihn an, und ganz allmählich lächle ich, endlich mal wieder, wie mir scheint. Wenn er mich begleitet, kommt mir die Aktion nicht ganz so erbärmlich und erschreckend vor. Denn wenn ein Kurztrip mit einem Freund daraus wird und ich zufällig um sechs Uhr vor dem Bewley's Café stehe, dann bedeutet das viel, viel weniger Erfolgsdruck, als wenn ich allein vierhundert Meilen fliege, um nach zehn Jahren auf gut Glück am Treffpunkt zu erscheinen.

»Würdest du wirklich mitkommen, Joe? Im Ernst?«

»Also, meiner Ansicht nach ist das eine schreckliche Idee. Aber okay, ich komme mit.«

»Das ist fantastisch! Danke!« Ich stutze. »Was werden die anderen sagen?«

»Was meinst du?« Aber er weiß genau, was ich meine. Wir sind schon oft alle zusammen verreist. Und ich habe mit Caroline und Kiran Urlaub gemacht. Aber ich und Joe zusammen, nur wir beide, über Weihnachten – das werden sie definitiv ungewöhnlich finden. Sie werden Bemerkungen machen und Erklärungen verlangen, über uns reden und Witze reißen – über die letzten standhaften Singles.

»Wir könnten es ihnen einfach verheimlichen«, bietet er an, wie ich es mir schon dachte. Joes beste Eigenschaft ist, dass er es versteht, ein gutes Leben zu führen und zu Freunden und Familie ein harmonisches Verhältnis zu haben. Seine nicht so gute Eigenschaft ist, dass er fast alles tun würde, damit die Harmonie erhalten bleibt, und sogar beträchtliche Mühen in Kauf nähme, um Streit zu vermeiden. Zum Beispiel hat er seinen Eltern am Anfang nicht erzählt, dass er seine Ingenieursstelle gekündigt hat, sondern erst, als sein erstes Videospiel veröffentlicht wurde, ein ganzes Jahr später.

»Natürlich werden wir es ihnen erzählen. Warum denn nicht? Wir sagen ihnen einfach, dass …« Doch da stehe ich auf dem Schlauch, denn ich will eigentlich nicht kundtun, dass ich nach Irland fliege, nur auf die vage Möglichkeit hin, meinen Urlaubsflirt von damals wiederzusehen. Das ist albern genug, auch ohne, dass ich stündlich Updates in die Gruppe schreiben muss. Aber Caroline werde ich es sagen. Sie ist meine beste Freundin, und es würde sie befremden, wenn ich sie ausschließe. Nicht zuletzt, weil sie mal mit Joe zusammen war. Das war vor langer Zeit und ging nur über sechs Monate, aber trotzdem.

»Tja, lass uns später darüber nachdenken«, sagt Joe. Einer seiner Lieblingssätze. »Lass uns unseren Cocktail trinken und dann nach Flügen suchen.« Auch so ein Lieblingssatz.

»Super. Gehen wir an den Computer.« Mit Herzklopfen stehe ich auf. Weihnachten 2019. Es ist so weit. Es passiert. Und Joe begleitet mich. »Oh, wow, guck mal nach draußen. Schneit es tatsächlich?« Ich gehe ans Fenster und sehe hinaus. Aber es ist dasselbe wie vorhin. Schneeregen, kein Schnee.

»Nicht ganz, aber fast«, sagt Joe neben mir.

»Die Geschichte meines Lebens«, scherze ich. Und voller Aufregung denke ich: *Vielleicht nicht mehr lange.*

3

Remember Me

Von Joe aus laufe ich zur U-Bahn und quetsche mich in einen Waggon der Piccadilly Line Richtung Turnpike Lane. Während ich mit der Masse der Weihnachtseinkäufer hin und her schwanke, wandern meine Gedanken zehn Jahre zurück zu einem anderen Zug. Anstelle von Einkaufstüten sehe ich Rucksäcke aufeinandergestapelt in der Ecke, wo wir sitzen. Der feuchte Mief der Londoner U-Bahn verschwindet, und ich spüre die Sonne, die durch die Fenster auf meinen sommerbraunen Arm brennt. Ich höre das Rattern und Zischen des Zuges, der uns von Florenz nach Verona bringt.

Caroline, Kiran und ich hatten beschlossen, zusammen zwei Wochen Urlaub zu machen und mit dem Rucksack durch Italien zu reisen. Ursprünglich hatten wir das in den Monaten nach dem Examen tun wollen, aber wir hatten befürchtet, keine Stelle zu bekommen, wenn wir uns nicht sofort darum kümmerten. Tagsüber arbeitete ich als Aushilfe und abends sang ich in Londoner Pubs und Restaurants, die mich mit meinem Casio-Keyboard auftreten ließen. Meine Eltern hatten sich in meinem zweiten Uni-Jahr getrennt, und ich wohnte bei meinem Vater in Ealing, um die Miete zu sparen. Caroline hatte einen Job bei *Industrial Metals* ergattert, einer Fachzeitschrift, in der kein Blech stand. Den Witz machten wir ständig, aber wir betrachteten sie mit Ehrfurcht, weil sie tatsächlich als Journalistin arbeitete. Und Kiran, die Glückliche, war bei einer Personalberatungsfirma – die mehr darauf spezialisiert war, Köpfe rollen zu lassen als Köpfe einzusetzen, aber wir rieben ihr das nicht allzu sehr unter die Nase. Sie äußerte sehr offen und freimütig, dass sie keine Sekunde länger bereit wäre, sich von Reis und Fischstäbchen zu ernähren, Wirtschaftsflaute hin oder her.

Das war 2009, was mir rückblickend wie eine andere Ära erscheint. Caroline und ich hatten noch Nokia-Klötze als Handys, und wir suchten uns unseren Weg mit einem abgegriffenen *Lonely-Planet*-Reiseführer, während Kiran den viel nobleren *Rough Guide* benutzte. Sie hatte außerdem ein Smartphone, aber das funktionierte nur, wenn es mit W-LAN verbunden war, was nicht in allen Hostels der Fall war. Darum arbeiteten wir mit verteilten Aufgaben. Kiran war die Technikbeauftragte, Caroline unsere Kunsthistorikerin, die uns sagte, was wir besichtigen sollten, wenn wir die verschiedenen Kirchen und Plätze abklapperten, bevor wir uns auf ein Bier oder einen Kaffee hinsetzten. Und ich war die Vernünftige, die ein zusätzliches Ladekabel und einen Adapter dabeihatte (Caroline hatte ihren vergessen), sowie einen Monatsvorrat an Paracetamol und eine Liste aller Hostels, die wir vorab gebucht hatten, mit Adressen und geordnet nach Datum.

Doch in Italien lief die Sache schief. Wir hatten es geschafft, in Florenz in den falschen Zug zu steigen – mit der klassischen Verwechslung von *arrivi* und *partenze* – und fuhren statt nach Rom in Richtung Venedig. Beim nächsten Halt, in Verona, stiegen wir aus und stellten fest, dass die Touristeninformation geschlossen hatte. Nachdem wir eine halbe

Stunde lang vergeblich an einem Münzapparat telefoniert hatten, um eine Unterkunft zu bekommen, gaben wir auf und setzten uns in ein Café, um die Lage zu besprechen.

Die Umgebung hätte idyllischer nicht sein können. Wir waren in Verona, der Heimat Romeos und Julias, einer Stadt voll schöner alter Häuser und mittelalterlicher Gassen, über denen sich die Balkone beinahe berührten, und der Himmel war strahlend blau. Unser Café lag an einem Platz mit Blick auf das berühmte römische Amphitheater, wo am Abend eine Oper aufgeführt werden würde. In der Nähe plätscherte ein dreistufiger Brunnen und glitzerte in der Sonne. Aber es war schon sechs Uhr, und wir hatten noch immer keinen Schlafplatz. Wir mussten uns überlegen, ob wir weitersuchen oder mit dem Nachtzug nach Rom zurückfahren wollten oder ob wir tatsächlich bereit waren, eine horrende Summe für ein Hotelzimmer auszugeben, anstatt in den Doppelstockbetten eines Hostels zu übernachten, wie wir es sonst immer taten. Kiran war für das Hotel, Caroline und ich waren dagegen.

»Das würde unser Wochenbudget sprengen, Kiran«, sagte Caroline, und in dem Moment mischte sich jemand in unser Gespräch ein.

»Entschuldigt, Leute …« Ein junger Typ in unserem Alter trat mit halb erhobener Hand an unseren Tisch. Er schien Ire zu sein. »Ich will nicht stören, aber wir haben zufällig mitbekommen, dass ihr noch keinen Platz zum Übernachten habt?«

Wir starrten ihn an und schätzten ihn in Sekundenschnelle ein. Kiran und ich warfen Caroline instinktiv einen Blick zu, um zu sehen, ob sie ihn angelockt hatte. Denn sie war nicht nur unsere Kunsthistorikerin, sondern auch der Männermagnet. Sie war schon immer hübsch gewesen, aber in dieser Woche mit ihrer Sommerbräune, den langen Beinen und den großen braunen Augen strahlte sie etwas aus, das Kiran und ich nicht hatten. In Siena hatte ihr schon ein älterer Franzose angeboten, zu ihr nach London zu ziehen. In Genua waren wir ihretwegen zu einer fantastischen Party eingeladen worden, und wir waren im Morgengrauen aus Florenz geflüchtet, um einem ihrer Bewunderer zu entkommen, der auf eine wirklich gruselige Art bekundet hatte, ihr bis in ihre Träume hinein folgen zu wollen. Sie konnte offensichtlich so wenig dafür, dass wir nicht einmal eifersüchtig waren. Die Männer flogen einfach auf sie.

»Das muss damit zu tun haben, dass mit Dan Schluss ist«, meinte Kiran. Dan war Carolines grauenhafte Uni-Beziehung gewesen. »Man sieht dir an, dass du frei bist.«

Doch so unglaublich das war, der Typ schien Caroline gar nicht zu beachten. Er schaute nur mich an. Er sah nicht direkt toll aus, aber mit seinen dunklen, über der Stirn zerzausten Haaren und seinen grauen gegen die Sonne blinzelnden Augen war er auf eine Art anziehend, die ich viel aufregender fand.

»Ja, wir sind heute Nachmittag angekommen, und alles ist ausgebucht«, sagte ich.

»Wir wollten gar nicht nach Verona«, erklärte Kiran. »Wir sind in den falschen Zug gestiegen.«

Ich zuckte zusammen. Das hatte ich nicht erwähnen wollen, weil wir damit wie totale Anfänger dastanden, wie hilflose Mädchen, die sich nicht mal mit den öffentlichen Verkehrsmitteln zurechtfinden oder einen Stadtplan lesen können.

»Das nennt man einen glücklichen Zufall«, erwiderte unser neuer Freund. Er lächelte, und ich bekam einen Schock, ein Gefühl wie ein Déjà-vu, als würden wir uns längst von irgendwoher kennen oder als wäre das schon einmal passiert.

»Jedenfalls wollte ich euch nur sagen, dass in dem Hostel,

in dem wir übernachten, noch Betten frei sind. Es liegt am Hang oberhalb der Stadt, bis dahin geht man etwa zwanzig Minuten zu Fuß. Es ist ein schönes altes Haus. Da ist gerade eine Gruppe von Deutschen abgereist, und die Frau an der Rezeption hat heute früh zu mir gesagt, dass wieder einiges frei ist. Es ist auch ziemlich preiswert. Sechzig für ein Dreibettzimmer, wie wir es haben. Seid ihr zu dritt?«, fragte er und sah wieder nur mich an.

Bei der Frage klopfte mein Herz schneller, während die anderen zwei ihm bestätigten, dass wir zu dritt wären und dass das ein super Tipp sei. »Wenn du mir die Nummer gibst, kann ich gleich dort anrufen.« Kiran nahm ihr Handy heraus.

Er zog ein kleines schwarzes Moleskine-Notizbuch aus der hinteren Hosentasche, und Kiran tippte die Nummer ab, während ich versuchte, nicht seine braun gebrannten Unterarme oder sein schönes Profil zu begaffen. Anstelle des allgegenwärtigen Rucksacktouristen-Outfits aus Slogan-T-Shirts, Shorts und Sandalen trug er ein weißes T-Shirt und dunkelblaue Baumwollhosen zu ausgelatschten weißen Tennisschuhen. Ich bemerkte seine beiden Freunde an einem der Nachbartische. Einer hatte neben sich einen Cellokasten an den Tisch gelehnt, und ich sah noch zwei andere Geigenkoffer – Violinen? Der Typ wirkte auf mich nicht wie ein Rucksacktourist und auch nicht wie ein Straßenmusiker.

»Hab ein Dreibettzimmer für uns!«, sagte Kiran triumphierend nach einer kurzen Unterhaltung. »Wir können jederzeit kommen. Die Rezeption ist bis neun Uhr besetzt.« Wir jubelten erleichtert und euphorisch.

»Vielen Dank«, sagte ich verlegen und zwang mich, ihm in die Augen zu sehen. Die waren noch anziehender als gedacht, und das Grau war auffallend hell.

»Großartig. Viel Spaß noch«, sagte er und nach kurzem

Zögern: »Äh ... meine Freunde und ich sitzen da drüben. Vielleicht habt ihr Lust, euch zu uns zu setzen? Je nachdem, was ihr vorhabt.«

»Sehr gern. Wir kommen gleich rüber.« Caroline strahlte ihn an. Das war unser bewährtes Vorgehen. Auf diese Weise hatten wir Zeit, vorher eine Strategie zu überlegen und uns zu einigen, auf wie viel wir uns einlassen wollen, und brauchten das nicht im Beisein der anderen unbeholfen untereinander abzuchecken.

»Also ... dein Abend ist gerettet, Norah«, sagte Kiran, sowie er weg war.

»Sei nicht albern. Ich hab kaum zwei Worte mit ihm gesprochen.«

»Aber die Blicke«, sagte Caroline. »Ich hab leichte Verbrennungen abgekriegt, so stark hat's da gefunkt.«

»Haha«, erwiderte ich, aber mein Gesicht stand in Flammen. »Was machen wir? Schnell was trinken und dann ins Hostel, die Rucksäcke abladen und duschen?«

»Ja, bitte. Die Shorts habe ich seit drei Tagen an. Die kann man schon hinstellen«, meinte Caroline.

»Deswegen brauchst du Smartwool. Ich trage mein T-Shirt aus Merinowolle jetzt schon fünf Tage«, verkündete Kiran stolz. Sie war konsequent bestrebt, mit möglichst leichtem Gepäck zu reisen, und hatte eine minimale Garderobe aus sonderbaren Sportklamotten bei sich, die man angeblich nicht zu waschen brauchte.

»Das ist uns nicht entgangen«, sagte Caroline. Ich machte die passende Mimik zu dem Scherz, obwohl ich völlig abgelenkt war. Denn ich durchlitt die irrationale Angst, dass wir zu lange zögerten und der Typ – ich kannte nicht mal seinen Namen – glauben könnte, wir kämen nicht, und mit seinen Freunden das Café verließ. Oder dass er, was viel realistischer war, Caroline ins Auge fassen und mich von da an ignorieren würde.

»Okay, gehen wir rüber«, sagte Caroline. »Du setzt dich neben ihn, Norah! Wir wollen nicht noch eine Tom-Katastrophe erleben.« Damit spielte sie auf den Abend an, als ich meinen Uni-Schwarm zu einem Essen mit Freunden eingeladen und dann den ganzen Abend in der Küche Kräuter gehackt hatte für ein absolut langweiliges Thai-Curry, das schlimmer schmeckte als ein Instant-Nudelgericht.

»Nie wieder«, beteuerte ich. Wir standen auf und gingen zu ihrem Tisch.

»Was hat es mit euren Instrumenten auf sich? Spielt ihr im Opernorchester?«, fragte Kiran, sobald wir saßen – ich neben Andrew, wie er anscheinend hieß.

»Ha! Nein, wir spielen nicht in der Oper«, antwortete Conor, Andrews Freund – ein Typ mit breitem Lächeln, Stirnglatze und charmantem Benehmen. Der dritte Musketier war Niall, ein kleiner Schüchterner, der erwartungsgemäß auf Caroline flog. Die drei hatten gerade ihren Abschluss in Musik am Trinity College in Dublin gemacht.

»Wir – oh Gott ist das peinlich. Willst du es ihnen sagen?«, fragte Andrew Conor.

»Wir machen eine kleine Kammermusik-Tournee und spielen auch bei zwei Hochzeiten. Wir sollten eigentlich als Sextett auftreten. Ja, lacht ihr nur«, sagte Conor, als die Mädels loskicherten.

»*Sex*tett? Wusste gar nicht, dass es so was gibt«, sagte Kiran. Darum beneidete ich sie immer. Ihr war es nie peinlich zuzugeben, dass sie etwas nicht wusste, und dadurch wirkte sie selbstbewusster und intelligenter als die unter uns, die so etwas überspielten und ihre Selbstzweifel verbargen – wie ich zum Beispiel.

»Das gibt es. Zwei Cellos, zwei Bratschen und zwei Violinen. Außer wenn drei davon in ein Freizeitbad gehen, den ganzen Tag bei dreißig Grad rumlaufen, ohne sich einzucremen, und dabei einen Hitzschlag erleiden. In der Konzertpause gestern Abend mussten sie aufgeben«, sagte Andrew. »Jetzt liegen sie im Hostel in der kalten Badewanne. Also sind wir jetzt ein Trio. Gott sei Dank haben wir nicht beide Violinen verloren.«

»Wer weiß, was morgen sein wird«, sagte Niall. »Wir sollen dann eigentlich nach Hause fliegen. Wir werden sie aus dem Bett hieven müssen, vielleicht per Rettungshubschrauber zum Flughafen schaffen.«

»Man wundert sich wirklich«, sagte Conor. »Wie konnten Weiße in sämtliche Kontinente einfallen, wenn sie nicht mal einen Tag in der Sonne zubringen können, ohne dass ihnen das Gehirn verbrutzelt?«

Alle lachten, aber ich sagte: »Tatsächlich gibt es ein Buch, in dem genau das erklärt wird. Es heißt ... äh ...« Ich ließ den Satz in der Schwebe, weil ich Angst hatte, ich könnte die Stimmung falsch beurteilt oder den Witz verdorben haben. Doch Kiran und Caroline blickten mich stolz an, so wie wir Caroline stolz ansahen, wenn sie den Unterschied zwischen dorischen und ionischen Säulen beschrieb, oder Kiran, wenn sie den Facebook-Algorithmus erklärte. Wir stärkten uns gegenseitig, lange bevor das propagiert wurde. *»Arm und Reich. Die Schicksale menschlicher Gesellschaften«*, sagte ich schließlich.

»Arm und Reich«, wiederholte Andrew. Er holte sein Notizbuch hervor. »Das schreibe ich mir auf.«

Das war offenbar das Signal für seine Freunde zu johlen. »Das Notizbuch! Es kommt in sein Notizbuch! Aufgepasst, Norah: Sobald es da drinsteht, wird es ernst.«

»Die ganze Tour steht schon da drin«, sagte Conor. »Italienische Redewendungen, Kirchen, die er besichtigen will, Bücher, die er lesen will, kleine Anmerkungen, wie sich andere Musiker verbessern könnten … das steht da alles schwarz auf weiß.«

»Wir hoffen, dass er das Notizbuch dem Archiv des Trinity stiftet, wenn er ein berühmter Komponist geworden ist«, fügte Niall hinzu.

Sie kicherten, während Andrew gutmütig grinsend fluchte. Das war offensichtlich ein Insiderwitz ihrer Gruppe, wie wir auch welche hatten, und Außenstehende fanden die nicht halb so komisch wie wir.

Aber ich bemerkte, dass Caroline und Kiran mich mit großen Augen ansahen, denn was die Jungs nicht wissen konnten, war, dass ich auch so ein Notizbuch hatte. Ich notierte mir ebenfalls italienische Redewendungen und Sehenswürdigkeiten, die ich besichtigen wollte. Das ist nur ein Notizbuch, sagte ich mir, kein Zeichen, dass wir Seelenverwandte sind. Aber es gefiel mir, dass Andrew sich die Titel von Büchern aufschrieb. Mir war aufgefallen, wie selten wir uns mittlerweile über Bücher oder Ideen oder auch nur gute Filme unterhielten. Fast, als hätten wir das nach unserem Examen alles weggepackt und interessierten uns nur noch für Miete und Jobs und Gehälter.

»Norah ist auch Musikerin! Sie singt«, sagte Kiran.

»Klassik?«, fragte Conor.

»Oh nein, nichts, was ihr macht«, erwiderte ich hastig. »Ich singe Jazz in Pubs. Cole Porter und solche Sachen. Und hauptsächlich, weil es mir Spaß macht.« Das war keine falsche Bescheidenheit, ich war nur nicht bereit, mich vor Leuten in Verlegenheit zu bringen, die alle ganz klar Karriere machen würden. Ich wusste nicht, wie es für mich laufen würde, war mir aber ziemlich sicher, dass ich nicht so erfolgreich sein würde wie die echte Norah Jones.

»Und, was hast du heute Abend vor?«, fragte mich Andrew später, als die anderen sich lebhaft darüber unterhielten, welche Schrecken man in Wohngemeinschaften erleben kann (Niall gewann: Seine Mitbewohnerin kochte ihre Unterwäsche im gemeinschaftlichen Suppentopf).

»Wahrscheinlich duschen und schlafen. Das war ein langer Tag«, sagte ich und hätte mich im nächsten Moment in den Hintern treten mögen. Musste ich wirklich so großmütterlich klingen? »Und du?«

»Ich gehe in die Oper.«

»In das Amphitheater da drüben?«, fragte ich verblüfft.

Andrew grinste. »Genau. Die anderen hatten keine große Lust, also gehe ich allein hin.«

»Aber ihr seid Musiker! Steht ihr nicht alle auf Oper?«, fragte Caroline.

»Nein, das ist ein weitverbreiteter Irrtum – tut mir leid, ein Missverständnis«, antwortete Conor. »Kammermusiker haben im Allgemeinen keine Zeit für Opern. Die sind zu lang und blechern.«

»Und laut«, sagte Niall. »Zu viel Geschrei. Zu wenig gute Stellen.«

Andrew schüttelte den Kopf. »Hör nicht auf sie. Es wird *Carmen* gegeben, die Oper besteht praktisch nur aus Hits. Karten gibt es ab sieben, wir müssten uns also anstellen. Aber ich gehe sowieso hin, von daher besteht kein Druck.«

»Klingt großartig«, brachte ich hervor, bevor ich kneifen konnte. »Kommt noch jemand mit?«

»Würde ich gern«, sagte Caroline, »aber ich bin total geschafft. Und außerdem pleite. Ich werde einfach duschen und im Hostel ein Bier trinken … Machst du mit, Kiki?«

Ich wusste, dass Caroline sehr gern mit in die Oper gegangen wäre. Sie war eine hoffnungslose Romantikerin und liebte alles Italienische und Dramatische. Sie verzichtete, damit mir alle Freiheiten blieben. So eine gute Freundin war sie.

Kiran schien die subtilen Vorgänge nicht mitbekommen zu haben. Sie sah todmüde aus. Ihr Schlafbedürfnis war schon immer groß gewesen, aber in diesem Urlaub schoss sie den Vogel ab. Sie konnte den ganzen Tag ohne Pause auf den Beinen sein, doch dann brauchte sie mindestens ihre neun Stunden Schlaf. Wir mussten sie praktisch jeden Morgen aus dem Bett zerren. »Ich will nur noch duschen und sonst nichts«, sagte sie und gähnte.

So kam es, dass ich in Verona mit Andrew in die Oper ging, obwohl wir uns erst zwei Stunden zuvor kennengelernt hatten. Die Sonne warf lange Schatten über die ockergelben Steine des Amphitheaters, als wir uns für die Kartenkontrolle anstellten und dann hinaufstiegen, um über Dutzenden sanft gebogener Sitzreihen unsere Plätze einzunehmen. Unter uns ein Meer von Leuten, die plauderten und ab und zu mit Blitzlicht fotografierten – ich sah keine hochgehaltenen Smartphones, also filmte niemand. Jenseits des Amphitheaters konnten wir die Berge sehen, die von Grauviolett zu Indigoblau übergingen und in der Dunkelheit verschwanden, als die Sterne aufgingen. Es war märchenhaft.

»Mit einem Opernabend hatte ich nicht gerechnet.« Ich fächelte mir mit dem Programmheft Luft zu. Um acht Uhr war es noch drückend heiß. Ich hatte mein einziges schwarzes Kleid an, ein schulterfreies, und meine Jeansjacke lag gefaltet auf meinen Knien. »Ich kann noch immer nicht glauben, dass wir statt in Rom in Verona gelandet sind. Das ist verrückt, oder?«

»Hat der Zug in Bologna nicht gehalten?«

»Nein, das haben wir gehofft, aber er hielt erst in Verona.«

»Ich kann mich darüber nur freuen«, meinte er und grinste schüchtern. Er trug noch dieselbe Kleidung wie am Nachmittag, da er angeboten hatte, sich allein für die Karten anzustellen, damit ich mich im Hostel duschen und umziehen konnte. Ich fühlte mich viel besser, seit ich frische Sachen trug, und hatte mich sogar geschminkt – mit zitternden Händen – und mir Parfüm hinter die Ohren gesprüht.

Die hingeworfene Bemerkung löste bei mir neues Herzklopfen aus, während ringsherum das Stimmengemurmel verstummte und das Orchester anfing, seine Instrumente zu stimmen. Hieß das, er fand es nett, nicht allein in der Oper sitzen zu müssen – oder wollte er damit mehr sagen?

»Ich liebe diesen Klang«, sagte ich, »wenn das Orchester die Instrumente stimmt. Das ist einmalig, oder?«

»Und ob! Ich hoffe nur, es wird nicht regnen.«

»Oh«, sagte ich. Denn nachdem er das gesagt hatte, spürte ich auch die Feuchtigkeit in der Luft – die zunehmende Schwüle, die beinahe zu hören war wie ein tiefes Summen. Die Ouvertüre begann. Ich kannte die Oper, hatte sie aber noch nie auf der Bühne gesehen. Ich vertiefte mich in die Handlung – Soldaten und Fabrikarbeiterinnen flirteten miteinander auf der Straße, und Carmen sang ihre berühmte Arie, die *Habanera*. Zu Beginn des dritten Akts fiel ein Tropfen und dann ein zweiter. Als Carmen für sich die Karten legte und ihren Tod voraussah, blitzte es, ein Donnerschlag folgte, und es fing an zu regnen, zuerst leicht, dann immer kräftiger. Schon bei den ersten Tropfen waren Leute aufgestanden und gegangen, aber die Vorstellung lief weiter. Andrew und ich wechselten Blicke und hielten die aufgeklappten Programmhefte über uns.

»Bist du sicher, dass du bleiben willst?«, fragte er, als sich

Leute an uns vorbeidrängten. »Lass uns nicht der Kultur zuliebe ertrinken.«

»Ich möchte nicht vor den Sängern aufgeben«, flüsterte ich zurück. Don José forderte Escamillo gerade mit dem Messer heraus.

»Sicher. Sie haben für die Kunst gelitten, und jetzt sind wir an der Reihe«, sagte Andrew. »Tja, wir sehen sie vielleicht nicht, aber wir können sie noch hören, einigermaßen jedenfalls.«

Inzwischen prasselte es, und die Sänger und Orchestermusiker rannten schließlich nach kurzer Verbeugung von der Bühne.

»Wir haben das Schönste schon gehört«, sagte Andrew, als wir uns den Leuten anschlossen, die dicht gedrängt die Treppe hinuntergingen. »Oh Gott, du bist pitschnass. Ich wünschte, ich hätte einen Regenschirm bei mir, aber der verstößt gegen den Rucksacktouristenkodex. Man darf alles Mögliche an Regenkleidung dabeihaben, nur keinen Schirm, sonst wird man aus dem Hostel verbannt.«

Es war sehr schade, aber weil wir so viel lachten, spielte das keine Rolle. Und weniger Oper hieß mehr Gesprächszeit mit Andrew.

Es hörte abrupt auf zu regnen, aber unsere Unterhaltung plätscherte weiter. Während wir langsam zum Hostel spazierten, hörte ich mich alle möglichen Dinge über mich erzählen – zum Beispiel, dass ich meinen Namen jahrelang nicht leiden konnte und meine Eltern angefleht hatte, ihn zu ändern. Mein Vater hatte mich nach zwei großen Jazzsängerinnen Ella oder Nina nennen wollen, doch meine Mutter hatte mich nach ihrer Mutter genannt, die zwei Jahre vor meiner Geburt gestorben war.

»Ich finde ihn schön, Norah. Das ist ein starker Name. Und gar nicht altmodisch, sondern ein Klassiker.«

»Danke«, sagte ich lächelnd. »Inzwischen mag ich ihn auch.«

»Allerdings kann ich vielleicht nicht besonders gut beurteilen, was altmodisch ist … Ich bin nämlich in den Achtzigern groß geworden. Als ich zur Welt kam, waren meine Eltern schon etwas älter – meine Mutter fünfundvierzig, mein Vater fünfzig. Und ich habe drei ältere Brüder, Patrick, Peter und Fergus. Gus ist jetzt zweiunddreißig.«

»Wow.« Zweiunddreißig. Ich konnte mir nicht vorstellen, so alt zu sein oder so alte Geschwister zu haben. Inzwischen waren wir wieder im Hostel, das so schön war wie alle Häuser der Altstadt, eine Villa mit drei Meter hohen Decken und Fresken. Wir waren nur schnell in unsere Zimmer gegangen, um die nasse Kleidung auszuziehen, und saßen nun in Jeans und Pullover im Garten unter einer Zypresse, sodass wir die Sterne und den Halbmond sehen konnten, der wie eine Taschenlampe leuchtete. Ringsherum zirpten die Zikaden, ein wunderbares Geräusch.

»Ja, ich musste ihre Kleidung auftragen, die meistens aus den Siebzigern stammte. Du solltest mich mal auf Fotos sehen. Mit den langen spitzen Kragen hätte man sich ein Auge ausstechen können.« Er lachte. Offenbar hatte ihn die Erfahrung nicht allzu sehr traumatisiert.

»Sind deine Eltern musikalisch?«

»Meine Mutter nicht. Mein Vater … war es.«

»Oh, das tut mir leid.«

»Danke. Jedenfalls spielte er Klavier, und er hat mir die Grundlagen des Improvisierens beigebracht. Da war ich ungefähr fünfzehn.«

»Willst du das beruflich machen? Komponieren?«

»Ja. Das heißt, ich tue das bereits. Ich schreibe ständig Musikstücke. Aber ich muss mit der Geige Geld verdienen. Deshalb tingeln wir durch Italien. Ab September bin ich weg und studiere Komposition. Auf Diplom.«

Nächsten Monat. »Oh, und wo?« Unwillkürlich hielt ich den Atem an. In London gab es mehrere Konservatorien. In den Sekunden bis zu seiner Antwort malte ich mir sogar aus, wie er in einer gemütlichen Bar Klavier spielte und ich dazu sang. »New York. An der Juilliard School.«

»Oh.« Ich rang mir ein Lächeln ab. »Von der hab ich schon gehört. Das wird bestimmt aufregend!«

Er nickte. »Wie auch immer. Wie siehst es bei dir aus? Wie läuft es mit dem Gesang?«

»Ganz okay, insofern als ich Gigs bekomme und auch ein zweites Mal angefragt werde, aber auf lange Sicht bin ich mir nicht sicher, wie realistisch es ist, das weiterzuverfolgen. Ich singe nämlich keine eigenen Songs. Ich hab mal versucht, selbst welche zu schreiben, aber ich kann das nicht. Ich covere nur, und dafür ist die Nachfrage gering.«

»Dann schließ dich einer Band an. Tu dich mit jemandem zusammen, der Songs schreibt.«

»Habe ich versucht, aber das ist schwierig … Sängerinnen gibt es wie Sand am Meer.« Um nicht zu pessimistisch zu klingen, fügte ich hinzu: »Aber übernächste Woche mache ich eine Studioaufnahme mit einem Pianisten. Dann habe ich eine Demo-CD. Die brauche ich nämlich.«

»Schön! Was für eine Setlist?«

»*A Foggy Day* … *Bewitched, Bothered* … und ein paar andere Gershwins, auch Cole Porter und Doris-Day-Songs. *Secret Love* zum Beispiel.«

»Oh, schön. Sie ist eine völlig unterschätzte Künstlerin.«

»Ja. Deshalb covere ich so gern. Ich sehe keinen Sinn darin, etwas Besseres schreiben zu wollen als die Stücke aus dieser Zeit … entschuldige. Ich meinte nicht deine Musik.«

»Ich muss etwas für dich komponieren«, sagte er. »Etwas Besonderes.«

Mein Herz klopfte so stark, dass ich glaubte, er könne es hören. Ich nahm meinen Mut zusammen und griff nach seiner Hand. Sanft umfasste er meinen Kopf und zog mein Gesicht zu sich heran. Wir küssten uns. Und es wurde einer jener ganz seltenen Küsse, die tatsächlich so gut werden, wie man es sich ausgemalt hat, wenn nicht sogar besser. Ich wusste, etwas Schöneres als diesen Kuss konnte es gar nicht geben.

»Ich bin wirklich froh, dass der Zug nicht in Bologna gehalten hat.«

Ich lächelte ihn an. »Ich auch.«

Dann sagte er einen Satz, den ich am nächsten Tag wörtlich in mein Notizbuch schrieb, obwohl er sich mir sowieso auf ewig eingeprägt hatte.

»Komisch, oder, wie sehr wir uns Gedanken machen wegen der angeblich so großen Entscheidungen, die wir fällen müssen und die am Ende gar nicht entscheidend sind. Vielmehr sind es die kleinen Dinge, die scheinbar unwichtigen, die alles ändern können.«

»Wie in Italien in den falschen Zug zu steigen«, sagte ich.

»Oder in den Zug, der erst wieder in Verona hält.«

Er drehte meine Hand um und strich mit den Fingerspitzen über mein Handgelenk.

»Bleib noch hier. Für eine Woche. Wir sind mit den Auftritten durch, und ich hatte mir vorgenommen, danach ein bisschen herumzureisen. Wir könnten in Verona bleiben oder woanders hinfahren, nach Venedig oder an den Gardasee …« Er schaute mich zaghaft an. »Hättest du Lust? Ich weiß, das ist verrückt.«

Das war es tatsächlich, und ich öffnete den Mund, um Nein zu sagen. Mein Rückflug war schon gebucht. Ich hatte keine Ahnung, wie viel eine Umbuchung kosten würde, aber ich zweifelte, ob Ryanair überhaupt so flexibel war. Die Zeitarbeitsfirma erwartete mich am Montag einsatzbereit zurück. Wenn ich länger wegbliebe, würde ich meine Kreditkarte benutzen müssen, was ich nur im absoluten Notfall tun wollte ... Und was würden die anderen sagen?

Doch dann fiel mir etwas ein, das mein Vater – ausgerechnet er – zu mir gesagt hatte, als er mich zur Haltestelle des Flughafenbusses fuhr, und dabei hatte er wehmütig geklungen: *Ich hoffe, du genießt jeden Augenblick. Das ist eine ganz besondere Zeit in deinem Leben. Du wirst nie wieder so unbeschwert und unabhängig sein wie jetzt. Also koste sie voll aus.* Danach gab er mir die typischen väterlichen Tipps zu den Geldautomaten im Ausland und den Wechselkursgebühren, aber da war ich mit den Gedanken schon halb woanders. Jener erste Rat war jedoch hängen geblieben. Vermutlich hatte er dabei nicht gerade diese Situation vor Augen gehabt, doch ich beschloss, mich an den Geist seines Rates zu halten.

»Okay. Ich bleibe«, sagte ich zu Andrew.

»Das willst du? Wirklich?«

»Ja, wirklich.« Ich lachte. Planänderung. Ich blieb in Italien.

Wieder zu Hause in der Turnpike Lane schließe ich die Tür zu meinem Appartement im Dachgeschoss auf und schalte das Licht ein. Es ist nicht gerade die geräumigste Wohnung – »optisch großzügig« lautete die Beschreibung des Immobilienmaklers für 52 Quadratmeter –, und sie liegt auch nicht in der besten Wohngegend. Mein Freund Paul nennt meine Straße »die Mördermeile«. Wir bekommen regelmäßig Besuch von der Polizei und Inkassoagenten, und der Wetherspoon-Pub am Ende meiner Straße ist jeden Tag ab zehn Uhr vormittags gerammelt voll. Aber ich habe es mir so schön wie möglich gemacht, habe mit Frauenhaarfarnen und Etsy-Postern die beigefarbenen Badezimmerkacheln und die Enge der Räume kaschiert und der Schallplattensammlung meines Vaters an einer Wand meines Wohnzimmers einen Ehrenplatz gegeben. Ich habe die Wohnung nur kaufen können, weil er mir Geld vererbt hat, und ich würde sofort darauf verzichten, wenn ich ihn dafür wiederhaben könnte. Aber hier wohne ich nun.

Joe und ich haben unsere Reise für nächsten Samstag schon gebucht, und ich muss jetzt packen, denn in der letzten Schulwoche bleibt mir dazu keine Zeit mehr. Außerdem will ich das erledigt haben, bevor ich den Schwung verliere und darüber nachdenke, was ich da eigentlich tue und wie verrückt das ist. Als ich meinen Koffer aus dem obersten Fach der Garderobe ziehe, fällt mir auf, dass ich schon ewig nicht mehr verreist bin, abgesehen von den Besuchen bei meiner Mutter in Ealing und von dem Yoga-Urlaub in der Türkei letzten Sommer. Meine vage Hoffnung, ich könnte dabei jemanden kennenlernen, erwies sich als illusionär, denn die anderen Teilnehmer waren Frauen, und zehn von zwölf waren gerade dabei, über eine zerbrochene Beziehung hinwegzukommen.

Beim Herausziehen des Koffers fällt mir eine weiche Tasche entgegen, die ich vor Jahren in eine Lücke gestopft und vergessen habe. Ich öffne sie, ohne zu wissen, was darin ist.

Sie ist voller Kleidungsstücke, die ich weggepackt habe, weil ich sie irgendwann ausbessern lassen wollte oder weil sie eines Tages wieder in Mode kommen oder weil ich auf wundersame Weise abnehmen und wieder reinpassen würde. Zur letzten Kategorie gehört ein schwarzes Sommerkleid, das billige, das ich an jenem Abend in Verona in der Oper getragen hatte. Es ist seitdem (wahrscheinlich) mal gewaschen worden, aber ich schwöre, als ich es ausschüttle, riecht es nach der Sonnencreme, die ich damals benutzt, und nach dem Parfüm, das ich mir im Bad des Hostels nervös hinter die Ohren gesprüht hatte. Du kannst nicht dahin zurück, sagt meine vernünftige Stimme. Vielleicht ab und zu doch, erwidert meine andere Stimme, die, die mich für Dublin packen lässt.

4

Have You Met Miss Jones?

Freitag, 20. Dezember 2019

Es war gut, dass ich schon am Samstagabend nach meinem Besuch bei Joe gepackt habe, denn in der folgenden Woche habe ich nicht mal Zeit zum Durchatmen, weil ich den Unterricht vorbereiten und Berichte schreiben und im Altenheim Weihnachtslieder singen muss, und alles in der allgemeinen Hektik am Trimesterende. Die Greencoats Academy ist eine Mädchenschule in der Nähe des Alexandra Palace im Londoner Norden. Sie ist nicht piekfein oder hochtrabend, aber ich mag sie. Ich liebe es, mit dem Rad zur Arbeit zu fahren, eine Viertelstunde durch den Park auf meinem Miss-Marple-Fahrrad, ich schätze meinen Direktor und meine Kollegen, und am meisten, obwohl das ein Riesenklischee ist, mag ich die Kinder. Es ist mir eine Freude, sie mit obskuren alten Bands bekannt zu machen, von denen sie noch nie gehört haben, wie U2 oder die Beatles, und ich lerne auch gern von meinen Schülerinnen. Ich weiß, was in ihrer Altersgruppe in ist und kenne den neusten Slang noch vor Joe, obwohl der in Soho einen Medienjob hat.

Es ist Viertel nach acht, und ich stehe in einem unserer

Probenräume, um mit meiner Solistin Ashanti Evans ein letztes Mal für den Weihnachtsliedergottesdienst heute Abend zu proben. Das ist eine große Sache. Er wird am letzten Trimestertag in der örtlichen Kirche veranstaltet und ist bei den Schülerinnen, den Eltern und der Lehrerschaft sehr beliebt. Für diesen Anlass hängt mein gutes schwarzes Kleid im Lehrerzimmer, und ich habe meine Haare schon zu einem Chignon gebändigt. Vergangenes Jahr habe ich sie offen getragen, worauf sich ein Elternpaar beschwerte, sie hätten wegen meines Lockenwusts ihre Tochter nicht sehen können. Was ein bisschen übertrieben war, aber ich möchte keine Störung verursachen. Denn heute Abend kann es nur um unseren Erfolg gehen, besonders da der Juniorkammerchor zum ersten Mal auftritt.

Das einzige Problem ist, dass Ashanti nicht erpicht darauf zu sein scheint, ins Rampenlicht zu treten.

Sie ist furchtbar schüchtern und leidet so stark unter Akne, dass ich mit dem Gedanken gespielt habe, mit ihrem Tutor zu sprechen, um zu sehen, ob ihre Eltern vielleicht bereit sind, mit ihr zu einem Arzt zu gehen. Aber Ashanti hat eine engelhafte Stimme, rein und klar wie die von Sängerknaben. Als ich sie zum ersten Mal hörte, beim Vorsingen für den Juniorkammerchor, war ich hin und weg, und da stand für mich fest, dass ich sie ein Solo singen lasse. Ich hatte ihre Stimme im Kopf, als ich das Arrangement von *O Holy Night* schrieb, und der Chor singt den Refrain zweistimmig, damit es für sie nicht zu anstrengend wird.

»Fangen wir von vorn an«, sage ich zu ihr. »Vergiss nur nicht, nach *brightly shining* zu atmen, sonst geht dir in der nächsten Zeile die Puste aus. Hast du die Stellen zum Atmen in der Partitur markiert?« Von draußen dringt Lärm herein. »Warte einen Moment.« Ich springe auf, um nachzusehen, woher er kommt. Die Lärmquelle ist ein Haufen Zehntklässler, die im benachbarten Übungsraum frühstücken und dabei etliche Schulregeln verletzen.

»Ihr wisst, dass ihr euch hier nicht aufhalten dürft«, sage ich. »Ab mit euch.« Und sie flitzen davon. Abgesehen von dem einen furchterregenden Vorfall, als eine Schülerin mich mit ein paar abgebrochenen Klaviertasten bedrohte und ich mich in einen Materialschrank flüchten musste, habe ich nie Schwierigkeiten mit Verhaltensmanagement gehabt, klopf auf Holz. »Miss Jones ist kugelsicher«, hörte ich mal eine Zehntklässlerin zu einer anderen sagen, und ich halte das ernsthaft für das beste Kompliment, das ich je in meinem Beruf bekommen habe.

Doch es gibt verschiedene Arten von Verhaltensmanagement, wie Ashanti bei meiner Rückkehr demonstriert.

»Gut. Also noch mal von vorn. Bereit?«

»Ich weiß es nicht«, sagt sie leise.

Oh-oh. Das klingt nicht gut. »Wie meinst du das?«

Sie schweigt und sieht mich auch nicht an, sondern klappt ihre Partitur zu und schüttelt den Kopf. Mir fallen ihre abgekauten Nägel auf. »Ich glaube, ich will das gar nicht mehr.«

Ich setze schon fast zu der übliche Aufmunterungsrede an, aber etwas bringt mich davon ab. Bei jeder anderen Schülerin hätte ich das dem Lampenfieber zugeschrieben und dem Wunsch, in letzter Minute gestärkt zu werden, aber Ashanti ist anders. Ich habe selbst kurz gezweifelt, ob sie solch einem Auftritt schon gewachsen sei, aber ihr Tutor hat mir zugestimmt, dass der Erfolg ihr Selbstvertrauen stärken würde. Sofern sie es denn durchzieht.

»Wie kommt das?«

Sie schüttelt den Kopf. »Ich will einfach nicht.«

Sehr hilfreich. Ich wäge meine Möglichkeiten ab – sie auf

die Probe stellen und sagen, ich ließe das Solo eine andere singen? Oder sie ermutigen? –, aber ich schweige und warte ab, ob sie noch etwas sagt, ein Kniff, der manchmal etwas bringt. Nach ein paar Sekunden nennt sie den Grund. »Ich hab ein paar Mädchen auf dem Klo reden hören.«

»Was haben sie gesagt?«

»Dass eine andere das Solo singen sollte. Zum Beispiel Emmy.«

Aha. Es würde mich nicht überraschen, wenn diese Ansicht von Emerald Pitt-Kay selbst verbreitet worden ist. Sie ist bereits Kapitänin der Hockey-A-Mannschaft der Unter- und Mittelstufe und hat letztes Jahr die Hauptrolle in der Musicalaufführung gespielt. Relevanter ist allerdings, dass sie, obwohl sie jahrelang privaten Gesangsunterricht hatte, häufig einen Halbton zu tief singt, und ich kann mich nicht darauf verlassen, dass sie mich ansieht, während ich dirigiere, im Gegensatz zu Ashanti, die mich mit Habichtsaugen beobachtet.

»Die entscheiden nicht, wer das Solo singt«, sage ich. »Das tue ich. Und ich weiß, dass du das großartig machen wirst. Andernfalls hätte ich dich nicht ausgewählt. Es ist normal, nervös zu sein – selbst Beyoncé ist vor dem Auftritt nervös. Deshalb hat sie ihr Alter Ego Sasha Fierce erfunden … um sich in der Öffentlichkeit zu schützen.«

Ashanti zeigt kaum eine Regung, aber sie hört mir zu, also rede ich weiter.

»Ich verrate dir jetzt einen Trick, den ich von meiner Gesangslehrerin gelernt habe, als ich in der Schule mein erstes Solo sang.« Ashanti schaut mich überrascht an. Offenbar ist ihr noch nie der Gedanke gekommen, ich könnte früher auch einmal zur Schule gegangen sein. »Du konzentrierst dich auf eine Person im Publikum. Denk an diesen Menschen und sing das Lied nur für diesen Menschen. Fällt dir jemand ein?«

Sie nickt schwach.

»Sehr gut. An denjenigen denkst du und singst … als ob du ihm die Geschichte erzählst. Denk an das, was das Lied uns sagt, und alles andere kommt von selbst.«

Sie nickt, und ich komme mir scheinheilig vor. Für mich ist es leicht, ihr zu erklären, dass solch ein Auftritt ein Kinderspiel wäre, aber es ist genau sechs Jahre her, seit ich vor Publikum gesungen habe. Obwohl das natürlich etwas anderes ist. Ich habe mich bewusst entschieden aufzuhören. Gewissermaßen.

»Gut. Es wird Zeit, dass wir in die Gänge kommen. Der Raum wird gleich von anderen gebraucht. Wir sehen uns heute Nachmittag in der Kirche zur Generalprobe.«

Ashanti macht sich auf den Weg zur Bibliothek, und während ich ihr nachsehe, frage ich mich, ob es wirklich eine gute Idee war, sie schon für das Solo vorzuschlagen oder ob ich für den Anfang besser etwas ausgesucht hätte, das für sie weniger Druck bedeutet. Aber jetzt ist es zu spät. Wir müssen das durchziehen und selbstbewusst auftreten, egal was passiert. Ich habe vor langer Zeit gelernt, Traurigkeit und Unsicherheit in mir zu verschließen, damit sie im Klassenraum nicht sichtbar werden. Solange ich mich in der Schule aufhalte, lasse ich mir nichts Persönliches anmerken. Nur ein Mal hatte ich einen Ausrutscher, und das war auf der Rückfahrt von einem Schulausflug nach Bath, kurz nachdem ich die Stelle vor vier Jahren angetreten hatte. Wir haben uns im Bus *Findet Nemo* angesehen, und ich fing an zu weinen bei der Stelle, als Nemo seinem Vater sagt, dass er ihn liebt. Die Schülerinnen stießen einander an und schauten ernsthaft besorgt. Zum Glück ist dieser Jahrgang inzwischen abgegangen, und ich bin wieder die kugelsichere Miss Jones.

»Das klang ja gut«, sagt jemand hinter mir, und ich drehe

mich um. Da steht mein Kollege Chris Nagle, ebenfalls Musiklehrer, mit einer Weihnachtsmannmütze auf dem Kopf, weil wir den letzten Schultag haben, und reckt beide Daumen.

»Oh, danke, Chris. Ich hätte dich bitten sollen, mich zu vertreten und sie zu begleiten, damit sie Übung bekommt.« Chris wird heute Abend die Orgel spielen, während ich unten dirigiere.

»Ich musste gerade mit ein paar künstlerischen Differenzen da drüben fertig werden.« Er deutet zu dem Übungsraum hinter uns, wo ein Trio interessante Dinge mit *Yesterday* anstellt. »Aber das wird großartig. Ehrlich. Und das Arrangement klingt ... fantastisch.« Er neigt sich zu mir und tätschelt mich an beiden Armen, was ich sonderbar finde. Ist das die Weihnachtsstimmung, oder flirtet er? »Ich muss los – Personalbesprechung! Sehen wir uns da?«, fragt er.

»Ja, ich komme auch.«

»Miss! Entschuldigung, Miss, aber haben Sie meinen Mozart-Aufsatz schon gelesen?« Hilfe: Jetzt werde ich von Samira Barker angesprochen, deren Aufsatz ich noch *nicht* gelesen habe. Außerdem muss ich vor meiner ersten Unterrichtsstunde dreißig Djemben, diese afrikanischen Bechertrommeln, für die siebte Jahrgangsstufe aufstellen. Nach einem Tag Musikunterricht, Musiktheorie und Bandproben klingeln mir manchmal die Ohren. Wenn ich eines Tages bei der Arbeit umkippe, wird ganz sicher ein Chor einsetzen, der »Miss! Miss!« ruft, und Fäuste werden an die Hecktür des Ambulanzwagens hämmern, bis er wegfährt. Aber es gibt keine Arbeit, die ich lieber täte.

Wie immer vergehen die Stunden am letzten Tag schneller als gedacht, und als Höhepunkt überreichen wir im Lehrerzimmer ein Geschenk an Gloria Simmons, unsere Kollegin, die nach fünfundzwanzig Dienstjahren, in denen sie Englisch unterrichtete, in den Ruhestand geht. Gloria ist eine Legende, da sie schon als Kind auf unsere Schule gegangen ist, als die noch klein und gemütlich war und nur zweihundert Schülerinnen hatte. Ich kann mir nicht vorstellen, an meiner alten Schule zu unterrichten, solange nicht etliche der Lehrer von damals in den Ruhestand gegangen oder verstorben sind. Gloria freut sich tatsächlich über das Geschenk, das ich mit ausgesucht habe – ein Kofferset für ihr künftiges Abenteuerleben. Nach ihrer Rede kommt sie zu mir, um sich zu bedanken.

»Oh, das war keine Mühe! Schließlich ist das ein großer Anlass. Wir werden Sie sehr vermissen«, sage ich und meine es aufrichtig. Gloria ist ein bisschen verrückt – sie glaubt zum Beispiel, dass die Mondlandung »mit Fragezeichen zu versehen« sei –, aber sie behält ihre haarsträubenden Ansichten für sich, und sie war sehr freundlich zu mir, als ich damals neu war. »Und fünfundzwanzig Jahre, das ist doch ein Grund zum Feiern! Haben Sie schon konkrete Pläne?«

»Sie haben es noch nicht gehört? Ich ziehe nach Spanien.«

»Nein, ich hatte keine Ahnung! Wie aufregend.« Wie geht das eigentlich nach dem Brexit, frage ich mich, spreche es aber nicht aus. »Ich beneide Sie, vor allem bei diesem eisigen Wetter«, füge ich hinzu, ohne das ernst zu meinen.

»Nun ja, Sie sind die Nächste, nicht wahr?«, sagt sie kichernd.

»Äh, wie das?« Glaubt sie, ich sei schon im Rentenalter?

»Ach, Sie wissen, wie das ist. Als ich anfing, dachte ich, ich werde nur ein paar Jahre hier sein und dann auf Reisen gehen oder von London wegziehen oder dergleichen. Mit fünfundzwanzig wollte ich schon nach Spanien ziehen. Aber das ist nicht passiert, nicht wahr? Ein Jahr nach dem anderen vergeht … und plötzlich ist man sechzig. Aber nun ja, besser spät als nie. Sie sind schon auf halbem Weg!« Sie kichert und geht, um mit einer anderen Kollegin zu plaudern und ohne zu bemerken, dass ich vor Schreck wie angewurzelt dastehe.

»Was hat Gloria dir erzählt? Das hat dich offenbar aus der Fassung gebracht.«

Maria McCarthy ist meine Lieblingskollegin. Sie ist mit ihren eins zweiundachtzig noch größer und hat noch lockigere Haare als ich. Außerdem ist sie eine waschechte Liverpoolerin, die meine Theorie beweist, dass aus den ungezogensten Schülern oft die besten Lehrer werden. Marias Schuleskapaden gingen weit über das Rauchen im Physikunterricht hinaus. Sie war, wie sie selbst sagt, ein Satansbraten. Jetzt unterrichtet sie Geschichte und Erdkunde. Freitagnachmittags erregt sie jedoch noch immer Aufsehen, wenn sie auf dem Motorrad ihres Freundes Dave davonbraust.

»Ach, nur dass ich in ihre Fußstapfen treten und ewig hierbleiben werde, dass ich nicht mehr vom Leben zu erwarten habe, als in dreißig Jahren nach Spanien zu ziehen.« Ich zucke mit den Schultern und betrachte es inzwischen mit Humor. Ich sehe es schon vor mir, wie ich Caroline oder Joe davon erzähle.

»In dreißig Jahren? Haha! Was hat Gloria geraucht, dass sie glaubt, wir können vor dem Siebzigsten in Rente gehen?«, sagt Maria gut gelaunt. »Und ich fliege morgen nach Spanien! Genauer gesagt nach Teneriffa.« Wie ich verreist Maria gleich morgen früh, nur dass sie mit Dave einen All-inclusive-Strandurlaub macht. »Wann fährst du zu deiner Mutter?«

Wir haben beide derart viel um die Ohren gehabt, dass ich ihr nicht mal von Dublin erzählen konnte. »Es gibt eine Planänderung. Ich erzähle es dir heute Abend – du kommst nach dem Gottesdienst auf ein Glas mit?«

»Natürlich! Trimesterabschluss-Umtrunk im Crown? Das habe ich in meinen zehn Jahren hier kein einziges Mal ausgelassen, und ich werde jetzt nicht damit anfangen!«

Ich lächle sie an und denke, dass Gloria vielleicht nicht ganz unrecht hatte. Sind wir etwa doch ein bisschen festgefahren? Werde ich am Ende immer noch hier sein als Miss Jones? *Und plötzlich ist man sechzig.* Mir fällt etwas ein, das meine Mutter neulich sagte: *Die Tage sind lang, aber die Jahre kurz.* Tja, dieser Tag ist nicht lang genug, als dass ich alles erledigen könnte, was getan werden muss, wenn ich pünktlich wegkommen will. Also schlinge ich ein Stück von Glorias Abschiedskuchen herunter, als Ersatz fürs Mittagessen, und eile zur nächsten Unterrichtsstunde.

»Mädchen!« Ich klatsche in die Hände, und das Kreischen und Kichern hört sofort auf. »Noch fünf Minuten, bis wir dran sind. Also prüft eure Mappen und vergewissert euch, dass eure Notenblätter in der richtigen Reihenfolge liegen – und nicht, ob Frisur und Make-up in Ordnung sind.«

Wir stehen in der Sakristei und warten auf unseren Auftritt. Es gibt so viele Mitwirkende, dass jede Gruppe den Raum nur für eine bestimmte Zeit nutzen kann. Ein paar Spiegel und Puderdosen werden verstohlen aus Rocktaschen gezogen, aber ich sehe darüber hinweg. Ich habe in den letzten zehn Minuten selbst mehr als einmal in den Spiegel geschaut. Ich höre Tony Shields, unseren Direktor, der gruseligerweise wie Professor Snape in *Harry Potter* klingt, den Schlusssatz seiner Rede vortragen. »Viel Glück, euch allen«, sage ich. »Denkt daran, zu mir zu sehen – und zu lächeln. Genießt den Auftritt.« Ashanti, die am Ende ihrer Reihe zittert, schenke ich ein strahlendes Lächeln, aber sie erwidert es nicht.

In der eingeübten Formation begeben wir uns in die Stille

der dicht besetzten Kirche, in der gedimmte Lampen und Dutzende Kerzen ein mildes Licht verbreiten. Es riecht nach Weihrauch und den hundert verschiedenen Parfüms der Mütter und Kolleginnen. Unsere Schritte auf den viktorianischen Fliesen klingen laut. Ich bin zugleich nervös und ruhig, wie immer kurz vor der Aufführung. Es ist unvergleichlich.

Die Mädchen reihen sich hinter dem Altar auf, und oben an der Orgel beginnt Chris die Einleitung zu *O Holy Night.* Ich blicke zu Ashanti, lächle ihr ermutigend zu und gebe ihr den Takt: eins zwei drei, eins zwei drei, eins zwei drei und los.

Nichts. Sie öffnet den Mund einen Fingerbreit und schließt ihn wieder, wobei sie mich panisch ansieht. *Scheiße,* denke ich, aber ich zeige meine Angst nicht, sondern dirigiere weiter, während Chris die Einleitungstakte wiederholt. Ich schätze, dass wir das noch viermal tun können, bevor es dem Publikum seltsam vorkommt, und dann würde ich die erste Zeile singen und hoffen, dass Ashanti übernimmt. Ich bemerke Emmy Pitt-Kay, die diskret auf sich zeigt – soll ich, Miss? –, und ich muss ihr Respekt zollen für ihre Geistesgegenwart. Sie wird es im Leben weit bringen. Noch zwei Wiederholungen, und ich werde sie singen lassen.

Ich richte meine ganze Aufmerksamkeit auf Ashanti, strahle sie beruhigend an und signalisiere: kein Problem, versuch's noch mal, eins zwei drei, eins zwei drei, jetzt. Und sie singt. Die erste Zeile klingt zaghaft, doch dann steigert sie sich, die Töne steigen in das dunkle Gewölbe auf, man sieht sie beinahe schweben. Ich bekomme eine Gänsehaut von der schieren Schönheit ihrer Stimme. *A thrill of hope, the weary world rejoices.* Nun setzt der Chor hinter ihr ein und erzeugt einen vollen, sauberen Klang. Die Mädchen singen so gut wie noch nie. *Fall on your knees, o hear the angel voices.* Ashanti kann währenddessen Atem schöpfen, und ich sehe erleichtert, dass sie nicht am Boden zerstört ist. Sie sieht fröhlich aus. Es ist ein Weihnachtswunder.

Hinterher steht man wie üblich beisammen und unterhält sich mit den Eltern, bis unsere Clique zum Pub aufbricht. Doch vorher muss ich Ashanti finden – sie ist bei ihrer Mutter und ihren zwei kleinen Brüdern, die an ihren Armen hängen und hüpfen.

»Das war super, Ashanti! Super!«, sagt der Jüngste gerade, und ich muss ihm beipflichten.

»Schsch, Malachi! Oh, Miss, es tut mir so leid, dass ich nicht sofort gesungen habe«, sagt sie, offensichtlich hin und her gerissen zwischen Schuldgefühlen und Freude, und möchte mir vom Gesicht ablesen, wie schlimm ich das fand.

»Nicht der Rede wert! Das ist keinem aufgefallen, und du warst brillant.« Ich umarme sie herzlich. »Ich danke dir. Es war umwerfend. Hallo, Mrs Evans! Ich hoffe, Sie sind stolz auf Ashanti – sie hat sich enorme Mühe gegeben.« Nach dem Satz bin ich heiser und hoffe, dass ich die Stimme nicht komplett verliere, was am Trimesterende manchmal vorkommt.

»Ja, sehr stolz.« Mrs Evans strahlt, das ist nicht zu übersehen.

»Ich habe Ihren Trick ausprobiert – für einen der Zuhörer zu singen«, erzählt mir Ashanti, während ihre Mutter mit den kleinen Brüdern abgelenkt ist.

»Oh, gut! Für wen hast du gesungen?«

»Für Sie, Miss.«

Ich bin ziemlich gerührt und weiß nicht, was ich sagen soll – zum Glück wählt Mrs Evans gerade diesen Moment, um ihre Tochter einzusammeln und mit der Familie zur Feier des Tages einen Milchshake trinken zu gehen. Gerührt und erschöpft wie ich bin, habe ich Lust, mir auch einen zu gönnen, aber mit einem großzügigen Schuss.

5

But Not For Me

Eine halbe Stunde später treffe ich meine Kollegen in der Bar des Crown Hotels: Maria, Chris und ein paar andere – hauptsächlich Frauen, wie das in der Lehrerschaft so ist. Als ich auf der Greencoats anfing, ging es an den Abenden im Pub hoch her, und mehr als eine Lehrerzimmerromanze fing bei ein bis fünf Gläsern Foster's Bier an. Allerdings sind wir inzwischen alle ein wenig gesetzter geworden. In vier Jahren gab es vier Hochzeiten im Kollegium, und Chris und ich sind noch die einzigen Singles. Wir haben das Crown für uns requiriert, weil die anderen Pubs nicht weit genug von der Schule entfernt sind. Da bestünde immer das Risiko, dass Eltern oder gar verirrte Schülerinnen auf ein Glas hereinkommen. Wie Polizisten dürfen wir nur abseits unseres Reviers etwas trinken gehen. Ich habe auch meine Wohnung danach ausgewählt, denn sie liegt so nah bei der Schule, dass ich bequem mit dem Rad hinfahren kann, und doch nicht im unmittelbaren Umfeld.

Chris und ich stellen uns an der Theke an, um Getränke zu holen. In romantischer Hinsicht ist Chris weniger ein Würde- als ein Sollte-Kandidat, denn auf dem Papier ist er perfekt. Er ist nett, er spielt Klavier, er frönt keinen Überzeugungen und keiner Sucht ... Ich bin nicht angetan von seinem langen Pferdeschwanz oder davon, dass er dampft (Ananasaroma – igitt), aber das würde mich auch nicht abschrecken. Zwischen uns funkt es einfach nicht. Er ist kameradschaftlich und dafür bekannt, im Musikunterricht irre Sachen zu machen, wie zum Beispiel sich als Mozart oder David Bowie zu verkleiden. Und das muss ich ihm lassen: Wer vor zweiunddreißig Vierzehnjährigen im Starman-Overall samt Make-up auftritt, verdient Respekt. Aber er ist kein Mann für mich.

»Das Kleid steht dir ausgezeichnet, Norah«, sagt er und wird ein bisschen rot. »Ist das neu?«

»Das alte Ding?« Ich lache. »Chris, ich trage das seit drei Jahren bei jeder Schulweihnachtsfeier. Aber danke.«

Die Barkeeperin stellt uns die Getränke hin – Bier für Maria und Chris, einen Brandy Alexander für mich. Wir tragen sie zu dem weichen Sofa in der Ecke, das Maria für uns erbeutet hat. Bestens gelaunt stoßen wir miteinander an. Weihnachten hat begonnen!

»Danke für vorhin, Chris – du hast mit deinem Orgelvorspiel den Abend gerettet«, sage ich. »Wie lange hättest du das durchgehalten?«

»Wenn nötig, den ganzen Abend«, antwortet er. »Zum Glück hat Ashanti noch die Kurve gekriegt. Ihr Name passt nicht so wirklich zu ihr, oder?«

»Was meinst du?« Ich nippe an meinem Sahnecocktail. Eigentlich sollte ich wegen meiner frühen Zugfahrt morgen darauf verzichten, aber ich habe immer einen am letzten Tag des Trimesters getrunken, das ist Tradition.

Er singt im Falsett. »*Always on Time*. Ja Rule featuring Ashanti? Norah! Wie kannst du den staatlichen Lehrplan unterrichten, wenn du den R'n'B der Nullerjahre und die heiße Sängerin Ashanti nicht kennst?«

»Tut mir leid, Chris. War vor meiner Zeit.« Ich lache, weil er sich gequält ans Herz greift.

»Was? Das war keineswegs vor deiner Zeit! Wann kam das raus? Das kann nicht vor, lass mich überlegen, 2004 gewesen sein. Ich sehe das nach.« Er checkt das im Handy. »Oh Mann, 2001. Aber das war vor fünf Jahren, richtig?«

»Ich fürchte nein. Das war vor fast zwanzig Jahren.«

»Wie ist das passiert? Die Nullerjahre waren erst gestern.« Chris schüttelte den Kopf. »Wie kann ich plötzlich so alt sein?«

»Du bist nicht alt«, widerspreche ich.

»Meinst du das ernst, Norah?« Er sieht mich traurig an.

»Absolut.« Ich unterdrücke ein Gähnen. Chris ist gerade vierzig geworden, aber in Männerjahren gerechnet ist er fünfundzwanzig, nach Dating-Rechnung ist er jünger als ich.

»Oh Gott, guckt mal – da ist EPK«, sagt Maria. »Im Crown, ausgerechnet!«

Emerald Pitt-Kay hat tatsächlich ihren blonden Kopf zur Tür hereingestreckt, zusammen mit zwei Spezis. Als sie uns sieht, reißt sie die Augen auf, schaltet sofort in den Rückwärtsgang und stößt die Tür nach draußen auf, und auch die anderen zwei drängen in ihren voluminösen Daunenparkas hinaus.

Maria springt auf. »Ich tu mal so, als wollte ich sie einholen, aber ich gehe zum Örtchen.«

»Uff.« Ich nutze den frei gewordenen Platz, um mich zu strecken, und schließe müde die Augen. »Damit hätte ich nicht gerechnet. Ich bin froh, dass wir uns jetzt nicht mit ihnen auseinandersetzen müssen.«

»Du hättest keinen Finger rühren müssen«, sagt Chris mannhaft. »Das hätte ich erledigt. Du hast heute genug getan – du hast den ganzen Abend geschmissen!«

»Wohl kaum. Aber danke, Chris – du bist ein Schatz.« Ich tätschle seine Hand.

»Meinst du das ernst, Norah?«, fragt er wieder. Ich fange gerade an, mir Sorgen zu machen, dass er mich falsch versteht, als ich den nächsten Schock erlebe, einen schlimmeren als bei EPKs überraschendem Erscheinen. Chris neigt sich zu mir, um mich zu küssen. Ich fahre zurück, sodass es nicht dazu kommt, und wir blicken uns erschrocken an.

»Oh Gott! Entschuldige, Norah!«, sagte er. »Das hätte ich nicht tun sollen!«

»Ist schon gut, Chris«, sage ich, nachdem ich die Sprache wiedergefunden habe. »So was passiert. Weihnachtsstimmung und so. Es tut mir leid. Du bist toll, aber ... es gibt jemand anderen«, füge ich hinzu und wünschte, es wäre wahr.

Er schüttelt den Kopf. »Ich hab mich hinreißen lassen. Du bist so schön, Norah. Ich habe gehofft, da ist was zwischen uns, aber das ist offenbar ein Irrtum, und es tut mir wirklich leid, dass ich die Situation falsch interpretiert habe!«

Ich bin froh, dass er das sagt, weil ich nämlich gerade dachte, wie ungeschickt es war, ihm die Hand zu tätscheln. Denn ich bin bekanntermaßen gegen jede Art Anmache am Arbeitsplatz, und Chris sieht jetzt sehr unglücklich und geschockt aus. Ich will nicht, dass er während der Weihnachtsferien Angst hat, ich würde mich offiziell über ihn beschweren. Und sein Versuch war schmeichelhaft – nur nicht in der Weise, die ich mir wünsche. Es ist mal wieder typisch. Wenn es ums Daten geht, bin ich wie diese Vogelhäuschen, die nur Eichhörnchen anziehen.

»Ist schon gut ... ich finde dich auch attraktiv, Chris. Nur nicht für mich. Bei Dating-Apps würdest du garantiert abräumen.« Ich bin halb in Versuchung, ihm einen anderen Haarschnitt zu empfehlen, aber ich bin nicht seine Mutter.

Ich hoffe, er ist noch mit ein oder zwei anderen Frauen befreundet, die ihn umstylen können.

Zum Glück kommt Maria gerade zurück und lockert die betretene Stimmung auf.

»Also, was hat es mit dem Trip nach Dublin auf sich?«, fragt sie und lässt sich zwischen mich und Chris aufs Sofa plumpsen.

»Eine Spontanentscheidung. Meine Mutter hat ihre Pläne geändert, und so sind wir darauf gekommen …« Auf keinen Fall kann ich ihr jetzt die ganze Andrew-Sache erklären. Die ist zu kompliziert, und ich will im Beisein von Chris nicht ins Detail gehen.

»Wer ist wir?«

Mist, habe ich wir *gesagt? Na ja, irgendwann kommt es sowieso raus.* »Ich und mein Freund Joe. Weißt du noch? Er kam in die Schule und hat vor dem Abschlussjahrgang über Trickfilmtechnik gesprochen.« Ihre Augen leuchten auf. »Der traumhafte Joe? Natürlich weiß ich das noch. Ist das ein romantischer Kurzurlaub? Ist er noch Single?«

Ich bin ziemlich überrascht. Ich hätte nicht gedacht, dass er Marias Typ ist, aber auf seine Art ist er ein Traummann. Gloria fand das jedenfalls, denn sie hat, als wir ihn im Lehrerzimmer bewirteten, die guten Plätzchen hingestellt – keine geringeren als in Folie gewickelte Viscounts. Ich sehe Chris' niedergeschlagene Miene und begreife, dass er Joe für jenen anderen hält. Vielleicht sollte ich ihn in dem Glauben lassen – das wäre das Einfachste. »Ja, ist er. Das heißt, noch.«

»Du stilles Wasser!« Maria wirkt begeistert. »Wie romantisch – eine kleine Auszeit in Irland. Meine alte Heimat, weißt du.«

»Nein, das wusste ich nicht. Wirklich?«

Sie zeigt auf sich. »Maria McCarthy? Aus Liverpool? Natürlich ist sie das. Ein Jammer, dass mein Nachname nicht McCartney ist, sonst würde ich zum Liverpooler Königshaus von Paul McCartney gehören. Aber ja, mein Großvater stammt aus Cork. Ich habe da noch jede Menge Verwandte und war früher jeden Sommer in Allihies. Eine tolle Zeit. Und Dublin ist fantastisch, du wirst dort Spaß haben. Es ist nicht billig, wohlgemerkt, aber man kann sich bestens amüsieren.«

»Das hoffe ich. Wie steht's mit dir, Chris? Hast du in den Ferien was vor?« Ich frage, um die Aufmerksamkeit von mir weg zu lenken.

Chris schildert seine Pläne, zu denen viele Chor- und Orgel-Gigs in verschiedenen Kirchen im Großraum London gehören. Also brauche ich mir seinetwegen keine Sorgen zu machen. Chöre sind absolute Brutstätten für Affären, da wird viel geflirtet und gevögelt, zumindest wenn man hetero ist. Da dürfte er bald jemanden kennenlernen. Kurz danach verabschiedet er sich, und das erleichtert mich. Ich bin froh, dass mindestens zwei Wochen Zeit ins Land gehen werden, bevor wir uns wieder begegnen müssen. Das wird furchtbar unangenehm werden.

»Was ist mit ihm los?«, fragt Maria, sobald er gegangen ist. »Sieht ihm gar nicht ähnlich, so früh abzuhauen. Vor allem nicht zu Weihnachten.«

Ich zucke die Achseln und lasse mir nichts anmerken. Ich bin versucht, ihr zu erzählen, was mir soeben mit Chris passiert ist, nur um ihren Gesichtsausdruck zu sehen, aber ich beherrsche mich. Sie hätte sicher nicht vor, das zu verbreiten, aber das wäre genau die Art Schulklatsch, der zweimal die Runde macht und quasi osmotisch in das Legendengut der Schülerinnen sickert.

»Was auch immer«, sagt Maria. »Apropos Auftritte. Wir wollen im Februar wieder eine unserer Tribute Nights im

Greyhound veranstalten. Kann ich dich für einen Act vormerken?«

»Oh … vielleicht. Mal sehen …«

Sie schüttelt den Kopf. »Das heißt also nein. Ach, komm! Ich habe schon Karaoke mit dir gesungen, ich weiß, wie gut du bist. Warum kannst du dich nicht überwinden und ein Lied auf der Bühne singen? Dave wird mit Journeying On auftreten.« Das ist Daves Tribute Band. »Du könntest einen Jazz-Song nehmen. Und trag das.« Sie deutet mit dem Kinn auf mein Kleid. »Der gute Chris wird eine Elvis-Nummer bringen, *Love me Tender*.«

»Ich weiß nicht … Ich denke immer, irgendjemand stellt dann Aufnahmen online, und die Schülerinnen finden sie«, klage ich, und das ist realistisch.

»Aufnahmen! Du bist nicht Lady Gaga. Ehrlich, wenn die kleine Ashanti sich vor die ganze Schule stellen und singen kann, wieso du nicht?«

Sie hat recht. Und ich weiß, dass meine Weigerung, vor Publikum zu singen, albern ist. Aber letzten Endes weiß ich auch, dass ich es nicht durchziehen könnte. Doch ich sage, ich würde darüber nachdenken, damit ich Zeit gewinne und mir eine überzeugende Ausrede ausdenken kann. Zumindest bringt die Diskussion sie davon ab, mich noch mal auf Chris anzusprechen, dessen abrupter Aufbruch ganz untypisch war. Was für ein Schlamassel. Aber morgen um die Uhrzeit werde ich in Dublin sein und das alles hinter mir lassen, zumindest für eine Weile.

6

All I Want For Christmas

Normalerweise fahre ich mit dem Rad zur Arbeit, aber nicht heute – nicht nur, weil ich gestern Abend drei Cocktails getrunken habe, sondern auch, weil ich wie immer am Ende des Trimesters eine riesige Tasche mit Geschenken, Karten, Schulunterlagen und dem Laptop nach Hause transportieren muss. Also nehme ich den 144er-Bus, dankbar, weil er mich vom Muswell Hill wegbringt und in der Gegend um die Turnpike Lane absetzt, sodass ich Emerald Pitt-Kay und ihren Freundinnen, wo immer die im Laufe des Abends gelandet sind, nicht mehr begegnen werde. Im neuen Jahr werde ich sie beiseitenehmen und ein Wörtchen mit ihr reden, aber ich habe nicht das Herz, das in ihre Schulakte einzutragen. Schließlich war ich selbst minderjährig, als ich mal versucht habe, in solch eine Bar zu gelangen, und zwar ebenfalls zu Weihnachten. Ich wurde damals abgewiesen, zum Glück, wie sich am Ende herausstellte, denn dadurch habe ich Joe und seine Freunde kennengelernt – und ich hatte meinen ersten Gesangsauftritt.

Mit meinem Wollhandschuh wische ich das Kondenswasser von der Scheibe und lächle über jenen Abend. Es war Weihnachten 2004. Caroline, Kiran und ich waren uns einig, dass wir den Abend des 24. unbedingt in einem Pub verbringen wollten. Wir hatten wochenlang über nichts anderes geredet, und das war der einzige rebellische Lichtblick in unserem ansonsten sehr braven Abschlussjahr. Wir hatten den Pub des Drayton Hotels als idealen Platz ausgeguckt, weil wir wussten, dass er abseits der Pfade unserer Altersgenossen lag. Wir glaubten, unsere Chancen, dort bedient zu werden, wären größer als in den bekannten Teenagertreffs, die oft von der Polizei kontrolliert wurden.

»Der andere Trick ist, sich vorher zu überlegen, was man trinken will«, erklärte uns Kiran am letzten Schultag.

»Wieso das?«, fragte Caroline. Sie las gerade in der *Heat* ein Interview mit ihrem Schwarm Orlando Bloom und blickte auf. Sie und ich waren von Promis fasziniert und unterhielten uns endlos über sie, als würden wir sie persönlich kennen. Kümmerte sich jemand um Britney Spears? War Ben Affleck wirklich in J-Lo verliebt gewesen, oder hatte er nur Publicity gebraucht? Und wie sollte Jennifer Aniston bloß je über Brad hinwegkommen? Diese Themen erörterten wir buchstäblich stundenlang, während Kiran die Augen rollte.

»Es muss sich anhören, als wäre man es gewöhnt, Drinks zu bestellen. Wenn du gefragt wirst, was du willst, sagst du nicht: ›Äh, äh, einen Alcopop?‹ Sondern du sagst was Genaues wie: ›Ich möchte einen Bombay Sapphire mit Tonic bitte und mit Limette, nicht mit Zitrone.‹ Dann halten sie dich für erfahren und zweifeln nicht an deinem Alter.«

»Was ist ein Bombay Sapphire?«, fragte ich.

»Eine Gin-Sorte, die gerade in ist«, erklärte Kiran. »Du kannst auch einen bestimmten Wein bestellen, wie: Ich möchte einen 2004er Chardonnay bitte, aber nur wenn er aus Frankreich kommt. Australische Weine trinke ich nicht.«

»Aber ich mag nur Bacardi Breezers«, sagte Caroline. »Was ist mit unseren Studentenausweisen? Nützen die denn nichts?«

Kirans älterer Bruder Azad, der Wirtschaftswissenschaften an der Kingston studierte, hatte uns von einem Kerl falsche Ausweise mit anderen Geburtsdaten und von verschiedenen Unis besorgt. Sie sahen nicht besonders echt aus. Meiner war vom Leicester Regional Technical College, das es gar nicht gab. Wir mussten uns nicht nur unser neues Alter merken und wissen, was wir studierten, sondern auch das Geburtsdatum und das Sternzeichen einprägen. Das war fast wie Method Acting oder Spionagealltag.

Trotz allem waren wir am Weihnachtsabend aufgebrezelt und bereit, zum ersten Mal in einem Pub aufzuschlagen. Kiran hatte empfohlen, sich »professionell« zu kleiden, deshalb trug ich mein rotes Top mit dem tiefen eckigen Ausschnitt, einen schwarzen engen Rock und kniehohe Stiefel, sodass ich aussah wie meine Stilikone Monica bei *Friends.* Da ich die Regel »Augen oder Lippen« noch nicht kannte, trug ich bei beiden dick auf und lief dann nach unten, um meinen Eltern zu sagen, dass ich ausginge.

Sie waren in der Küche, die sich im gewohnten vorweihnachtlichen Alarmzustand befand. Auf allen Flächen standen Kartoffeln und Gemüse in Schüsseln mit Wasser – ich hatte den ganzen Nachmittag geschält und geschnippelt – und meine Mutter zerkleinerte mit dem Nudelholz altbackenes Brot für ihre berühmte Füllung. Mein Vater polierte das Silberbesteck, damit es am nächsten Tag beim Weihnachtsessen benutzt werden konnte, und naschte heimlich von den Hackfleischpastetchen, die auf einem Gitter abkühlten. Er hörte Jazz über Kopfhörer, weil meine Mutter beim Kochen lieber Radio 4 hörte. Ich hatte sie in der Woche zuvor am Telefon zu einer Freundin sagen hören: *Weihnachten bedeutet nichts weiter als drei Tage in der Küche zu stehen, oder?* Ich wusste wirklich nicht, wieso dafür immer solch ein Aufwand getrieben werden musste. Dad, Miles und ich hatten ihr immer wieder gesagt, dass wir keinen Wert legten auf fünfzig verschiedene Beilagen, und sie hatte immer erwidert: aber ich. Ich hatte angeboten, die Beilagen zuzubereiten, aber sie hatte das abgelehnt und ich nicht weiter insistiert. Ich würde sowieso alles falsch machen.

»Mike, die Pastetchen sind für morgen! Ehrlich, du bist schlimmer als die Kinder«, sagte Mum verärgert. »Du siehst sehr hübsch aus, Norah. Wofür hast du dich schick gemacht?«

»Also ... ich treffe mich mit Caroline und Kiran«, sagte ich. »Wir wollen im Drayton Hotel was trinken.«

Ich hatte mir das nicht richtig überlegt, nur angenommen, sie wären einverstanden, wenn ich in eine gepflegte Hotelbar ginge, denn immerhin erlaubten sie mir ab und zu ein halbes Glas Wein. Und außerdem würde ich schon im Januar achtzehn werden. Aber meine Mutter legte sofort ihr Nudelholz hin und stemmte die Hände in die Seiten. »Soll das ein Witz sein? Das kommt überhaupt nicht infrage. Mike, du stimmst mir doch zu, nicht wahr?«

»Also ... ehrlich gesagt, sehe ich da kein Problem«, widersprach er, und dabei gab er vorsichtig etwas mehr Politur auf sein Tuch. »Ein paar Gläser in einer Hotelbar? Das ist besser als Cider auf der Bank im U-Bahnhof.«

»Aber das ist so unnötig! Sie hat noch genügend Jahre vor sich, um mit ihren Freundinnen etwas trinken zu gehen.«

»Also, Moment mal«, sagte er. »Bist du nicht schon mit siebzehn ständig in Pubs gegangen?«

»Damals war das etwas ganz anderes! Inzwischen passieren so viele Verbrechen ... Außerdem wollte ich, dass wir später zusammen Cluedo spielen – einen netten Familienabend erleben. Du warst damit einverstanden, Mike.« Offensichtlich lief das auf einen Streit hinaus, wie so oft, und daher war ich nicht überrascht, als sie sagte: »Norah, geh und sieh mit deinem Bruder fern.«

Ich trollte mich, verärgert über mich selbst. Warum hatte ich mich so dumm verhalten? Ich hätte wissen müssen, dass es deswegen Krach gäbe. Ich ging ins Wohnzimmer, wo Miles auf dem Sofa lümmelte und *Shrek* guckte. Früher hätte ich den Film voller Vorfreude in der *Radio Times* mit dem Kuli eingekreist und mich den ganzen Tag darauf gefreut. Teils wünschte ich mir, ich könnte ihn mir im Pyjama mit einer Packung Schokoriegel im bunten Schein unseres künstlichen Weihnachtsbaums ansehen.

Miles sagte kein Wort, als ich hereinkam, aber er schwang die Beine von der Couch auf den Hocker, damit ich mich hinsetzen konnte. Er hatte sich beim Rugby einen Finger verstaucht und war für heute von Haushaltspflichten befreit. Meine Mutter war ungemein stolz auf sein sportliches Können, das in unserer Stubenhockerfamilie eine Seltenheit war, und behandelte ihn wie ein teures Rennpferd. Sie kaufte nur für ihn haufenweise Brot von Hovis und Crunchy Nut von Kellogg's, während Dad und ich uns mit billigen Cornflakes begnügen mussten. Aber im Allgemeinen kamen wir gut miteinander aus, zogen jeder unser Ding durch und gerieten uns praktisch nie in die Haare, weil wir so verschieden waren. Mein Bruder hieß zwar nach Miles Davis, hatte aber zu Dads großem Kummer für Jazz oder überhaupt für Musik nichts übrig.

»Du bist aufgebrezelt – was geht ab? Eine Party?«, fragte Miles träge. Er wusste immer gern, was die Mädchen in meinem Jahrgang trieben, damit er das seinen Kumpels berichten und sich mit seinen fünfzehn Jahren wie ein Mann fühlen konnte, der sich auskannte.

»Nein, ich soll auf einen Drink ins Drayton kommen … Mum ist ausgeflippt, und jetzt streiten sie.« Wir konnten sie reden hören, leise, aber wütend, und das war das konstante Hintergrundgeräusch zu Weihnachten und eigentlich in unserem ganzen Leben. Meinen verspannten Magen nahm ich schon gar nicht mehr wahr.

»Du bist eine Idiotin, Norah. Warum kannst du nicht lügen wie jeder normale Mensch?«, sagte Miles. Es stimmte. Er hatte das immer getan. Wenn unsere Eltern ihm etwas vorhielten, nickte er lächelnd und tat weiterhin, was er wollte, sorgte aber dafür, dass sie es nicht herausfanden.

»Vielleicht werde ich das noch«, sagte ich.

Ich legte die Tüte Schokoriegel hin und ging in die Küche. Da blieb ich schweigend stehen, bis sie mich bemerkten.

»Ich habe den anderen getextet. Wir treffen uns stattdessen bei Kiran.«

Beide wirkten erleichtert, und ich fühlte mich zwar schuldig, aber ebenso erleichtert. Es war wirklich einfacher zu lügen. Ich verstand jetzt, warum das jeder tat.

»Ich fahre dich hin, Schatz«, sagte mein Vater und stand auf. »Es ist sehr kalt heute, und du müsstest womöglich ewig auf den Bus warten.«

»Oh … das wäre toll. Danke, Dad.« Kiran wohnte beim Drayton um die Ecke. Ich konnte ihr unterwegs schreiben, sie solle zu Hause auf mich warten. Und außerdem hatte ich das starke Gefühl, dass Dad mich sowieso nicht nach Einzelheiten fragen würde.

Zwanzig Minuten später stöckelten wir hoffnungsvoll auf den Eingang der Hotelbar zu. Hinter der Theke stand jedoch ein älterer Mann, dem man nichts vormachen konnte, und deshalb kamen wir nicht mal so weit, etwas zu bestellen. Er fragte uns sofort nach unseren Ausweisen, und nach einem flüchtigen Lächeln schüttelte er den Kopf.

»Tut mir leid, ihr Lieben«, sagte er. »Kommt in ein paar Jahren wieder. Und frohe Weihnachten.«

»Na ja, wenigstens war er nett zu uns«, meinte Caroline, als wir nach draußen trotteten. »Und er hat gesagt, wir können wiederkommen.«

»Echt jetzt? Den Laden betrete ich garantiert nie wieder.« Kiran war sauer. »Ehrlich. Zwanzig Mäuse für diese Ausweise! Aber keine Sorge, das Geld hole ich uns zurück.«

»Und wohin gehen wir jetzt?«, fragte ich. »Wie wär's mit McDonald's? Oder Pizza on the Green?«

»Nein, wir müssen irgendwohin, wo wir was trinken können, wie es geplant war«, sagte Kiran. »Das darf nicht der Abend werden, an dem auf einer Haftnotiz mit uns Schluss gemacht wird! Das muss der Abend werden, an dem etwas passiert.«

Caroline und ich verstanden die Anspielung auf *Sex and the City*, aber wir mochten die Serie nicht so sehr wie Kiran. Die Frauen hatten alle ein tolles Leben, also warum beschwerten sie sich ständig? Ich überlegte so angestrengt, wohin wir gehen könnten, dass ich die Jungs, die an uns vorbeigingen, erst wahrnahm, als sich einer von ihnen umdrehte.

»Norah?«

Es dauerte einen Moment, bis ich wieder wusste, wer er war: Joseph Lee von der West Ealing Junior Arts Academy, kurz WEJAA. Letztes Jahr waren wir zusammen in dem Musical *Jesus Christ Superstar* aufgetreten, ich in der Rolle der Maria Magdalena. Mein Vater hatte ihn währenddessen ein paar Mal nach Hause gefahren, aber nach der Aufführung waren wir nicht weiter in Kontakt geblieben. Ich war zu sehr damit beschäftigt gewesen, für den Hauptdarsteller zu schwärmen, und Joe konnte keinen Ton halten, weshalb er bloß im Chor sang. Doch ich erinnerte mich, dass er das Werbeplakat gemalt hatte, und es war brillant gewesen: psychedelisch, sehr Siebzigerjahre, mitsamt Regenbogenschrift. Joe war nett, aber mit seiner Punker-Frisur und den Baggy-Jeans eigentlich nicht mein Typ.

»Frohe Weihnachten! Was habt ihr vor?«, fragte er. Ein paar von seinen Freunden hatte ich schon mal gesehen, aber natürlich gingen die auf eine andere Schule.

»Oh, wir wurden gerade aus dem Laden da rausgeworfen«, antwortete Kiran. »Die wollten unsere Ausweise nicht akzeptieren.«

Caroline und ich zuckten peinlich berührt zusammen. Das hätten wir niemals zugegeben.

»Natürlich nicht«, sagte einer von Joes Freunden. »Da darf man erst mit einundzwanzig rein.«

»Wir gehen ins Finnegan's – wollt ihr mit?«, fragte Joe.

Wir drei sahen uns an. »Ist der Laden nicht total zwielichtig?«, fragte Caroline. Ich wusste, was sie dachte. Es war allgemein bekannt, dass man im Finnegan's begrapscht werden konnte. Aber ich war zu einem Karateschlag bereit, sollte das einer bei mir versuchen.

»Genau – deshalb lassen sie uns ja rein«, meinte Joe.

»Also gut«, sagte Kiran. »Dann zum Finnegan's.« Nach ihren *Sex-and-the-City*-Hotelbar-Träumen war das ein herber Abstieg, aber irgendwo mussten wir ja anfangen. Wir zogen los. Joe machte uns mit seinen Freunden, Paul, Will Palmer und Simon Martin bekannt. Ich erschrak, als mir klar wurde, dass Paul *der* Paul Slovinski war, in seiner und unserer Schule dafür berühmt, dass er die Junior-Tennismeisterschaft gewonnen hatte und Gedichte schrieb, die in ihrem Schuljahrbuch veröffentlicht wurden. Miles hatte das mit nach Hause gebracht. Ich war von seinem Sonett *Desolation* ziemlich angetan gewesen und hatte es den Mädels gezeigt. Wir hatten auch sein Foto darin gesucht und entschieden, dass er ein heißer Typ war. Er sah aus wie ein Dichter, groß, traumhafte Wangenknochen, schwarze Haare und stechend blaue Augen. Er fing mit Kiran eine Unterhaltung an, und ich hörte ihn erzählen, dass er sich an der Universität in Edinburgh beworben habe.

»Offiziell, um Englisch zu studieren«, sagte er, während ich verständnislos guckte. Ich hatte noch niemanden dieses Wort benutzen hören und war mir nicht mal sicher, was es bedeutete. »Aber das ist nur vorgeschoben. Ich will dort Stücke schreiben und beim Fringe Festival aufführen.«

»Brillant!« Kiran war hingerissen. Sie stand auf Männer mit großen Plänen. »Du musst uns Eintrittskarten zukommen lassen!«

»Mach ich«, versprach Paul. Sein Ehrgeiz beeindruckte mich. Paul hatte sich offenbar alles genau überlegt und in größerem Stil geplant als andere, die ich kannte, einschließlich mir.

»Wo hast du dich für nächstes Jahr beworben, Norah?«, fragte Joe. »Willst du Musik studieren?«

»Oh, nein ... Geschichte«, sagte ich. »Ich möchte nach York. Da gibt es ein tolles Musikinstitut, da würde ich gern in den Chor gehen – wenn sie mich lassen.«

»Natürlich lassen sie dich! Ich dachte, du willst Gesang studieren und später mal Opern singen.«

Ich lachte. »Bestimmt nicht. Es ist praktisch unmöglich, in dem Fach Karriere zu machen. Darum dachte ich an was Nützliches.« Ich war mir nicht sicher, was ich mit meinem Geschichtsstudium anfangen wollte. Vielleicht irgendwas im

Öffentlichen Dienst – jedenfalls etwas Beständiges, Zuverlässiges.

»Also wie Geschichte?« Joe zwinkerte mir zu. »Sehr nützlich.«

»Und was ist mit dir? Willst du Kunst studieren?«, fragte ich angesäuert.

»Nö. Ich hoffe auf einen Ingenieursstudienplatz an der Imperial. Ich will grüne Flugzeugtechnik entwickeln und damit Millionen verdienen, und dann setze ich mich zur Ruhe und mache Kunst.«

Auch einer, der im großen Stil plante. Da zeigte sich wohl das Selbstvertrauen, das man ihnen in der Jungenschule beibrachte. »Tu das«, sagte ich und senkte die Nase in meinen Schal. Es war eisig kalt. Ich hoffte, dass es bis zum Finnegan's nicht mehr weit war. »Wenn du mit deiner Kunst Millionen machen willst, solltest mit dem Fälschen von Ausweisen anfangen. Unsere sind Müll, und wir haben zwanzig Mäuse dafür gezahlt. Hast du auch einen?«

»Nicht nötig – ich bin schon achtzehn«, entgegnete Joe großspurig. »Seit dem 15. Oktober – falls ihr mir nächstes Jahr eine Karte schicken wollt.«

Ich suchte nach einer schlagfertigen Erwiderung, aber die erübrigte sich, denn wir kamen am Finnegan's an und wurden reingewinkt, ohne dass auch nur nach dem Ausweis gefragt wurde. Drinnen drängten wir uns an die Theke, um uns mit Bacardi Breezers zu versorgen. Die bekamen wir ohne Schwierigkeiten, außer dass wir schreien mussten, damit der Barkeeper uns bei der lauten Musik verstand. Auf der Bühne spielte eine Band namens Nine Inch Nialls, die U2-Songs coverten, passend zur irischen Aufmachung des Pubs – die Wände waren mit Irland-Plakaten tapeziert, die in der rötlichen Beleuchtung jedoch schlecht zu erkennen waren. Es stank nach schalem Bier und Zigarettenrauch, der Boden klebte, und das Publikum war um die sechzehn. Aber das Lokal war mit Lametta und Lichterketten weihnachtlich geschmückt, und wir waren euphorisch, weil wir es endlich in einen echten Pub geschafft hatten.

Weil es zu laut war, um sich zu unterhalten, tanzten und tranken wir – obwohl Joe immer wieder versuchte, ein Gespräch anzufangen. Einmal fragte er mich nach meiner E-Mail-Adresse. Er wolle mir eine Petition zur Eröffnung eines Skateparks in Ealing schicken.

»Skatest du denn, Joe?«, fragte ich.

»Nein. Würde ich aber, wenn es einen Skatepark gäbe.«

Ich lachte, und wir unterhielten uns über andere lokale Treffpunkte. Wir erörterten gerade angeregt, wer in Ealing die beste Pizza machte – Pizza on the Green oder der Pizza Express –, als ich merkte, dass es schon fast zehn war. Die Zeit war wie im Flug vergangen. Da ich ein schlechtes Gewissen hatte, schrieb ich meinem Vater eine SMS: *Dad, nur damit du Bescheid weißt, wir sind im Finnegan's gelandet. Das wollte ich dir sagen, nur falls irgendwas sein sollte. Bin um Mitternacht wieder zu Hause.*

Plötzlich kam Caroline angelaufen und stieß mich an.

»Norah, hast du gehört? Die Sängerin musste von der Bühne, weil ihr schlecht geworden ist, und jetzt fragt die Band, ob jemand anderer singen möchte.«

»Was?« Kiran brachte Joe zum Schweigen, und wir hörten den Gitarristen ans Mikro tippen. »Hallo, Leute, wollte nur sagen ... unsere Sängerin musste, äh, aus Gesundheitsgründen aussetzen, und wir haben noch zehn Minuten zu spielen, falls jemand nach vorn kommen und ein paar Takte singen möchte. Das ist eure große Chance bei den Nine Inch Nialls. Danke.«

»Du solltest das machen«, sagte Joe und gab mir einen sanften Schubs.

»Was? Ich habe gar nichts parat – ich kenne keine U2-Songs«, erwiderte ich. Aber Kiran und Caroline schoben mich bereits zu der »Bühne«, einem kleinen Podium in der Ecke.

»Okay, wir haben eine Freiwillige«, sagte der Gitarrist. »Wie heißt du?«

Auf keinen Fall würde ich meinen wirklichen Namen nennen, denn es waren Leute von unserer Schule und anderen Schulen da, und das war genau der Stoff, durch den man zur Legende wurde, allerdings nicht im guten Sinne. Aber ich hatte ein paar Breezers zu viel getrunken, und in dem Moment fiel mir ein, dass ich doch einen U2-Song kannte: *I Still Haven't Found What I'm Looking For.*

»Das hatten wir heute Abend schon«, sagte der Gitarrist. »Weißt du was? Wie wär's mit einem Weihnachtslied?« Und er spielte eine kurze Melodie.

»Oh, das kenne ich.« Meine Zweifel und Bedenken verflogen im selben Moment. *All I Want for Christmas?* Die Sängerin in mir erwachte zum Leben, ich war bereit. Ich nahm das Mikrofon und sang die ersten Takte, zuerst leise, dann selbstbewusster, und es wurde still im Pub.

Wenn ich *All I Want for Christmas Is You* von Maria Carey singen wollte, dann richtig. Ich sang die gospelhafte Einleitung samt Improvisation, und dann legten wir los. Es war ein fantastischer Song, ich brauchte mich nur an den Text zu erinnern und mitzuhalten, während der Keyboarder und die Gitarristen ihr Ding machten. Die Leute tanzten. Kiran und Caroline kreischten vor Begeisterung, und ich sah Joe sein Bier trinken und mich breit lächelnd beobachten. Am Ende improvisierte ich noch einmal, und als ich sang: *You, baby* zeigte ich ins Publikum. Die Leute standen kopf. Aber ich zeigte auf niemand Bestimmten. Denn ich wollte nicht jemanden, sondern das. Ich sang mir die Seele aus dem Leib, sah die Leute tanzen und schunkeln und mitsingen – es war wie ein Rausch.

Doch dann, als ich das letzte *You, baby* sang, drängten Kiran und Caroline nach vorn und winkten hektisch. »Norah!«, rief Kiran. »Polizei!« Ich überlegte keine Sekunde lang, sondern schoss von der Bühne, raffte unsere Parkas von dem Haufen neben dem Eingang, wo wir sie abgelegt hatten, und rannte nach draußen. Keuchend und kichernd rannten wir die halbe Straße hinunter und wagten nicht, uns umzudrehen.

»Glaubst du wirklich, die Polizei ist da drinnen?«, fragte Caroline. »Wir sollten nachgucken, ob die Jungs klarkommen.«

»Müssten sie. Paul ist achtzehn, Joe auch«, meinte Kiran. »Na ja, vielleicht war das falscher Alarm. Ein paar Typen an der Theke haben das zu mir gesagt.« Sie machte ein ungewohnt verlegenes Gesicht. »Vielleicht wollten die mich nur auf den Arm nehmen.«

»Mach dir keinen Kopf«, sagte ich. »Wir sind gegangen, als es am schönsten war. Ach du Schreck, da ist mein Dad!«

Er war es tatsächlich. Er stand drei Meter weit entfernt und schaute zuerst ein wenig streng. Doch als er näher kam, strahlte er plötzlich. »Du warst großartig, Norah«, sagte er und schloss mich in die Arme. »Wirklich großartig.«

»Sie haben zugehört, Mr J?«, fragte Kiran erschrocken.

»Ich hab draußen gestanden, um heimlich eine zu rauchen – sag das nicht deiner Mum – und ich wusste sofort, da singt Norah. Wie bist du auf der Bühne gelandet, Schatz?«

»Das war reiner Zufall«, sagte ich, während Kiran gleichzeitig antwortete: »Die Sängerin der Band musste sich auf dem Klo übergeben.«

»Ein toller Schuppen«, meinte mein Vater. »Na, ich bin froh, dass du mir gesagt hast, wo ihr seid. Ich hätte das nicht verpassen wollen. Soll ich euch alle nach Hause bringen?«

Joe und Paul kamen in dem Moment heraus, um zu sehen, was aus uns geworden war, und so wurde beschlossen, dass mein Vater Joe, Caroline und mich mitnehmen und Paul mit Kiran zu Fuß nach Hause gehen würde.

Und damit fing es an, dass wir alle zusammen abhingen: noch einige Male in den Weihnachtsferien und dann den ganzen Sommer nach dem Abitur. Wir haben sogar die Nacht nach der Zeugnisvergabe zusammen verbracht und landeten schließlich bei Wills Eltern im Garten im Planschbecken. Auch nachdem wir an verschiedenen Unis studierten, trafen wir uns zu Weihnachten in dem Pub. Während der verschiedenen Jobs, Beziehungen und Wendepunkte im Leben blieb der Pub-Besuch am Weihnachtsabend eine Konstante. Und deshalb kann ich gegen Emmy Pitt-Kay nicht zu hart sein – sie tut nur, was ich selbst einmal getan habe.

Als ich meine Bushaltestelle kommen sehe, drücke ich auf den Halteknopf und nehme mir vor, Joe morgen früh zu fragen, ob er sich an jenen Abend erinnert.

7

Sentimental Journey

Samstag, 21. Dezember 2019

Es ist fünf nach halb neun, und ich gehe in der Menschenansammlung im Bahnhof Euston in der Nähe der Paperchase-Filiale auf und ab, beobachte die Anzeigetafel, an der in orangefarbener Schrift die Zielbahnhöfe erscheinen, und warte darauf, dass der Neun-Uhr-Zug angekündigt wird. Es hat sich herausgestellt, dass zu Weihnachten Last-Minute-Flüge nach Dublin ziemlich teuer sind. Darum nehmen wir den Zug und die Fähre. Joe und ich konnten es kaum fassen, als wir den Flug buchen wollten.

»Das ist unverschämt«, sagte er. »Ich weiß, Angebot und Nachfrage, aber für das Geld könnten wir auch nach New York fliegen. Ob Nebensaison oder nicht.«

»Wahrscheinlich wollen viele Leute zu Weihnachten zu ihrer Familie. Schau, in der Gegenrichtung ist es wirklich billig«, sagte ich und zeigte ihm die Preise. »Selbst mit den Flugmeilen meiner Mutter ist es noch teuer.«

»Wie wär's mit dem Zug?«, fragte Joe.

»Mit dem Zug? Ich weiß, Geografie ist nicht deine Stärke, aber …«

»Zug und Fähre. Schau!« Joe zeigte mir die Ergebnisse seiner Suche. »Das ist viel billiger. Wenn man am Bahnhof Euston um neun in den Zug steigt, kann man um fünf in Dublin sein. Und das ist viel umweltfreundlicher. Ein doppelter Vorteil.«

Ich wusste, Joe stand auf Zugfahren. Während ich damals mit Kiran und Caroline durch Italien reiste, fuhr er mit der Transsibirischen von Moskau nach Peking. Was er jetzt vorschlug, schien mir genauso lange zu dauern.

»Wird das nicht ziemlich hart – so lange eingesperrt im Zug und auf einem Schiff?«

»Hart? Bist du verrückt? Zugreisen sind wahnsinnig schön. Bei den Preisen können wir Erster Klasse fahren, wenn du dir was Gutes gönnen willst. Und schau, auf der Fähre gibt es ein Kino!« Das sagte er in einem Ton, als ginge es um die Erste Klasse bei einer Karibik-Kreuzfahrt.

»Na gut«, sagte ich. Ich war ganz froh, auf seinen Vorschlag einzugehen, denn je mehr er in dieser Hinsicht organisierte, desto mehr konnte ich so tun, als wäre das ein gemeinsames Projekt und nicht nur mein verrückter Plan.

Unter die wartenden Passagiere mischen sich erschöpfte und weihnachtlich gestimmte Leute mit Koffern und Einkaufstaschen voller Geschenke. Ganz London scheint vom Bahnhof Euston aus nach Hause zu fahren. Es überrascht mich nicht, dass Joe sich verspätet. Es wird keinen Grund dafür geben. Es ist einfach seine Art, möglichst spät zu erscheinen. Ich hatte ursprünglich vorgeschlagen, sich um acht Uhr zu treffen, aber er war für Viertel vor neun, also einigten wir uns auf acht Uhr dreißig. Ich bin erleichtert, ihn mit zwei Bechern Kaffee ankommen zu sehen, als es noch nicht mal zwanzig vor ist.

»Ich weiß nicht, warum du so unruhig bist. Wir haben

Plätze reserviert, und es ist noch massenhaft Zeit«, sagt er und gibt mir meinen Kaffee.

»Wir müssen hier warten, bis der Zug angekündigt wird, damit wir wissen, auf welchem Bahnsteig er einläuft, und dann müssen wir rennen, sonst schnappt uns jemand die Plätze weg.«

Joe teilt meine Reisephilosophie offenbar nicht.

»Ich sollte noch eine Zeitung besorgen«, sagt er.

»Nein! Dazu bleibt keine Zeit mehr!«

»Ich wusste gar nicht, dass Zugfahren für dich so triggernd ist«, sagt er. »Schau, er wird gerade angekündigt. Bahnsteig zehn – da lang.«

»Ich will nur nicht in den falschen Zug steigen, das ist alles«, sage ich, als wir uns der Menge anschließen, die zu den Waggons hastet. Offenbar wird der Zug voll werden, und ich bin froh, dass ich darauf bestanden habe, die Erste Klasse zu buchen. Ich weiß nicht, woher meine Aufregung kommt. Ich weiß nur, ich werde angespannt bleiben, bis wir unsere Plätze 46 A und B eingenommen haben und unsere Taschen in Sichtweite verstaut sind.

»Hey, wie war eigentlich das Konzert?«, fragt Joe.

Ich schaudere bei dem Gedanken an Chris und den peinlichen Vorfall. »Das erzähle ich dir, wenn wir im Zug sitzen«, entgegne ich knapp.

An Bord herrscht Gedränge – jeder Waggon ist voll, und es hocken sogar Leute auf Koffern im Gang. Aber alle sind in Feierlaune. An manchen Tischen genehmigt man sich schon eine Stärkung, obwohl es neun Uhr morgens ist, man sieht viele Weihnachtsmützen, und manche schreiben noch schnell eine Weihnachtskarte. Alle sind auf dem Weg nach Hause. Diese Massenemigration jedes Jahr vor Heiligabend macht mich immer wehmütig. Es ist wahr, dass jeder zu seiner eigenen kleinen Herde stoßen will, aber das Reisen ist eine gemeinschaftliche Anstrengung. Wir sind alle unterwegs nach Hause – außer mir und Joe. Ich weiß nicht, wo ich landen werde, aber wenigstens habe ich Joe bei mir.

Bald gelangen wir in unseren Erste-Klasse-Wagen, der vergleichsweise leer ist, und finden unsere Plätze ohne Drama – wir haben einen Vierertisch und können uns schräg gegenübersitzen.

»Besser hätten wir es nicht treffen können«, sagt Joe. »Bitte sehr.« Er gibt mir aus einer Papiertüte ein Schokocroissant – mein bevorzugtes Katerfrühstück. »Ich dachte, das könntest du gebrauchen. Wie schlimm war es gestern?«

»Danke! Es war ein bisschen haarig, aber wir haben es gemeistert.« Ich berichte von der dramatischen Minute mit Ashanti zu Beginn.

»Ich dachte, du sagst jetzt, dass Emerald eingesprungen ist und das Solo gesungen hat. So würde ich die Szene entwerfen.«

»Nein! Aber hinterher gab es noch ein anderes Drama …« Es erleichtert mich, dass ich die Sache mit Chris jemandem erzählen kann.

»Ich glaube, du hast dir eine Chance entgehen lassen«, sagt Joe anschließend. »Stell dir nur vor, wie viel Spaß du mit dem erotischen Cosplay gehabt hättest. Erzähl mir nicht, du träumst nicht von einem Mann, der sich für dich in einen David-Bowie-Overall wirft.«

»Danke für das anschauliche Bild.« Ich schaudere. »Jedenfalls wird es nach den Ferien grauenhaft peinlich werden, aber egal, wir haben zwei Wochen Zeit, die Sache zu vergessen.«

Nun rattert der Zug durch vertraute Gegenden im Norden Londons, die aus diesem Blickwinkel fremd und fern erscheinen. Ich sehe die Brücke in Chalk Farm, wo ich mich früher mit meinem Freund Matt getroffen hatte, und ganz kurz den Primrose Hill, wo die Mädels und ich endlose Sommertage verbrachten, nachdem wir den Camden Market durchstöbert hatten. Dann fahren wir an Ealing vorbei, dem Ort unserer Kindheit, und nach Nordwesten, aus London hinaus Richtung Chester, nicht allzu weit weg von dort, wo mein Vater aufgewachsen ist. Joe hat recht. Eine Zugreise hat etwas Magisches. Sie entwickelt sich langsamer, gibt einem Zeit zum Nachdenken. Und für Gespräche, die man sonst nicht führen würde.

»Joe, ich weiß, das ist sentimental, aber glaubst du an Schicksal?«, frage ich. Das ist mir natürlich im Kopf herumgegangen.

»Nein. In meinen Augen besteht das Leben aus Zufällen, und wir haben die Idee des Schicksals oder der Bestimmung entwickelt, damit wir den Zufall besser verkraften.«

»Okay. Danke.« Ich weiß nicht, wieso ich überhaupt gefragt habe. Ich hätte mich damit an Caroline oder Kiran wenden sollen.

»Es ist komisch, dass du mich das fragst, denn wir haben gerade in meinem Kantonesisch-Kurs darüber gesprochen.«

»Wirklich? Das ist interessant.« Joe hat vor ein paar Jahren damit angefangen, weil er mehr über sein chinesisches Erbe erfahren will. Das Kantonesisch seines Vaters ist inzwischen ziemlich eingerostet, und zu Hause sprechen sie nur Englisch. Deshalb hat Joe beschlossen, es sich auf diese Weise anzueignen. »Was hast du gelernt?«

»Einen neuen Begriff: *Yuanfen*. Er wird hauptsächlich in der Bedeutung von Affinität gebraucht, glaube ich, Affinität zwischen Menschen, aber auch zwischen Menschen und Orten. Mein Vater würde sagen, er hatte eine Affinität zu Großbritannien. Aber man könnte auch sagen, dass es Yuanfen war, wenn man jemandem begegnet ist oder mit jemandem zusammengearbeitet hat.«

»Man drückt damit also aus, dass etwas vorherbestimmt war?«

»Ja. Aber es gibt einen Haken. Nur weil man diese Verbindung hat und man sich begegnen musste, folgt daraus nicht zwangsläufig, dass man zusammenbleibt. Manche Paare führt das Schicksal zusammen, sie sind aber nicht füreinander bestimmt – dafür gibt es in China eine Redewendung.«

»Ach so.« Jetzt wünschte ich, ich hätte nicht gefragt.

»Das kommt aus dem Buddhismus – die Idee ist, dass man sich aus einem früheren Leben kennt. Oder jedenfalls nehme ich das an.«

»Verstehe«, sage ich und denke, dass Italien 2009 als ein früheres Leben betrachtet werden kann. Auf jeden Fall kommt es mir so vor.

Ich habe noch keine Zeit gehabt, Caroline und Kiran über meine Reise zu informieren. In jüngeren Jahren wäre es unvorstellbar gewesen, dass ich so etwas tue, ohne endlos mit ihnen darüber zu telefonieren und im Idealfall alles bei ein paar Drinks zu erörtern. Aber wir sind älter geworden und haben mehr um die Ohren. Deshalb schreibe ich kurz in unsere WhatsApp-Gruppe, die peinlicherweise »Yass Queens« heißt.

Ist das schon zehn Jahre her? Unglaublich! 😱, schreibt Caroline. *Norah, das ist so aufregend. Ich bin sicher, er wird da sein. Ich bin so froh, dass du das tust* 🖤🖤.

Kirans Antwort braucht ein wenig länger, um durchzukommen. *Wow. Riesenneuigkeit!! Viel Glück, und hoffentlich läuft es gut* 🤞. *Würde liebend gern heute Abend chatten, aber ich bin seit vier Uhr auf, werde ins Bett gehen, sobald die Zwillinge schlafen.*

Du Ärmste. Wie lange schlafen sie momentan morgens?, schreibt Caroline.

Atticus wacht zwischen vier und fünf auf und weckt dabei Roxy. Heute war es 4.35, antwortet Kiran. *Im Grunde lebe ich jetzt in einer anderen Zeitzone. Bitte genieß die Ferien für mich mit, Norah. Ich kann mir solche Freiheit gar nicht mehr vorstellen😰. Halte uns auf dem Laufenden, okay?!!!*

Arme Kiran. Sie braucht ihren Schlaf mehr als jeder andere. Dass Joe bei mir ist, wissen die beiden noch nicht, aber das ist egal. Ich kann sie später noch ausführlich informieren.

Ich war zwar nicht schon um vier Uhr wach wie Kiran, aber nachdem es gestern spät geworden ist, bin auch ich todmüde. Mir fallen die Augen zu, und ich gleite in einen bizarren, stressigen Traum, in dem Chris und ich die Mädchen zu einem Schulausflug an den Gardasee mitnehmen. Emerald Pitt-Kay gibt ein Konzert in einem ausverkauften Amphitheater, und Andrew begleitet sie auf der Orgel.

Als ich aufwache, sehe ich, wie weit wir schon gekommen sind. Vororte und Häuser haben wir hinter uns gelassen und fahren an niedrigen Feldsteinmauern, grünen Weiden und Schafherden vorbei. Auf der anderen Seite zeigt sich allmählich die Küste. Hier und da sieht man eine Burg oder ein Stück Strand und dann ein großes Wohnwagengelände. Die tiefhängenden Wolken über den West Midlands sind aufgerissen, und biblische Lichtstrahlen berühren die graue See und die weißen Wellenkämme. Das sieht schön aus und ist ein viel größeres Erlebnis, als in einem Flugzeug zu sitzen – ich freue mich, dass wir diesen Weg nehmen.

»Willkommen in Wales«, sagt Joe.

»Schon?« Kopfschüttelnd setze ich mich auf und gähne. Ich hoffe, dass mir beim Schlafen nicht der Speichel aus dem Mund geflossen oder ähnlich Peinliches passiert ist, aber Joe macht den Eindruck, als wäre er in sein Buch vertieft gewesen: irgendetwas Postmodernes, Deprimierendes, gewollt Anspruchsvolles in Don-DeLillo-Manier. »Ich fasse es nicht, dass wir nach Irland reisen.«

»Ich fasse es nicht, dass du noch nie dort warst«, sagt Joe.

»Du etwa?«

»Klar. In Dublin bei einer Hochzeit, in Kilkenny wegen eines Jobs und einmal, nur um das Land zu erkunden. Wieso du noch nicht?«

»Vermutlich ... hat es sich einfach noch nicht ergeben.« Und ehrlich gesagt bin ich mir nicht sicher, was mich dort hinziehen sollte. Ich wüsste nicht mal, was es in Dublin zu sehen gäbe. Paris hat den Eiffelturm, Edinburgh das Schloss. Aber was hat Dublin? Eine Guinness-Brauerei, was mich nicht reizt, da ich kein Bier trinke, und das *Book of Kells*, das bestimmt großartig ist, aber ist das nicht eine arg lange Fahrt, nur um sich ein uraltes Buch anzusehen? Und natürlich ist da noch Andrew, aber die Vorstellung, hinzufahren und ihn nicht anzutreffen, ist schlimm. Da wäre es sicherer gewesen, nicht hinzufahren.

Das ist die einfache Antwort. Die weniger einfache Antwort hat mit meinem Vater zu tun.

»Hast du mir nicht mal erzählt, dass dein Vater Ire war?«, fragt Joe, als hätte er meine Gedanken gelesen.

Das gehört zu den Dingen, die ich wirklich an ihm schätze. Die meisten meiner Freunde sprechen mich nicht auf meinen Vater an, nie. Wenn ihre eigenen Väter mal zur Sprache kommen, wechseln sie das Thema, sobald ihnen meiner einfällt. Mir ist klar, dass das nur nett gemeint ist und sie mir Traurigkeit ersparen wollen. Doch sie verstehen eines nicht: Ich rede gern über ihn. Das gibt mir die Gelegenheit, mich an das Gute zu erinnern, und das Gefühl, dass er unvergessen ist.

»Seine Mutter war Irin, stammte aus Dublin. Sie kam in den Fünfzigerjahren herüber, ich glaube nach Manchester, und hat in einer Fabrik gearbeitet ... aber die Beziehung zwischen den beiden war schwierig. Ich glaube, meine Großmutter war ziemlich schroff, und wahrscheinlich hat er sie deshalb selten besucht. Wenn überhaupt.«

»Oh.« Joe denkt darüber nach. »Und der Rest der Familie? Dein Großvater zum Beispiel?«

»Tja, das ist so eine Sache. Ich weiß eigentlich nichts über sie.«

»Du meinst, sie sind gestorben?«

»Es ist kompliziert ... Sie waren wohl zerstritten. Mein Vater bekam ein Stipendium für die Manchester Grammar School, und dann ging er in Manchester zur Uni, und danach bekam er in London eine Praktikumsstelle als Baukalkulator. Dabei hat er meine Mutter kennengelernt und zog mit ihr in eine Wohnung in Earls Court, oder eigentlich ein besetztes Haus. Sie stritten sich an der Teemaschine über Atomkraft oder etwas anderes sehr Achtzigermäßiges. Soweit ich weiß, hat er dieses Leben hinter sich gelassen, nachdem sie beide geheiratet hatten und seine Eltern gestorben waren. Zumindest glaube ich, dass sie tot sind.«

»Also weißt du nicht, ob deine Großeltern noch leben oder ob sie tot sind«, sagt Joe langsam.

Ich nicke und empfinde eine merkwürdige Scham. »Wahrscheinlich denkst du, wir sind eine Katastrophe.«

»Eigentlich nicht«, erwidert er. »Ich dachte gerade, dass das bei meinem Vater nicht viel anders ist. Du weißt, er kam mit neun Jahren hier ins Internat – er wurde hierhergeschickt und mein Onkel zu Verwandten nach Kanada, und beide kehrten nicht mehr zurück. Und da meine Großeltern tot sind, weiß ich ehrlich gesagt nicht, wer in Hongkong lebt –

ein paar Tanten vielleicht, aber mein Vater erzählt kaum mal etwas.«

Ich nicke und fühle mich ein wenig besser, weil nicht nur meine Familie so ist. Andererseits ist es traurig, dass ich genau wie meine Kollegin Maria irische Wurzeln habe, aber anders als sie keine Verwandten, bei denen ich die Sommerferien verbringen könnte.

»Wie auch immer. Er war wirklich nett, dein Vater«, sagt Joe. »Ich weiß noch, dass er mich nach der Theater-AG oft nach Hause gefahren hat, weil ich ständig meine Monatskarte vergessen hatte. Im Auto ließ er Jazz laufen.«

»Ich erinnere mich.« Mein Vater war entsetzt gewesen, wie wenig Musik Joe kannte, und betrachtete die Nullerjahre als kulturelle Einöde. Daher nutzte er die Heimfahrten als Gelegenheit, um Joe an den Jazz heranzuführen.

»Durch ihn habe ich zum ersten Mal *Bohemian Rhapsody* von Queen gehört«, sagt Joe. »Er behielt mich so lange im Wagen, bis ich die ganzen zehn Minuten angehört hatte oder wie lang das Stück auch ist. Weißt du das noch?«

»Nein! Wann war das?«

»Das muss gewesen sein, als er mich wieder mal nach Hause gefahren hat. Weißt du noch, dass er dich manchmal zuerst zu Hause absetzte und mich erst danach? Wir hatten ein paar gute Gespräche«, erzählt er weiter. »Tatsächlich hat er mich ermutigt, mich an der Kunstakademie zu bewerben. Wusstest du das?«

»Nein! Das hat er wirklich getan?«

»Ja. Er meinte, ich sollte das Risiko eingehen und etwas tun, das mir am Herzen liegt, und ich würde das nie bereuen. Aber ich bin froh über mein Ingenieurstudium. Das kommt mir bei meiner Arbeit zugute.«

Ich strahle. Ich liebe es, etwas Neues über meinen Vater

zu erfahren. Das ist jedes Mal, als würde er in mein Leben zurückkehren – nur für einen Moment, für ein kurzes Aufflimmern. Ich frage mich, was er sagen würde, wenn er wüsste, dass ich zu diesem verrückten Abenteuer aufgebrochen bin. Wahrscheinlich: nichts wie hin! Ich glaube, er würde dasselbe wie zu Joe sagen, dass ich nie bereuen würde, das Risiko für etwas oder jemanden, der mir am Herzen liegt, eingegangen zu sein.

»Aber wer mir am meisten über Jazz beigebracht hat, bist du.« Joe mimt eine helle Stimme und einen belehrenden Tonfall. »Also, Chet Baker ... die meisten sehen in ihm nur einen Trompeter, aber du wirst feststellen, dass er seine größte Leistung tatsächlich als Sänger erbracht hat ...«

»Sehr witzig.« Ich trete unter dem Tisch nach ihm, aber lachend. »Dabei fällt mir ein ...« Ich erzähle ihm, dass Emerald in den Pub wollte und sofort kehrtmachte, als sie mich sah. »Erinnerst du dich noch an unseren ersten Abend im Finnegan's? Und dass wir dachten, die Polizei macht eine Razzia?«

»Ihr wart echte Dramaqueens«, sagt Joe. »Ihr habt euch offenbar vorgestellt, dass das abläuft wie während der Prohibition: lauter kreischende Mädels, und alle verstecken sich in ihrem Kontrabasskoffer. In Wirklichkeit kamen ein oder zwei Polizisten in Zivil herein, räusperten sich höflich und sagten: *Verehrte Gäste, wir werden jetzt eine Kontrolle durchführen, also halten Sie bitte Ihre Ausweise bereit.* Und dann fingen die Leute an, sich zu verdrücken. Und immer saß dann irgendein sehr selbstgefälliger Achtzehnjähriger allein über seinem Bier.«

»Gewöhnlich du«, sagte ich.

»Immer ich.«

Ich lache wieder. Jahrelang habe ich daran nicht gedacht oder mit Joe darüber geplaudert, bis gestern Abend. Irgendwo habe ich mal gelesen, dass eine Freundschaft ihr Haltbarkeitsdatum überschritten hat, wenn man nur noch über die alten Zeiten redet. Also ist das wohl ein gutes Zeichen für unsere Freundschaft. Aber Menschen erinnern sich mitunter an dieselbe Szene ganz verschieden. Was, wenn Andrew sich ganz anders daran erinnert, was zwischen uns gewesen ist? Oder vielleicht sogar überhaupt nicht? Ich bin darauf vorbereitet, aber es wird trotzdem wehtun, wenn ich den weiten Weg umsonst gemacht habe.

Die nächste zweisprachige Durchsage beginnt. »In Kürze erreichen wir Holyhead – Holyhead nächster Halt und Endstation. Wir wünschen allen Fahrgästen einen schönen Aufenthalt, eine sichere Weiterfahrt und frohe Weihnachten.«

Wieder steigt Panik in mir auf. Normalerweise bin ich auf Reisen nicht nervös, besonders wenn ich allein unterwegs bin und nicht mit einer Schar fünfzehnjähriger Mädchen. Doch als wir aus dem Zug steigen, schwitze ich vor Angst und stelle mir vor, dass die Fähre nicht kommt oder dass wir die falsche nehmen und in Schottland ankommen oder dass der Fährverkehr eingestellt wird und wir Weihnachten im Fährterminal in Holyhead verbringen müssen, wo wir uns von Shortbread aus dem Automaten ernähren.

»Falls das passiert, wird es bestimmt schön«, sagt Joe, nachdem ich meine Befürchtungen preisgegeben habe. »Wir würden uns ein B&B besorgen.«

»Die sind über Weihnachten geschlossen«, erwidere ich. »Und was wird dann aus unserer Reservierung in Dublin?«

»Norah.« Joe stellt ungeachtet der Menschenscharen ringsherum seine Tasche hin und nimmt mich bei den Schultern. »Alles wird gut. Wir werden an Bord gelangen, wir kriegen das hin. Und dann werden wir etwas trinken und aus dem Fenster schauen und unsere Bücher lesen. Vielleicht Kreuzworträtsel lösen. Und anschließend werden wir eine schöne Zeit in Dublin verbringen.« Er sieht mir in die Augen. »Bist du nervös wegen Andrew?«

»Muss wohl«, räume ich ein und merke, dass er recht hat.

»Mach dir deswegen keine Gedanken. Ob du an Schicksal oder an Yuanfen oder was auch immer glaubst – es entzieht sich deiner Kontrolle. Also was immer du tust oder nicht tust, wird sich kaum darauf auswirken, ob er kommt. Das liegt nicht in deiner Hand.«

Ob ich das wirklich beruhigend finde, weiß ich nicht. Aber als wir uns für die Fähre anstellen, nimmt meine Angst ein wenig ab. Ich werde einfach den nächsten Schritt tun und dann den übernächsten und versuchen, nicht auszuflippen und mir nicht wegen jeder Kleinigkeit den Kopf zu zerbrechen. Schließlich bin ich schon mal ein Risiko eingegangen, als ich damals mit Andrew in Italien geblieben war, und das hatte sich als gut erwiesen. Mehr als gut. Das war das Beste, was ich in meinem Leben getan habe. Und vielleicht schlägt der Blitz zweimal an derselben Stelle ein.

8

How High The Moon

Nach der Oper waren Andrew und ich fast die ganze Nacht aufgeblieben und erst bei Sonnenaufgang ins Bett gegangen. Ich wurde wach, weil Caroline mich an der Schulter rüttelte, und merkte sogleich an der Wärme im Zimmer, dass es schon spät war.

»Norah! Wach auf, Dornröschen. Wir müssen auschecken. Es ist Mittag. Und der Zug nach Rom geht um zwei!«

»Oh Gott, echt?« Ich setzte mich auf und rieb mir die Augen. »Es ist gestern ziemlich spät geworden …«

»Das stimmt«, sagte Kiran, die auf dem anderen Bett saß. »Raus damit! Wie war der Abend?«

»Oh, der war … der war wundervoll.« Ich brachte sie kurz auf den neusten Stand. »Na ja, das klingt sicher verrückt, aber …«

»Aber was?«, fragten sie unisono.

»Ich fliege nicht mit euch. Ich bleibe noch eine Woche hier.«

Zur Antwort ließ sich Kiran nach hinten aufs Bett fallen und schwenkte in ihren schicken Shorts die Beine hin und her. Sie drückte sich das Kissen aufs Gesicht und kreischte hinein.

Caroline sah mich groß an. »Was? Das ist nicht dein Ernst, oder?«

»Doch«, sagte Kiran und richtete sich auf. »Ich bin begeistert! Das ist so cool. Genau das hätte in dem Film passieren sollen, wo sich die beiden im Zug kennenlernen – wie hieß er noch gleich?«

»*Vor Sonnenaufgang*«, antwortete Caroline sofort. Den und die Fortsetzung hatten wir beide im Prince Charles Cinema gesehen, im Sommer nach dem Abi. »Ja, aber Norah, bist du dir seinetwegen sicher? Du kennst ihn eigentlich gar nicht – bist du sicher, dass er kein windiger Typ ist? Was ist mit deinem Flugticket und mit deiner Arbeit? Und was wird dein Vater sagen? Wollte er dich nicht vom Flughafen abholen?«

»Ja. Ich muss ihn anrufen. Ich werde ihm einfach sagen, dass ich länger bleibe. Er wird nichts dagegen haben. Natürlich erwähne ich Andrew mit keinem Wort.« Heiligabend 2004 war mir eine Lehre gewesen. Manchmal bat man besser um Verzeihung als um Erlaubnis. »Und wegen der Arbeit brauche ich nur am Montagmorgen bei der Zeitarbeitsagentur anzurufen. Das geht schon.«

»Und er ist eindeutig kein windiger Typ«, sagte Kiran. »Aber melde dich mal, Norah. Ich will alles wissen.«

»Ja, ich auch«, sagte Caroline wehmütig. »Das ist so romantisch. Aber pass auf dich auf, Norah. Fahr nicht mit ihm noch woanders hin.«

»Tue ich nicht«, versprach ich. »Ehrlich, mach dir keine Sorgen, Caroline. Ich glaube, er ist ein Guter.«

Nachdem sie zum Bahnhof aufgebrochen waren, ging ich wie vereinbart zur Rezeption hinunter, um mich mit Andrew zu treffen. Ich hatte gerade eine weitere Nacht in einem Frauenzimmer gebucht, als ich ihn hinter mir hörte.

»Hi«, sagte er mit dem schiefen Lächeln, das ich inzwischen liebte.

»Hi.« Ich strahlte selig übers ganze Gesicht.

»Ich hatte schon Angst, du würdest es dir anders überlegen und doch noch in den Zug nach Rom springen.«

»Nope, da bin ich. Die Mädels dachten, du kidnappst mich vielleicht, aber ich meinte, ich hätte schon einen Background-Check bei Interpol gemacht und du wärst sauber.« Schüchtern fragte ich nach: »Waren deine Freunde überrascht? Was haben sie gesagt?«

Er grinste. »Conors Worte waren: Das muss ja eine tolle Oper gewesen sein.«

Wir verließen das Hostel und gingen die Straße zum Fluss hinunter. Mir fielen die großen mittelalterlichen Türen in den hohen Häusern auf, die alle rosa, gelb oder orangebraun waren, wie es für Italien typisch zu sein schien. Es war ein stiller Sonntagmittag. Ein paar junge Männer ratterten auf Mopeds vorbei, aber davon abgesehen war es ruhig. Ich sah zu dem makellos blauen Himmel auf, und mein Herz schlug höher bei dem Gedanken, dass wir eine ganze Woche zusammen verbringen würden. Als wir am Fluss ankamen, sahen wir Verona vor uns liegen, mit seinen Ziegeldächern, Türmen und Kirchturmspitzen, geschlossenen Fensterläden und efeubewachsenen Ziegelmauern. Wir brauchten nur danach zu greifen.

»Stell dir vor, du könntest jetzt im Zug nach Rom sitzen und dann nach Hause fliegen«, sagte Andrew.

»Nein.« Ich bekam eine Gänsehaut. »Ich glaube nicht, dass ich je wieder hier wegwill.«

Kurz fürchtete ich, er könnte das für einen Vorschlag halten – dass wir zusammenbleiben und uns in Italien durchschlagen sollten –, doch er grinste mich an. »Ich weiß genau, was du meinst.«

Eine Bogenbrücke, der Ponte Pietra, führte uns über den breiten braunen Fluss, und durch einen Torbogen gelangten wir in die Altstadt. Wir plauderten und schlenderten umher, bis wir uns vor einem Haus wiederfanden, vor dem eine Menschentraube stand, die offenbar darauf wartete, nach der Mittagspause hineingelassen zu werden. Ich blickte zu dem mit Graffiti besprühten Schild hoch.

»*Casa di Giulietta.* Ach, natürlich. Hier wohnte Julia.«

»Was für eine Julia?«, fragte Andrew. Ich drehte verwundert den Kopf zu ihm und sah ihn grinsen. »Ich frotzle nur ... Ich hatte Romeo und Julia beim Junior Cert. *Zwei Häuser, beide gleich an Rang und Stand, sind in Verona ...*«

»*... entfachen alten Hass zu neuem Brand, bis Bürgerblut* und so weiter. Aber was heißt frotzeln? Und was ist Junior Cert?«

»Das entspricht eurem GCSE, dem mittleren Schulabschluss. Und frotzeln heißt, auf den Arm nehmen. Ich dachte nicht, dass das so ungewöhnlich ist. Willst du dir das Haus ansehen?«

Wir gingen durch einen Torweg, wo Zettel an Zettel an die Mauern geklebt und in jede verfügbare Ritze gesteckt waren.

»Das sind Briefe an Julia«, erklärte Andrew. »Leute aus aller Welt hinterlassen hier ihre Liebesbotschaften, damit Julia sie – tja, ich bin mir nicht sicher, was die Leute von ihr erwarten, jedenfalls hinterlassen sie sie hier. Ein Sieg der Hoffnung über die Erfahrung.«

Der Torweg führte in einen alten ummauerten Hof, in dem vor einer dicht bewachsenen Mauer eine schlanke Bronzestatue Julias stand, blank gerieben von Abertausend Händen. Über der Tür gab es einen Balkon und daneben Bogenfenster, in denen man sich Julia oder ihre Amme vorstellen mochte, die nach Romeo Ausschau hielten.

»Ist das echt?«, fragte ich.

»Na ja, das hängt davon ab, was du mit echt meinst. Das Haus stammt aus dem 13. Jahrhundert, aber der Balkon wurde zu Anfang des 20. Jahrhunderts angebaut ... Julia hat nicht existiert, aber in dem Haus wohnte mal eine Familie, deren Namen so ähnlich klingt wie Capulet. Also demnach ... ist es so echt, wie du glaubst.«

Ich sah mich um und stellte mir vor, wie es im 14. Jahrhundert ausgesehen haben könnte. Julia mochte nie gelebt haben, aber wer wollte behaupten, es gäbe keinen wahren Kern in der Geschichte? Jedenfalls hatte das Haus etwas Besonderes. Und ob das nur an seiner Schönheit lag oder daran, was alle hineindeuteten, schien mir keine Rolle zu spielen.

»Möchtest du es besichtigen?«, fragte er.

Ich schaute mir die Tafel mit den Eintrittspreisen an und keuchte entsetzt auf. Ich musste für eine zusätzliche Ferienwoche zahlen und verlor obendrein den Lohn für eine Woche Arbeit. Ich konnte mir solchen Luxus nicht leisten, wenn ich die übrigen Tage noch Essen kaufen und nicht auf einer Parkbank schlafen wollte.

»Was überlegst du?«

Ich zögerte. Andrew wusste wahrscheinlich, dass ich nicht viel Geld hatte, aber er sollte nicht glauben, ich sei arm oder wollte gar bei ihm schnorren. Zum Glück kam er von selbst darauf, warum ich zögerte.

»Mach dir keine Gedanken. Drinnen ist es zwar hübsch, aber nichts, das man unbedingt gesehen haben muss. Der Hof ist schon das Beste, finde ich.«

»Also warst du mal drinnen? Andrew, das hättest du doch gleich sagen können.«

»Ich wollte es dir nur zeigen.«

Im Stillen war ich hingerissen und trug das in mein mentales Notizbuch ein, das sich bereits mit unzähligen, unvergesslichen Begebenheiten füllte. »Ich glaube, ich kann es mir vorstellen«, sagte ich.

»Du hast recht«, sagte er. »Komm, ich wollte dir noch etwas anderes zeigen.«

Er führte mich zu einem Platz in der Nähe, der Piazza die Signori. Ich war vollkommen fasziniert. Die verschiedenen Baustile, die mittelalterlichen Türmchen und Renaissancebögen, der hell- und dunkelbraun gestreifte Palazzo, die Statuen in der Mitte und der strahlend blaue Himmel – das war zu schön, um wahr zu sein. Und dennoch gingen Leute vom Mittagessen nach Hause, fuhren Jungen auf Mopeds, scheuchten Kinder die Tauben auf und lebten ihren Alltag, hier im Paradies.

»Siehst du?«, sagte Andrew. »Wir brauchen nichts weiter als die Stadt, uns beide und vielleicht eine Tasse Kaffee.«

Wir setzten uns vor einem Café unter einen Sonnenschirm und tranken jeder einen Espresso. Und wieder musste ich mir sagen, dass ich nicht träumte. Das passierte wirklich, jetzt, am 14. August 2009.

Ich hatte zuvor von dem Münztelefon im Hostel meinen Vater angerufen und erklärt, dass ich nicht wie geplant am nächsten Tag von Rom zurückfliegen würde. Ich hatte Andrew gar nicht erwähnen wollen, doch schon nach wenigen Augenblicken kam es heraus. Es war immer schwer gewesen, etwas vor ihm zu verheimlichen. Obwohl ich zweiundzwanzig und theoretisch erwachsen war, äußerte er sich skeptisch, bis ich erwähnte, dass Andrew Musiker war. Sowie mein Vater hörte, dass er Violine spielte und an der Juilliard studieren würde, änderte er seine Meinung und riet mir lediglich, vorsichtig zu sein.

Andrew lächelte, als ich Letzteres erzählte. »Es ist komisch, dass du in London lebst, aber hier vorsichtig sein sollst ... Verona ist nicht gerade eine Hochburg des Verbrechens, oder?«

Ich fand es besser, ihm zu verschweigen, dass nach Ansicht meines Vaters die Gefahr direkt vor mir saß und gerade Zucker in ihren zweiten Espresso schüttete. Wir unterhielten uns noch eine Weile über unser Zuhause und entdeckten, dass wir beide im Randbezirk einer Großstadt aufgewachsen waren – Andrew in Bray, südlich von Dublin.

»Es ist sehr schön da«, sagte er. »Bray selbst ist eher eine verblasste Schönheit. Es war mal ein bedeutender Kurort, ist es inzwischen aber nicht mehr. Trotzdem bietet es mit dem Bray Head ein beeindruckendes Panorama. Es ist Dublins Antwort auf die Bucht von Neapel.« Er lachte und sagte dann: »Nein, das ist nicht wahr. Ich war schon in Neapel, das ist etwas ganz anderes. Aber Killiney Bay ist durchaus reizvoll.«

»Ich war noch nie in Dublin«, gestand ich. »Noch nie in Irland.«

»Wirklich? Das müssen wir ändern.«

Die Andeutung, wir könnten in Verbindung bleiben, versetzte mich in freudige Spannung, aber ich wollte ihn nicht so früh auf etwas festnageln. »Wann ist die beste Zeit für Dublin?«

»Im Sommer ist es schön – das sind ein paar Tage im Juli. Aber ich persönlich bin am liebsten zu Weihnachten dort. Das ist eine tolle Zeit. Viele Leute kommen dann zu ihrer Familie nach Hause.« Er schaute nachdenklich. »Ich weiß noch, wie das während meiner Kindheit war, wenn jedes Jahr lauter Onkel und Tanten, Cousins und Cousinen plötzlich wie von Zauberhand vor der Tür standen. Als ich klein war, dachte ich, die gehören zu Weihnachten wie die Heiligen Drei Könige. Geh an Heiligabend die Grafton Street entlang und es ist, als könntest du jedem begegnen: Ob sie der Vergangenheit oder der Ferne angehören – du glaubst, jeden Moment einen Geist zu sehen. Bis die Lichterketten abgenommen werden und alle wieder dahin verschwinden, wo sie hergekommen sind. Ich kann es nicht besser erklären.«

Ich schüttelte den Kopf. »Ich glaube, ich weiß, was du meinst.«

»Selbst wenn ich mal eines Tages im Ausland lebe, werde ich Weihnachten immer in Dublin verbringen wollen«, sagte er. »Und ich möchte dir etwas versprechen, Norah. Wenn du in zehn Jahren nach Dublin kommst, werde ich dort sein und mich mit dir treffen.«

»Oh, wirklich?«, erwiderte ich lachend.

»Absolut! Ich werde an Heiligabend um sechs Uhr vor dem Bewley's Café auf der Grafton Street stehen. Wo das ist, kann dir jeder sagen. Ich warte auf dich unter der Uhr.«

Ich lachte noch immer und schüttelte den Kopf, weil das eine verrückte Idee war. Aber Andrew holte sein Notizbuch heraus. »Siehst du, ich schreibe mir das auf. Und deine E-Mail-Adresse dazu. Und deine Telefonnummer, nur für alle Fälle. Aber das sind das Datum und die Uhrzeit: 24. Dezember 2019 um sechs Uhr abends. Treffen mit Andrew. Schreib dir das auf. Ich tue es auch.«

»Warum in zehn Jahren?«, fragte ich.

»Na ja, hoffen wir, dass es keine zehn Jahre werden. Aber falls uns das Leben dazwischenkommt …«

Ich sah ihm zu, wie er sich das notierte, und dachte daran, was seine Freunde gesagt hatten: Wenn es erst in dem Notizbuch steht, ist es eine abgemachte Sache. Ich holte mein Büchlein heraus und schrieb es mir auch auf, zusammen mit seiner E-Mail-Adresse: andrew_power21@hotmail.com. Wenn ich richtig verstanden hatte, war Power sein Nachname.

»Also gut«, sagte ich. »Ich nehme dich beim Wort. Ich werde kommen.«

Wir schüttelten uns feierlich die Hand. Ich grinste, weil das einfach verrückt war. Ich hoffte allerdings, dass wir uns nicht erst in zehn Jahren wiedersehen würden, aber dieser Plan war zumindest ein Anfang.

»In der Zwischenzeit ... möchte ich dir noch einen anderen Vorschlag machen«, sagte er.

Bei seinem ernsten Ton blickte ich alarmiert auf. Er würde doch wohl nicht ...?

»Nichts Großes«, sagte er, und seine Wangen bekamen einen Anflug von Rot. »Im Hostel ist ein Schwede, der seine Gitarre verkaufen will. Deshalb wollte ich dich fragen, ob du vielleicht Lust hättest, auf der Straße mit mir aufzutreten. Das könnte Spaß machen und bringt auch einiges ein, hab ich zumindest gehört. Ich habe so was noch nie gemacht.«

»Du meinst, ich soll singen?«

Er lachte. »Na ja, außer du hast eine Triangel. Klar sollst du singen. Ich selbst kann keinen Ton halten.«

Inzwischen wusste ich, dass er einen vielseitigen Musikgeschmack hatte, aber sein Vorschlag machte mich sprachlos. Nach meiner Erfahrung waren Konzertmusiker nicht darauf erpicht, auf der Straße Gitarre zu spielen und den Hut herumgehen zu lassen. Aber ich war begeistert.

»Ja, okay – sehr gern sogar. Aber, Andrew, was ist mit deiner Violine?«

»Conor hat sie mit nach Hause genommen«, sagte er lächelnd. »Ich freue mich, dass du danach fragst – du bist eine echte Musikerin. Was meinst du, was wir spielen sollten? Kennst du etwas von den Mamas and Papas? *California Dreamin'?*«

»Natürlich! Ah, Moment, mir fällt gerade etwas ein.«

»Die Genehmigung«, sagten wir gleichzeitig.

»Die ist kein Problem. Man geht zu einer Polizeistation, zeigt seinen Reisepass vor und bezahlt fünfundzwanzig Euro. Neulich soll sogar jemand mit einem Klavier auf einer Brücke gestanden haben.«

»Das ist total aufregend! Okay, notieren wir uns ein paar Songs, damit wir nichts umsonst proben«, sagte ich.

Wir zogen gleichzeitig unsere Notizbücher heraus und blickten uns an, als uns das bewusst wurde. Und dann lachten wir und lachten, bis wir aufhören mussten, weil uns die Leute sonderbar ansahen. Doch danach reichte ein kurzer Blick, damit wir wieder loslachten.

Andrew sagte, wir sollten uns wegen der Genehmigung zuerst erkundigen, bevor wir weitere Schritte unternähmen, aber ich schlug vor, als Erstes miteinander zu proben.

»Sie könnten von uns einen Probeauftritt verlangen«, gab ich zu bedenken. »Darauf müssen wir vorbereitet sein.«

»Gute Idee«, sagte er. »Das ist nicht dein erstes Mal, oder?«

»Doch, ist es. Ich habe noch nie auf der Straße gesungen. Aber das werden wir denen nicht verraten.«

Während Andrew die Gitarre kaufen ging, setzte ich mich im Garten des Hostels auf die schattige Bank unter der Zypresse, wo wir am vorigen Abend gesessen hatten – war das wirklich erst einen Tag her? – und schaute auf die roten Dächer der Stadt, die in der Nachmittagssonne schlief. Die Zikaden zirpten wieder, wenn auch nicht so laut wie am Abend. Ich streifte die Sandalen ab, um das trockene Gras unter den Zehen zu spüren. Dort zu sitzen und zu wissen, dass Andrew ganz in der Nähe war und dass wir noch eine gemeinsame Woche vor uns hatten, machte mich glücklich, so glücklich wie lange nicht, vielleicht so glücklich wie noch nie.

Bald hörte ich seine Schritte im Kies, und er setzte sich neben mich.

»Mann, die ist völlig verstimmt – gut, dass er schon weg ist, sonst würde ich ihn wegen Verbrechens gegen die Musik verhaften lassen. Okay. Womit sollen wir anfangen?« Er schlug die ersten Töne von *Bridge Over Troubled Water* von Simon and Garfunkel an, und ich sang mit, wobei mich manchmal der Text im Stich ließ und ich mir einen neuen ausdachte. Ich würde ihn später im Computer des Hostels nachlesen. Er lächelte, als er mich singen hörte. »Wow! Schöner Klang.« Am Ende sagte er: »Wunderbar. Du hast eine umwerfende Stimme. Was jetzt? Langsame Songs sind gut, glaube ich, weil die Leute dabei stehen bleiben und eine Münze springen lassen. Und ich glaube, je älter, desto besser.«

»Mal überlegen … *Both Sides Now* von Joni Mitchell? Kennst du das?«

»Joni wer?«

»Andrew! Im Ernst? Du kennst das bestimmt.« Ich fing an zu singen, und er fasste die Akkorde auf und sang mit. Er hatte nicht gelogen, als er sagte, er könne keinen Ton halten. Für sich genommen stimmte seine Melodie, aber zusammen klangen wir schräg.

»Ich kann Noten singen, aber keine Lieder«, gestand er betrübt.

»Und ich kann nicht Gitarre spielen, also ergänzen wir uns bestens«, erwiderte ich lächelnd. »Ich kann mittlerweile ganz gut Klavier spielen. Die Trompete habe ich seit Jahren nicht mehr in die Hand genommen.«

»Ich wusste gar nicht, dass du Trompete spielst!«

»Ja, im Schulorchester – aber das war keine glückliche Erfahrung.«

»Wieso das?«

»Ich war das einzige Mädchen, und die anderen spielten mir andauernd Streiche. Zum Beispiel behaupteten sie, wir müssten bei einem bestimmten Takt aufstehen, aber dann stand ich als Einzige auf. Solche Dinge.«

»Das heißt, sie haben dich schikaniert. Es stimmt, unter Blechbläsern sieht man selten Frauen, und wahrscheinlich kommt das auch daher. Das tut mir leid.«

»Danke. Inzwischen singe ich sowieso lieber.«

»Das überrascht mich nicht. Die Blechbläser verlieren, ich gewinne. Du weißt, wie du klingst? Du klingst wie Dusty Springfield. Kennst du ihre Songs? Es gibt einen ganz tollen – warte mal. Ich habe ihn auf meinem MP3-Player.« Er holte das Gerät aus seiner Tasche und steckte mir die Ohrhörer in die Ohren. Bei der leichten Berührung und der intimen Geste setzte mein Herz einen Schlag aus.

Ich empfand den Kick, den man erlebt, wenn man einen großartigen Popsong zum ersten Mal hört. Er begann mit einer Klaviermelodie, die nach sehnsüchtiger Erinnerung klang, und dann sang Dusty Springfield davon, in eine Zeit zurückzukehren, als sie noch jung genug war, um die Wahrheit zu kennen, was ich nicht so ganz verstand. Dann schwoll der Sound an, auf die typische Art der Sechzigerjahre, Flöten und Geigen wurden lauter und melodiöser und ihre Stimme triumphierender. Als Ballade fing er an und endete wie eine Hymne.

»Das ist schön«, sagte ich und gab ihm die Ohrhörer zurück. »Wie heißt es?«

»*Going Back*. Ich glaube, es stammt ursprünglich von den Birds, wurde aber von vielen gecovert.«

»Oh, die Birds! Wir müssen *Turn! Turn! Turn!* spielen. Ich bin mir bei dem Song nicht so sicher, Andrew. Wird er ohne den Orchestersound nicht seltsam klingen? Ehrlich gesagt glaube ich, dass er den braucht, sonst klingt er langweilig.« Ich überlegte einen Moment lang. »Und eigentlich trifft das auch auf *Turn! Turn! Turn!* zu. Den Sound können wir nicht erzeugen.«

»Du hast recht. Es gibt für alles die richtige Gelegenheit.« Er nickte, und langsam ging ein Lächeln über sein Gesicht. »Wir geben ein gutes Team ab, oder?«

Ich lächelte zurück und dachte: *Wem sagst du das?*

Nachdem wir unsere Genehmigung bekommen hatten – dazu mussten wir einen Probeauftritt absolvieren und viele Formulare ausfüllen – verließen wir die Altstadt und stellten uns auf die Castelvecchio-Brücke. Wir begannen mit *I Still Haven't Found What I'm Looking For* von U2 und schlossen nach einer planlosen Wanderung von den Neunzigern in die Sechziger und zurück mit *California Dreamin'* von The Mamas and the Papas. Am ersten Abend nahmen wir fünfundvierzig Euro ein, am nächsten fast sechzig, mehr als genug für ein Abendessen in einer Trattoria am Fluss mit billigem Rotwein und der köstlichsten Pizza, die ich je gegessen hatte und die größer war als der Teller. Wir aßen im Freien unter dem Sternenhimmel und staunten über unser Glück.

»Es kommt einem vor wie ein Traum, oder?«, fragte ich schüchtern.

»Ja. Musik machen und dafür bezahlt werden, das ist zu schön, um wahr zu sein.«

Das war nicht alles, was ich damit sagen wollte, aber er hatte natürlich recht.

»Bist du etwa in Versuchung, die Juilliard sausen zu lassen, um als Straßenmusiker glücklich zu werden?«, fragte ich scherzhaft, hoffte aber verrückterweise, dass er sich den Umzug nach Übersee noch mal überlegt haben könnte.

»Nein. Ich komme nicht aus einem wohlhabenden Elternhaus, weißt du. In den nächsten zehn Jahren geht es für mich darum, gute Arbeit zu finden, jedes bezahlte Engagement anzunehmen und vor allem darum, Kontakte zu knüpfen. Das Studium an der Juilliard kann mir wer weiß welche Türen öffnen. Das kann ich nicht sausen lassen.«

Ich nickte. Das hatte ich bei ihm schon bemerkt. Er war entspannt und frei von Dünkeln und spielte genauso gern U2 auf der Straße wie Vivaldi in einer Renaissancekirche. Doch unter seinen Scherzen und Neckereien verbarg sich eine unbeirrbare Hingabe an seine Musik. Zweifellos würde er alles tun, um ein erfolgreicher Musiker zu werden.

»Natürlich darfst du das nicht sausen lassen«, sagte ich und richtete mich ein wenig auf. Er sollte nicht denken, dass ich ihn zu etwas anderem bewegen wollte. Ich hatte schließlich auch Ambitionen.

»Ich weiß, das Timing ist mies«, räumte er ein.

Er langte über den Tisch und legte die Hand auf meine, was mir Schauder über den Rücken jagte. Ich war jetzt zwei ganze Tage mit ihm zusammengewesen und konnte mir nicht vorstellen, ihn jemals leid zu werden. Wir verstanden uns prächtig und hatten nicht einmal künstlerische Differenzen. Nur ein einziges Mal deutete sich eine Meinungsverschiedenheit an – wenn man es so nennen konnte –, nämlich als er ganz nebenbei über Ella Fitzgerald sagte, sie sei »nur eine Sängerin«.

»Was meinst du damit, sie ist ›nur eine Sängerin‹?«, fragte ich entrüstet.

»Das ist nur die nüchterne Feststellung, dass sie kein Instrument spielte ...«

»Doch, das tat sie! Ihre Stimme war das Instrument. Sie hat sie genauso eingesetzt wie Charlie Parker oder Benny

Goodman. Sie tat sogar mehr als die beiden, weil sie nicht nur beim Jazz durch Scat-Gesang improvisiert hat – sie textete, sie schrieb Gedichte, sie machte sogar Comedy! Hast du mal ihre Aufnahme von *How High The Moon* live in Berlin gehört? Die ist acht Minuten lang, und zwar weil sie swingt, weil sie Variationen bringt wie ein Trompeter oder ein Saxofonist … niemand konnte das so wie sie. Ich habe versucht, so zu singen, und es nicht im Entferntesten hinbekommen.«

Ich muss ihm zugutehalten, dass er über meine leidenschaftliche Verteidigung nicht lachte. Er lächelte, aber zugleich hob er die Hände und sagte: »Betrachte mich als bekehrt. Meine Hochachtung. Ich werde mir die Aufnahme besorgen.«

Nun war ich plötzlich erpicht darauf, Pläne zu machen, eine Möglichkeit zu finden, wie wir nach dieser Italienwoche zusammen sein könnten. Doch gleichzeitig wollte ich keinen Druck auf ihn ausüben – oder die verbleibende Zeit verderben. Ich wollte jede Sekunde genießen, solange es dauerte.

»Aber was die Juilliard angeht«, sagte er. »Das ist nur für ein Jahr. Das heißt, danach …«

»Das ist noch lang hin«, sagte ich. »Lass uns erst mal diese Woche genießen.«

»Guter Plan.« Er lächelte mich an. »Wie sehen denn deine musikalischen Pläne aus? Deine Stimme ist wirklich umwerfend – du hast da etwas ganz Besonderes, so viel steht fest. Ich hoffe, du schickst mir deine Demo-CD, sobald du eine hast.«

»Mach ich.«

»Wie wär's? Möchtest du die Setlist für die Aufnahme mit mir üben? Du weißt natürlich, was du tust, aber ich kann sie mir anhören und mal sehen, ob ich etwas beitragen kann. Ich würde sie sowieso gern hören.«

»Das wäre toll«, sagte ich gerührt.

Wir schlenderten den Hang hinauf zum Hostel und setzten uns noch eine Zeit lang in den Garten auf unsere gewohnte Bank unter der Zypresse. Der Mond, der am ersten Abend als Sichel am Himmel gestanden hatte, war jetzt fast voll. Es fiel uns immer schwerer, uns voneinander loszureißen und in verschiedenen Räumen zu schlafen.

»Ich hab eine Idee«, sagte er nach einer Weile, als er die Stirn an meine lehnte.

»Schon wieder?«, neckte ich. »Was ist es diesmal? Führen wir eine Oper auf?«

»Verlockend! Nein, das nicht, aber nachdem wir so viel Geld eingenommen haben, könnten wir morgen oder übermorgen mit dem Zug irgendwohin fahren. Vielleicht an den Gardasee? Da soll es sehr schön sein. Wir könnten in ein Hotel gehen …«

»In ein Hotel?«, sagte ich mit gespieltem Staunen. »Sind wir denn schon Millionäre?«

Er legte einen Arm um mich. »Im Augenblick würde ich mit keinem Millionär der Welt tauschen wollen.«

Ich nahm seine Hand und hob das Gesicht, damit er mich küsste. Oh, diese Küsse. Ich würde nie genug davon bekommen, nicht von den Küssen und nicht von ihm. Es war schon Mittwoch. Mein Rückflug war für Samstag gebucht. Was würde ich am Ende der Woche tun? Wie würde ich es ertragen, mich von ihm zu trennen? Ich schob den Gedanken beiseite. Dieser Moment gehörte uns. Wir sollten in der Gegenwart bleiben und alles auskosten, was sich bot, solange es noch ging.

Zwei Tage später, nach einem Auftritt am Vormittag, stiegen wir in den Zug nach Descenzano del Garda, wo wir eine

Stunde lang in einer kleinen Bar neben der Fährstation warteten, die Füße auf die Rucksäcke gelegt, und bei einem Glas Limonade zwei junge Tigerkatzen beobachteten, die in der Sonne dösten. Ich trug wieder mein schwarzes Kleid, das ich in der Oper angehabt hatte, denn meine übrige Kleidung musste dringend gewaschen werden.

»Lächeln!«, sagte Andrew plötzlich. Ich drehte den Kopf zu ihm und lächelte, weil er mich fotografierte. Den Fotoapparat sah ich bei ihm zum ersten Mal.

»Darf ich auch eine Aufnahme von dir machen?«, fragte ich, und er lächelte in die Kamera, als ich knipste. Ich freute mich, weil ich nun ein Foto von ihm haben würde – daran hatte ich vorher nicht gedacht. »Vergiss nicht, es mir zu mailen«, sagte ich. Er nutzte Facebook nicht und ich nur minimal und ohne Profilbild. Und Instagram, Snapchat oder Twitter gab es damals noch nicht, weshalb wir nur per E-Mail und Telefon Kontakt halten konnten.

Die Fähre brachte uns um die Landzunge nach Sirmione, das wir aus keinem besonderen Grund ausgesucht hatten, außer dass dort das nächste Schiff fuhr. Wir hatten uns von morgens an immer wieder unterhalten, aber bei der Überfahrt schauten wir schweigend über den See. Er war herrlich, eine azurblaue Fläche, die in der Ferne mit den Hängen der hohen blauen Berge verschwamm. Nach dem Treiben in Verona fanden wir es auf dem See ungeheuer still. Man hörte nur ein paar Möwen schreien und die anderen Passagiere plaudern, deren Italienisch in meinen Ohren wie Musik klang.

Sirmione war ein friedliches Städtchen mit einer mittelalterlichen Burg, deren Mauern und eckigen Türme aus dem Wasser ragten, sodass drei Seiten nur mit einem Boot zu erreichen waren. Wir fanden ein kleines Hotel in der Nähe des Hafens und buchten ein Zimmer, ohne es uns anzusehen, was, wie Andrew meinte, auch gegen den Rucksacktouristenkodex verstieß. Mit dem Badezeug unter der Kleidung gingen wir zu einem kurzen Sandstrand neben der Burg und schwammen im See. Nach der langen Wartezeit in der Hitze am Anleger fanden wir das Wasser herrlich kühl. Wir ließen uns auf dem Rücken treiben, schauten in den blauen Himmel und zu den Burgmauern, und ich erwartete jeden Moment, dass sich die Mauern öffneten und wir mit der Strömung hineintrieben in einen mittelalterlichen Festumzug oder in eine Märchenwelt. Doch das passierte nicht. Stattdessen spürte ich Andrews Hand im Wasser nach meiner greifen.

»Wenn wir wieder im regnerischen London und New York sind, wenn uns der Wind um die Ohren weht und der Regen in unsere Stiefel dringt, dann lass uns daran zurückdenken«, sagte er, und ich dachte nickend: *als ob ich das je vergessen könnte.*

Wir blieben am Strand, bis wir trocken waren, und schlenderten dann in die Stadt. Bei einer gelben Villa mit geschlossenen Fensterläden, die von alten Zypressen umgeben war, erzählte Andrew, dass früher die Opernsängerin Maria Callas mit ihrem italienischen Mann darin gelebt hatte, bevor sie ihn wegen Aristoteles Onassis verließ.

»Woher weißt du das alles?«, fragte ich. Bisher hatte ich nicht den Eindruck gehabt, dass er ein ausgeprägter Opernfan war, sondern eher jemand mit breit gefächertem Musikgeschmack.

»Das habe ich in dem Reiseführer gelesen, während du dich umgezogen hast«, gestand er und brachte mich damit zum Lachen.

Von der Villa aus gingen wir ein Stück bergab und gelangten zu einer Gabelung. Der eine Weg führte in die Stadt zurück, der andere in die Berge hinauf und versprach eine wunderschöne Aussicht. Ich blickte Andrew an, um zu sehen, welchen er bevorzugte, doch er schaute gedankenverloren ins Leere, ein Zeichen, dass er im Kopf Musik hörte. Er hatte mir bisher nicht angeboten, mir eine seiner Kompositionen vorzuspielen, und ich hatte nicht darum gebeten. Aber ich hatte ihn frühmorgens oder spätabends im Garten des Hostels auf Notenpapier schreiben sehen.

»Wohin?«, fragte ich. »Den Berg hinauf oder zurück in die Stadt?«

»Ähm.« Er blickte sich ratlos um. Anscheinend sah er die Weggabelung jetzt erst.

»Entscheide du«, sagte er, und so kehrten wir um. Es wurde allmählich spät und kühl.

Zurück im Hafen gingen wir in eine Trattoria und bestellten uns gegrillten Fisch und ein Glas Wein, einen Weißen namens Lugano, der laut dem Kellner an diesem Teil des Gardasees angebaut wurde. Er schmeckte frisch und leicht nach Mandeln und hatte eine grüngoldene Farbe wie die Steine im See, die wir im klaren Wasser gesehen hatten.

»Der schmeckt wunderbar«, sagte ich. »Ich würde eine Flasche für meinen Vater kaufen, wenn die blöden Flughafenbestimmungen nicht wären.«

»Aber würde sich das lohnen?«, fragte Andrew. »Du weißt doch von meinem Sommerjob im Elsass, wo ich in dem Hotel Klavier gespielt habe. Da gab es einen Dessertwein, den wir jeden Abend nach dem Zusammenpacken tranken, und ich fand ihn fantastisch … Ich habe eine Flasche nach Hause mitgenommen, aber da schmeckte er mir gar nicht so gut. Offenbar spielt beim Wein auch der Augenblick eine Rolle. Das haben jedenfalls meine Kameraden vom Trinity gesagt.« Er grinste. »So was hab ich da gelernt.«

»Wie ist das mit dem Augenblick gemeint?« Ich fragte das nicht, weil ich es nicht verstand, sondern weil ich hören wollte, wie er es erklärte.

»Nun ja, wie ein Wein schmeckt, hängt zwar vor allem von der Traubensorte, dem Boden und dem Wetter ab, aber auch davon, wo und wann man ihn trinkt. Es ist entscheidend, ob man ihn in Italien trinkt, wenn man die Füße ins Wasser baumeln lässt und über einem die Sterne zum Greifen nah erscheinen, oder ob man ihn in seiner Küche in Ealing trinkt. Da wird er ganz anders schmecken.«

Ich nickte. »Beim Jazz ist es auch so, denke ich. Da hängt alles an der Darbietung und der Improvisation und an der Persönlichkeit des Musikers, an der gesamten Atmosphäre. Selbst wenn man sich eine Liveaufnahme anhört, ist das nicht dasselbe wie dabei gewesen zu sein.«

»Aber das macht sie zu etwas Besonderem«, sagte er.

Bald darauf beendeten wir das Essen und gingen zum Hotel. Unser Zimmer war klein und schlicht, mit schweren dunklen Möbeln eingerichtet und das Doppelbett mit gestärkter weißer Bettwäsche bezogen. Es lag an der Seeseite und hatte sogar einen Balkon, auf dem wir sitzen und die Aussicht genießen konnten. Der Vollmond stieg über dem dunklen See auf. Beim Betreten des Zimmers hatten wir das Licht nicht eingeschaltet. So standen wir am Fenster und bewunderten die überirdische Schönheit des Himmels und des Sees bei Mondschein.

»Tja«, sagte Andrew und setzte sich aufs Bett. »Da sind wir.«

»Ja, da sind wir.«

Es war unser letzter gemeinsamer Abend. Morgen früh würden wir zum letzten Mal unsere Rucksäcke packen und mit dem Bus zum Flughafen Brescia fahren. Mein Flug nach

Stansted ging gegen Mittag, Andrews Flug nach Dublin eine Stunde später. Über die Zukunft hatten wir im Grunde nicht gesprochen, nur in allgemeinen Floskeln wie »wenn ich das nächste Mal in London bin« oder »wenn du mal nach New York kommst«. Ich überlegte aber, ob wir genauer darüber reden sollten, und gleichzeitig wollte ich keinen Druck ausüben und auch nicht zu weit vorausdenken.

»Komm zu mir«, sagte er.

Ich setzte mich neben ihn, und er küsste mich. Wir küssten uns eine ganze Weile, und dann streifte er mir die Träger von den Schultern und küsste mich, wo sie gesessen hatten. Ich knöpfte sein Hemd auf. Es war dasselbe wie an unserem Opernabend, und ich dachte darüber nach, wie lustig und wie traurig es war, dass wir zu diesem Anlass, unserem letzten Abend, die »guten Sachen« anhatten.

»Worüber lächelst du?«, fragte er.

»Nichts Besonderes, nur – sieh uns an: Wir tragen unsere schicken Sachen, ohne dass wir irgendwohin gehen.«

»Ich will nirgendwohin gehen. Du etwa?«

Ich schüttelte den Kopf, und er zog mich an sich.

Viel später stieg ich aus dem Bett und ließ Andrew weiterschlafen. Ich schaute aus dem Fenster über den See und zum Mond, der inzwischen sehr hoch stand. Der goldene Dunst war verschwunden. Er leuchtete jetzt so hell wie ein Flutlicht. Als ich den Kopf zum Bett drehte, spürte ich den ersten Haarriss in meinem Herzen. Was hatte ich getan? Ich hatte mich der Gefahr ausgesetzt, tief enttäuscht zu werden, mich in jemanden verliebt, der für wenigstens ein Jahr ans andere Ende der Welt ziehen würde. Ich wandte mich wieder dem Fenster zu und wünschte mir, wir würden doch irgendwie für immer hierbleiben können, nur wir beide, und auf der Straße oder in Bars auftreten … Mir fiel ein, was ich ihn vor Julias Haus gefragt hatte: *Ist das echt?* War das echt oder nur eine romantische Illusion?

Oder vielleicht war das die falsche Frage. Vielleicht war es unrealistisch zu glauben, wir könnten oder sollten nach nur einer gemeinsamen Woche irgendeine Art von Beziehung weiterführen. Wir waren ein Student und eine Zeitarbeiterin, wir konnten uns Flüge über den Atlantik nicht leisten. Ganz zu schweigen davon, dass für ihn die aufregendste Phase seines Lebens begann und ich zu meiner Zeitarbeit und meiner Musikkarriere zurückkehren musste, die sich praktisch gesehen auf unbezahlte Gigs in Pubs beschränkte, bei denen ich den Hut herumgehen ließ. Wir würden in entgegengesetzte Richtungen auseinandergehen, und es wäre auf lange Sicht wahrscheinlich weniger schmerzhaft, das von vornherein zu akzeptieren.

»Norah?«

»Entschuldige. Hab ich dich geweckt?«

»Nein. Komm zu mir.«

Ich ging zum Bett und kniete mich neben ihn. Er streckte mir eine Hand hin.

»Abschiede sind scheiße, ich weiß. Aber wir werden einen Weg finden.«

Als ich meine Hand in seiner betrachtete, wurde mir klar, dass ich es nicht aushalten würde, den Trennungsschmerz durch E-Mails und Schweigen und Warten zu verlängern und mich immer zu fragen, ob er noch etwas für mich empfand. »Ich weiß nicht, Andrew. Realistisch betrachtet … war's das wohl, oder?«

Zuerst setzte er zum Widerspruch an, aber eine Minute später sagte er: »Erst einmal ja, fürchte ich.«

Ich nickte und spürte eine gewisse Erleichterung. Jetzt

Abschied zu nehmen war leichter als in einem halben Jahr. Seltsamerweise erinnerte mich das an die lange Fahrt mit meiner Mutter nach York, nach den Weihnachtsferien in meinem zweiten Jahr, als ich sie mehrere Male gefragt hatte, ob zwischen ihr und Dad etwas nicht in Ordnung sei. Als sie endlich eingestand, dass sie sich trennen würden, war ich am Boden zerstört, aber auf seltsame Art auch froh. Denn nun hatte ich Gewissheit.

»Aber wir können die Tür offenhalten«, sagte Andrew. »Denn zu Weihnachten werde ich in Dublin sein. Da könnte ich einen Zwischenstopp in London einlegen. Wenn du darauf Lust hättest.«

»Natürlich habe ich darauf Lust! Und ich werde dir schreiben.«

»Tu das. Weißt du, wir brauchen uns zu nichts zu verpflichten. Wir können einfach sehen, was passiert. Im Juni werde ich mit dem Kurs fertig sein und höchstwahrscheinlich nach Europa zurückkehren. Vielleicht lande ich sogar in London. Und wenn das der Fall ist …«

»Okay«, sagte ich. »Und wenn alle Stricke reißen, bleibt noch Weihnachten 2019.«

Mir war klar, dass wir nichts weiter tun konnten, als das Beste zu hoffen. Selbstverständlich würde es so nicht ewig weitergehen, das war nur etwas Vorübergehendes, eine gestohlene Zeit, so beständig wie eine Seifenblase. Doch er würde nur für ein Jahr in Amerika sein, und wer weiß, was sich danach ergeben würde. Das war genau wie mit Julias Haus: Ob es echt war, lag bei uns.

9

Has Anyone Seen My Man?

Samstag, 21. Dezember 2019

Das Fährterminal ist nicht sehr groß, aber es dauert lange, bis die Fähre tatsächlich anlegt und wir an Bord gehen können. Durch die Fenster kann ich nicht viel erkennen, außer ein paar trüben gelben Lichtern hier und dort, die sich auf dem dunklen Wasser spiegeln. Aber mir fällt auf, dass die freudige Erregung bei den Passagieren wächst, die offensichtlich alle zu ihrer Familie heimkehren. Als wir uns Dublin nähern, fängt jeder ein Gespräch mit seinem Nachbarn an, tauscht sich über Bekannte aus und wünscht ihm frohe Weihnachten. Dann wird der Ausgang durchgesagt, und wir gehen durch eine Passkontrolle in die Ankunftshalle, wo der feste Boden unter den Füßen nach drei Stunden sanften Schaukelns erst mal ein Schock ist.

Und dann, es ist unfassbar, fühle ich wieder Tränen aufsteigen. Was ist mit mir los? Ich habe jahrelang nicht weinen müssen, und jetzt droht mir das beinahe täglich.

Vielleicht liegt es an der langen Reise. Oder daran, dass ich all die Familien sehe, die ihre Lieben in Empfang nehmen. Sie halten handgemalte Willkommensschilder in die Höhe, Kinder springen hoch, um ihre Onkel und Tanten einen Augenblick eher zu sehen, grauhaarige Elternpaare begrüßen ihre erwachsenen Kinder. Ich sehe die dunkelhaarige junge Frau, die mir wegen ihrer Schönheit auf der Fähre aufgefallen ist, einem großen jungen Mann in die Arme rennen. Aber Pärchen sind in der Minderheit. Es sind vor allem Verwandte, die zu einem Wiedersehen ankommen. In Dublin wird Weihnachten offenbar sehr ernst genommen.

Erschrocken denke ich daran, dass ich fast allein hergekommen wäre.

»Fühlst du dich auch ein bisschen freundlos?«, frage ich Joe. »Wo ist unser Begrüßungsschild?«

»Wir brauchen keins. Ich habe unser Gepäck.« Er klopft mir aufmunternd auf den Arm. »Komm, wir nehmen uns ein Taxi.« Und er marschiert schon los, doch ich erinnere ihn daran, dass wir einen Geldautomaten finden und Euros abheben müssen. Wir sind ein gutes Reiseteam. Er konzentriert sich auf das große Ganze, ich auf die Details. Und um sechs Uhr sitzen wir in einem Taxi und fahren an den Kais entlang zum Shelbourne Hotel.

Die Frage des Quartiers war Gegenstand langer Diskussionen. Ich wollte eine private Wohnung mieten, aber im Zentrum waren alle ausgebucht.

»Es kommt mir unpassend vor, ins Hotel zu gehen«, sagte ich zu Joe. »Das ist unweihnachtlich.«

»Und wenn wir ein richtig schönes Hotel nehmen?«, schlug er vor.

»Das kann ich mir nicht leisten«, wandte ich ein. Aber dann fielen mir die Flugmeilen meiner Mutter ein und dass sie in manchen Hotels akzeptiert wurden. Eine Stunde später hatten wir zwei Balkonzimmer im Shelbourne gebucht. Meine Mutter war begeistert, weil sie mir dabei helfen konnte und damit ihr schlechtes Gewissen wegen ihrer Absage beruhigen konnte.

»Das ist das erste Haus am Platz«, sagte sie. »Ihr werdet eine wunderbare Zeit verleben.«

Sie freute sich, dass ich Gesellschaft haben würde, war aber ein wenig skeptisch, als sie hörte, dass es sich um Joe handelte.

»Er ist ein netter Junge, aber ... ich bin skeptisch bei solchen sogenannten Freundschaften. Wenn er nicht zum festen Freund taugt, könnte er dich davon abhalten, den Richtigen kennenzulernen.«

»Er hält mich nicht ab, Mum! Er wird ...« Ich stoppte abrupt. Auf keinen Fall würde ich ihr erzählen, dass ich Andrew wiedersehen wollte. Sie würde mir vorhalten, ich hätte den Verstand verloren. »Er wird mich seinen Freunden vorstellen«, sagte ich lahm, damit sie mir nicht weiter in den Ohren lag.

»Nun, solange du auch etwas davon hast«, meinte sie einlenkend. »Andernfalls ... nun, du wirst nicht wollen, dass er alle Vorteile einer Freundin genießt, ohne dass du etwas davon hast.«

»Er genießt keine Vorteile, Mum«, versicherte ich. Aber von dem Gespräch blieb bei mir ein gewisses Unbehagen zurück. Denn wahrscheinlich war eher ich diejenige, die Joe davon abhielt, jemanden kennenzulernen, als umgekehrt. Was, wenn unsere Gespräche und Kurznachrichten seine emotionalen Bedürfnisse erfüllten und er dadurch bei Julie oder FiFi oder Jess oder all den anderen unverbindlich bleiben konnte? Doch ich kann mir nicht an seiner Stelle den Kopf über sein Leben zerbrechen.

Wir fahren mit dem Taxi an neu gestalteten Uferpromenaden mit glänzenden Bürotürmen entlang und an einer schönen modernen Hängebrücke mit geschwungenen Trägern vorbei, die an eine Gitarre oder eine Harfe erinnert.

»Das ist die Calatrava Bridge«, sagt unser Fahrer, ein älterer Mann mit grauen Haaren.

»Oh. Hier steht, dass das die Samuel Beckett Bridge ist«, sage ich mit Blick in den Stadtplan auf meinem Handy.

Er lacht. »Ja, so heißt sie eigentlich. Ich nenne sie die Calatrava, weil das der Erbauer ist. Hier hat alles zwei Namen. Zum Beispiel das Aviva-Stadion nennt man immer noch Lansdowne Road ...«

Er zählt mehr Beispiele auf, und ich versuche, zuzuhören, aber nicht alles kommt bei mir an, denn ich schaue interessiert aus dem Fenster. Alle Gebäude sind weihnachtlich erleuchtet, und ich entdecke ein großes georgianisches Bauwerk mit einer kupfergedeckten Kuppel, bevor wir den Fluss – die Liffey – und stromaufwärts eine Seitenstraße überqueren. In Dublin kommen mir die Straßen dunkler vor, aber die Fenster der Häuser leuchten umso heller. Ich sehe Cafés mit Lichterketten und volle Pubs mit vielen Gästen vor der Tür – es scheint wirklich an jeder Ecke einen zu geben. Und ich kann nicht anders, ich schaue in alle Gesichter, weil er vielleicht unter ihnen ist. Ich denke an Andrews Worte: *Selbst wenn ich mal eines Tages im Ausland lebe, werde ich Weihnachten immer in Dublin verbringen wollen.* Also ist er hier, in diesem Augenblick irgendwo in der Stadt.

»Das Shelbourne Hotel«, verkündet der Fahrer.

Es ist ein prachtvoller georgianischer Ziegelbau mit grün bepflanzten Fenster- und Balkonsimsen und ägyptisch anmutenden, Lampen tragenden Bronzestatuen. Es sieht extrem vornehm aus, und ich hoffe, wir müssen darin nicht flüstern.

Ich lasse Joe das Taxi bezahlen, da ich die Rechnung für das Mittagessen auf der Fähre beglichen habe, und bin froh, dass ich dem verlegenen Moment des Trinkgelds entgehe. Wir gehen hinein, um einzuchecken. Das Haus ist drinnen genauso schön wie von außen, vom Marmorfußboden bis zu dem vergoldeten Stuck an der Decke. Es gibt einen Kronleuchter von der Größe eines Hubschraubers und einen sechs Meter hohen Weihnachtsbaum. Leise Klaviermusik klingt aus einer Bar. Joe und ich stupsen einander praktisch in einem fort an und können unsere Freude kaum verbergen, dass wir in diesem Haus übernachten werden.

Während wir an der Rezeption warten, bis wir bedient werden, bemerke ich eine Frau, die auf einem Sofa Zeitung liest. Sie ist eine bemerkenswerte Erscheinung, und ich mustere sie, um zu ergründen, woran das liegt. Ihr Alter ist schwer zu schätzen. Sie könnte fünfundvierzig, aber ebenso gut schon fünfundsechzig sein. Es gibt solche Leute, bei denen man das nicht weiter eingrenzen kann. Ihr Gesicht hat viele Falten, aber sie lassen eher an Sonnenschein und Lächeln denken als an Sorgen oder Rauchen. In ihren kastanienbraunen Haaren sind weiße Strähnen zu sehen, aber ihre Haltung ist aufrecht und jugendlich. Kleidung, Make-up und Frisur sind sehr elegant, doch das ist es nicht, was den Blick anzieht, sondern ihre Ausstrahlung. Sie scheint mit sich und der Welt zufrieden zu sein und den Augenblick zu genießen, ohne sich darum zu sorgen, wie sie auf andere wirkt oder was als Nächstes geschieht.

Offenbar spürt sie, dass ich sie anstarre, denn sie blickt auf und lächelt mich an. Verlegen lächle ich zurück und hoffe, sie errät nicht, dass ich mich frage, mit welchem Trick sie das erreicht hat und wie ich es ihr nachmachen könnte.

»Ms Jones?«, sagt die Rezeptionistin und unterbricht mich in meinen Gedanken. »Hatten Sie ein Doppel- oder zwei Einzelzimmer gebucht?«

Zum Glück hat sie zwei Zimmer für uns und nicht etwa eine Suite. Beide sind umwerfend, mit gestreifter Seidentapete und dickem rotem Teppichboden. Sie liegen nebeneinander, haben aber keine Verbindungstür, sind nicht riesig, haben aber ein eigenes Bad und bieten jeden erdenklichen Luxus von einer Schachtel Pralinen bis zum Notizpapier mit dem Briefkopf des Hotels. Wegen der Allgegenwart von Airbnb kann ich nicht mehr sagen, wann ich zuletzt in einem Hotel übernachtet habe. Das muss Jahre her sein.

»Was möchtest du jetzt tun?«, fragt Joe. »Den Zimmerservice nutzen oder essen gehen?«

»Oh, lass uns irgendwo essen gehen.« Plötzlich fühle ich mich munter. »Schließlich sind wir nicht alle Tage in Dublin, nicht wahr?«

»Sollen wir versuchen, einen Tisch zu reservieren?«

»Lass uns einfach durch die Innenstadt schlendern und spontan entscheiden. Es gibt bestimmt viele Restaurants in der Nähe ...«

»Warte mal.« Er hebt warnend den Finger. »Darauf lasse ich mich nicht noch mal ein. Weißt du noch, wie es am Snowdon war?«

»Oh ja.«

Wir waren an Pauls Dreißigstem alle zusammen auf den Snowdon geklettert und nach sechs Stunden frierend und hungrig wieder unten angekommen, nur um festzustellen, dass in ganz Llanberis kein Tisch mehr zu bekommen war. Am Ende war es neun Uhr, und wir verschlangen Pommes frites an einem Imbisswagen, wobei inzwischen jeder von uns völlig fertig war und einer den anderen anfauchte – sogar Joe war nahe daran, mürrisch zu werden.

»Aber wir haben keine sechsstündige Wanderung hinter uns«, erwidere ich.

»Nein, aber eine achtstündige Zug- und Schiffsreise«, sagt er. »Lass uns reservieren. Ich lasse nicht zu, dass unser Urlaub schon am ersten Tag mit einem Gewaltverbrechen endet.«

Fünfzehn Minuten später machen wir uns auf Empfehlung des Empfangschefs auf den Weg zu einem italienischen Restaurant namens The Steps of Rome. Es befindet sich am Ende der Grafton Street, die mit weihnachtlichen Lichterketten geschmückt ist. Obwohl es fast sieben ist, kaufen die Leute noch scharenweise ein. Ich schaue über die Menschenmenge und denke an Andrews Worte: *Geh an Heiligabend die Grafton Street entlang und es ist, als könntest du jedem begegnen: ob sie der Vergangenheit oder der Ferne angehören – du glaubst, jeden Moment einen Geist zu sehen.* Wir biegen auf die Chatham Row ab, und als wir auf das Restaurant zuhalten, bemerke ich ein kleines rotes Backsteingebäude mit einem Schild daran: *DU Conservatory of Music and Drama*.

»Guck mal, Joe. Da hat Andrew als Kind Musikunterricht gehabt. Und er hat hier auch selbst unterrichtet. Nur nannte er es College of Music.« Auch wieder zwei verschiedene Namen. »Er fand es toll, dass man einen Steinwurf von der belebtesten Einkaufsstraße entfernt an einem Haus vorbeigehen und eine Flöte oder ein Saxofon hören kann.«

Joe brummt höflich, und wir gehen weiter. Das Restaurant ist winzig und gemütlich, bietet hinter einer Glastheke quadratische Pizzastücke an und hat winzige gekachelte Tische. Es ist gerammelt voll mit Weihnachtseinkäufern, aber unser reservierter Tisch steht für uns bereit.

»Also … was möchtest du morgen unternehmen?«, fragt Joe. »Wohin wollen wir als Erstes?«

»Weiß nicht … ich hatte noch gar keine Gelegenheit zu recherchieren.« Ich fühle mich ein bisschen schuldig. Normalerweise plane ich bei Reisen im Voraus. »Vielleicht könnten wir uns das Trinity College ansehen? Da hat Andrew studiert«, erkläre ich, bevor mir auffällt, wie das klingt.

»Hm«, sagt Joe. »Nur, zur Klarheit, Norah. Wird das eine Pilgerfahrt, wo wir jeden Ort aufsuchen, an dem Andrew vielleicht ein Bier getrunken oder Cornflakes gekauft hat? Denn wenn das so ist, werden das ein paar sehr lange Tage.«

»Haha«, sage ich und klappe die Speisekarte auf.

Noch verkatert vom vorigen Abend und erschöpft, wie ich bin, erscheinen mir Pasta und Pizza als die logische Wahl, und so nehme ich als Vorspeise ein Stück Margarita und als Hauptgang Nudeln mit Pilzen, Gorgonzola und Thymian, eine himmlische Kombination.

»Spaßwasser?«, fragt Joe und schenkt mir Sprudelwasser nach. Er erinnert damit an eine Zeit, als ich Sprudelwasser als Spaßgetränk bezeichnet habe, was er immer noch lustig findet. Er trinkt Rotwein, aber den kann ich nicht anrühren, mein Körper ist noch vergiftet.

»Danke ... Darf ich noch eine Sache sagen? Über Andrew? Weil wir deswegen ja auch hier sind?«

»Sicher«, sagt Joe.

»Eins wundert mich wirklich: Wieso kann ich ihn im Internet nicht finden? Ich dachte, vielleicht hat er die Musik aufgegeben, aber eigentlich erscheint das unmöglich. Für ihn gab es gar nichts anderes. Musik war sein Leben.« Ich stutze voller Unbehagen. Die Vergangenheitsform erscheint mir in dem Zusammenhang plötzlich unheilverkündend.

»Bestimmt gibt es dafür eine Erklärung. Vielleicht unterrichtet er nur oder macht etwas anderes, mit dem man nicht im Internet erscheint.«

»Sogar als Lehrer erscheint man da«, wende ich ein. »Mir kommt das sonderbar vor. Und er war ungeheuer talentiert.

Immerhin hat er an der Juilliard studiert, er hat in Hollywood gearbeitet. Aber er wird seit 2013 nirgendwo mehr erwähnt.« Ich zögere, weil ich nicht alarmiert klingen will. »Manchmal frage ich mich …«

»Was? Ob ihm etwas zugestoßen ist?« Joe schüttelt den Kopf. »Das glaube ich nicht. Denn das würdest du garantiert im Internet finden. Und wenn auch nur auf einer lokalen Webseite.«

»Wahrscheinlich hast du recht.« Es ist nicht das erste Mal, dass ich die Befürchtung habe, aber wenn eine Tragödie passiert wäre, würde das wegen Andrews Alter und Begabung irgendwo erwähnt. Ich schüttle die Angst ab. »Ja, du hast ganz bestimmt recht. Aber wieso finde ich ihn dann nicht?«

»Keine Ahnung, Norah. Vielleicht ist er einer Sekte beigetreten. Oder er wurde in etwas Dubioses verwickelt und lebt im Zeugenschutz. Das ist alles aus der Luft gegriffen, aber … ich meine, du solltest dich darauf einstellen, dass er nicht auftaucht.«

»Ich weiß.« Joes Skepsis ärgert mich, obwohl das ungerecht ist. »Aber vielleicht kommt er doch, weißt du.«

»Okay, angenommen, er kreuzt auf, und nehmen wir an, ihr versteht euch prächtig. Was würdest du dann tun? Würdest du nach Dublin ziehen? Eine Fernbeziehung führen?«

Ich seufze. »Das weiß ich nicht! Alles denkbar. Er könnte aber auch verlobt sein … oder verheiratet und drei Kinder haben.«

»Er könnte eine Vokuhila-Frisur haben. Oder voller Begeisterung sein eigenes Bier brauen.«

Ich lache darüber, weil er damit auf mein Date mit einem Typen anspielt, der über nichts anderes redete als seine Erfahrungen mit dem Bierbrauen.

»Ja. Oder er hat ein Gesichtstattoo.«

»Oder auch nur einen Bart«, sagt Joe. »Inzwischen hat jeder einen. Du solltest darauf gefasst sein.«

Ich schaudere. Bärte sind mir zuwider, was in den letzten Jahren ein echtes Dating-Problem war.

»Machen wir uns später darüber Gedanken«, sage ich und greife damit auf Joes Lieblingssatz zurück. »Erst mal ... möchte ich einen Toast ausbringen.«

»Einen Toast?« Er schaut sich betont verwundert um. »Wann hast du je einen Toast ausgebracht? Abgesehen von Kirans Hochzeit.«

»Halt die Klappe, okay? Ich möchte auf dich trinken, Joe. Danke, dass du mitgekommen bist. Denn ich glaube nicht, dass ich den Mut gehabt hätte, das allein durchzuziehen. Und wenn doch, wäre das ein trauriger Trip geworden. Aber mit dir zusammen ... kann das ein Spaß werden. Also auf dich!«

»Jederzeit gern. Oder vielmehr nicht jederzeit. Ich werde nicht jedes Jahr Weihnachten mit dir davonbrausen, damit du einen alten Bekannten wiedersiehst. Das ist eine einmalige Sache. Also koste sie voll aus.«

»Mach ich«, verspreche ich feierlich.

10

Don’t Stop Believin’

Von: Andrew Power
An: Norah Jones
8. Dezember 2009

Liebe Norah,
danke, dass du mir deine Demo-CD geschickt hast – ich finde sie großartig, besonders Foggy Day und Every Time We Say Goodbye. Das ist ein so alter Song, aber du gibst ihm etwas Modernes. Die CD läuft gerade, während ich dir schreibe. Wenn also ein Konzertagent an meinem Zimmer vorbeigeht, wird er dich hören.
Ich weiß nicht, ob ich dir schon mal beschrieben habe, wie ich wohne. Ich bin im dreizehnten Stock der Meredith Wilson Hall. Die hat alles, was man sich wünschen kann, inklusive einer Kakaobar und einem Gemeinschaftsraum, wo sie freitagabends Twister spielen. Daran habe ich mich noch nicht beteiligt – ich bin älter als die meisten hier, und ich denke, das wäre gruselig. Aber es gibt einen Fitnessraum im obersten Stock mit einem Laufband, sodass ich joggen und über das Lincoln Center und die Upper West Side blicken kann. Dann fühle ich mich wie ein guter alter Master of the Universe. Das einzig Seltsame ist, dass

die unteren Semester sich ein Zimmer teilen – das kann ich nicht verstehen. Selbst im Trinity, wo wir in anderer Hinsicht ziemlich barbarisch waren, hatte jeder seine eigene kleine Kammer. Aufbaustudenten werden auf dem Campus als alte Hasen betrachtet, und die Bachelorstudenten halten sich im Allgemeinen von uns fern. Wer könnte es ihnen verübeln?
New York ist noch immer toll, und alle Klischees sind wahr: Es ist schwer, sich in der U-Bahn zurechtzufinden, allerdings werde ich allmählich besser darin, und der Winter ist auch sehr, sehr kalt. Neulich Abend bin ich fast erfroren, als ich von der Met nach Hause kam, die buchstäblich nebenan liegt. Deshalb bin ich am nächsten Tag zu Fuß zu Macy's gegangen und habe mir einen dicken Daunenmantel gekauft wie ein Rapper. Ich sehe damit dämlich aus, aber er hat mir das Leben gerettet – sonst hätten wir jetzt eine echte La-Bohème-Situation am Hals.
Apropos Operngesang, neulich Abend sind wir mit ein paar Performing-Arts-Leuten in Hell's Kitchen gewesen und haben Karaoke gesungen. Norah, wenn du je etwas Übleres gesehen hast als einen Haufen Performing-Arts-Studenten beim Karaoke, dann sag es mir bitte. Die machen das dermaßen perfekt, schmettern die Songs fünfstimmig, das macht wirklich keinen Spaß mehr. Einer der Kellner dort dachte, wir gehörten einer Sekte an. Da lag er nicht ganz falsch.
Jetzt komme ich zur schlechten Nachricht. Du weißt, ich habe gehofft, Weihnachten nach Hause zu fliegen, aber leider sieht es so aus, als ob dieses Jahr nichts daraus wird. Die Flugpreise sind astronomisch – ich war zu optimistisch, als ich dachte, dass mein Stipendium dafür reichen könnte. Einer unserer Professoren hat uns Gestrandete in sein Haus nach Brooklyn eingeladen – er hat da ein Sandsteinhaus, was offenbar etwas ganz Großes ist. Er ist sehr gut vernetzt und hat auch einen sehr bekannten Komponisten aus Hollywood eingeladen, der

manchmal Mitarbeiter aus meinem Kurs anheuert. Es wäre schwierig gewesen, die Einladung abzulehnen, selbst wenn ich mir den Dublin-Flug hätte leisten können. Es tut mir leid, dass ich nun keinen Zwischenstopp in London einlegen kann – aber hoffentlich im nächsten Jahr. Im nächsten Juni komme ich sowieso nach Irland zurück – außer ich bekomme hier eine Stelle, was, unter uns gesagt, ziemlich unwahrscheinlich ist.
Ich hoffe, du bleibst dir treu und singst noch. Ich bin mir sicher, du wirst es schaffen, wenn du am Ball bleibst. Das tue ich jedenfalls. Ich hoffe, du hast ein schönes Weihnachtsfest – ich werde an dich denken.

Immer dein,
A x

Ich hoffe, du hast ein schönes Weihnachtsfest – ich werde an dich denken. Seit unserer gemeinsamen Italienwoche hatten Andrew und ich mehrmals hin und her gemailt, aber keine seiner Nachrichten hatte ich so oft gelesen wie diese. Ich war tief enttäuscht gewesen, als ich las, dass er nicht kommen würde, aber ich sah auch ein, dass er nicht anders konnte. Ich hatte schon darauf geantwortet, aber jetzt nahm ich mir eine Minute und schrieb ihm ein paar Zeilen, um ihm frohe Weihnachten und viel Glück für seine Begegnung mit dem berühmten Komponisten zu wünschen. Dann ging ich zum Schrank und suchte meinen bevorzugten Weihnachtspullover heraus. Es war Heiligabend, und ich war mit meinen Freunden aus Ealing zu unserem traditionellen Pub-Abend verabredet.

Kiran hatte sich sehr gesträubt, noch mal ins Drayton zu gehen, nachdem man uns dort vor fünf Jahren abgewiesen hatte, doch das war inzwischen der angesagte Laden – außerdem hatte sie einen zusätzlichen Anreiz. Seit unserem Abend im Finnegan's damals schwärmte sie für den gut aussehenden Paul Slovinski. In den letzten zwei Jahren hatten wir ihn selten zu Gesicht bekommen, da er in Edinburgh studierte, aber Kiran war ihm vor ein paar Tagen im Shoppingcenter am Ealing Broadway über den Weg gelaufen, und er hatte sehr interessiert gewirkt, sich mit ihr auszutauschen. Er ging also mit Joe und ein paar anderen heute Abend ins Drayton, genau wie wir, und jetzt war Kiran in einem Zustand nervöser Vorfreude, weil sie Paul unter dem Mistelzweig treffen würde, und überlegte immer wieder neu, was sie anziehen sollte.

»Mach dir keine Gedanken«, hatte Caroline gesagt. »Da sind so viele Leute, da wirst du kaum auffallen.«

»Oh, ich hätte nichts dagegen, ein bisschen aufzufallen«, erwiderte Kiran. Sie hatte sich gerade für ihren kurzen pinkfarbenen Mohairpulli entschieden, bei dem ein Streifen von ihrem braunen Bauch zu sehen war, und für eine Skinny Jeans. Caroline und ich konnten uns mit diesem Jeans-Trend noch immer nicht anfreunden, aber Kiran hatte ihn von Anfang an mitgemacht und sich in Hosen reingezwängt, mit denen sie zehn Zentimeter größer und viel schlanker aussah.

Während ich mich in meinem Schlafzimmer fertig machte, fühlte ich mich wieder wie siebzehn, nur dass ich mit bei meinem Vater wohnte und nicht mehr in unserem alten Haus. Meine Eltern lebten jetzt getrennt an entgegengesetzten Enden von Ealing. Ich wohnte bei ihm, um Miete zu sparen, und Miles und ich waren auch dort, um mit ihm Weihnachten zu verbringen – unser erstes Mal allein mit ihm, denn im vorigen Jahr hatten wir Weihnachten bei unserer Mutter gefeiert. Es war im Gespräch gewesen, dass ich jedes Weihnachten bei ihr verbringen sollte, da ich schließlich das ganze Jahr bei meinem Vater war, doch ich hatte darauf bestanden: Abwechselnd hieß abwechselnd, egal wer bei wem wohnte.

Das war alles ziemlich blöd, aber es hatte keinen Zweck, wenn sich jeder über die Lebensentscheidungen des anderen Gedanken machte. Und ich sparte wenigstens Geld, indem ich in einem elterlichen Haushalt wohnte.

»Dad!«, rief ich und rannte durch den Flur. »Könntest du mich zum Pub fahren?« Oh Gott, es war wirklich wieder wie mit siebzehn.

Auf den Zustand der Küche war ich nicht vorbereitet. Ich hatte geglaubt, wir würden ein einfaches Essen zubereiten, nur das Wichtigste, also den Truthahn, die Füllung und die Röstkartoffeln. Doch mein Vater war offenbar in letzter Minute in Panik geraten und hatte tonnenweise Gemüse, Cranberry-Soße und Weihnachtsservietten gekauft, sodass es jetzt genauso aussah wie in unserer alten Küche. Mit hochgekrempelten Ärmeln war er dabei, Mums spezielle Hackfleischpasteten zuzubereiten, und bestrich sie gerade mit Ei, genau wie sie – nur dass er es wenig effektiv mit einer Gabel tat und dabei Billie Holliday hörte. Seine Küche und das Wohnzimmer waren ein Raum, und sein Plattenspieler und die Schallplattensammlung nahmen den Ehrenplatz ein, siebenhundert Stück, darunter viele seltene Pressungen und signierte Alben. Einmal sagte er mir, dass sie bei einem Verkauf mehrere Tausend Pfund einbrächten, aber er hätte sie niemals verkauft. Er hing an ihnen und hörte sie alle.

»Hallo, Schatz!«, sagte er. »Lass mich die eben in den Ofen schieben, dann kann ich klar denken und mit dir reden. Nein, lass das, du wirst dir dabei nur die hübschen Sachen beschmieren.«

»Das geht schon, Dad.« Wie durch ein Wunder hatte ich einen Kuchenpinsel gefunden und half ihm, die Pasteten zu bestreichen. »Du musstest das nicht alles machen! Der Truthahn allein hätte auch gereicht.«

Er seufzte. »Ich wollte es für euch beide schön machen.« Er nahm das fertige Blech und schob es in den Backofen, wischte sich die Stirn und strich die Pasteten auf der Liste durch. Es gab mir einen Stich, als mir auffiel, wie viel Grau sich in seine lockigen Haare geschlichen hatte, die einmal kastanienbraun gewesen waren wie meine, und wie viel älter er plötzlich aussah. Warum riss er sich ein Bein aus und machte dasselbe stressige Weihnachtsdinner wie meine Mutter immer? Das ist nur Essen, keine Liebe, wollte ich sagen, hielt mich aber noch rechtzeitig zurück. »Das wird es ganz bestimmt«, sagte ich stattdessen.

Ich verstand noch immer nicht ganz, wieso sich die beiden getrennt hatten, aber ich neigte dazu, meiner Mutter die meiste Schuld zu geben, denn sie hatte eine Affäre gehabt – mit dem Vater von Maisie Salter, die mit mir in dieselbe Schule ging. Ich hatte furchtbare Angst gehabt, dass sie Mr Salter, der Witwer war, heiraten würde und dass Maisie dann meine Stiefschwester wäre. Dabei kannte ich sie kaum und konnte sie auch nicht besonders gut leiden. Ich hatte es noch weniger verstanden, als das Verhältnis im Sande verlief. Mein Vater war daraufhin für eine Versöhnung offen gewesen, doch meine Mutter hatte weiter allein sein wollen. Welchen Sinn hatte die Trennung, wenn sie mit dem anderen Mann nicht zusammenblieb? Es sollte noch lange dauern, bis ich verstand, dass die Sache komplizierter war.

»Hoffentlich. Sagtest du eben, ich soll dich fahren? Ich wusste nicht, dass du heute ausgehst.«

»Oh. Tja …« Ich dachte, ihm sei klar, dass ich an Heiligabend immer in den Pub gehe. »Nicht, wenn du Hilfe brauchst. Soll ich die Möhren schälen? Wo ist eigentlich Miles?«

»Im Finnegan's«, sagte er lächelnd. »Sicher erinnerst du dich noch.«

Das tat ich und verfluchte Miles im Stillen, weil er mir das nicht erzählt hatte. Ich wollte ausgehen, aber ich wollte unseren Vater auch nicht an Heiligabend allein lassen. Während in Mums Leben seit der Trennung viel mehr los war – Buchclub, Chor, Pilates, Kurzreisen und neue Freunde –, schien der Aktionsradius meines Vaters geschrumpft zu sein. Er hatte seine drei Golffreunde – die »Girls«, wie meine Mutter sie nannte – aber er unternahm wenig, außer dass er zu Jazzkonzerten ging.

»Ah, hör dir das an.« Er drehte die Lautstärke auf. »Hast du diese Aufnahme schon mal gehört?«

Ich nickte. Billie Holliday sang: *I Get Along Without You Very Well.* Was für ein trauriger Song. Er brachte meine Gedanken auf Andrew. Wenigstens haben wir noch Kontakt, sagte ich mir.

»Davor habe ich die Version von Rosemary Clooney gehört. Kennst du die?«

»Ja«, sagte ich lächelnd. Dieses Spiel konnten wir stundenlang spielen. »Die ist zu schnell.«

»Stimmt. Die maßgebliche Version ist natürlich von ...«

»Chet Baker«, sagten wir gleichzeitig. Mein Vater strahlte. »Soll ich sie auflegen?«

»Oh ...« Ich hatte ein schlechtes Gewissen, aber ich dachte auch daran, dass Kiran im Pub vielleicht schon auf mich wartete. Caroline hatte geschrieben, sie käme wohl etwas später, weil ihre Mutter sie zu einem Umtrunk bei Nachbarn mitnehmen wollte.

Mein Vater lächelte mich an. »Mach dir keine Gedanken, Schatz. Das ist dein Ausgehabend mit deinen Freundinnen – wir haben hinterher noch genug Zeit miteinander. Wohin geht ihr? Ins Drayton? In Ordnung, die Pasteten können backen, während ich dich hinbringe. Müssen wir unterwegs jemanden abholen?«

»Nein. Ich treffe mich dort mit Kiran und Caroline.«

»Nur die Mädchen, gut. Ich bin froh, dass wir dich auf eine Mädchenschule geschickt haben.«

Ich lachte. »Nein, ich fürchte, da werden auch Jungs sein. Männer eigentlich. Joe Lee – erinnerst du dich an ihn?«

»Ach ja, der kleine Kerl mit dem Pony. Hat er Kunst studiert?«

»Nein, Ingenieurwissenschaften. Und er ist inzwischen über eins achtzig groß, also kein kleiner Kerl mehr.«

Er schüttelte den Kopf. »Das kann nicht sein. Ich hoffe, du hast deinen falschen Ausweis dabei?«

»Sehr witzig.« Ich erinnerte mich an den Aufruhr, als meine Mutter ihn entdeckte. Aber von unserem Abend im Finnegan's erfuhr sie nie. Dad hatte dichtgehalten, mir aber eingeschärft, dass ich mir nicht noch mal so etwas erlauben sollte, und einen Monat später wurde ich achtzehn.

Er lächelte versonnen. »Ich weiß noch, dass du ständig versucht hast, älter zu erscheinen … Das geht drei Jahre so, dann verbringt man die nächsten fünfzig damit, jünger auszusehen.«

»Du wirst immer wie fünfunddreißig aussehen, Dad.« Ich fühlte mich mies dabei, ihn an Heiligabend allein zu lassen. »Bist du sicher, dass du keine Hilfe haben willst? Ich kann auch zu Hause bleiben, weißt du.«

Das meinte ich ehrlich, aber gleichzeitig wollte ich wirklich gern ausgehen und meine Freunde sehen. Darum war ich erleichtert, als er abwinkte. »Überhaupt nicht … Nun komm, auf zum Auto.«

Die Bar im Drayton Hotel war noch genauso wie vor fünf Jahren, als wir dort einen schicken Abend verbringen wollten: dieselben Messinglampen, dieselbe Holzvertäfelung und geschmackvolle Deko. Wir meinten, es sei sogar derselbe Barkeeper hinter der Theke, der uns damals abgewiesen hatte. Joe und Caroline waren schon da, als ich ankam. Sein alberner Pony war verschwunden, stattdessen hatte er einen ziemlich coolen Haarschnitt, und er trug ein schickes dunkelblaues Jackett, was gegenüber seinem vorigen Look mit Jeans und Slogan-T-Shirt eine Verbesserung war. Als er aufstand, um mich zu umarmen, fiel mir auf, dass er breitere Schultern bekommen hatte. Vielleicht von Work-outs.

»Hi, Joe!«, sagte ich. »Wie lebt es sich in Marylebone?«

»Marylebone? Da wohnst du?«, sagte Caroline. »Wow. Ich wäre wohl besser auch Ingenieur geworden.«

»Wie ist der neue Job?«

»Superlangweilig. Das wusste ich zwar vorher, aber trotzdem. Ihr wisst, es gibt einen Witz über die Arbeit von Ingenieuren – das ist wie in *Herr der Ringe*, wo Gandalf endlose Besprechungen abhält und Pläne ausarbeitet und dann zwei Minuten lang zaubert, nur dass ich das mit dem Zaubern noch nicht hinkriege. Aber der Job lässt mir Zeit für mein Hobby.«

»Welches Hobby?«, fragte ich.

»Meine Cartoons. Ich habe euch noch nicht mit meinem YouTube-Link gespamt? Das hole ich sofort nach.« Er zückte ein Smartphone – ich hatte vorher kaum mal eins gesehen – und zeigte uns den Link. »Ich mache gerade nebenbei eine Ausbildung in Animation – das ist meine Hausarbeit.«

»Joe, die sind fantastisch«, sagte Caroline. Sie nahm ihm das Handy aus der Hand, was ich für eine auffällig intime Geste hielt. Ich schaute schnell auf das Display. In dem Clip lief ein Junge in einen Wald, der sich in eine Schienenstrecke verwandelte, die dann zu einer Woge wurde. Ich schaute noch interessiert zu, als Joe das Handy wieder an sich nahm.

»Der ist ein bisschen zu lang«, meinte er. »Ich schicke euch den Link. Möchtest du was trinken, Norah?«

»Oh guckt mal, Kiran ist da!«, sagte Caroline.

Kiran war noch im Mantel direkt an die Theke gegangen, um dort die Flaute auszunutzen, wie sie später sagte. Sie drängte sich mit zwei Gin Tonics für mich und Caroline und einem Bacardi Breezer für sich zu uns durch. Wir waren jetzt alt genug, um diese Drinks wirklich zu genießen, die wir früher nur bestellt hatten, um schick zu wirken, aber Kiran war ihren Breezers treu geblieben. »Entschuldige, Joe, ich habe dich nicht gesehen«, sagte sie und umarmte ihn.

»Keine Ursache … ich wollte sowieso gerade an die Bar. Bin gleich wieder da. Oder wohl eher nächstes Weihnachten, wenn ich mir die Schlange ansehe.«

»Ich leiste dir Gesellschaft«, sagte Caroline zu meiner Verblüffung.

Die Schlange war so lang wie immer, aber Joe und Caroline schien das nichts auszumachen. Sie unterhielten sich angeregt und gaben sich nur wenig Mühe, die Aufmerksamkeit des Barkeepers auf sich zu lenken.

»Läuft da was zwischen den beiden?«, fragte ich. »Findest du, er sieht anders aus?«

»Nein … ich denke, er geht bloß ab und zu in die Muckibude. Und nein, er ist nicht ihr Typ … Wo ist eigentlich Paul?« Kiran schaute durch den Pub und zog am Saum ihres flauschigen Pullis.

Ich kam zu dem Schluss, dass sie wahrscheinlich recht hatte. Caroline war hoffnungslos romantisch, schon solange ich sie kannte. Wir hatten uns im neunten Schuljahr kennengelernt, als wir zusammen im Cross-Country-Club waren. Es war am Ende des Tages, und wir hatten entdeckt, dass man direkt nach Hause laufen konnte, ohne dass jemand das mitbekam, und so rannten wir zu ihrem Haus, wo wir Plätzchen aßen und über Jilly-Cooper-Romane diskutierten, die wir beide dutzendweise verschlangen. Caroline wollte die große Liebe erleben, aber sie hatte etwas Verletzliches an sich und zog Männer an, aber zu oft endete das mit Tränen. Sie hatte selbst gesagt, sie sei an britischen Männern nicht interessiert, weil die unromantisch wären und zu viel tranken – womit sie nicht ganz unrecht hatte. Joe war Brite und so unromantisch wie nur was. Er trank nicht zu viel, aber sicher mehr als die meisten Europäer, die es anscheinend bei einem Bier beließen. Er war außerdem Ingenieur, was Caroline uninteressant fand. Sie wollte lieber einen Schriftsteller, Maler oder Musiker.

»Da ist er!« Paul war gerade angekommen. Er trug einen schwarz-weiß-grün gestreiften Schal, hatte ein Bier in der Hand und sah so attraktiv aus wie immer. Kiran war heiß darauf, sich mit ihm zu unterhalten, aber bald geriet sie in eine Diskussion mit Will Palmer und ein paar Mädchen aus unserem Jahrgang – in dem Pub waren praktisch dieselben Leute wie in unserem Aufenthaltsraum in der Schule. Stattdessen kamen Paul und ich ins Gespräch, und er fragte mich über meine Auftritte aus.

»Hast du dein Stück geschrieben?«, fragte ich ihn anschließend. »Du wolltest es doch beim Fringe aufführen …«

Ich hatte mich nicht über ihn lustig machen wollen, aber er wurde trotzdem rot. »Oh Gott. Hab ich das wirklich mal gesagt? Was für ein angeberischer Blödmann ich gewesen bin. Nein, ich habe eins am Bedlam aufgeführt, das ist das Theater der Uni. Aber beim Fringe wurde ich nicht angenommen, schockierenderweise. Aber abends schreibe ich noch. Und tagsüber jobbe ich für eine Zeitarbeitsfirma.«

»Cool! Genau wie ich.« Ich stieß mit ihm an. »Ist das nicht super?«

»Macht echt Spaß.« Paul grinste. »Es ist ganz gut, oder? Und flexibel, sodass ich oft nach Edinburgh fahre, damit wir uns sehen können ...«

»Oh ... wirklich!« Unwillkürlich blickte ich zu Kiran, aber die war mit anderen im Gespräch. »Du bist mit jemandem zusammen?«

»Ja, mit Sandy Alexander. Er war in meinem Kurs. Jetzt macht er seinen Master, also ...« Er erklärte das Thema von Sandys Dissertation über Robert Louis Stevenson.

»Das ist toll. Eine Fernbeziehung ist natürlich hart, aber das klingt großartig.« Ich war überrascht, dass Paul mit einem Mann zusammen war, aber hauptsächlich machte ich mir Sorgen, weil Kiran noch nicht wusste, dass er überhaupt in einer festen Beziehung war, und sich ziemlich dumm vorkommen würde, wenn sie es erfuhr. In dem Moment wurde sie die Gruppe um Will los und drehte sich um. »Und was läuft bei dir, Paul? Zeitarbeit! Das ist cool. Erzähl mir was über deine Schriftstellerei.«

Sie unterhielten sich weiter, während ich gespannt war, ob Paul seinen festen Freund ihr gegenüber erwähnen würde. Kurz darauf ging er an die Theke, und Kiran wandte sich mir mit glühendem Gesicht zu.

»Ich glaube, es läuft gut!«, meinte sie. »Welchen Eindruck hast du?«

»Kiran, es tut mir wirklich leid, aber Paul hat mir gerade erzählt, dass er in Edinburgh mit jemandem zusammen ist«, sagte ich leise und hastig, bevor uns wieder jemand unterbrach. »Eine Fernbeziehung. Er heißt Sandy.«

»Was? Das musst du falsch verstanden haben«, entgegnete Kiran. »Auf keinen Fall ist er schwul. Das hätte er doch gesagt.«

»Tja, ich weiß nicht, wie weit das bekannt ist, aber mir hat er es so erzählt. Jemand aus seinem Kurs.«

Kiran schaute total verwirrt, und ich konnte ihr daraus keinen Vorwurf machen. Das war eine ziemliche Überraschung. »Du musst das falsch verstanden haben«, sagte sie wieder. »Ich bin mir sicher, dass er nicht schwul ist.«

Es war frustrierend, dass sie mir nicht glauben wollte, aber ich hatte meine Pflicht als Freundin getan und ließ das Thema fallen. Wir redeten über ihre Arbeit, die nach wie vor anstrengend war, und über meine Karriere oder vielmehr meine mangelnde Karriere.

»Es läuft ganz okay, danke«, erwiderte ich auf ihre Frage. »Ich habe Demo-CDs machen lassen und sie in London bei allen Pubs mit Live-Programm verteilt. Und wirklich bei allen. Ich habe ein paar Rückrufe bekommen ...«

»Ja? Wie viele?« Kiran wirkte leicht abgelenkt und beobachtete Paul, der sich mit Joe und Caroline unterhielt.

»Drei ... na, eigentlich vier. Einer wollte mich für eine Hochzeit engagieren, hat aber einen Rückzieher gemacht, als er hörte, dass ich keine Band und keine Webseite habe.«

»Hm.« Kiran runzelte die Stirn. »Gar nicht schlecht ... drei von – wie viele CDs hast du verteilt?«

»Hundert.«

Sie riss die Augen auf. Offenbar glaubte sie, dass drei von Hundert kein großer Ertrag waren. »Das ist ... das ist eine Menge! Wie wär's mit einem Video?«

»Du meinst, ein Musikvideo?«

»Klar! In einem sexy Outfit ... damit du nicht nur gehört, sondern auch gesehen wirst.«

Ich verzog das Gesicht. »Ich will so was nicht anziehen … und habe auch gar nicht das Geld, um ein Video zu produzieren, jedenfalls kein professionelles. Und ich kann solche Videos sowieso nicht ausstehen, ehrlich gesagt. Das ist auch nur wieder ein Medium, wo Sängerinnen danach beurteilt werden, wie toll sie aussehen … Denk mal an die großen Jazz-Sängerinnen. Wäre es nach ihrem Aussehen gegangen, hätten sie nie Karriere gemacht.«

»Gutes Argument«, sagte Kiran. »Die Männer brauchen wahrscheinlich kein Video, in dem sie sich auf einer Motorhaube rekeln.«

»Genau. Vielleicht braucht Andrew irgendwann eins … bin mir nicht sicher.«

Sie nickte, als wäre sie gerade im Zwiespalt gewesen und jetzt zu einem Entschluss gekommen. »Norah, versteh das jetzt nicht falsch«, sagte sie.

»Immer wenn das jemand sagt, hat man eigentlich keine andere Möglichkeit, als es falsch zu verstehen.«

»Nein, hör zu! Ich denke, wenn du als Sängerin Karriere machen willst, musst du alles geben. Es ist toll, dass du eine CD hast, aber du brauchst auch eine Webseite. Und vergeude um Himmels willen keine Zeit damit, deine CDs zu verschicken – da kannst du genauso gut ein Grammofon verschicken. Sende den Leuten einfach eine E-Mail mit einer MP3-Datei. Du brauchst professionelle Fotos. Und du musst ein Video machen. Wenigstens um deinen Performance-Stil zu zeigen …«

»Okay.« Sie war ein bisschen anmaßend, aber das waren gute Ratschläge. »Ich werde es versuchen.«

»Nein. Tu es oder lass es. Versuchen hat keinen Zweck.«

»Ich bin doch schon dabei!«

»Wirklich?«, sagte Kiran. »Ich finde, es sieht nicht danach

aus. Und was Andrew angeht: Es ist toll, dass ihr noch in Kontakt seid, aber solltest du nicht besser jemanden kennenlernen, der wenigstens im selben Land lebt?« Sie holte kurz Atem. »Weißt du … ich verstehe ja, dass man nach der Uni nicht gleich Klarheit hat, wo man eigentlich hin will … aber ich finde es furchtbar zu sehen, wie du herumwurstelst.«

»Herumwurstelst?« Das machte mich wütend. Sie wusste nichts über mich und Andrew, und sie hatte keine Ahnung von Musik oder wie hart es im Musikgeschäft war. Und ich war doppelt sauer, weil sie es für nötig hielt, mich zu kritisieren, während sie selbst gerade überhaupt nicht hören wollte, was ich ihr über Paul erzählte. Kiran sah die Dinge immer, wie sie sie haben wollte. Das konnte sie meinetwegen so halten, aber von so jemandem ließ ich mir nicht sagen, was ich zu tun hatte. »Weißt du was? Es wird allmählich spät. Ich geh nach Hause.«

»Norah! Ich hab's nicht so gemeint …«

Ich hörte nicht mehr zu und war schon halb draußen. Ich hatte sowieso die Nase voll. Das war nicht mein Abend. Ich ging an Joe und Paul vorbei – Caroline war anscheinend zum Klo gegangen – und bemerkte, dass sie mich beobachtet hatten, aber ich war zu abgelenkt, um mehr zu tun, als kurz zu winken.

»Hey! Norah!«

Während ich die Tür aufdrückte, drehte ich den Kopf. Es war Joe, der mich rief, und er schaute besorgt.

»Was ist los? Wieso gehst du?«

»Nichts! Alles gut. Bin nur müde.«

Beim Hinausgehen dachte ich, dass ich vielleicht überreagierte, aber das war mir egal. Ich wünschte, ich wäre zu Hause geblieben und hätte den Abend mit meinem Vater verbracht. Das hätte ich eigentlich tun sollen. Ich würde

Caroline später simsen. Meinen Vater wollte ich nicht anrufen, denn vermutlich hatte er schon etwas getrunken, und er sollte nicht glauben, er müsste mich abholen. Ich würde einfach in den Bus steigen, mich in Selbstmitleid suhlen und aus dem Fenster auf die Bürgersteige starren, wie damals mit siebzehn.

Das Schlimmste war, dass Kiran recht hatte. Natürlich sollte ich ein Video drehen. Natürlich sollte ich eine Webseite haben. Aber ich wollte das nicht. Ich würde mir eher in den Hintern beißen, als Selbstvermarktung zu betreiben. Ich tat schon gerade so viel, wie ich ertragen konnte. Ich wollte nichts weiter als singen. War das so verkehrt? Und was war verkehrt daran, dass ich mit Andrew in Kontakt blieb und dass mein Herz einen Schlag aussetzte, wenn ich seinen Namen in meinem E-Mail-Postfach sah? Es deprimierte mich auch, dass Paul erfolgreich eine Fernbeziehung lebte. Aber andererseits war Edinburgh wesentlich näher als New York.

»Warte! Norah, warte!«

Ich drehte mich um und sah Kiran auf ihren Zehn-Zentimeter-Absätzen den Bürgersteig entlangrennen oder vielmehr stöckeln.

»Es tut mir leid«, keuchte sie. »Es tut mir wirklich, wirklich leid, Schatz ... Das war scheiße. Ich meinte das gar nicht so. Das heißt, ich meinte es so, aber ich hätte es nicht sagen sollen.«

»Das war superscheiße«, bekräftigte ich. Aber ich ließ mich von ihr umarmen und spürte, wie sehr sie in ihrem dünnen Mantel und dem bauchfreien Pulli fror.

»Es tut mir ehrlich leid«, sagte sie noch einmal. »Ich will einfach nur, dass du es schaffst. Denn, weißt du ... ich werde mir in den nächsten vierzig Jahren in einem langweiligen Job die Finger wund schuften. Und meistens ist das in Ordnung.

Ich mache meine Sache gut, und es gefällt mir, dass ich mir Klamotten kaufen kann, ohne mir überlegen zu müssen, ob es dann noch fürs Essen reicht. Und ich will mir ein Haus kaufen und in Urlaub fahren und so weiter. Aber du hast die Chance, etwas ganz Besonderes zu machen. Und ich will wirklich, dass du das schaffst.«

Das war reichlich viel Druck für eine Freundin, fand ich, aber ich war auch bewegt. Kiran glaubte an mein Talent, oft mehr als ich selbst. Dann lächelte ich, weil mir eine Idee kam. »Ich weiß. Wenn dir das so sehr unter den Nägeln brennt ... wie wär's, wenn du mir hilfst?«

»Dir helfen? Wie?«

»Na ja, bei meiner Webseite und Engagements und mit einem guten Fotografen. Wenn du willst.« Ich zögerte. »Es sei denn, du hast zu viel um die Ohren.«

»Ich habe viel um die Ohren, aber ich habe große Lust darauf. Das ist eine brillante Idee, Norah! Ja. Ich bin dabei. Ich werde deine Managerin!«

»Managerin?«, wiederholte ich. Ich hatte mir bloß Hilfe beim Erstellen einer Webseite vorgestellt, aber Kiran hatte sich schon in die Sache reingesteigert.

Sie legte den Arm um mich, und wir gingen zurück zum Clayton.

»Und was Paul betrifft, das tut mir auch leid«, sagte sie. »Du hattest recht! Ich habe eben alles über Sandy erfahren. Er kommt offenbar zu Silvester hierher.«

»Es tut mir leid, Kiran. Ich weiß, du mochtest ihn.«

»Ach, das ist schon okay«, sagte sie, als wir in die Hotelbar zurückgingen. »Es hat nicht sollen sein. Wenigstens einer hat heute Abend seine Liebe gefunden.«

»Was? Wen meinst du?«

»Guck mal da rüber.« Gegenüber von Paul an unserem

Tisch saßen Joe und Caroline dicht beieinander. Er hatte eine Hand auf ihrem Knie, und im nächsten Moment küsste er sie.

Das war so schräg, wir blickten uns an und prusteten vor Lachen. Gleich darauf lief *Bad Romance*, und Kiran nahm meinen Arm. »Das ist der neue Lady-Gaga-Song!«

»Ich weiß!«, schrie ich zurück. »Klingt genau wie der alte!« Kurz darauf stieß Caroline zu uns, und wir empfingen sie johlend, weil das eine zu gute Gelegenheit war, um sie hochzunehmen.

»Sieh mal an, du knutschst einen Ingenieur!«, rief Kiran.

Caroline lachte, erwiderte aber nichts, sondern tanzte ausgelassen. Joe war inzwischen von ehemaligen Schulkameraden umringt und noch mehr Freunde von unserer alten Schule waren hereingekommen. Am Ende der Nacht grölten wir alle verschwitzt bei *Don't Stop Believin'* von Journey mit. Bis zu diesem Monat hatte ich den Song noch nie gehört, und jetzt flippten alle aus, als wäre das der Lieblingssong ihrer Jugend. Kiran schmetterte den Refrain und zeigte dabei auf mich. Ich wusste, was sie damit sagen wollte, und ich würde ihren Rat nicht nur zu meiner Karriere annehmen, sondern auch hinsichtlich Andrew. Ich wollte nicht aufhören, daran zu glauben. Ich wollte an dem Gefühl festhalten.

11

A Face In The Crowd

Sonntag, 22. Dezember 2019

Wenn ich morgens aufwache, muss ich erst mal die Stöpsel aus den Ohren ziehen, die Augenmaske ablegen und meine Zahnschiene herausnehmen. Das fing an, als mich der Verkehrslärm vor meiner Wohnung verrückt machte, und danach störte mich die Straßenlampe vor meinem Fenster. Und die Zahnschiene ist nötig, weil ich nachts anscheinend mit den Zähnen knirsche. Doch anstelle meines schmalen staubigen Fensters, durch das man auf ein edwardianisches Reihenhaus in der Turnpike Lane blickt, sehe ich einen sonnigen Park, den St Stephen's Green. Und anstelle meiner fadenscheinigen alten Steppdecke liege ich in traumhaftem Bettzeug, das so weich und seidig glatt ist, wie das nur Hotels hinkriegen. Ich kuschle mich hinein und seufze genüsslich. Es geht nichts über ein Hotel, wenn man sich frei fühlen und in Luxus schwelgen will.

Zu wissen, dass ich heute nicht das Geringste tun muss, ist sogar noch besser. Oft wache ich mitten in der Nacht wegen irgendetwas panisch auf, das mit meiner Arbeit zu tun hat, sei es Samiras Aufsatz oder Ashantis Solo oder der heftige

Streit zwischen zwei befreundeten Schülern. Aber all das ist jetzt weit weg.

Es klopft an der Tür. »Norah? Bist du so weit?«

Grummelnd verlasse ich das Bett und öffne ihm.

»Hast du kein Telefon? Es ist ein bisschen zu früh, um bei anderen Leuten an die Tür zu klopfen«, beschwere ich mich und reibe mir die Augen.

»Ich will das Frühstück nicht verpassen.« Joe weicht einen Schritt zurück und nimmt meinen Pyjama in Augenschein. Es ist mein liebster, aus aufgerautem Baumwollstoff mit einem Muster aus Pizzastücken. »Ich wusste gar nicht, dass es solche auch in Erwachsenengrößen gibt.«

Ich schlage ihm die Tür vor der Nase zu, und auf seinen Protest hin teile ich mit, dass ich in zwanzig Minuten nach unten komme. Das Frühstück will ich nämlich auch nicht verpassen. Denn das ist das Beste an einer Hotelübernachtung. Er kann von Glück reden, dass ich so fix sein kann. Ein Urlaub mit Kiran und Caroline bedeutet immer, mindestens zwanzig Minuten Zeitverlust jeden Abend, weil sie länger mit ihren Haaren und ihrem Make-up beschäftigt sind. Vermutlich sollte ich mehr Aufwand betreiben, aber ich kann mich nicht überwinden. Ich spare mir meine Stylingenergie für morgen Abend auf. Obwohl Andrew wahrscheinlich nicht kommen wird, möchte ich gut aussehen, wenn ich vor dem Bewley's auf ihn warte.

Das Frühstück im Shelbourne enttäuscht mich nicht, und bald seufze ich und lasse mich begeistert über die gestärkte weiße Tischwäsche, das glänzende Silber und das Büffet sowie über die Speisekarte aus, auf der von Waffeln bis zu Eier Benedikt alles zu haben ist. Wir bestellen für Joe ein irisches Frühstück und für mich Arme Ritter. Die nehme ich immer, wenn ich außer Haus frühstücke. Ich weiß, das klingt langweilig, aber ich liebe es, immer dasselbe zu essen. Das Leben wartet schon mit genug Überraschungen auf.

»Was möchtest du heute unternehmen?«, fragt Joe.

»Hm ...« Mit Schrecken fällt mir ein, dass ich mich vor der Reise nicht über Dublin informiert habe. Normalerweise mache ich mir einen detaillierten Besichtigungsplan mit einer A- und einer B-Liste. »Ich weiß es nicht! Oh Gott. Ich bin nicht vorbereitet.«

»Entspann dich«, sagt er und trinkt einen Schluck Kaffee. »Wir machen Ferien, kein Examen. Ich kann etwas vorschlagen.«

»Oh, gut.« Ich bin erleichtert. Ich weiß noch von anderen Trips, dass Joe ein guter Reisegefährte ist. Er hat immer Ideen, versteift sich aber nicht darauf.

»Ich würde gern das *Book of Kells* sehen ... aber wenn die Schlange zu lang ist, dann hat mir jemand empfohlen, in die Chester Beatty Library zu gehen, die noch ältere Handschriften besitzt, aber nicht so stark besucht ist. Und die archäologische Sammlung im Nationalmuseum, die haben viele keltische Stücke.«

»Klingt gut. Lass uns nachsehen, wann die öffnen.«

Als wir die Öffnungszeiten heraussuchen, stellen wir frustriert fest, dass diesen Sonntagvormittag fast alles geschlossen ist. Natürlich können wir etwas anderes unternehmen, aber ich verstehe nicht, wieso Museen an einem Sonntagvormittag geschlossen haben.

»Eine Frechheit«, sagt Joe, als ich mich beschwere. »Stell dir vor, die geben ihren Angestellten frei, damit sie Weihnachten mit ihrer Familie zusammen sein können.«

»Aber ich wollte etwas besichtigen«, seufze ich. »Und wenn der Vormittag dafür ausfällt, weiß ich nicht, wie wir das alles schaffen wollen.«

»Ich weiß. Aber wenn du mal darüber nachdenkst, besichtigen wir ständig etwas, egal wohin wir gehen. Also verpassen wir nicht wirklich was.«

Die Frau, die mir gestern im Foyer aufgefallen ist, geht an mir vorbei zu ihrem Tisch, an dem eine andere Frau sitzt. Es überrascht mich nicht, dass ihr Frühstück aus Joghurt, Früchten und Müsli besteht. Ich wette, dass sie Yoga oder etwas Ähnliches unterrichtet und morgens um fünf Uhr aufsteht, um ihre Asanas zu machen und dann heißes Wasser mit Zitrone zu trinken. Im Vorbeigehen lächelt sie mich freundlich an, und ich erwidere es und denke wieder, wie gelassen sie wirkt und wie sehr ich mir wünsche, ich könnte so sein wie sie, oder ich könnte mich mit ihr anfreunden. Vermutlich könnte ich als Erstes bei der Sache mit den Besichtigungen ein bisschen gelassener sein. Schließlich geht es auch gar nicht um Sightseeing, sage ich mir, sondern wir sind hier, um Andrew zu finden, und nicht um Museen zu besuchen.

»Bestimmt finden wir was anderes, das wir unternehmen können«, sage ich zu Joe. »Wir können uns an der Rezeption erkundigen.«

Dort schlägt man uns vor, im Stephen's Green spazieren zu gehen oder durch den Purple Flag District zu bummeln, einem kleinen Stadtteil zwischen der Grafton Street und der Dame Street.

»Was glaubst du, was ein Purple Flag District ist?«, frage ich Joe, als wir das Hotel verlassen. Es ist kalt, aber unerwartet sonnig, und ich bin froh, dass ich sowohl eine Sonnenbrille als auch meinen dicken blauen Mohairmantel dabeihabe.

»Keine Ahnung. Hat vielleicht was mit Prince und *Purple Rain* zu tun?«

Der Himmel ist so blau, dass wir beschließen, in den Park zu gehen. Wir schlendern um den See herum zu einem Pavillon, wo Joe viele Fotos macht. Das Wasser ist still und blau wie der Himmel, und die Wolken und die kahlen Zweige sind detailreich und scharf zu erkennen. Als wir uns die Fotos ansehen, sind sie vollkommen symmetrisch, sodass schwer zu sagen ist, ob das Bild auf dem Kopf steht oder nicht. Dann holt Joe seinen Skizzenblock hervor und zeichnet mich mit dem Pavillon im Hintergrund, bis ich mich beklage, dass mir kalt ist, und wir setzen den Spaziergang fort.

»Hast du schon mal daran gedacht, auf der Straße Passanten zu zeichnen?«, frage ich halb im Scherz. Seine Porträts sind ungeheuer gut.

»Würde ich, wenn ich Zeit hätte. Das wäre eine nette Art, meinen Figurenbestand zu erweitern. Hab ich dir erzählt, dass ich für den nächsten Film die Hauptfigur entwickle?«

»Nein! Das ist fantastisch. Glückwunsch!« Joe arbeitet hauptsächlich an Nebenfiguren, und daher ist das ein großer Erfolg. »Was ist er?«

»Sie. Eine Prinzessin. Sehr mutig und schön. Das klingt, als wäre es einfach, aber es ist schwierig, solch einen Charakter so zu erschaffen, dass er aus der Masse heraussticht. Jedenfalls arbeite ich gerade an einigen 3D-Modellen zur anfänglichen Visualisierung.«

Wir reden noch eine Weile über seine Arbeit, und ich staune wieder einmal, wie anspruchsvoll sie ist, sowohl handwerklich und technisch als auch künstlerisch. Ehrlich gesagt verstehe ich meist gar nicht, worüber er spricht, aber ich bewundere das fertige Werk – wie er die Musik, wie ich weiß. Wir gehen an einer Wiese entlang, auf der ein vergessener Volleyball liegt.

»Wilson!«, sagt Joe, eine Anspielung auf den Film *Cast Away*.

»Genau!« Ich fange an zu lachen. »Weißt du, an wen ich

dabei immer denken muss? Erinnerst du dich noch an Julia Stiles?«

»Du meinst Julie Fuglsang? Ja, natürlich erinnere ich mich.« Er war vor längerer Zeit mal mit ihr zusammen gewesen, und Caroline und ich fanden immer, dass sie aussah wie die Schauspielerin Julia Stiles. Wie die echte Julia lernte sie damals tanzen, gab das aber wegen einer Verletzung auf und bekam einen verantwortungsvollen Job in der Finanzbranche. Wir waren insgeheim von ihr besessen, und weil sie unglaublich glamourös war, konnten wir nie verstehen, warum Joe mit ihr Schluss gemacht hatte.

»Wieso denkst du noch an sie?«, fragt er. »Das ist mindestens zehn Jahre her.«

»Na ja, Caroline und ich folgen ihr auf Instagram. Wusstest du, dass sie bei der Bank aufgehört hat und jetzt Tanz unterrichtet? Sie hat auch ein Kind bekommen, ihr Mann stammt aus Kamerun, soviel ich weiß.«

»Nein, davon wusste ich nichts. Das ist ... erschreckend«, sagt er. Ich lache wieder und denke darüber nach, wie seltsam es ist, dass ich mühelos die Aktivitäten von Julie Fuglsang verfolgen kann, die ich kaum kenne, aber nicht das Geringste über Andrew herausfinden kann.

Als Joe genügend fotografiert hat, verlassen wir den Park und laufen die Kildare Street hinunter zum Campus des Trinitiy Colleges. Der Lärm der Stadt verebbt, und wir befinden uns erneut in einer friedlichen Oase mit prächtigen Bauten umgeben von Grünflächen und Wegen. Die Warteschlange für das *Book of Kells* ist irre lang, und deshalb machen wir einen kurzen Spaziergang über den Campus, bis wir uns auf dem Front Square wiederfinden, einem großen gepflasterten Platz zwischen Granitbauten mit Säulenfront, Rasenflächen und einem Kampanile am anderen Ende. Ich stehe da und höre wieder, was Andrew mir damals dazu erzählte: *Der Fachbereich Musik ist in Haus 5 untergebracht mit Blick auf den Front Square. Ich weiß noch, wie ich einen Donnerstagabend im Winter daran entlanggelaufen bin und den Kammerchor singen hörte. Er probte ein Stück, das ich geschrieben hatte … In dem Augenblick wurde mir klar, dass ich nichts anderes tun will, als Musik zu komponieren, die dann gespielt wird.*

Ich beschließe, diese Erinnerung nicht mit Joe zu teilen. Wir schlendern auf den Ausgang am Ende des Platzes zu, und ich überlege, wo wir als Nächstes hingehen sollten, als mir jemand auffällt, der gerade den dunklen Torbogen durchquert. Ich bleibe abrupt stehen. Als er näher kommt, wird mein Mund trocken, und mit starkem Herzklopfen nehme ich die Einzelheiten in mich auf und frage mich, ob ich Gespenster sehe. Die schwarzen Haare, dieselbe Kopfhaltung, die Körpergröße – der lange dunkle Mantel ist genau sein Stil –, sogar der federnde, lässige Gang ist genauso, wie ich ihn in Erinnerung habe. Das ist Andrew. Ganz sicher.

»Joe«, zische ich und greife nach seinem Arm. »Da ist er!«

»Wer?«, fragt er – überflüssigerweise, finde ich. Aber als der Mann noch näher kommt, atme ich auf und bin zugleich erleichtert und enttäuscht. Er ist es doch nicht. Er hat eine gewisse Ähnlichkeit, ist aber jünger, und sein Gesicht sieht ganz anders aus. Wahrscheinlich haben mich die Haare und die Größe getäuscht. Ich komme mir lächerlich vor, aber ich muss ein paar Mal tief Luft holen, bevor ich mich von dem Eindruck lösen und wieder sprechen kann.

»Er war es also nicht«, sagt Joe.

»Nein … Gott sei Dank.«

»Wieso Gott sei Dank? Sind wir denn nicht seinetwegen hier? Um ihn zu finden?«

Ich kann es ihm nicht erklären, aber ich bin noch nicht

bereit, Andrew wiederzusehen – ich muss darauf vorbereitet sein.

»Tja, das könnte ein Problem werden, wenn du beim Anblick irgendwelcher fremden Männer ausflippst«, sagt Joe. »War er ihm wirklich zum Verwechseln ähnlich?«

»Ja. Er hat schwarze Haare, ist groß, vielleicht zwei, drei Zentimeter kleiner als du, und hat blasse Haut und blaugraue Augen …«

»Hm. Dann fällt er hier ja richtig auf.«

»Haha«, sage ich. Während wir den Campus verlassen und in die Normalität des Weihnachtsbetriebs zurückkehren, erhole ich mich von dem Schrecken.

»Hast du mal Walter in den Wimmelbüchern gesucht?«, witzelt Joe, und ich stoße ihn an, damit er die Klappe hält.

Wir biegen in die Grafton Street ein. Die Geschäfte sind noch geschlossen, aber einige Blumenverkäufer bauen ihre Stände auf, und ein Kinderchor singt *God Rest Ye Merry Gentlemen*. Ich habe kein Kleingeld mehr und gebe ihnen verrückterweise einen Zehner. Immerhin fördere ich damit einen guten Zweck, und außerdem bin ich froh, dass ich den Chor nicht dirigieren und den Auftritt und die Fahrt nicht organisieren muss.

»Lass uns nach dem Schock einen Kaffee trinken«, sagt Joe. »Wie wär's denn, wenn wir in das berühmte Bewley's gehen? Das soll sehr hübsch sein.«

»Oh.« Ich will es nicht zugeben, vor allem nicht nach dem Vorfall gerade, aber bei seinem Vorschlag werde ich nervös, weil ich an Heiligabend vor dem Café stehen werde, um Andrew wiederzusehen. Aber jetzt will ich noch nicht dorthin. Das wäre bestimmt ein Fehler – vielleicht breche ich durch mein zu frühes Erscheinen einen Zauber, sodass Andrew nicht kommt?

Joe spürt anscheinend mein Unbehagen und schlägt einen geduldigen Ton an. »Wir können auch woanders hingehen, wenn du willst.«

Als ich aufblicke, wird mir klar, dass ich mich zusammenreißen muss, wenn nicht mir selbst zuliebe, dann wenigstens ihm zuliebe. Er ist zu einem Kurzurlaub mitgekommen, und ich möchte, dass er eine schöne Zeit verbringt. Und wir werden Andrew sowieso nicht begegnen. Dublin hat eine Million Einwohner, das ist kein Dorf.

»Nein, schon gut. Das machen wir.«

Der Eingang ist kein magisches Portal, sage ich mir, als wir hineingehen. Das ist nur ein Café, wenn auch ein sehr hübsches. Wir durchqueren den Eingangsbereich, in dem abgepackte Tees und Kaffeesorten hinter einer Glastheke verkauft werden, und gehen in einen großen hohen Raum mit Treppen und Emporen, in dem auch ein vier Meter hoher Christbaum steht. Ich betrachte die Sitznischen mit den hochlehnigen roten Samtsofas, die dunkelgrüne Chinoiserie-Tapete und die schönen Buntglasfenster am anderen Ende. Es herrscht viel Betrieb. Die Kellnerinnen tragen gestärkte weiße Schürzen passend zu den Tischtüchern. Es ist spektakulär und zugleich behaglich. Ich kann mir vorstellen, wie Andrew sich hier als Student mit seiner Notenkladde auf dem Schoß und Kopfhörern im Ohr verkrochen hat. Und ich kann mir auch vorstellen, selbst den ganzen Tag hier zu verbringen und bei einer Kanne Tee Kreuzworträtsel zu lösen.

»Schau dir die Fenster an – die sind unglaublich«, sagt Joe.

»Die werde ich mir gleich genauer ansehen. Aber erst mal einen Kaffee.«

Wir bestellen Kaffee für zwei und klebrige süße Schnecken, die die Spezialität des Hauses sind, und ich komme auf ein Thema zurück, das mich schon vorher interessiert hat.

»Noch mal zu Julia«, sage ich nach meinem ersten Schluck Latte macchiato.

»Julie«, korrigiert er geduldig.

»Julie ... Es ist zwar lange her, aber was ist damals passiert? Warum habt ihr Schluss gemacht?«

»Warum? Ich weiß nicht.« Sein Gesichtsausdruck bleibt vage. »Vielleicht weil sie alles ein bisschen zu ernst nahm? Zum Beispiel ... wenn ich mit ihr hier wäre, wären wir seit sieben Uhr auf und hätten schon drei Sehenswürdigkeiten hinter uns. Und ohne dass wir uns auf einen Kaffee irgendwo hingesetzt hätten.«

»Hm.« Mehr fällt mir dazu nicht ein. Ich hatte auf einen schwächeren Grund gehofft, aber was er erzählt, klingt ziemlich anstrengend.

»Und was hat dich zu ihr hingezogen? Wenn sie so intensiv an alles heranging ...«

»Ich habe nichts gegen Intensität«, sagt er. Da ich eine sexuelle Anspielung vermute, gehe ich darüber hinweg.

»Und wie war das mit FiFi? Wieso hat das nicht funktioniert?«

FiFi oder Felicia Lim, eine Architektin aus Singapur, hatte Joe nicht lange nach dem Bruch mit Julie durch seine Ingenieursfreunde kennengelernt. Wir alle mochten sie. Sie war verrückt, aber lustig und kam zuverlässig eine halbe Stunde zu spät, jedes Mal mit einer unwahrscheinlichen, aber unterhaltsamen Entschuldigung.

»Sie war mir ein bisschen zu unterhaltsam«, sagt Joe. Habe ich dir erzählt, dass ich sie in Paris besuchen wollte und sich dabei herausstellte, dass sie obdachlos war?«

»Nein!«

»Ich war wegen einer Konferenz in Paris und hatte ihr vorher gemailt, wann ich dort sein würde. Und sie schrieb, das ist toll, dann kannst du mich in meiner neuen Wohnung besuchen. Aber als ich mich mit ihr an den Tuilerien traf, fiel mir auf, dass sie lauter Taschen und Beutel bei sich hatte …«

»Nein!«

»Doch. ›Ich suche zurzeit nach einer anderen Wohnung‹, sagte sie. Mit anderen Worten, sie schlief auf einer Parkbank.«

Zuerst will ich das nicht glauben, aber er bleibt dabei und erzählt so viele Einzelheiten, dass ich ihm die Geschichte schließlich abkaufe. »Und wo hat sie an dem Abend geschlafen?«

»Nun ja …« Er schaut verlegen.

»Sag es mir nicht.« Ich rolle die Augen. »Ich sehe, dass das ein bisschen zu spontan wäre.«

Mir scheint, ich habe genug über sein früheres Liebesleben erfahren, und will gerade von etwas anderem anfangen, als er mir zuvorkommt. »Und dann war da noch Caroline …«

Möglich, dass wir damit eine Grenze überschreiten, aber ich bin neugierig und gespannt. Ich habe Carolines Seite der Geschichte gehört – dass er ihr zu unernst war, sowohl was ihre Beziehung anging als auch ganz allgemein –, aber ihn habe ich nie danach gefragt. »Wie war das mit ihr?«

»Sie brauchte jemanden, den sie anhimmeln konnte, und ich nicht. Wahrscheinlich war ich noch nicht bereit, jemanden anzuhimmeln.«

Das lasse ich mir einen Moment durch den Kopf gehen. »Und bist du mittlerweile dazu bereit?«

Er zuckt die Achseln. »Ich weiß nicht. Vielleicht wenn ich eine wahnsinnig tolle Frau kennenlerne. Aber ich hab's damit nicht eilig.«

Das kostet ihn mein Mitgefühl. Man mag das biologistisch nennen, aber da zeigt sich der Unterschied zwischen uns. Wir sind beide auf dem Singlemarkt unterwegs, aber während er sich bloß die Schaufenster ansieht, neige ich zu Panikkäufen.

»Was?« Joe sieht mir meine Skepsis anscheinend an.

»Das ist der Unterschied zwischen Heteromännern und -frauen. Ihr habt euch noch nicht gebunden, weil ihr wählerisch seid und keine Eile habt. Ich habe mich noch nicht gebunden, weil ich keinen Mann finde – keinen geeigneten –, den ich mag und der mich auch mag. Und weil ich bei der Arbeit an meiner Mädchenschule niemanden kennenlernen kann.«

»Hast du's mal mit Online-Dating versucht?«, fragt er.

Ich sehe ihn groß an. »Ob ich es mit Online-Dating versucht habe? Das ist, als würdest du fragen, ob ich schon mal in einem Supermarkt gewesen bin oder eine Flugreise gemacht habe. Selbstverständlich habe ich das.«

»Und?«

Ich schüttele bloß den Kopf. Online-Dating. In diesen Abgrund habe ich ein paar Mal geblickt und bin entsetzt zurückgewichen. Zu viele K.-o.-Kriterien – und ich spreche nicht von Pferdeschwänzen oder Rauchen oder der Unfähigkeit, Chorizo richtig auszusprechen. Ich kenne Leute, die sich online kennengelernt haben – Caroline und Stefan zum Beispiel –, aber in meinen Augen ist das der blanke Horror.

»Es gibt eben Menschen, die den Partner fürs Leben nie kennenlernen, und vielleicht gehöre ich auch dazu.« Ich seufze deprimiert.

»Aber deshalb sind wir hier, oder?«, sagt er in ermutigendem Ton. »Damit du die Liebe deines Lebens findest.«

Nun fühle ich mich mies. Ich habe über etwas gejammert, für das Joe gar nichts kann und das zu ändern er helfen will. Wenn ich nicht achtgebe, werde ich die Urlaubsstimmung komplett dämpfen.

»Entschuldige, Joe, ich wollte nicht muffelig sein.«

»Nein, ich verstehe das. Meine Schwester hat sich lange genauso gefühlt.«

»Oh.« Joes jüngere Schwester Amy ist eine Schönheit und noch optimistischer als er. »Wirklich? Hat sie denn nicht letztes Jahr eine große Hochzeit in Weiß gefeiert?«

»Doch, aber vor solchen Hochzeiten kann es ganz anders aussehen, Norah. Und hinterher auch. Niemand bekommt ein perfektes Leben.« Er steht auf. »Komm. Dublin besichtigt sich nicht von allein.«

»Ich übernehme die Rechnung«, biete ich an, und er sagt grinsend: »Tu das.«

Während ich bezahle, ist mir furchtbar peinlich, dass ich so emotional geworden bin, und dabei ist es noch nicht einmal Mittag. Wenn ich nicht aufpasse, wird das wie in der Episode von *Friends*, in der Phoebe Joey einen Hund leiht, um ihn aufzumuntern, und am Ende ist der Hund genauso trübsinnig wie Joey. Nicht dass ich Joe mit einem Hund vergleichen will. Ich sehe mich nach ihm um und kann ihn nirgends entdecken. Schließlich finde ich ihn hinten bei den Buntglasfenstern. Er ist so in die Betrachtung vertieft, dass er mich nicht bemerkt. Sie sind ein Wunderwerk und leuchten im dunklen Hintergrund des Cafés durch das von draußen einfallende Licht. Sie sehen aus wie vom Anfang des vorigen Jahrhunderts und zeigen verschiedene Säulen, an denen Kletterpflanzen ranken, und ringsherum Blumen, Schmetterlinge, Vögel, Libellen, Muscheln und Ammoniten, alle detailreich dargestellt. Es überrascht mich nicht, dass Joe darin versunken ist. Die Farben sind kräftig und weich und leuchten auf dem pergamentfarbenen Glas.

»Ich habe noch nie in einem Café solche Fenster gesehen«, sage ich.

»Sie stammen von einem irischen Künstler namens Harry Clarke.« Joe liest das von einem Schild ab. »Nie von ihm gehört. Erinnert an Aubrey Beardsley, findest du nicht? Sieh dir nur die Farben an …« Er macht ein paar Fotos. »Das habe ich gemeint, als ich sagte, wir besichtigen etwas, egal wohin wir gehen. Man weiß nie, welche verborgenen Schätze man dabei findet.«

Auf dem Weg nach draußen lächle ich ihn an und hoffe, das ist ein gutes Omen für unsere Reise – und für mein Liebesleben.

12

Girl In The Red Dress

Nach Lust und Laune erkunden wir die Seitenstraßen zwischen Grafton Street und Dame Street, in denen es viele kleine Boutiquen, Restaurants und Cafés gibt, alle geschmückt mit Lichterketten und roten Schleifen. Wir schlendern in das Powerscourt Centre, einen überdachten Hof zwischen drei georgianischen Bauten. Ein Pianist spielt Weihnachtslieder im Erdgeschoss, und im dritten Stock finden wir ein französisches Café, wo wir uns auf einen Kaffee niederlassen und das Treiben beobachten. Nach unserem üppigen Frühstück können wir beide noch nicht wieder an Essen denken, eigentlich auch nicht an Kaffee, aber wie Joe sagt, das ist der Preis für den Sitzplatz.

Joe bemerkt auf seinem Handy eine Nachricht und zeigt mir, was er bekommen hat: Es ist ein Foto von seinen Eltern auf der Skipiste.

Lächelnd sehe ich in ihre Gesichter. »Ich finde es toll, dass sie WhatsApp benutzen, aber dein Vater schreibt unter seine Nachrichten noch immer *Liebe Grüße, Mum und Dad.*«

Ich kann Joes Eltern sehr gut leiden. Sein Vater, der zufällig auch Michael heißt wie meiner, hat früher mit meinem Vater Golf gespielt, und seine Mutter Genevieve stammt aus

Ealing und hat an meiner Schule Naturwissenschaften unterrichtet. Meine Lieblingsanekdote aus seiner Familie handelt von Joes Geburt. Seine Mutter bekam am 15. Oktober Wehen, in jener Sturmnacht 1987, und sein Vater versuchte, vor ihr geheim zu halten, wie stark der Sturm war, damit sie sich nicht ängstigte. Mr Lee war Bauingenieur und stellte sich die schlimmsten Szenarien vor, etwa dass im Queen Charlotte Hospital der Strom ausfiele – was durchaus passieren mochte –, und schaltete immer wieder das Radio aus und brachte das medizinische Personal zum Schweigen, sobald sie eine verräterische Bemerkung machten.

»Oh ja«, sagte Joe, als ich ihn daran erinnerte. »Das war typisch für ihn. Die Katastrophe einfach ignorieren. Meine Mutter wusste aber von dem Sturm. Sie sagte später, sie hätte nicht die Energie gehabt, sich deswegen Sorgen zu machen, und er sei dadurch wenigstens beschäftigt gewesen.«

Lächelnd denke ich, wie schade es ist, dass meine Eltern ihre Differenzen nicht auch auf diese Art handhaben konnten. Ich glaube nicht, dass ihre ständigen Meinungsverschiedenheiten sie auseinandergebracht haben, auch wenn die nicht hilfreich waren, sondern sie wollten ihre Zeit auf unterschiedliche Art verbringen: Meine Mutter wollte ausgehen und suchte Gesellschaft, mein Vater wollte zu Hause bleiben und Jazz hören. Meine Mutter wollte jedes Jahr woanders Urlaub machen, mein Vater hatte überhaupt keine Lust zu reisen. Getrennt waren sie glücklicher als zusammen, wie meine Mutter es ausdrückte. Jahrelang habe ich ihr die Schuld gegeben und gedacht, das sei kein Grund, sich zu trennen. Doch irgendwann musste ich akzeptieren, dass ich bei der Entscheidung nicht mitzureden hatte und dass sie vielleicht recht hatte.

Ich schaue auf mein Handy und sehe, dass in unserer

WhatsApp-Freundesgruppe, die fantasielos »Ealing« heißt, von allen Leuten Nachrichten eingegangen sind. Kiran schreibt: *Geht an Heiligabend jemand ins Drayton?* Und die Antwort lautet anscheinend Nein. Kiran ist zu müde, um nach acht Uhr noch rauszugehen. Paul und Javier haben viel vorzubereiten, da Pauls Eltern am Weihnachtstag zu Besuch kommen und sie eine Freundesfeier am Boxing Day geben. Caroline schreibt, dass sie und Stefan sich einen ruhigen Abend machen, wenn keiner ausgeht. Ich rechne damit, dass Paul oder Javier dazu bemerken, dass Joe und ich beide unerlaubt abwesend sind, aber niemand scheint das mitbekommen zu haben.

»Was ist denn dieses Jahr mit allen los?«, sage ich zu Joe.

»Was meinst du?«

»Keiner geht ins Drayton. Was wird aus unserer Tradition?«

»Ich schätze, wir werden alle älter«, sagt er. »Wir haben andere Verpflichtungen. Ich zum Beispiel wurde von einer Frau entführt, die mich zu einem irren Trip nach Dublin mitgenommen hat.«

»Haha«, sage ich. »Aber findest du das nicht traurig?«

»Wir gehen nächstes Jahr wieder ins Drayton. Und zumindest ich bin mit dir zusammen. Das ist auch Tradition, stimmt's? Wir werden uns hier eine Drayton-Gedenkecke einrichten.«

»Hm«, mache ich unentschieden. Das klingt nett, aber ich will die Hoffnung nicht aufgeben, dieses Jahr einen ganz anderen Heiligabend zu erleben. Um das Thema zu wechseln, sage ich: »Glaubst du, Stefan wird ihr einen Heiratsantrag machen?«

»Woher soll ich das wissen?«, antwortet er. Und das führt mir seine Grenzen vor Augen. So gern ich mich mit ihm unterhalte, es ist nicht dasselbe wie mit meinen Freundinnen. »Soll er denn?«, fragt er eine Minute später.

»Tja, das ist die Frage. Caroline hofft inständig, dass er es tut, aber sie will es nicht ansprechen oder mit ihm diskutieren. Findest du das seltsam?«

»Eigentlich nicht. Das ist die traditionelle Art, nicht wahr?«

»Ja, aber in meinen Augen ist das keine gute Tradition ... Ich finde es komisch, sich das nicht gemeinsam zu überlegen, sondern dass er entscheiden muss, wann es passiert. Sie teilen Rechnungen, sie überlegen gemeinsam, wohin sie in Urlaub fahren – wieso können sie nicht über etwas so Wichtiges wie Heiraten reden?« Ich fühle mich illoyal, weil ich das sage, nicht zuletzt, weil ich Stefan sehr gut leiden kann. Er ist Künstler, oder besser gesagt Maler – er hat mich darin einmal korrigiert –, kleidet und verhält sich aber wie ein Buchhalter. Er führt ein sehr ordentliches Leben und steht jeden Tag um sechs Uhr auf und arbeitet im Atelier, bevor er seinem Brotberuf nachgeht und Kunst unterrichtet. Ich glaube, er wird als Maler Erfolg haben.

»Dann darf ich also annehmen, dass du keinen Heiratsantrag per Flashmob oder auf einem Großbildschirm haben willst?«

Ich schaudere. »Ganz bestimmt nicht. Ich finde, das ist eine bedeutende Entscheidung, und man sollte sich vorher darüber unterhalten wie zwei erwachsene Menschen.«

»Verstehe«, sagt Joe. »Ich werde deinem Zukünftigen sagen, wie du es bevorzugst. Vielleicht auch eine Liste mit Pros und Kontras geben? Eine Tabelle?«

»Sehr witzig.« Ich sehe auf die Uhr. »Oh Gott, Joe, es ist schon halb drei! Wo ist die Zeit geblieben?«

Das passiert uns immer wieder. Wir setzen uns auf eine

Tasse Kaffee hin, und im Nu sind zwei Stunden vergangen. Jetzt haben wir keine Lust mehr auf ein Museum, und deshalb schlendern wir eine Kopfsteinpflasterstraße hinunter zu einem Einkaufszentrum namens George's Street Arcade, einer Schatztruhe voller Antiquariatsständen und Posterläden. Mein Blick fällt auf einen Secondhandladen, und ich frage Joe, ob er etwas dagegen hat, da mal reinzugehen.

»Tu dir keinen Zwang an. Wir treffen uns anschließend im Grogan's.«

»Was ist das?«

»Der Pub an der Ecke da drüben. Den habe ich mir vorsichtshalber ausgeguckt, falls wir uns auf die Joe-Regel berufen müssen.«

Ich nicke. Die Joe-Regel ist mir bekannt. Sie besagt, dass Leute in einem gemeinsamen Urlaub mindestens eine halbe Stunde am Tag für sich allein verbringen sollten.

Das Geschäft zu betreten ist wie ein Schritt zurück in eine frühere Zeit, so als könnte es plötzlich 1970 sein. Tatsächlich kommt es mir wie 1990 vor. Da brennt eine Duftkerze, die einen leichten Waldgeruch verbreitet, vielleicht, damit man die Mottenkugeln nicht so riecht. Eine junge Frau mit Gothic-Make-up sitzt hinter dem Ladentisch und liest *Die Nebel von Avalon*. Im Hintergrund läuft *Blue* von Joni Mitchell, ein Song, mit dem ich Andrew damals bekannt gemacht hatte. Ich schwöre, bis vorige Woche habe ich monatelang nicht an ihn gedacht, aber dann erinnert mich plötzlich alles an ihn. Um mich davon abzulenken, schaue ich flüchtig an den Ständern entlang und streife geistesabwesend über Brokat, Seide und Samt, bis meine Fingerspitzen an etwas Weiches, Seidiges geraten, das sich kostbar anfühlt. Es ist ein langes rotes Seidenkleid im Stil der Vierzigerjahre. Mein Lieblingsjahrzehnt.

»Werde ich das für Sie in die Anprobe hängen?«, fragt die junge Frau, und ich erinnere mich lächelnd, wie verwirrt ich war, weil Andrew immer »werde ich« statt »soll ich« sagte. *Ich habe keine Kristallkugel,* habe ich geantwortet. *Ich weiß nicht, ob du das tun wirst oder nicht.*

Ich verdrücke mich in die Umkleidekabine und zweifle, ob mir das Kleid passen wird, vor allem nach dem üppigen Frühstück, doch zu meinem Erstaunen bekomme ich den Reißverschluss zu, und es sitzt wie angegossen. Der schräge Fadenverlauf ist sehr schmeichelhaft, und durch den tiefen Ausschnitt wirkt meine Haut so sahnig und verlockend wie der Schaum auf einem Glas Guinness. Dann blicke ich auf das Preisschild und keuche auf. Das kann ich auf keinen Fall rechtfertigen.

»Oh, Sie sehen darin umwerfend aus«, sagt die junge Frau. »Eine wahre Sexbombe.«

»Danke – wenn ich die Gelegenheit hätte, es mal zu tragen.«

»Für eine Hochzeit wäre es hübsch. Falls Sie Hochzeiten vor sich haben.«

»Nur etwa hundert.« Letztes Jahr war ich bei vier und nächstes Jahr, 2020, bin ich zwischen Mai und August bei fünf Hochzeiten eingeladen. Ich glaube aber nicht, dass das Kleid bei einer Hochzeit angemessen wäre. Es zieht viel zu viel Aufmerksamkeit auf sich, wenn auch im guten Sinne.

»Lassen Sie uns ein wenig Spaß damit haben, und Sie können sich auf jeden Fall damit fotografieren«, schlägt sie vor.

Das ist nett von ihr. Sie stattet mich mit einer schönen Smaragdkette, Strassschnallenpumps und einer braunen Pelzjacke aus, wobei sie vorher fragt, ob ich Pelzgegnerin bin, und ich antworte: »Nicht bei Secondhandteilen«.

»So sehe ich das auch. Ich bin Veganerin, aber ich sage

mir immer, das Tier ist deswegen schon umgebracht worden. Warum sollte sein Leiden umsonst gewesen sein?«

Ich hänge die Jacke wieder auf den Bügel, aber auch ohne sie sieht das Kleid hinreißend aus, der Inbegriff von Pin-up-Glamour. Es wäre wunderbar, darin aufzutreten. Ich war nie dafür zu haben, mich auf einem Flügel zu rekeln und durch lange falsche Wimpern Marlene Dietrichs *Makin' Whoopee* zu trällern. Doch es war nett, einen Grund zu haben, sich jede Woche schick anzuziehen. Diese Phase meines Lebens ist nun aber vorbei. Ich brauche das Kleid nicht, also danke ich der Verkäuferin und hänge es wieder zurück.

Ich bin schon im Begriff zu gehen, als mein Blick auf einen Stapel Flyer fällt, die für einen *Supperclub in einer georgianischen Villa* werben, offenbar ein exklusives Dinner. Es findet heute Abend statt.

»Nehmen Sie gern einen mit«, fordert mich die Verkäuferin auf. »Meine Freundin organisiert das. Das wird irre. Da herrscht immer Andrang. Wahrscheinlich ist es ausverkauft, aber Sie können sich für den nächsten Termin vormerken lassen. Es ist ein bisschen wie Henrietta Street – Sie wissen schon, das Wohnhausmuseum.«

Nein, weiß ich nicht, aber ich nehme mir einen Flyer, ohne zu erklären, dass ich wieder in London sein werde, wenn das nächste Supperclub-Dinner stattfindet, und begebe mich zu dem Pub, in dem Joe auf mich wartet. Als ich davorstehe, muss ich mich vergewissern: Ein Schild weist es als *Castle Lounge* und ein anderes als das *Grogan's* aus. Es ist ein lebhaftes kleines Lokal mit verrückt gemustertem Teppichboden und holzgetäfelten Wänden, an denen verschiedene Gemälde und Fotografien dicht beieinander hängen. Deckenlampen mit Fransen spenden ein weiches Licht. An den kleinen Tischen sitzen schon viele Leute auf den niedrigen blauen

Samthockern. Hinten entdecke ich Joe vor einem Guinness. Er liest in dem Comicalbum, das er sich vorhin gekauft hat.

»Hast du was Hübsches gefunden?«, fragt er, als ich mich setze.

»Nein. Es gab ein schönes Kleid. Ich war sehr in Versuchung, aber ich mache bereits schöne Ferien, also musste ich dazu Nein sagen. Sonst könnte ich nicht mal mehr einen Avocadotoast bezahlen, geschweige denn meine Kreditraten.«

»Und die Milchkaffees. Vergiss nicht die Milchkaffees.«

»Ich weiß. Wir sind eine Generation, die von Milchkaffee lebt. Ich wusste gar nicht, dass du Guinness trinkst.«

»Tu ich auch nicht. Ich sagte: ›Bitte ein Pint‹, und bevor ich sagen konnte, welches Bier ich trinken will, hat sie mir ein Guinness gezapft. Demnach bedeutet ein Pint ein Guinness. Was möchtest du trinken?«

»Dann nehme ich auch ein Guinness. Soll ich dir noch eins mitbringen?«

»Stell dir vor: Sie kommen an den Tisch.« Er hebt eine Hand, und eine Kellnerin erscheint mit einem Tablett und nimmt die Bestellung auf.

»Sehr zivilisiert, hm?« Joe bemerkt den Flyer, der aus meiner Tasche lugt. »Was ist das?« Als ich die Veranstaltung beschreibe, sagt er: »Gehen wir doch hin.«

»Das ist teuer … und wahrscheinlich ausverkauft. Aber gefallen würde mir das.« Ich war schon zwei Mal in solch einem Supperclub, und es hat Spaß gemacht, mit fremden Menschen an einem Tisch zu sitzen. Es wäre nett, dabei ein paar Dubliner kennenzulernen.

»Ah, ich vergaß«, sagt Joe. »Du bist ein Vermuter, kein Frager.«

»Was heißt das?«

»Ein Vermuter entscheidet sich aufgrund der Annahme,

dass etwas ausgebucht ist oder dass er sich dort nicht hinsetzen darf oder dass jemand ihm einen bestimmten Gefallen nicht tun wird ... ein Frager dagegen fragt nach.«

»Hm.« Das leuchtet ein. »Ich verstehe, was du meinst. Dann bin ich wohl ein Vermuter. Vermute ich jedenfalls. Bist du ein Frager?«

»Bei solchen Angelegenheiten ja. Schließlich braucht man nur kurz anzurufen. Soll ich anrufen? Ich sehe das locker. Wenn dir das zu teuer ist, können wir einfach zu McDonald's gehen.«

Es ist teuer, aber ich denke gerade über etwas anderes nach.

»Zu wie vielen Hochzeiten gehst du nächstes Jahr?«

»Ich? Keine Ahnung. Zwei? Ich müsste in meinen Kalender sehen.«

»Ich zu sechs. Das heißt, ich bin zu sechs eingeladen. Und eigentlich möchte ich nur zu einer wirklich hingehen. Für die anderen fünf müsste ich eine Reise in Kauf nehmen. Selbst wenn sie nicht im Ausland stattfinden, bedeutet das eine Übernachtung im Hotel oder in einer Pension. Und außerdem Flüge, Strumpfhosen und Taxifahrten. Das heißt, jede kostet mich zwischen drei- und fünfhundert Pfund und noch mehr die im Ausland. Was ist so lustig?«

»Flüge, Strumpfhosen und Taxifahrten. Das könnte der Titel deiner Memoiren sein. Nein, ich verstehe – Hochzeiten sind ein teurer Spaß.«

»Genau! Und ich gehe davon aus – oder *vermute* –, dass die Paare untröstlich wären, wenn ich nicht komme. Aber was, wenn das nicht stimmt? Was, wenn sie mich nur aus Höflichkeit eingeladen haben oder wenn ich nur zweite Wahl bin, weil jemand abgesagt hat, oder wenn es ihnen so oder so nicht wichtig ist?«

»Alles plausible Annahmen.«

»Also kann ich ebenso gut wegbleiben. Und dadurch spare ich …« Ich bemühe den Taschenrechner im Handy, weil Kopfrechnen nicht meine Stärke ist. »An die zweitausendfünfhundert Pfund. Vielleicht sogar mehr.«

»Ein hübsches Sümmchen – damit hättest du den Kredit im Nu abbezahlt.«

»Das weiß ich nicht.« Meine Erbschaft hat mir ein ordentliches Guthaben beschert. Aber ich habe noch einige Nullen vor mir, bevor die Wohnung mir und nicht mehr der Bank gehört.

»Was ist mit dir?«, frage ich neugierig. »Hast du mal daran gedacht, dir eine Wohnung zu kaufen?« Seine Wohnung ist so untrennbar mit ihm verbunden, dass ich manchmal vergesse, dass er dafür Miete zahlt.

»Ah. Das hab ich dir ja noch gar nicht erzählt.« Er wischt sich Bierschaum vom Mund. »Ich habe ein Angebot für eine Wohnung abgegeben –in Acton.«

»In Acton?« Ich klinge so ungläubig, als hätte er vom Mars gesprochen. »Aber …« Gegen Acton ist nichts einzuwenden, aber das liegt weit draußen im Westen, gleich neben Ealing sogar. »Wo in Acton?«

»Im Ostteil.« Das ist verständlich, da sind die Preise niedriger. Joe verdient zwar gut, aber das ist immer noch London – so ziemlich.

»Das Angebot wurde angenommen. Also liegt die Sache jetzt bei den Anwälten.«

»Du ziehst nach Acton«, sage ich. Es überrascht mich, wie sehr mich das nervös macht – viel nervöser als der Umstand, dass alle Freunde mit unserer Heiligabendtradition brechen. Denn von Anfang an war Joes Wohnung in Soho unser Treffpunkt, wenn wir eine Nacht um die Häuser gezogen waren oder wenn wir am Wochenende einen Nachmittag zusammen verbringen wollten. Ich kann mir nicht vorstellen, an seine Tür zu klopfen und ihn nicht mehr dort anzutreffen. Ganz zu schweigen davon, dass wir dann an entgegengesetzten Enden von London leben werden, was oft den Tod einer Freundschaft bedeutet. »Ich werde dich nie wiedersehen«, sage ich zum Scherz. »Gehörst du nicht im Grunde nach Soho, wo die Action ist?«

»Nicht, wenn meine Firma nach Brentford umzieht«, sagt er. »Und im Westen sind viele Film- und Fernsehstudios angesiedelt – Pinewood, die BBC –, also ist das für mich praktisch.«

»Natürlich. Tja, ich gratuliere. Hast du ein Foto?« Er zeigt mir das Maklerexposé, und ich bemühe mich, zustimmend und erfreut zu klingen. Natürlich freue ich mich für ihn. Vermutlich musste es mal so kommen – er kann nicht ewig in der Londoner Innenstadt wohnen. Dennoch kommt es mir vor, als ginge damit eine Ära zu Ende.

Im Grogan's wird es mittlerweile voll, die Leute stehen drei Reihen tief an der Theke und drängen sich neben den Tischen. Wir sitzen eingezwängt an einem Nischentisch, wo sich unsere Oberschenkel unvermeidlich berühren. Der Stimmenlärm schwillt an wie ein Sturm, und draußen wird es schon dunkel.

»Hey, schau mal«, sagt Joe. Ich folge seinem Blick und sehe eine Wand leuchtender Farben. Im ersten Moment bin ich verwirrt, dann erkenne ich, dass es ein Buntglasfenster ist.

»Wie wahrscheinlich ist das denn? Zuerst in einem Café und jetzt in einem Pub. Wie gesagt – verborgene Schätze.«

Im nächsten Moment entdecke ich hinter ihm jemanden, und diesmal weiß ich sofort, dass ich mich nicht täusche – er ist es wirklich. Nicht Andrew, aber Conor, der in Verona damals zu dem Sextett gehörte. Natürlich sieht er inzwischen älter aus, aber er ist es definitiv. Er steht in der Ecke mit einem Glas Bier in der Hand und lacht mit zwei Freunden. Zum Glück ist Andrew nicht bei ihnen, aber wer weiß, ob er nicht gleich zu ihnen stößt. Das ist genau so ein Pub, wo ich ihn mir vorstellen kann, wenn er sich an einem kalten Abend zur Weihnachtszeit die Zeit vertreibt. Er könnte jeden Moment hereinkommen.

»Joe«, zische ich. »Wir müssen weg. Sofort!« Und ich verschwinde durch die Seitentür und greife unterwegs nach meinem Mantel, ohne mich zu vergewissern, ob Joe mir folgt.

»Ich hab nicht mal mein Bier ausgetrunken«, beschwert er sich. »Wer war es diesmal?«

»Einer seiner Freunde. Conor. Er war damals auch in Italien. Er war es ganz eindeutig.«

»Und du bist davongerannt, weil …?«

Ich möchte es nicht zugeben, aber ich kann Joe nichts vormachen. »Weil ich, wenn ich Andrew vor der vereinbarten Zeit begegne, nicht wissen werde, ob er zum Treffpunkt gekommen wäre. Das kann ich nur erfahren, wenn ich ihn bis dahin meide.«

Joe beißt sich auf die Lippen, wie um sich alle möglichen Bemerkungen zu verkneifen.

»Ich weiß, das ist albern«, räume ich ein. »Und abergläubisch und alles Mögliche.«

»Ich hab kein Wort gesagt.«

»War auch nicht nötig. Ich kann es dir von der Stirn ablesen.«

»Weißt du was?«, sagt er. »Wir müssen nicht zu dem Dinner gehen. Wenn du nicht gesehen werden willst, bleiben wir heute im Hotel. Wir lassen uns Essen aufs Zimmer kommen und sehen uns einen alten Film an. Was hältst du davon?«

Ich muss zugeben, das klingt sehr verlockend. Aber ich will mich nicht die ganze Zeit verstecken. Ich beschließe, etwas zu tun, um die Macht über mein Schicksal zurückzugewinnen – damit es bei dem Kurzurlaub weniger darum geht, Andrew zu finden, und mehr darum, ein Abenteuer zu erleben. Zumindest bis zum Abend des 24.

»Nein. Lass uns zu dem Dinner gehen«, sage ich. »Wenn es noch zwei Plätze gibt. Und weißt du was? Ich kaufe mir das Kleid.«

13

A Foggy Day

Von: Andrew Power
An: Norah Jones
15. November 2010

Liebe Norah,
viele Grüße aus Los Angeles! Es tut mir leid, dass ich so lange nicht auf deine Mail geantwortet habe. Aber es gibt eine große Neuigkeit: Ich habe den Job bei dem besagten sehr berühmten Komponisten (BSBK) bekommen und arbeite für ihn seit September. Nach den vielen Wikileaks-Berichten in der Presse bin ich paranoid, dass mein E-Mail-Account gehackt werden könnte, darum nenne ich seinen Namen nicht. Ich sage nur: Denk an Boy Wizard oder Vampire Teen, nicht die, aber auf einem ähnlichen Level. Und jetzt bin ich sein Assistent oder genauer gesagt, sein zweiter Assistent (es gibt noch zwei Praktikanten, einen Produktionsassistenten und einen Tontechniker). Und ja, wenn du jetzt an Der Teufel trägt Prada denkst, liegst du nicht falsch, besonders im Hinblick darauf, wie er unsere Arbeit kritisiert. Streicher für eine traurige Szene – bahnbrechend. Aber das meine ich scherzhaft. Ich lerne unglaublich viel, und er widmet mir viel Zeit. Ich gestalte für

ihn hauptsächlich Orchester-Mockups, mache Notizen, baue Equipment auf, engagiere Studiomusiker, und natürlich besorge ich Kaffee. Aber er hat mich und die beiden Praktikanten auch gebeten, für ihn Notensequenzen aufzuschreiben – gestern ließ er mich von meinen welche spielen und analysierte sie für mich, wobei er allen genau sagte, was daran falsch war. Jetzt denkst du vielleicht, das klingt übel, aber tatsächlich waren die anderen neidisch, weil ich Feedback bekommen habe. Ich war gebührend und aufrichtig dankbar.
Er arbeitet von seinem Heimstudio aus, oben beim Laurel Canyon – das ist die Straße, die in die Hollywood Hills raufführt, wo in den Sechzigern alle bedeutenden Singer-Songwriter gewohnt haben. Das heißt, viele der Songs, die wir beide zusammen gespielt haben, sind dort entstanden. Es ist unbeschreiblich, Norah. Du würdest es lieben! Man fährt vom Sunset Strip aus nur zwanzig Minuten, aber es ist, als wäre man in den Rocky Mountains: überall Hanggärten, Holzhäuser und Pools und Bäume und eine fantastische Aussicht. Nachts hört man Kojoten heulen und Eulen schreien, und die Sonnenuntergänge sind einmalig wegen des vielen Smogs. Ich muss mich abends immer von dem Anblick losreißen. Ich wohne mit drei anderen in einem grauenhaften Apartment in West Hollywood, alles angehende Schauspieler, die als Kellner jobben. Wir haben ganz unterschiedliche Arbeitszeiten, sodass ich losfahre, wenn sie heimkommen. Einer hat vorgeschlagen, wir sollten in Schichten schlafen und einen zusätzlichen Mitbewohner einziehen lassen, damit wir Geld sparen – ich denke ernsthaft darüber nach. Bei den Flugpreisen und nachdem ich mir ein Auto kaufen musste, zahle ich praktisch drauf, um hier zu sein. Aber ich hoffe, es lohnt sich.
Ich habe neulich an dich gedacht, weil auf meiner Heimfahrt im Radio Blue von Joni Mitchell lief. Wir wohnen zehn Minuten

von dem Haus entfernt, in dem sie mal gelebt hat, auf dem Lookout Mountain – es sieht aus wie eine Holzhütte im Wald. Ich glaube, Blue ist inzwischen eins meiner Lieblingsalben. Unglaublich, dass ich es nie gehört habe, bevor du es mir empfohlen hast. Bei River musste ich auch an dich denken. Ich fürchte, ich werde auch dieses Jahr nicht zu Weihnachten nach Hause fliegen. Der Flug ist schlichtweg unerschwinglich, und wir werden während der Feiertage arbeiten müssen – meine Mutter und mein Bruder Gus werden mich dafür im Frühjahr besuchen kommen. Also sieht es so aus, dass wir uns wieder nicht sehen. Aber wer weiß, wie es wird, wenn mein Job hier endet – ich werde höchstens noch ein Jahr hier sein und dann hoffentlich nach Europa zurückkehren. Allmählich vermisse ich die kleinen Dinge wie ein ordentliches Pint oder eine Tasse Tee. Natürlich ist das nicht das Einzige, was ich vermisse.
Wie geht es dir? Ich freue mich, dass du mehr Gigs bekommst, und mir scheint, deine Freundin/Managerin macht ihre Sache gut. Deine Webseite ist großartig. Mir gefällt besonders das Foto auf der Landingpage. Ich muss mir irgendwann auch eine Webseite erstellen, aber ich schiebe das immer wieder auf. Im Moment bin ich zu beschäftigt und zu müde dazu, außerdem bin ich nicht so schön wie du.
Ich will jetzt zum Schluss kommen – ich muss schlafen gehen, weil wir morgen wie immer sehr früh anfangen. Ich hoffe, du verbringst schöne Weihnachten, Norah. Es tut mir leid, dass wir uns wieder nicht sehen. Ich kann nur hoffen, dass es eines Tages klappt – vielleicht Heiligabend 2019 im Bewley's, vielleicht aber schon eher?

Immer dein
A x

Da ich jemanden hinter mir vorbeigehen hörte, minimierte ich hastig meinen Bildschirm und hoffte, dass derjenige die verräterische blaue Hotmail-Oberfläche nicht gesehen hatte. Beim Lesen von Andrews E-Mail war ich mit den Gedanken in Kalifornien gewesen und hatte ihn mir vorgestellt, wie er unter dem blauen Himmel von Los Angeles steht und mit seinen grauen Augen in die Sonne blinzelt. Nun war ich wieder in Holborn in der Anwaltskanzlei, wo ich seit drei Wochen arbeitete, und es war ein nebliger, kalter Herbsttag. Der Unterschied zu Andrews Arbeitsplatz konnte kaum größer sein. Ich war täglich von fleckigen grauen Teppichfliesen, staubigen Lamellenjalousien, Mikrowellengerüchen zur Mittagszeit und dem ständigen Zank um offene oder geschlossene Fenster umgeben. Aber meiner Erfahrung nach waren alle Büros so, und inzwischen nahm ich das gar nicht mehr wahr. Ich dachte immer an andere Dinge, meistens an Musik oder an Andrews E-Mails. Ich war enttäuscht, weil wir uns wieder nicht treffen würden. Er hatte auch im Juni nicht nach London kommen können, weil er in Dublin vollauf mit seiner Familie und Engagements beschäftigt gewesen war. Mir war klar, dass er nichts dafürkonnte, denn diese berufliche Chance, die sich ihm gerade bot, war einmalig und musste genutzt werden. Aber allmählich fragte ich mich, ob wir uns wirklich einmal wiedersehen würden.

Meine Auseinandersetzung mit Kiran im Drayton lag fast ein Jahr zurück, und inzwischen war ich zwar kein großer Star, aber mit meiner Gesangskarriere beträchtlich vorangekommen. Kiran hatte zu ihrem Wort gestanden, und innerhalb von sechs Wochen nach unserem Gespräch hatte ich eine einfache Webseite mit Audioclips und einigen Schwarz-Weiß-Fotos, die Joe mit seiner Nikon aufgenommen hatte. Caroline hatte den Text verfasst, in dem sie meinen Werdegang glanzvoll darstellte. Sie log nicht gerade, aber sie ließ die Wahrheit beeindruckender erscheinen. Und ich wandte mich wieder an den Pianisten, der für meine Demo-CD gespielt hatte, einen zierlichen Fünfzigjährigen namens Ernie Everett, und fragte ihn, ob er mit mir zusammen auftreten wolle.

»Das könnten wir machen«, sagte er. »Ich habe ein paar Gigs in Soho – es gibt da einen privaten Club, der eine Sängerin nehmen würde. Und ich spiele in einem italienischen Restaurant namens Ciao Bella's in Holborn. Da wurde ich sogar gefragt, ob ich nicht eine Sängerin kenne. Kennst du italienische Songs?«

»Nein, aber ich kann welche lernen«, versprach ich. Ich war begeistert und glaubte, er könnte der neue Chick Webb und ich die neue Ella Fitzgerald werden. Ganz so wurde es nicht, aber schon nach ein paar Monaten traten wir regelmäßig in dem Artists' Club in Soho auf und montags im Pizza Express in Ealing und auch im Ciao Bella's. Mein Vater kam zu den Montagsauftritten und brachte seine Golffreunde mit, und selbst meine Mutter kam manchmal mit ihren Freundinnen. Ich sehe es immer wieder vor mir, wie meine Eltern klatschen und mir von verschiedenen Tischen aus zuwinken – unsere Version einer glücklichen Familie. Andrew mochte in Hollywood Wellen schlagen, aber ich kam in Brentford groß raus als »Die sagenhafte Norah Baker«. Das war der Mädchenname meiner Mutter.

Als ich zum tausendsten Mal auf die Uhr sah, war es fast halb eins. Zum Ausgleich dafür, dass ich nicht ausgelastet war, konnte ich eine ganze Stunde Mittagspause machen. Unser Freund Paul Slovinski, Kirans ehemaliger Schwarm, studierte in der Nähe, und wir trafen uns manchmal zum Lunch auf einer Parkbank in den Lincoln's Inn Fields. Er hatte seine Ambitionen als Dramatiker vorerst zurückgestellt und absolvierte einen juristischen Umschulungskurs. Sein Freund Sandy war inzwischen in Edinburgh mit jemand anderem zusammen, und wir verbrachten viel Zeit damit, uns gegenseitig wegen unseres Liebeslebens zu bedauern. Ich erkundete auch gern die Inns of Court und sah mir die mittelalterlichen Bogengänge und die verborgenen Brunnen an, die jetzt durch den Herbstnebel noch schöner aussahen. Wenn ich ein forsches Tempo anschlug, konnte ich so tun, als hätte ich ein bestimmtes Ziel, auch wenn mir in Wirklichkeit immer mehr bewusst wurde, dass ich nicht ewig für die Zeitarbeitsfirma arbeiten wollte.

Ich kehrte gerade an meinen Schreibtisch zurück, als mir einfiel, dass ich vergessen hatte, für den Gig im Ciao Bella's am Abend unseren Flyer zu kopieren. Ich nahm immer einen Stapel davon mit und legte ihn aus, denn dadurch kamen zusätzliche Engagements zustande, zum Beispiel bei privaten Feiern. Es hatte sich herausgestellt, dass meine Zuschauer älter waren und gern ein Stück Papier mitnahmen, anstatt mich oder meinen Pianisten zu googeln. Ich blieb stehen und überlegte, ob ich darauf verzichten oder kurz vor dem Auftritt in einen Copyshop reinspringen sollte. Dabei würde ich allerdings in Zeitnot geraten, da ich um halb sechs Feierabend machte, und die nächsten Copyshops, die alle ein ganzes Stück entfernt am Strand lagen, schlossen um sechs.

Dann fiel mir ein, dass ich meinen Vater bitten könnte, das Kopieren zu übernehmen, da er heute Abend kommen würde, doch während ich überlegte, warf mir eine Anwaltsgehilfin einen Stapel Verträge auf den Schreibtisch.

»Können Sie die alle dreimal kopieren und zu den jeweiligen Adressaten bringen lassen? Danke«, sagte sie und rauschte davon. Ich sah sie mit Matt in einen Konferenzraum gehen. Matt war der Referendar, auf den ich ein Auge geworfen hatte, denn er war eine Spur freundlicher als die anderen und auf eine adrette Art attraktiv wie ein Filmstar der Fünfzigerjahre. Er kam morgens in Fahrradkleidung an und ging zu seinem Schreibtisch im hinteren Teil der Etage, legte seine Tasche ab und ging nach unten, um zu duschen. Ich verstand nie, warum er nicht auf direktem Weg zur Dusche ging, aber ich musste zugeben, dass es mir nicht unangenehm war, ihn in seinem Lycrazeug vorbeigehen zu sehen.

Die Tür schloss sich hinter ihnen, und ich kam zu einer Entscheidung: Ich würde den verflixten Flyer hier kopieren. Das rechtfertigte ich damit, dass ich nie etwas von dem Bürokaffee trank, der das reinste Gift war, und deshalb auch keine Milch verbrauchte. Der Milchvorrat war ein äußerst wunder Punkt unter den Kollegen, und ich war schon gebeten worden, ein Schild anzufertigen, auf dem allgemein verboten wurde, sich für sein Müsli an der Milch zu bedienen. Seitdem lag der Kühlschrank voller etikettierter Milchtüten in verschiedenen Stadien des Verfalls.

Ich suchte mir aus meinen E-Mails das PDF des Flyers heraus, den Kiran für mich layoutet hatte. Danach hatte sie sich bei mir entschuldigt, dass sie zu viel um die Ohren hätte, um weitere Dinge für mich zu tun. Sie habe mehr als genug für mich getan, versicherte ich ihr. Ich hätte versuchen sollen, auf der Erfolgswelle von Duffy oder Adele mitzuschwimmen, indem ich sie kopierte, aber ich wusste auch, dass ich nicht das gleiche Talent hatte wie sie. Es war herzzerreißend, immer wieder über die Probleme von Amy Winehouse zu lesen – ich hatte mich mit siebzehn ins Camden Jazz Café gemogelt, um sie zu sehen, und bewunderte sie seitdem. Aber die Geschichten schreckten mich auch ab. Wenn sich Ruhm und Erfolg so auf ein begnadetes Talent wie sie auswirkten, was würde dann mit einem kleinen Fisch wie mir passieren? So beschämend es sein mochte, insgeheim war ich mit meinem derzeitigen Erfolgslevel vollauf zufrieden. Manchmal machte ich mir durchaus Sorgen um meine Zukunft, aber damit ging ich genauso um wie mit dem Wecker am Morgen: Ich drückte auf die Schlummertaste und hoffte das Beste.

Ich schickte das Dokument auf den Drucker im Erdgeschoss und rannte nach unten. Das Gerät hatte einen Papierstau, aber ich beseitigte ihn behutsam – im Büroalltag war das die wichtigste Fähigkeit, das hatte ich gleich zu Anfang kapiert. Ich drückte die nötigen Tasten und wartete auf meine Kopien, ein bisschen schuldbewusst, weil meine dreißig Farbkopien mit vier Penny pro Stück mindestens ein Pfund zwanzig Druckkosten verursachten, meinen Stundenlohn von acht Pfund fünfzig nicht eingerechnet.

Die Kopien blieben jedoch aus. Ich übergab meine kopierten Verträge nach dem üblichen Wortgeplänkel dem Kurier und rannte nach oben, um zu prüfen, was den Druckauftrag blockierte. Aber als ich die Dialogbox öffnete, stockte mir das Blut in den Adern. Der Drucker im Erdgeschoss, den ich normalerweise benutzte, war der HP OFFICE3547. Doch ich hatte mein Dokument an HP SOLO221 geschickt, wo immer der stand. Das hieß, dass meine dreißig Flyer mit mir im tief ausgeschnittenen Schwarzen, der sagenhaften Norah Baker (nebst dem Pianisten Ernie Everett), sonst wo im Gebäude liegen konnten.

Augenblicklich klapperte ich alle Geräte im Erdgeschoss und die im ersten Stock ab und schwang die Hufe, so gut das in dem Bleistiftrock und den hohen Pumps eben ging, aber die Kopien blieben verschollen. Mir wurde die Zeit für meine nächste Aufgabe knapp, die Abschrift einer langen Mandantenbefragung. Aber meine zuverlässige Tippgeschwindigkeit von 75 Anschlägen pro Minute verringerte sich auf 40, weil ich mir immer wieder die schwitzenden Handflächen abwischen musste. Es war durchaus möglich, dass der HP SOLO221 ein kaputter Drucker war, der in irgendeinem Büroschrank stand – er konnte aber ebenso gut bei einem Seniorchef oder schlimmer bei einem Referendar stehen, der ihn für Anzügliches benutzte und die Flyer bereits im Büro verteilte. Wie hatte ich nur glauben können, es sei eine gute Idee, einen Bürodrucker zu benutzen?

Gerade als meine Befürchtungen unerträglich wurden, kamen die Konferenzteilnehmer aus dem Raum mir gegenüber, und zu meiner Überraschung schritt Matt, der gut aussehende Referendar, direkt auf mich zu. Nachdem er sich umgesehen hatte, ob uns auch niemand beobachtete, sagte er: »Sind das Ihre?« Er klappte einen braunen Aktendeckel auf. Darin lagen meine Kopien. Meine Erleichterung war unbeschreiblich. Vor allem weil besagter Drucker in dem Konferenzraum stand und meine Flyer leicht in alle möglichen Hände hätten geraten können.

»Es tut mir wirklich leid – vielen Dank. Ich würde normalerweise keinen Bürodrucker benutzen, aber …«

»Kein Problem«, sagte er, behielt den Aktendeckel jedoch weiter in der Hand. »Das sollte aber besser nicht zur Gewohnheit werden. Sie haben Glück, dass ich es war, der sie an sich genommen hat, und keiner der Partner! Ich saß zufällig in Reichweite und dachte: Hallo!«

Ich nickte. »Nochmals vielen Dank.« Ich streckte die Hand aus, doch er sah mich weiter an. »Also … das sind Sie?« Er schaute zwischen den Flyern und mir hin und her. »Die sagenhafte Norah Baker?«

»Nun ja, so müssen Sie mich nicht anreden, aber … ja. Das ist mein Künstlername«, murmelte ich. »Darf ich sie jetzt haben, bitte?«

Kurz machte er ein Gesicht, als würde er mir die Mappe zum Scherz wieder wegziehen und sagen »Nicht so schnell!« Hätte er das getan, hätte sich die Angelegenheit vielleicht ganz anders entwickelt. Aber er gab sie mir. »Gutes Foto«, sagte er. »Was für Musik machen Sie?«

»Jazz. Eigentlich Jazzstandards«, sagte ich. Es gab viel nerdigere Bezeichnungen, je nachdem, mit wem man redete – Great American Songbook, Swing oder Classic Pop – doch es hatte keinen Sinn, in das Thema einzusteigen.

Matt ließ sich für eine Sekunde auf der Schreibtischkante nieder, besann sich aber und stand wieder auf. Gott sei Dank, denn das ganze Büro hatte schon mitgekriegt, dass wir uns unterhielten. Allerdings waren alle zu weit weg, um ein Wort zu verstehen, denn ich saß in einer einsamen Ecke, weit weg von den Anwaltsgehilfinnen.

»Ich wohne neben dem Jazz Café in Camden. Waren Sie schon mal dort?«

»Oh … ja.« Das überraschte mich. Ich weiß nicht warum, aber ich hatte angenommen, dass er in Balham oder Clapham wohnte, wie die meisten Referendare. Auf Camden hätte ich nie getippt, und deshalb und weil er das Jazz Café registriert hatte, überdachte ich meinen Eindruck von ihm.

»Und Sie?«, fragte ich.

»Nein … ich stehe nicht so auf Jazz.«

Ich nickte resigniert. Eigentlich stand kaum jemand darauf oder jedenfalls kaum jemand, den ich kannte – außer mir und meinem Vater.

»Tja, viel Glück damit.« Er klemmte sich seine Sitzungsunterlagen unter den Arm und wandte sich zum Gehen, drehte sich aber noch mal um. »Was ich noch fragen wollte: Kommen Sie zur Weihnachtsfeier?«

»Zu der Kanzleiparty? Nein, ich glaube nicht.« Die sollte

am 1. Dezember in einem nahen Hotel stattfinden. Ich war nicht eingeladen, aber mir war, als hätte ich schon teilgenommen, so viel hatte ich von den Planungen mitbekommen. Es gab ein Büffet und anschließend eine Disco – nach den Drei-Gänge-Menüs mit Liveband, die vor dem Finanzcrash Standard gewesen waren, ein enttäuschender Abstieg. »Ich glaube, die ist nur für Festangestellte gedacht.«

»Nein, wirklich? Das ist doch Unsinn.« Er schüttelte den Kopf und wirkte ehrlich überrascht, was ich ein wenig naiv fand. War ihm wirklich nicht aufgefallen, wie kleinlich und hierarchisch es in seiner Kanzlei zuging, angefangen bei den Urlaubsgenehmigungen bis hin zum Milchverbrauch? Er selbst schien mir nett und aufrichtig zu sein, und ich sah es mit leichtem Bedauern, als unsere Plauderei endete und er zurück zu seinem Schreibtisch ging. Deshalb sagte ich ja, als er mich in der folgenden Woche fragte, ob ich mit ihm ausgehen würde. Denn ich würde nicht eines Tages aufblicken und Andrew frisch vom Flughafen vor meinem Schreibtisch stehen sehen, und es war Zeit, das zu akzeptieren. Wahrscheinlich würde ich ihn weder in London noch in Dublin wiedersehen. Ich musste mich damit abfinden, dass wir auf verschiedenen Kontinenten lebten und das vermutlich so bliebe. Und nach meinem jahrelangen Singledasein musste ich eines zugeben: Es war schön, mal wieder ein Date zu haben.

14

Family Reunion

Zurück im Hotel hänge ich das Kleid auf einen Bügel und überlege, was ich als Nächstes tue. Joe hat uns zwei Eintrittskarten für den Supperclub besorgt und nimmt gerade ein Bad. Ich fühle mich rastlos. Daher beschließe ich, mit meinem Buch in die Hotelbar zu gehen und meine Freiheit zu genießen, Urlaub ohne Verpflichtungen. Ich habe noch nie allein eine Städtereise gemacht und setze das auf die Liste jener Dinge, die ich eines Tages tun möchte.

Im Shelbourne gibt es mehrere Bars, und ich entscheide mich für die Number 27 Bar, die dem Stephen's Green gegenüber liegt. Ein väterlicher Barkeeper namens Gerry, der mich an den im Drayton erinnert, macht mir einen Irish Coffee, und ich lasse mich in einem der bequemen Ohrensessel am Kamin nieder, in dem ein Feuer prasselt. Eigentlich will ich lesen, doch mein Blick schweift immer wieder vom Text ab, weil mir alles durch den Kopf geht, was seit unserer Ankunft passiert ist – vor allem die Beinahebegegnung mit Conor und die mit dem vermeintlichen Andrew. Schließlich lasse ich den Blick auf den hypnotischen Flammen ruhen und genieße meinen Irish Coffee, der so herrlich schmeckt, dass ich mich frage, wieso ich zu Hause nicht ständig welchen bestelle oder mir selbst zubereite: Er besteht nur aus Kaffee, Zucker, Schlagsahne und – ganz entscheidend – Whiskey.

Fast hätte ich die Stimme neben mir nicht gehört, die mich fragt: »Entschuldigen Sie. Ist der Platz noch frei?« und es deshalb wiederholen muss. Als ich endlich aufblicke, sehe ich erfreut meine Freundin – so nenne ich sie bereits – aus dem Frühstücksraum. Sie deutet auf den Sessel gegenüber.

»Ja, bitte nehmen Sie Platz.«

»Ich werde Sie nicht stören«, sagt sie mit einem unwiderstehlichen Lächeln. »Ich warte auf meine Partnerin – wir wollen ausgehen, aber ich dachte, ich könnte vorher ein Gläschen trinken.«

»Oh, schön!«, sage ich und versuche, nicht allzu schwärmerisch zu klingen, was aber wahrscheinlich nicht gelingt. »Ihr Drink sieht interessant aus. Was ist das?«

»Ein heißer Portwein. Portwein, Zucker und ein Stück Zitrone mit Nelken. Großartig bei nasskaltem Wetter. Trinkt man das in London nicht?«

»Woher wussten Sie, dass ich aus London komme?«, frage ich lächelnd.

»Das habe ich geraten. Nun jedenfalls, *sláinte,* zum Wohl und frohe Weihnachten.« Sie hebt ihr Glas und nimmt einen Schluck. Wir schlagen beide unser Buch auf, aber ich kann mich nicht konzentrieren und starre immer wieder aus dem Fenster. Nach zehn Minuten legt meine Nachbarin ihr Buch hin und spricht mich an. »Was führt Sie zu Weihnachten nach Dublin? Besuchen Sie Verwandte?«

»Nein … ich treffe mich hier mit einem alten Freund. Ein Wiedersehen nach vielen Jahren.« Das ist zwar verkürzt dargestellt, scheint mir aber die einfachste Antwort zu sein.

Sie reagiert nicht gerade mit einem »Wie bitte?«, aber ihre gehobenen Brauen deuten höfliche Überraschung an.

»Ich verstehe. Nun, ich hoffe, Sie verleben trotzdem schöne Tage«, sagt sie, und daraufhin halte ich sie für eine Diplomatin oder Politikerin, oder zumindest könnte sie beide Berufe erfolgreich ausüben. »Wir stammen aus dem Westen Irlands, sind aber beide Dubliner. Wir verbringen Weihnachten bei der Familie meiner Partnerin, übernachten aber im Hotel, damit wir unsere Privatsphäre haben.«

»Das finde ich eine gute Idee«, sage ich aufrichtig. »Ich heiße übrigens Norah.«

»Patricia – Pat.« Sie gibt mir lächelnd die Hand. »Norah. Das ist ein schöner irischer Name. Aber Sie haben hier keine Verwandten?«

Ich lege mein Buch hin und verspüre plötzlich das Bedürfnis, ihr mehr über mich zu erzählen. »Möchten Sie die kurze oder die lange Antwort hören?«

»Nun, draußen heult der Wind, und Heiligabend steht vor der Tür. Und wir beide sitzen hier mit einem heißen Drink. Also würde ich sagen, die lange Antwort passt.« Sie schaut auf ihre kleine goldene Uhr. »Ja, wir haben jede Menge Zeit.«

»Die Mutter meines Vaters stammte aus Dublin«, beginne ich. »Sie siedelte in den Fünfzigerjahren nach Manchester über. Aber sie hielt wohl mit ihrer Familie keinen Kontakt. Zumindest glaube ich das, denn mein Vater zog nach London, als er Anfang zwanzig war, und hielt es genauso … er blieb mit seinen Eltern auch nicht in Verbindung. Das klingt sicher sehr befremdlich.«

Ich kenne jedenfalls Leute, die darüber schockiert waren – Kiran zum Beispiel fand das damals unfassbar. Doch Pat nimmt das recht gelassen auf.

»Das ist nicht so ungewöhnlich. Auswandern ist schmerzlich, und Familien sind schwierig. Was sagt Ihr Vater inzwischen darüber?«

»Ich habe ihn nie darauf angesprochen. Und er ist leider vor sechs Jahren gestorben.«

»Ah, das tut mir leid.« Pat klingt ehrlich mitfühlend.

»Schon gut. Seitdem ist viel Zeit vergangen.« Meine Standardantwort darauf.

»Sie wünschen sich vermutlich, Sie könnten ihn jetzt noch fragen.«

»Ja. Ich weiß nicht, warum ich das nie getan habe. Vermutlich dachte ich, wenn er mit seiner Familie nichts zu tun haben will, dann ich auch nicht. Und ich war wohl auch gar nicht so neugierig auf sie«, gab ich zu.

»Aber jetzt empfinden Sie anders?«

Ich nicke und bemerke zum ersten Mal, dass dem so ist. Nicht, dass ich meine Großeltern unbedingt aufspüren will. Aber ich hätte gern das Gefühl, mit meinem Vater noch verbunden zu sein, und wüsste gern mehr darüber, wie seine Familie war und was sie alle auseinandergetrieben hat.

»Wie Sie sicher wissen, gibt es im Internet sehr viel Hilfe zur Ahnenforschung«, sagt Pat. »Wie hieß Ihre Großmutter? Mit Mädchennamen, meine ich, vorausgesetzt, sie hat einen Engländer geheiratet. Kennen Sie ihn?«

»Ja, sie hieß Byrne. Ein verbreiteter Name.«

»Ein sehr verbreiteter Name«, bekräftigt sie bedauernd.

Dabei fällt mir etwas ein. »Sie ist in einer Liberty Street oder Liberties Row aufgewachsen, oder so ähnlich.«

»Ah, Sie meinen The Liberties«, sagte Pat. »Das ist ein sehr altes Viertel in der Innenstadt, gleich bei der Kathedrale, St Pat's Cathedral. Ich selbst bin in Drimnagh groß geworden, aber viele Familien kamen von dort. Tatsächlich kannte ich mal einige Byrnes, die aus den Liberties in unsere Straße zogen, das war um 1965 herum. Wie hieß Ihre Großmutter mit Vornamen?«

»Cora.«

»Cora. Nun, ich selbst habe niemanden dieses Namens gekannt, aber ich könnte mich sicherlich bei meinen alten Nachbarn mal umhören und fragen, ob eine Cora Byrne nach England ausgewandert ist.«

»Wirklich? Das ist sehr freundlich von Ihnen. Ich möchte Sie aber nicht damit belasten.«

»Tun Sie nicht, das bedeutet lediglich einen Anruf. Die Nachbarn waren immer sehr nett. Ich bin sicher, sie stehen im Telefonbuch. Wie heißen Sie mit Nachnamen? Nur damit ich es ihnen sagen kann.«

»Wenn Sie das wirklich tun möchten. Das ist sehr großzügig.« Ich nenne ihr meinen Nachnamen, rechne aber eigentlich nicht damit, dass bei der Sache etwas herauskommt. Ich kann unmöglich erwarten, aufgrund einer Zufallsbegegnung in einer Hotelbar Verwandte zu finden. Trotzdem ist es sehr nett von Pat, mir das anzubieten, und deshalb nehme ich mir vor, später selbst ernsthaft zu recherchieren.

»Ah, da kommt sie. Norah, das ist Helena, meine Partnerin«, sagt Pat strahlend. »Lena, das ist Norah.«

Helena ist eine zierliche Dunkelhaarige und genauso elegant gekleidet wie Pat. Offensichtlich wollen sie in ein schickes Restaurant gehen, es sei denn, sie ziehen sich jeden Abend so an – ich wäre nicht überrascht.

»Wo werden Sie den Abend verbringen?«, frage ich, weil sie vermutlich gute Empfehlungen haben.

»Wir essen in einem Supperclub«, antwortet Helena. »Meine Nichte ist die Geschäftsführerin. Sie ist Schauspielerin, keine Chefköchin, daher hege ich ehrlich gesagt keine großen Hoffnungen, was das Essen angeht. Wir gehen nur hin, um sie zu unterstützen, und deshalb brechen wir ein wenig früher auf.«

»Oh! Wir gehen auch in einen Supperclub. Ist es der in dem georgianischen Haus?«

»Davon gibt es viele«, sagt Pat lächelnd. »Es ist am Mountjoy Square.«

»Dahin gehen wir auch! Was für ein Zufall.«

Ich bin völlig verblüfft, aber die beiden Damen wirken gar nicht überrascht.

»In Dublin gibt es keine Zufälle«, meint Pat. Sie steht auf und schlüpft in ihren schönen Wollmantel. »Dafür ist die Stadt zu klein. Wie heißt es noch gleich in dem Dubliners-Song *Raglan Road? A quiet street, where old ghosts meet.* Das ist Dublin, das größte Dorf der Welt. Wunderbar, dass Sie auch kommen. Laoise wird entzückt sein. Es könnte sogar ausverkauft sein.«

Mittlerweile ist es sehr warm in der Bar, die sich mit gut gelaunten Leuten füllt, und meine Wangen glühen vom Feuer und vom Whiskey. Bei der Erwähnung alter Geister überläuft mich ein Schauder, weil mich das an Andrews Bemerkung über Weihnachten in Dublin erinnert.

»Bevor Sie gehen ...«, sage ich unsicher. »Ich frage mich, ob Sie vielleicht einen irischen Komponisten namens Andrew Power kennen. Oder einen Musiker, der so heißt.«

Beide schütteln den Kopf, und wir verabschieden uns. Ich bleibe mit meinen Gedanken allein zurück. Mir geht nun nach unserem Gespräch und den vielen Zufällen noch mehr durch den Kopf. Mir fällt auf, wie diskret Helena sich bei Pat unterhakt, als sie davongehen. Vielleicht ist das der Trick bei Pats strahlender Erscheinung: Sie gehört zu jenen glücklichen Leuten, die vor Jahren die Liebe ihres Lebens gefunden haben und deshalb die Freiheit genießen, sich um anderes kümmern zu können wie Frisur, Make-up und inneren Frieden. Ich frage mich, wenn es mir irgendwie gelungen wäre, mit Andrew zusammenzukommen, ob ich dadurch jetzt eine ebenso gelassene, heitere Ausstrahlung hätte. Was wäre passiert, wenn ich mich doch mit ihm getroffen hätte, als er seinerzeit in London war?

15

Some Enchanted Evening

Von: Andrew Power
An: Norah Jones
2. April 2012

Liebe Norah,
wie geht es dir? Berlin macht Spaß, es ist so schön und verrückt wie eh und je. Stell dir vor: Ich werde nächste Woche für eine Nacht in London sein, am Donnerstag, dem 12. April. Ich habe an einem Komponistenwettbewerb teilgenommen und den zweiten Platz gemacht. Die Stücke der Gewinner werden aufgeführt, und zwar in South Bank – ich weiß nicht, ob du davon schon mal gehört hast, scheint irgendwo im Zentrum zu sein (ich mache nur Spaß). Das Timing ist klasse, denn ich werde Ostern in Dublin sein und nehme London auf dem Rückweg mit. Ich hoffe sehr, dass du kommen kannst. Ich kann eine Eintrittskarte für dich an der Kasse hinterlegen. Oder wir können uns vorher auf einen Drink treffen – oder hinterher? Ich hoffe wirklich, dass ich dich nach all der Zeit endlich wiedersehe.

Immer dein
A x

Innerlich stöhnend schloss ich mein Hotmail. Das war wieder mal typisch. Kaum hatte ich die Hoffnung aufgegeben, Andrew wiederzusehen und eine feste Beziehung mit ihm einzugehen, da quälte mich das Universum mit dieser E-Mail von ihm. Seit er vor acht Monaten von L. A. nach Berlin gezogen war, um den Job bei dem Streichquartett anzunehmen, hatte ich kaum etwas von ihm gehört. Weihnachten war vorbeigegangen, ohne dass ein mögliches Treffen angesprochen wurde. Allerdings hatte ich ihm vorher berichtet, dass ich mit Matt zusammen war, also erklärte das vielleicht seine Zurückhaltung. Nun würde er nach London kommen – er würde sich tatsächlich in derselben Stadt wie ich aufhalten, zum ersten Mal seit zweieinhalb Jahren. Er würde gerade einmal zwei Meilen von dem Büro entfernt sein, in dem ich derzeit arbeitete, als Aushilfe bei einer großen Modezeitschrift in Soho.

Ich nahm ein Stück Sushi mit meinen Stäbchen auf – das ganze Büro ernährte sich von Sushi, und ich machte diese Mode mit. Nicht nur die, denn ich trug auch Schnürstiefel. Ich hatte mich nie für leicht beeinflussbar gehalten, aber nach zwei Wochen mit diesen Kollegen war ich süchtig nach Yoga Bunny Detox und wollte unbedingt auch so eine große roségoldene Uhr haben, die jetzt jeder trug. Ich öffnete mein Gmail – auch eine neue Errungenschaft – und schrieb kurz an Caroline.

Stell dir vor, Andrew kommt her. Er hat am 12. April ein Konzert und will sich mit mir treffen. Was soll ich tun?

Ich schickte die Nachricht ab und hoffte, Caroline auch beim Sushi-Lunch an ihrem Schreibtisch zu erwischen. Sie war in letzter Zeit beruflich supererfolgreich. Sie hatte einen Blog angefangen und sich dann bei Twitter angemeldet – ich wusste noch immer nicht so genau, was das war, aber Caroline war von einem Headhunter kontaktiert worden und arbeitete jetzt in der Redaktion des Hochglanzmagazins einer Wochenzeitung. Und Kiran war die jüngste Direktorin ihrer Firma seit Jahren – es gab Dutzende Direktoren, wie sie uns erzählte, trotzdem war das beeindruckend. Was mich anging, nahm ich noch immer Jobs über die Zeitarbeitsfirma an und sang, aber ich war bei meinem Vater ausgezogen und wohnte jetzt in einer WG in Harlesden. Es war höchste Zeit gewesen, mich zu verändern, und ich hatte mir eine Deadline gesetzt: Entweder schaffte ich dieses Jahr den Durchbruch, oder ich würde mir eine feste Stelle suchen.

Von Caroline kam keine Antwort, und ich bereute beinahe, sie um Rat gefragt zu haben. Normalerweise traf ich meine Entscheidungen allein. Außerdem war ich mehr und mehr geneigt, einfach hinzugehen. Es stimmte zwar, ich war mit Matt zusammen und das seit anderthalb Jahren. Aber ich würde ihn mit Andrew ja nicht betrügen – ich würde mich bloß mit einem alten Freund treffen. Was war schon dabei?

In dem Moment ging die Antwort von Caroline ein: *12. April? Ist da nicht Kirans Geburtstagsfeier?*

Ich stöhnte und diesmal laut, sodass ich fragende Blicke von der Kollegin neben mir bekam, die für die Werbeabteilung arbeitete, aber aussah wie ein Model, so wie alle Angestellten hier.

»Entschuldigung – alles in Ordnung!« Ich warf meine Sushi-Packung in den Papierkorb. Verdammt! Am 12. würde Kiran ihren Geburtstag feiern, und Matt war auch eingeladen. Ich hätte schon ein schlechtes Gewissen gehabt, ihr abzusagen – aber es wäre furchtbar peinlich, Matt den wahren Grund zu gestehen.

OK, schrieb ich zurück. *Vielleicht ist das ein Zeichen. Ich kann Kiran nicht absagen. Und ich kann das Matt nicht antun – oder doch?*

Halb rechnete ich damit, dass Caroline mir raten würde: Folge deinem Herzen, und triff dich mit Andrew. Ihre Antwort ein paar Sekunden später war freundlich, aber vernünftig.

Ich denke, du hast recht. Du wärst wahrscheinlich auch nicht begeistert, wenn ihr bei seinen Freunden eingeladen wärt und er dir absagt, um sich mit einer Ex zu treffen.

Autsch. Wenn sie es so ausdrückte, verstand ich das Problem. Sicher, ich könnte Matt sagen, dass ich mich lieber mit einem alten Freund treffen wollte. Aber der Anwalt in ihm würde hartnäckig nachfragen, bis ich ihm verriet, um was für einen Freund es sich handelte. Und dabei würde wahrscheinlich herauskommen, dass Andrew viel mehr für mich war als ein alter Freund. Das klang, als wäre es an sich in Ordnung, aber wenn ich mir vorstellte, dass Matt dasselbe mit mir machte, dann ja, hätte ich ein Problem damit.

Daraufhin schrieb ich rasch eine knappe Antwort an Andrew, um Tatsachen zu schaffen, bevor ich es mir anders überlegte.

Das mit dem Wettbewerb ist fantastisch. Herzlichen Glückwunsch. Es tut mir furchtbar leid, aber ich kann an dem Abend nicht – ich bin zum Geburtstag einer Freundin eingeladen, und das kann ich unmöglich absagen. Tut mir sehr leid, dass wir uns wieder nicht sehen. Ich werde an dich denken. Viel Glück. N x

Das Bedauern, das mich überfiel, als ich die Nachricht abschickte, war viel schlimmer, als ich gedacht hatte. Mein erster Impuls war, ihm sofort zu schreiben, dass ich mich umentschieden hätte und doch hinkommen würde. Aber ich hatte eine Entscheidung getroffen, und es war Zeit, nach vorn zu schauen. Ich beschloss, nach Feierabend shoppen zu gehen und mir hübsche Unterwäsche zu kaufen, um mir selbst einen Schubs zu geben und mir vor Augen zu führen, dass ich meine Beziehung mit Matt ernst nehmen wollte, anstatt weiter der Fantasie anzuhängen, dass es mit Andrew und mir noch was werden könnte.

Und mit Matt lief es wirklich gut, und das seit anderthalb Jahren. Wohl wahr, wir waren sehr verschieden. Er konzentrierte sich auf seine Karriere und war gerade zum Teilhaber seiner Kanzlei befördert worden, ich dagegen mühte mich noch immer in meiner gewohnten Tretmühle ab. Er hatte für meine Musik nichts übrig, für keine Musik eigentlich, außer dass er beim Joggen Techno hörte. Aber er hatte sich Mühe gegeben und sich mit Jazz beschäftigt, und er half mir bei meiner Webseite und beriet mich juristisch bei meinen Gigs. Wir lasen beide gern historische Sachbücher, ich allerdings am liebsten Biografien über mittelalterliche Königinnen und er ausschließlich über den Zweiten Weltkrieg. Ich war auch gern bei ihm in der Wohnung in Camden, die er sich mit zwei anderen Männern in seinem Alter teilte. Außer Joe kannte ich niemanden, der so zentral wohnte. Wir machten Picknick auf dem Primrose Hill und gingen sonntags im Princess Victoria zum Lunch, und dabei fühlte ich mich wie in einer romantischen Komödie.

Vor allem aber war Matt nicht oberflächlich. Als ich ihn einmal fragte, warum er sich für den Anwaltsberuf entschieden hätte, sagte er: »Das klingt kitschig, aber ... ich schätze die Vorstellung von Gerechtigkeit. Die Vorstellung, dass jeder bekommen sollte, was er verdient, nicht mehr und nicht weniger.« Seine Eltern waren ebenfalls geschieden, aber das war viel unangenehmer vonstattengegangen als bei meinen, deshalb war es kein Wunder, dass er sich zu einem Jurastudium entschlossen hatte, um Ordnung in das tägliche Chaos zu bringen. Während ich nach der Arbeit an den Ständern mit Unterwäsche entlangschlenderte, kam ich zu dem Schluss, dass ich das Richtige getan hatte und mir damit den Aufruhr der Gefühle ersparte, den das Wiedersehen mit Andrew ausgelöst hätte. Denn was wäre wohl nach dem Treffen mit ihm gewesen? Er wäre nach Berlin zurückgeflogen, und ich wäre wieder aufgewühlt zurückgeblieben. Schon beim ersten Mal war der Abschied schwer gewesen, ein zweites Mal hätte mir garantiert noch mehr zugesetzt.

Zehn Tage später fuhr ich zu dem Restaurant in Soho, wo Kiran ihren Geburtstag feierte. Es war ein italienisches, aber kein altmodisches mit rot-weiß karierten Tischdecken und Kerzen in leeren Chiantiflaschen, sondern ein modernes mit venezianischem Fingerfood, Glühbirnen und Möbeln vom Sperrmüll. Es war nicht möglich, kleinere Tische zu reservieren, aber Kiran hatte für uns neun einen großen im Untergeschoss bekommen. Joe und seine Freundin Julie waren schon da, als ich ankam, und fläzten sich beide in Schwarz am Tischende. Das heißt, Joe fläzte sich, während Julie ihre Umgebung beobachtete wie eine MI6-Agentin bei einem Auftrag. Ich hatte keine besondere Beziehung zu ihr. Sie gab sich Mühe, freundlich zu sein, was aber seltsam und gekünstelt wirkte, so als befolge sie ein Alien-Handbuch zu menschlichem Verhalten. Aber Caroline und ich liebten es, über sie und Joe zu spekulieren, denn er war lässig und zerstreut, sie dagegen streng und akkurat. Vielleicht lag es daran? Gegensätze sind gut, sagte ich mir.

»Hallo, Leute«, sagte ich. »Ooh, was trinkt ihr da?« Sie hatten orangefarbene Drinks in großen Kelchgläsern vor sich stehen.

»Aperol Spritz«, sagte Julie und schaute verwirrt. »Den hast du noch nie getrunken?«

»Nein. Darf ich mal von deinem probieren, Joe?« Er schob

mir sein Glas zu, und ich nippte daran. Dann erst sah ich Julies entsetzten Blick. »Mm, der ist wirklich lecker«, sagte ich und fühlte mich durch ihre Reaktion leicht provoziert. Joe hatte mal erwähnt, dass sie extreme Angst vor Krankheitserregern hatte. Andererseits stand sie auf Bungee-Jumping und Fallschirmspringen. Wie kam sie auf die Idee, vom Glas eines Freundes zu trinken sei gefährlicher als das?

»Kommt da dein Freund?«, fragte Julie.

Ich drehte mich um und sah Matt in seinen Fahrradklamotten – er war immer mit einem Arsenal von Helmen, Schlössern und Rädern dekoriert und erschien in seiner Ausrüstung mit Warnweste und so weiter. Das erschien mir unnötig, da er nur von Holborn kam, aber er kleidete sich immer für die schlechtesten Sichtverhältnisse. Bald hatte er sich umgezogen und tauchte als der gut aussehende, adrett gekleidete Matt wieder auf.

Alle anderen trafen kurz danach ein: Paul, Javier, Caroline, Kiran und ihr neuer Freund Ben. Ich war fast geblendet von den funkelnden Statementketten an Carolines und Kirans Hals, die diese Saison besonders groß und angesagt waren. (Ich trug auch eine.) Kiran war zum Brazilian Blow Dry gewesen und hatte sich ihre Locken glätten lassen. Ben konnte sich an ihr kaum sattsehen. So kurz sie erst zusammen waren, er würde mit ihr zusammenbleiben, das war klar erkennbar. Nachdem Kiran ihre Absicht kundgetan hatte, ihre wichtigsten Kriterien bei der Männerwahl aufzuschreiben und sich nur noch mit jemandem zu treffen, der fünfundzwanzig von dreißig erfüllte, hatte sie ihn im Nachtbus kennengelernt, und seitdem waren sie unzertrennlich. Caroline war als Einzige von uns noch Single, aber das schien ihr egal zu sein. Sie hatte beruflich Erfolg, und es machte ihr Spaß, sich wahllos zu verabreden.

Ich saß zwischen Matt und Javier, Pauls Freund aus Barcelona, der zu Besuch war. Sie hatten sich vor acht Monaten kennengelernt, als Paul zu einem Junggesellenabschied übers Wochenende dort war, und jetzt reisten sie alle zwei Monate hin und her. Ich hatte Javier erst zweimal gesehen, wusste aber schon alles über ihn: Er war der älteste von sechs Geschwistern, ohne Vater aufgewachsen und aufgrund einer Masernerkrankung in der Kindheit auf einem Ohr leicht taub, weshalb er Kinderkrankenpfleger geworden war. Das war alles super, aber ich machte mir Sorgen, wie Paul die neuerliche Fernbeziehung verkraften würde. Wir hatten beide schlechte Erfahrungen damit gemacht, und ich sah nicht, wie das mit Javier auf lange Sicht funktionieren könnte. Doch Paul gegenüber verlor ich darüber kein Wort.

»Joe, hast du den anderen schon von deinem neuen Job erzählt?«, fragte Julie, nachdem wir bestellt hatten. Wir hatten uns für mehrere Vorspeisen entschieden, die wir teilen würden, nur Julie hatte ein Gericht für sich allein genommen.

»Nein – was für ein neuer Job?«

»Ich arbeite jetzt als 3D-Charaktermodellierer«, sagte Joe. »Bei Brown Bear Studios. Die machen *World of Warcraft*.«

Das löste spontane Begeisterung bei den Männern aus, die das offenbar spielten, während wir übrigen uns für Joe freuten. Ich wusste, dass er das schon immer hatte tun wollen.

»Die arbeiten derzeit auch an einem Film ... eine aufregende Sache«, sagte Joe. »Aber genug von mir. Herzlichen Glückwunsch, Kiran.« Er hob sein Glas, um auf sie anzustoßen, und wir folgten seinem Beispiel.

»Ja, herzlichen Glückwunsch«, sagte ich. »Auf die große Fünfundzwanzig.«

»Ich weiß – dermaßen alt«, sagte Kiran. »Jetzt bin ich Mitte zwanzig. Wo soll das bloß enden?«

»Na ja, wir sterben«, sagte Julie. »Da endet es.«

Außer Joe war ich die Einzige, die das hörte, und ich fing seinen Blick auf. Wir lachten. Sie hatte wirklich eine düstere Seite. Caroline und ich hatten deswegen alle möglichen finsteren Dinge über das Sexleben der beiden vermutet. Ihre intensive Art hatte doch sicher auch einen Vorteil?

An meiner anderen Seite unterhielten sich Paul und Matt über ihre Arbeit. Er hatte seine Umschulung abgeschlossen und arbeitete als Referendar in der Nähe von Matts Kanzlei. Sie hatten sogar einige gemeinsame Kontakte.

»Weißt du, ich sage Norah immer wieder, sie sollte sich auch umschulen lassen«, hörte ich Matt zu ihm sagen. »Sie hat den Kopf für Jura.«

»Wirklich?« Pauls Ton war höflich skeptisch. »Ich dachte nicht, dass sie das interessieren würde.«

»Nun, sie wird nicht ewig Aushilfsjobs machen wollen«, sagte Matt.

Ich tat, als höre ich die beiden nicht, aber es ärgerte mich, dass er Paul seine Ansichten zu meinem beruflichen Werdegang mitteilte. Mir gegenüber hatte er die Umschulung einige Male angesprochen, und ich hatte jedes Mal mein Desinteresse bekundet. Das war zu einem Zankapfel geworden, und ich war versucht, ihm entgegenzuhalten, dass ich bereits einen Vater hätte. Um auf andere Gedanken zu kommen, fing ich ein Gespräch mit Javier an. Er und Paul waren gerade süchtig nach einer neuen Serie mit Drachen – sie schauten sie sich getrennt an, jeder in seinem Land, und simsten dabei.

»Die Drachen spielen keine Hauptrolle«, versicherte mir Javier, als ich mich skeptisch äußerte. »Die Serie würde dir gefallen, Norah. Sie hat großartige Charaktere, starke weibliche Figuren. Danaerys Sturmtochter ist eine davon. Sie wird so genannt, weil sie während eines starken Sommersturms geboren wurde.«

»Oh, das klingt nach Joe«, warf Kiran ein. »Während eines Sturms geboren.«

»Wieso das?«, fragte Julie.

»Sein Geburtstag«, sagte Kiran. »Du weißt schon – 15. Oktober 1987. Der große Sturm?«

Julie zuckte die Achseln. Das war ihr offenbar neu. Worüber redeten sie und Joe eigentlich? Aber vielleicht war ihnen Reden nicht so wichtig.

»Sprecht ihr gerade über *Game of Thrones?*«, fragte Caroline. »Ich habe ein paar Folgen gesehen, musste aber ausschalten. Das war mir zu grausam.«

Nun unterhielten sich alle über Filme und Fernsehserien, die sie gehasst oder abgebrochen hatten.

»Ich bin bei *The Day After Tomorrow* rausgegangen«, gestand Paul. »Ich war gerade im Abi und supergestresst wegen der Prüfungen, da war es einfach zu viel, mich mit einer ökologischen Apokalypse und einer neuen Eiszeit auseinanderzusetzen.«

»Ich bin bei *Cast Away* rausgegangen«, sagte Matt. »Der langweiligste Film, der je gedreht wurde. Da passiert rein gar nichts – der Typ sitzt nur drei Stunden lang auf einer Insel.«

»Danke!«, sagte Julie. »Ich bin fast gestorben vor Langeweile. Und als er den Ball zu seinem Freund macht – was sollte das denn?«

Ich fing wieder Joes Blick auf. Er wusste, dass das einer meiner Lieblingsfilme war.

»Wilson!«, raunte Joe mir zu.

»Wilson«, wiederholte ich grinsend.

Zum Glück wurde in dem Moment das Essen gebracht, sodass das nicht weiter beachtet wurde, auch nicht, dass Joe mir dezent zuzwinkerte und ich ihm mit den Augen signalisierte, er solle aufhören.

»Ich glaube, ich käme auf einer einsamen Insel sehr gut zurecht«, meinte er.

»Ganz bestimmt«, sagte ich nachsichtig. Joe wäre in solch einer Situation vollkommen nutzlos – er würde bloß in der Sonne liegen oder zeichnen. Matt dagegen würde Kokosnüsse sammeln und mit Rauchsignalen Hilfe herbeirufen. Ich war mir ziemlich sicher, dass er das Morsealphabet beherrschte.

Nun tauschten sich die anderen über den Sport in der Schulzeit aus und welche Sportarten sie noch betrieben.

»Ich versuche, Norah zu überreden, Sport zu machen oder wenigstens mit mir zu joggen«, sagte Matt und legte einen Arm um mich. »In der Schule hat sie anscheinend überhaupt keinen Sport gemacht.«

»Keiner von uns. So haben wir uns angefreundet – haben uns hinter dem Umkleidehäuschen versteckt, während die anderen Geländelauf machen mussten«, erzählte Kiran.

»Und trotzdem läufst du jetzt dreimal pro Woche auf dem Laufband«, sagte Ben. Er war ein netter Typ, der eine leise Belustigung ausstrahlte und damit zufrieden war, Kirans Publikum zu sein.

»Das ist was anderes«, erwiderte Kiran.

»Da geb ich dir recht«, sagte Matt und erklärte ausführlich die Unterschiede zwischen dem Joggen im Freien und auf dem Laufband.

Julie zeigte sich äußerst interessiert, und bald redeten die beiden über Herzfrequenzen und Laufschuhe und Geländearten. Ich ignorierte sie und konzentrierte mich auf mein Essen, das himmlisch schmeckte: Fenchelsalat mit Mandelblättchen, Linguine mit Muscheln, hauchdünnes Rindfleisch mit Trüffelcreme und Pizza mit Lauch und Taleggio. Ich schaute auf die Uhr und sah, dass Andrews Stück wahrscheinlich gerade gespielt wurde. Ich wusste nicht mal, was er komponiert hatte, ein Streichquartett oder ein Klavierkonzert oder was es sonst noch gab. Andrew hatte auf meine Absage mit einer sehr netten E-Mail reagiert und geschrieben, er habe volles Verständnis und hoffe, mich beim nächsten Mal wiederzusehen. Doch er hatte nicht vorgeschlagen, sich um eine andere Uhrzeit mit mir zu treffen, und ich hatte dazu nicht den Mut gehabt.

»Deine Haare sehen schön aus, Kiki«, sagte ich zu Kiran, um gedanklich präsent zu bleiben.

»Danke!« Sie warf ihre blau-schwarze Mähne zurück. »Hat anderthalb Stunden gedauert. Am Ende kannte ich die ganze Lebensgeschichte der Stylistin.«

Gerade dachte ich, das klingt wie die Hölle auf Erden – ich hasste Friseurbesuche, besonders das Föhnen –, als Matt zu mir sagte: »Deine Haare würden glatt wirklich gut aussehen. Das solltest du auch mal ausprobieren.«

»Hmhm«, sagte ich. Das war ein Kompliment, oder? So musste es gemeint sein. So wie es auch ein Kompliment war, wenn er mich animierte, mit ihm joggen zu gehen oder den juristischen Umschulungskurs zu machen. Allmählich bekam ich allerdings den Eindruck, dass er genug davon hatte, mit einer lockigen Sängerin zusammen zu sein, die Aushilfsjobs annahm, und mich zu einer joggenden Anwältin mit glatten Haaren umändern wollte. Es mochte an romantische Komödien erinnern, wenn wir auf dem Primrose Hill picknickten, aber waren wir die ideale Besetzung?

Ich hatte immer geglaubt, wir hätten viel gemeinsam, doch nun kamen mir Zweifel. Mir fiel ein, dass ich neulich in einer Bar auf Matt gewartet hatte und in mein Buch vertieft gewesen war, eine Biografie über Isabella von Kastilien, und dass ich hinterher dachte: *Wäre er nur zehn Minuten später gekommen, hätte ich das Kapitel zu Ende lesen können.* Das war kein gutes Zeichen, nicht wahr? Matts Bücher über den Zweiten Weltkrieg, die für mich ein Anhaltspunkt für gemeinsame Interessen gewesen waren, staubten mittlerweile auf seinem Nachttisch ein, bis seine Putzhilfe sie wegräumte, ohne dass er den Stapel anschließend vermisste. Matt war ein netter Kerl, zweifellos. Aber an diesem Abend merkte ich zum ersten Mal, dass das für eine Beziehung vielleicht nicht reichte. Es gab immer eine Distanz zwischen uns, und die würde sicherlich bleiben.

Ich wurde aus meinen Gedanken gerissen, weil es am Tisch plötzlich lauter wurde. Paul hatte etwas bekannt gegeben.

»Das ist wunderbar, Javier! Werdet ihr zusammenziehen?«, fragte Caroline.

»Ich habe in London eine Stelle bekommen, im Great Ormond Street Hospital«, sagte er zu mir. »Also ziehe ich nächsten Monat hierher. Ich werde bei Paul wohnen, solange ich nach einer Wohnung suche.«

»Das ist toll! Ich gratuliere, Jungs!« Ich sah zu Paul hinüber. Er strahlte vor Glück. Ich freute mich sehr für ihn. Aber woher kam plötzlich meine Wehmut?

Vielleicht, weil hier zwei Menschen trotz großer Entfernung eine Beziehung gelungen war? Ich fragte mich, ob es zwischen Andrew und mir anders gekommen wäre, wenn ich mich konstruktiver verhalten hätte. Zum Beispiel auch heute Abend. Wieso hatte ich mich nicht einfach auf ein Treffen eingelassen, wenigstens, um freundschaftlich mit ihm zu plaudern? In seiner E-Mail schwang nichts Romantisches mit. Ich hätte mich einfach um der alten Zeiten willen mit ihm verabreden können, ohne Matt in irgendeiner Weise zu betrügen.

Tatsächlich ... könnte ich das noch immer tun. Verstohlen sah ich auf die Uhr. Es war halb zehn. Das Konzert würde wahrscheinlich gegen zehn enden. Wenn ich mich beeilte, könnte ich es noch zur Southbank schaffen. Es war mir unangenehm, schon zu gehen, aber ich glaubte, Kiran würde das verstehen – und wenn nicht, dann war es eben etwas, das ich tun musste, weil ich es andernfalls bereuen würde.

»Es tut mir leid, Leute«, sagte ich. »Ich fühle mich nicht so gut ... ich mach mich auf den Heimweg.«

»Wirklich? Ich bringe dich nach draußen«, sagte Matt.

»Nein, bleib bitte und genieß deinen Nachtisch. Ich komme zurecht. Ich werde mir ein Taxi nehmen. Sagst du mir dann, wie hoch mein Anteil an der Rechnung ist?«

»Bist du sicher? Ich kann dich gern in ein Taxi setzen.«

Ich bekam ein noch schlechteres Gewissen, weil er so nett reagierte, beharrte jedoch darauf. »Danke, aber lass nur.« Nachdem ich Kiran in den Arm genommen und mich entschuldigt hatte, umarmte ich auch Caroline. Ihr Lächeln sagte: Ich weiß Bescheid, trotzdem viel Glück. Ich sah sie dankbar an und signalisierte: *Ich muss es versuchen.*

Ich erwischte noch die Northern Line, aber für den Weg aus der Waterloo Station brauchte ich genauso lange, wie die Fahrt vom Leicester Square dorthin gedauert hatte. Ich vergaß immer, wie riesig der Bahnhof war. Doch bald war ich an der Southbank und eilte zu der Konzerthalle. London an dem Frühlingsabend vor mir liegen zu sehen, den Fluss und die erleuchteten Schiffe und die Laternenreihen an den Straßen, das stimmte mich optimistisch. Sicher würde ich es rechtzeitig schaffen und ihn antreffen, auch wenn die Vorstellung schon zu Ende wäre. Er würde bestimmt hinterher auf einen Drink im Konzerthaus bleiben? Oder nicht?

Ich erreichte die Queen Elizabeth Hall, rannte hinein und

fuhr mit dem Aufzug in den sechsten Stock, wo das Konzert stattfand. Es war erst zehn nach zehn. Ich hatte erwartet, dass mir noch ein paar Konzertbesucher entgegenkommen und dass ich Andrew selbst vielleicht irgendwo mit einem Glas in der Hand stehen sah, aber da war niemand mehr, und das Auditorium war leer bis auf einen Saaldiener, der leere Gläser und Programmzettel einsammelte. Auf der Bühne stand nur noch ein Flügel. Das Konzert war wohl kürzer gewesen, als ich dachte – und die Teilnehmer waren anscheinend woanders etwas trinken gegangen.

Ich fand einen Stoß Programmzettel, und da stand es: *Andrew Power.* Sein Stück war eine Sonate für Violine und Klavier in E-Dur. In dem Programm wurde sein Studium am Trinity und an der Juilliard genannt, seine Arbeit als Assistent jenes Komponisten und seine jetzige Arbeit bei dem Streichquartett in Berlin. Er arbeitete auch als Composer in Residence für ein studentisches Kammerorchester – sieh mal an. Doch da stand nicht, in welchem Hotel er übernachtete und wo der anschließende Umtrunk stattfand – nach beidem hätte ich ihn fragen können, und nun war es zu spät.

Ich klapperte alle Bars der Queen Elizabeth Hall ab, aber natürlich war Andrew nicht da, und auch kein anderer, der so aussah, als hätte er bei dem Konzert mitgespielt. Ich ärgerte mich, weil ich ihn nicht nach dem Hotel gefragt hatte. Dann hätte ich mich wenigstens mit ihm zum Frühstück treffen können. Warum hatte ich nicht einfach ja gesagt?

Ich beschloss, nach Hause zu fahren, bevor ich in totalen Trübsinn verfiele. Auf dem Rückweg bekam ich eine SMS von Matt. *Geht es dir besser? Habe 38,50 für dich bezahlt, aber das hat keine Eile. x.* Seufzend dachte ich daran, was er über Gerechtigkeit gesagt hatte – dass jeder kriegen sollte, was er verdient, nicht mehr und nicht weniger. Tja, ich bekam gerade, was ich verdiente. Ich war unentschlossen und zögerlich gewesen und hatte Matt am Ende belogen. Und ich hatte meine Zweifel an ihm ignoriert, anstatt auf mein Herz zu hören. Doch den Fehler würde ich nicht noch mal machen. Bei unserem nächsten Treffen würde ich mit ihm reden, ihm die 38,50 geben und ihn in die Freiheit entlassen, damit er sich mit einer zusammentun konnte, die er nicht noch zu verbessern brauchte. Und ich würde mich von jetzt an nur auf einen Mann einlassen, bei dem ich mich genauso gut fühlte wie damals bei Andrew. Für alles andere war das Leben einfach zu kurz.

16

On Raglan Road

Ich habe so lange gebraucht, um mich zurechtzumachen und über den Abend von Andrews Londoner Konzert gegrübelt, dass ich schon spät dran bin, und Joe zum zweiten Mal an meine Tür klopft, weil es Zeit ist, zu dem Dinner aufzubrechen.

»Bist du – oh!« Seine Augen werden größer, als er meinen Anblick in sich aufnimmt. »Wirklich, Norah, du hättest dir ein bisschen mehr Mühe geben können«, witzelt er.

»Oh Gott, kannst du nie mal ernst sein?« Ich trete noch mal vor den Spiegel, um meine Anstrengungen zu überprüfen. Wellen wie Veronica Lake bekomme ich nicht hin, aber ich habe mir einen Seitenzopf geflochten und viel Augen-Make-up aufgelegt. »Das ist mein neues Kleid. Ist das übertrieben?«

»Nein, überhaupt nicht«, sagt er. »Du siehst großartig aus. Ehrlich!«

»Danke. Du auch«, füge ich hinzu, als ich sein schmales graues Jackett, die dunkle Hose und das schwarze Hemd betrachte. Der Mann packt wie eine Tardis, die Raum-Zeit-Maschine aus *Doctor Who*. Ich weiß nicht, wie er all die Sachen in seinen Handgepäckkoffer bekommt.

»Guck nicht so überrascht. Komm, lass uns gehen.«

Ich ziehe mir den Mohairmantel über, und wir steigen die Treppe hinunter zum Foyer, wobei ich meinen Saum hochhalte, um nicht darüber zu stolpern. An der Drehtür bedeutet er mir vorauszugehen. Als ich Stephen's Green im Schein der Laternen des Shelbourne liegen sehe und ein Pferdewagen daran vorbeifährt, fühle ich mich in der Zeit zurückversetzt.

»Im Winter in der Stadt, wenn sich die Leute zum Ausgehen schick gemacht haben, muss ich oft an *Krieg und Frieden* denken.«

»Was?«, fragt er und hält dabei nach einem Taxi Ausschau, denn in der Hotelauffahrt steht ausnahmsweise keins.

»Du weißt schon – *Metropolitan.*« Das ist ein Zitat aus einem meiner Lieblingsfilme. »Fühlst du dich nicht wie in einem Roman des neunzehnten Jahrhunderts?«

»Klar ... Ahoi, Mylady!«, sagt er. »Schau, da kommt eins.«

Ich lache noch über seinen Versuch, den Gentleman des neunzehnten Jahrhunderts zu geben, als wir ins Taxi einsteigen. Wir nennen dem Fahrer die Adresse, und bald überqueren wir die Liffey und fahren zum Mountjoy Square, wo das Dinner veranstaltet wird. Es herrscht furchtbar viel Verkehr. Wir werden zu spät kommen. Die Straße, auf der wir jetzt sind, sieht nicht so vornehm aus wie die Gegend um das Shelbourne. Ich sehe viele traurige Hostels, aber auch *Santa-Stop-Here*-Schilder und Weihnachtsdekoration. Wir fahren an einer Kirche vorbei, aus der Leute herauskommen, wahrscheinlich aus einer späten Messe. Ich habe keine Ahnung, wie der Abend ablaufen wird, aber wenigstens wird das ein Abenteuer. Oder vielleicht ist das Dinner eine Masche, um den dummen Touristen die Eurodollars aus der Tasche zu ziehen? Dann fällt mir ein, dass Helenas Nichte es organisiert. Und die Freundin der Verkäuferin in der Boutique, die vielleicht dieselbe Person ist.

»Kennen Sie diese Adresse? Waren Sie schon mal dort?«, frage ich den Taxifahrer zur Sicherheit.

»Oh ja, das ist der Supperclub neben dem Joy. Den kenn ich.«

»Also werden wir dort nicht gekidnappt?«

Er lacht. »Sie werden morgen früh vielleicht einen schweren Kopf haben, aber davon abgesehen kommen Sie da heil wieder raus.«

»Was ist das Joy?«, fragt Joe.

»Das Mountjoy-Gefängnis«, antwortet der Fahrer.

Als wir ankommen, steht das Haus dunkel da, und ich frage mich, ob wir an der richtigen Adresse sind, doch dann sehe ich im Fenster eine Kerze brennen. Das Taxi fährt davon, und wir sehen uns um. Wir befinden uns an einem georgianischen Platz, der aussieht wie Stephen's Green, aber kleiner und weniger gepflegt ist. Die Häuser rechts und links sind hübsch renoviert worden, aber das Haus, in dem unser Dinner stattfinden soll, wirkt heruntergekommen, die Steinstufen sind ausgetreten und rissig.

»Du meinst, die werden uns da drinnen garantiert nicht umbringen?«, frage ich Joe.

»Nun, wenn, dann hoffe ich, es gibt vorher ein gutes Essen.« Er hebt den Messingklopfer an, der die Form eines Delfins hat, und klopft drei Mal. Ein Schauder läuft mir über den Rücken wie bei einer dunklen Vorahnung, aber ich schreibe das der kalten Nachtluft und dem dünnen Seidenkleid zu und rücke einen Schritt an Joe heran, während wir darauf warten, dass man uns einlässt.

Eine junge Frau im Dienstmädchenkleid des neunzehnten Jahrhunderts öffnet uns. Ich bin verwirrt. Hätten wir etwa im

Kostüm kommen sollen? Wenn ja, dann sind wir nicht richtig informiert worden.

»Guten Abend! Herzlich willkommen! Ich bin Lily, die Tochter des Hausmeisters ... ich wurde heute Abend mächtig auf Trab gehalten.« Sie sieht uns beide an, ob wir darauf reagieren, dann redet sie weiter. »Norah und Joe? Wunderbar. Ich würde Ihnen die Mäntel abnehmen, aber hier unten ist es eisig. Also werden Sie damit vielleicht warten wollen, bis wir oben sind ...« Wir steigen eine vornehme Treppe hinauf, und ich bekomme den Eindruck eines vernachlässigten, leer stehenden Hauses, der von Kerzenschein abgemildert wird. Auf dem ersten Treppenabsatz gibt es ein Buntglasfenster.

»Sie kommen also aus London, toll! Besuchen Sie Freunde oder Familie?«

»Das ist eine lange Geschichte«, antworte ich.

»Heute Abend ist viel Zeit für lange Geschichten! Ich kann Ihnen schon mal ein wenig erzählen: Das Haus steht am Mountjoy Square, dem einzigen georgianischen Platz in der Stadt, der quadratisch ist. Früher war er die vornehmste Adresse in Dublin, aber die Nordhälfte der Stadt fiel in Ungnade, als der Duke of Leinster sein Haus an der Kildare Street baute und alle vornehmen Leute dorthin strömten. Und diese Hälfte der Stadt hat sich nie davon erholt.«

»Wann war das?«, frage ich und rechne mit einer Jahreszahl um 1900.

»1748, soviel ich weiß. Bitte sehr, nehmen Sie Platz! Wir haben eine Sitzordnung. Sie werden Ihr Namensschild finden und können es sich bequem machen. Wein steht auf dem Tisch.«

Sie führt uns in einen vornehmen hohen Raum mit sechs Fenstern an einer Seite, die auf den Platz hinausgehen. In einem marmornen Kamin, über dem ein großer vergoldeter

Spiegel hängt, brennt ein Feuer und erhellt die hintere Hälfte des Raumes. Das übrige Licht kommt von den mehrarmigen Kerzenleuchtern auf dem Tisch, das von der weißen Tischdecke widerscheint und auf unzähligen Gläsern funkelt. Die anderen Gäste haben ihre Plätze bereits eingenommen, auch Pat und Helena. Zum Glück trägt niemand ein historisches Kostüm.

»Darf ich vorstellen? Joe und Norah«, sagt Lily.

Lächelnd grüßen wir reihum und begeben uns zu unseren Plätzen. Ich stelle erfreut fest, dass ich neben Pat platziert wurde, aber ich bin auch enttäuscht, als ich sehe, dass Joe sich der anderen Seite des Tisches zuwendet.

»Das ist gut«, sagt er. »Sie beachten die Joe-Regel. Wir können uns später über alles austauschen.«

»Entschuldigen Sie bitte, dass wir zu spät kommen«, sage ich zu Pat, während ich mich rechts neben ihr auf den Stuhl schiebe.

»Machen Sie sich keine Gedanken. Sie sehen absolut hinreißend aus, Norah!«

Ich bedanke mich für das Kompliment und mache mich mit meinem linken Sitznachbarn bekannt. Er heißt Damian. Er ist höflich, möchte aber ganz offensichtlich die dunkelhaarige Frau zu seiner Linken näher kennenlernen und nimmt zum frühestmöglichen Zeitpunkt das Gespräch mit ihr wieder auf. Uns gegenüber sitzen drei freundliche Frauen namens Miriam, Theresa und Sorcha mit ihren Ehemännern, deren Namen ich sofort vergesse. Neben ihnen hat Joe neben einer zierlichen Blonden mit tief ausgeschnittenem schwarzem Kleid Platz genommen. Sie lebt deutlich auf, als er sich neben ihr niederlässt. Ich wundere mich, weil er offenbar zu den Singles zählt, während ich den Ehepaaren zugewiesen wurde. Aber das ist egal. Ich muss heute Abend keinen Mann kennenlernen und bin außerdem sehr froh über die Gelegenheit, mich weiter mit Pat zu unterhalten.

»Danke«, sage ich, als Theresa mir ein Glas Champagner einschenkt.

Meiner begrenzten Erfahrung nach dauert es immer eine gute Stunde, wenn nicht zwei, bis das Essen aufgetragen wird, und dann ist es oft ziemlich dürftig. Doch Lily scheint entgegen ihrer saloppen Art die Organisation fest im Griff zu haben. Zusammen mit zwei Helfern bringt sie eine Reihe von Speisen herein: eine fette braune Gans, irisches Würzfleisch und glasierten Schinken, außerdem eine Pilzpastete für die Vegetarier. An Süßspeisen gibt es Flammeri, Götterspeise, Feigen, Mandeln mit Rosinen, Konfekt verschiedener Art und eine Pyramide aus Orangen und Äpfeln. Das ist ein Dinner wie aus alter Zeit bis hin zu den Kristallkaraffen mit Portwein und dunklem Sherry auf weißem Tischtuch, aber ich komme zu dem Schluss, dass das einen konkreten Bezug hat, vielleicht zu einem georgianischen Festessen, passend zum Alter des Hauses. Einer der Männer tranchiert die Gans, während Lily reihum eine Schüssel voll Röstkartoffeln anbietet.

»Was haben Sie bisher von Dublin gesehen?«, fragt Theresa.

Ich zähle das Trinitiy College und das Bewley's auf und gestehe dann, dass wir nichts weiter besichtigt haben, da wir zu sehr damit beschäftigt waren, uns einen schönen Tag zu machen. Alle lachen.

»So muss man es machen, wenn man eine Stadt besucht«, sagt einer der Ehemänner. »Wenn ich nach Madrid reise, will ich Madrid sehen und nicht sechs Stunden im Prado herumstehen und mir enthauptete Heilige ansehen.«

»Hören Sie nicht auf ihn, er ist ein Kulturbanause«, sagt Theresa.

»Ich würde aber eins der Museen empfehlen: den Dead Zoo.«

»Er meint das Naturhistorische Museum«, erklärt Theresa. »Das ist durchaus beeindruckend. Total oldschool, nur ein Haufen ausgestopfter Tiere in Schaukästen.«

»Das Beste ist allerdings der riesige irische Elch«, sagt er. »Sie gehen rein und stehen als Erstes vor drei Skeletten eines prähistorischen Hirschs, jeder so groß wie ein Elefant und mit Geweihen von drei Metern Spannweite. Die Tiere wogen tausend Kilo. Sie sind absolut fantastisch. Das ist in meinen Augen das Beste in Dublin.«

Darüber lachen alle, doch er beharrt darauf: das Beste wären nicht das *Book of Kells* oder die Brian Borus Harfe oder die Tara-Fibel oder die Ha'penny Bridge oder ein frisch gezapftes Guinness in der Guinness Brewery, sondern der Riesenhirsch im Dead Zoo.

»Ist es wahr, dass in Dublin alles zwei Namen hat?«, frage ich. »Der Dead Zoo, das Joy …«

Niemand scheint davon gehört zu haben, und alle schütteln den Kopf, um dann Dutzende Pubs und Hotels zu nennen, die noch unter ihrem alten Namen bekannt sind, und dazu etliche derbe Spitznamen für die Statuen der Stadt.

»Ich sage Ihnen, was in Dublin zwei Namen hat – die Hipster«, sagt ein anderer Mann. »Die erste Regel des Hipsterclubs lautet: Ändere deinen Namen ins Irische.« Darauf wurde protestiert und gelacht, doch er fährt fort: »Na, kommen Sie. Dave Murphy repariert Ihnen die Klospülung – aber Daití O Murchú kann Sie mit einem Beehive und einem Fixie Bike ausstatten.«

»Das ist nicht wahr! Die Leute benutzen die irische Namensform aus Liebe zu der Sprache«, wendet Sorcha ein. »Nicht weil sie Hipster sind.«

»Da gibt es Überschneidungen«, sagt der Ehemann.

»Wo leben Sie und Helena, Pat?«, frage ich, sobald jemand ein anderes Thema anschneidet.

»In Westport im County Mayo. Wir führen eine kleine Buchhandlung, haben aber früher beim Fernsehen gearbeitet.« Sie erzählt mir ein wenig von ihrer Arbeit als Mediendesignerin und dass die Buchhandlung mit Andenken von den Sets ausstaffiert ist, die sie im Lauf der Jahre gestaltet haben. Sie haben ihr Geschäft seit Jahren zu Weihnachten nicht verlassen und haben sich fest vorgenommen, nicht stündlich dort anzurufen, um nach den Verkaufszahlen und dem Lagerbestand zu fragen. Ich sage ihr, wie gern ich es mir eines Tages ansehen würde.

»Joe würde das sicher auch gefallen. Er arbeitet als 3D-Charaktermodellierer«, füge ich hinzu.

Pat schaut zu Joe hinüber, der sich noch immer angeregt mit der blonden Frau unterhält, und sieht mich wieder an. »Sie sind hier, um sich mit einem alten Freund zu treffen, aber er ist es nicht?«

»Oh nein. Aber das ist eine lange Geschichte.«

Sie hebt bedeutsam ihr Glas, und ich erzähle ihr schließlich alles: wie ich Andrew kennenlernte, mit ihm in Kontakt blieb, und wie wir verabredeten, uns dieses Jahr zu treffen, und dass er vielleicht gar nicht kommt.

Hinterher sagt Pat: »Das ist eine großartige Geschichte.«

»Finden Sie das verrückt? Ja, es klingt verrückt, ich weiß.«

»Es sind schon viel seltsamere Dinge passiert. Man kann nicht wissen, was sich daraus entwickelt, wenn er am Treffpunkt erscheint.« Sie lächelt. »Und wenn er nicht kommt, werden Sie es nicht bereuen, es versucht zu haben, nicht wahr?«

»Ja. Joe denkt, ich bin verrückt geworden. Aber ich finde, den Versuch ist es wert.«

Joe blickt auf, vielleicht weil er seinen Namen gehört hat, und lächelt mich fragend an. Ich lächle zurück und hoffe, dass er das Übrige nicht mitbekommen hat.

»Wie lange sind Sie schon befreundet?«, fragt Pat.

»Seit unserer Teenagerzeit.«

»Er ist ein attraktiver Mann, nicht wahr?«

Ich schaue zu Joe hinüber, der wieder in das Gespräch mit seiner Nachbarin vertieft ist. Ja, er sieht sehr gut aus. Das flackernde Kerzenlicht scheint auf seine Züge, seine Grübchen zeigen sich ab und zu, wenn er lächelt. Die blonde Frau hängt noch immer an seinen Lippen und lacht häufig.

»Ja«, sage ich und frage mich, warum mich ständig jeder darauf hinweist – Maria und jetzt Pat. Ein Wunder, dass der Taxifahrer keine Meinung dazu hatte. »Aber wir sind nur Freunde. Jedenfalls ... ich wollte Sie nicht mit meinem Liebesleben langweilen. Was ist mit Ihnen und Helena? Wie haben Sie sich kennengelernt?«

»Sie kam, um sich unser Haus anzusehen. Ich sage *unser* Haus, weil ich damals noch verheiratet war. Ich habe ein bisschen zu früh geheiratet, einen ansehnlichen jungen Arzt, der mein Traummann zu sein schien. Man kann in einer Ehe einsamer sein, als wenn man allein lebt. So ist es mir ergangen.«

Dem stimme ich nickend zu.

»Und dann stand Helena vor unserer Tür. Sie wollte sehen, ob sich unser Haus für den Film eignet, den sie gerade drehten. Sie war Locationscout, bevor sie zum Setdesign wechselte. In der Folgezeit lernten wir uns näher kennen. Und wir haben uns verliebt, obwohl ich verheiratet war. Das war eine Zeitlang ziemlich schwierig. Aber wir haben das durchgestanden und sind nun seit über zwanzig Jahren zusammen.« Sie lächelt, und ich frage mich wieder, ob ich jemals solchen Frieden ausstrahlen werde. Unwahrscheinlich, selbst wenn ich einem Aschram beitreten oder ins Kloster gehen oder mein E-Mail-Aufkommen auf Null drücken würde. Sie ist einfach so, und ich bin nicht so. Vielleicht ist diese Selbstakzeptanz an sich der erste Schritt dahin, wie Pat zu sein?

Sorcha beugt sich nach vorn und sagt: »Norah, ich weiß, wo Sie morgen hingehen sollten, wenn Sie noch nichts anderes vorhaben. Ans Meer. Dalkey ist ein schönes Städtchen. Sie können mit dem Zug hinfahren und auf den Killiney Hill hochsteigen und zum Strand runterlaufen.«

»Aber Howth ist noch hübscher«, meint ihr Mann. »Und da gibt es das beste Fish and Chips und die schönste Aussicht.«

»Ja, der Blick über die Southside ist herrlich«, sagt jemand anderer. Das bezieht sich offenbar auf die Northside-Southside-Differenzen, ähnlich wie bei den Cripps und den Bloods in Dublin, nur dass sie mit Scherzen und nicht mit Waffen ausgetragen werden.

Es werden Witze darüber ausgetauscht, bis Lily, die eigentlich Laoise heißt, in die Hände klatscht und unsere Aufmerksamkeit verlangt.

»Ladys und Gentlemen. Bitte begeben Sie sich in den Salon. Wir werden dort Tee und Kaffee servieren und für Musik sorgen.«

Ich teile Pat mit, dass ich ins Bad gehe, und mache mich auf die Suche danach. Schließlich finde ich es auf dem ersten Treppenabsatz. Als ich die Tür aufdrücke, bekomme ich das Ende eines Gesprächs zweier Frauen mit, die gerade den Händetrockner benutzen: »Nein, sie sind nur Freunde, hat er mir gesagt.«

Das kam aus dem Mund der blonden Frau, die neben Joe gesessen hat, und ihr erschrockener Blick verrät mir, dass sie über mich gesprochen haben. Ich schlüpfe in eine Kabine und fühle mich merkwürdigerweise verunsichert. Natürlich ist es seine Sache, wenn er sich mit ihr einlassen will. Sicher wird er mich nicht einfach sitzen lassen, sodass ich allein zum Hotel zurückkehren muss – und selbst wenn, weiß ich, wie ich an ein Taxi komme.

Nach dem Händewaschen drücke ich mir ein feuchtes Papierhandtuch ans Gesicht und bereue, dass ich nichts eingesteckt habe, um meinen verschmierten Lidschatten zu korrigieren. Ich krame in meiner Handtasche und finde Vaseline. Plötzlich sehe ich Joes Gesicht vor mir, als er sich beim Essen mit der blonden Frau unterhielt. So habe ich ihn schon Dutzende Male erlebt. Warum also stört es mich heute Abend? *Wahrscheinlich, weil ich weit von zu Hause weg bin und mich wegen der ganzen Andrew-Sache verletzlich fühle*, denke ich.

Als ich die Treppe hochsteige, höre ich aus dem Salon Gesang. Einer der Ehemänner singt a capella. Joe steht am anderen Ende des Raumes. Ich lächle ihm flüchtig zu und setze mich auf ein Sofa neben Pat und Helena. Wir fangen kein Gespräch an, denn alle hören zu. Er singt einen Folksong, den ich nicht kenne. Zunächst staune ich nur, weil diese Leute, die sich vorher noch nie begegnet sind, jetzt einem Mann lauschen, der so unbefangen ein Lied vorträgt. Dann fesseln mich die Schönheit der Melodie und der Text. Es erzählt, wie sich ein Paar auf der Raglan Road – und auf der Grafton Street – begegnet und dann getrennter Wege geht. Das lenkt meine Gedanken wieder auf Andrew und macht mir eine Gänsehaut.

»Wie heißt der Song?«, frage ich, als es zu Ende ist.

»*Raglan Road*«, sagt Helena. »Es sollte eigentlich ein anderes Lied werden, aber das kannte niemand.«

»Was heißt das, es sollte ein anderes Lied werden?«, frage ich verwirrt.

Helena seufzt. »Der ganze Abend sollte mit den *Toten* zu tun haben.«

»Mit welchen Toten?«, frage ich ziemlich erschrocken.

»*Die Toten* von James Joyce«, sagt Pat beruhigend. »Das ist eine Kurzgeschichte. Haben Sie sie nicht gelesen, Norah? Darin geht es um ein Weihnachtsdinner – eine wunderbare Geschichte.«

»Darin singt jemand das Lied *The Lass of Aughrim*, das die Frau des Erzählers an ihre alte Liebe erinnert«, sagt Helena.

»Michael Furey. Er starb, als sie jung waren – an Tuberkulose, nicht wahr?«, fragt Pat Helena, als ginge es um jemanden, den es wirklich gab.

»Ja. Jedenfalls sollte der Abend so gestaltet werden wie das Dinner in der Kurzgeschichte. Ich habe Laoise empfohlen, sich an ein Drehbuch zu halten und zu casten, aber sie wollte lieber, dass es sich natürlich entwickelt«, beklagt Helena. »Manche Menschen müssen eine Erfahrung selber machen.« Sie schüttelt den Kopf, während Pat beschwichtigend ihren Arm tätschelt. Es wird deutlich, wer von ihnen der Bedenkenträger ist.

Mir läuft wieder ein Schauder über den Rücken. Bei all den Liedern und Geschichten über Tote und verlorene Lieben wird mir ein bisschen unheimlich. Als ein weiteres Lied angestimmt wird, verabschiedet sich Joe von der blonden Frau und kommt herüber, um sich neben mich zu setzen. Ich stelle ihn meinen neuen Bekannten vor, und sie plaudern eine Weile, während ich beobachte, wie sich die blonde Frau den Mantel anzieht. Ich warte auf eine Gelegenheit, ihren Gesichtsausdruck zu sehen, aber sie kehrt mir ständig den Rücken zu, sodass ich nicht erfahre, ob sie tief enttäuscht oder überglücklich ist. Wahrscheinlich weder noch, sage ich mir.

Ich frage mich, ob Joe es sich für einen langen Abend bequem gemacht hat, doch er deutet mit dem Kopf diskret zur Tür und sieht mich fragend an.

»Wäre das nicht unhöflich?«, flüstere ich.

Er zuckt vielsagend die Achseln, und ich bedenke, dass wir zu nichts verpflichtet sind. Ich bin mir sicher, dass das Liedersingen weiterhin unterhaltsam sein wird, aber plötzlich möchte ich weg von hier und in mein Hotelbett. Außerdem ist es schon spät. Meine Mutter hat mich einmal darüber aufgeklärt, dass auf Partys nach zwei Uhr früh nichts Gutes mehr passiert. Ich denke, die Zeitzonen verschieben sich, wenn man älter wird, sodass Mitternacht für mich das neue zwei Uhr ist.

Sowie das Lied zu Ende ist, verabschieden wir uns von Pat und Helena, und ich frage sie, ob sie mir ihre Kontaktdaten zukommen lassen, bevor sie abreisen. Pat gibt mir die Geschäftskarte ihrer Buchhandlung, auf der ihre und Helenas Handynummer stehen.

»Oder Sie rufen uns im Zimmer an, Zimmer 212. Wir sind noch bis zum Stephen's Day hier.«

»Was ist der Stephen's Day?« Ich frage mich, ob das ein nationaler Feiertag zu Ehren eines berühmten Iren ist – Stephen Gately von Boyzone?

»Das ist der 26. Dezember«, erklärt Helena.

Wieder etwas mit zwei Namen! Joe holt unsere Mäntel, und zu meiner Erleichterung bekommen wir ziemlich rasch ein Taxi. Wir reden nicht viel außer ein, zwei Bemerkungen über unsere Sitznachbarn während des Essens, und ich muss mich bewusst zurückhalten, um den Abstand zu wahren, da wir beide auf der Rückbank sitzen. Ich sehe auch nur aus den Augenwinkeln zu seinem Gesicht, über das der Schein der vorbeiziehenden Straßenlampen gleitet, und zu seinen langen

Beinen, die er zur Seite gestreckt hat. Und auf seine Hand, die zwischen uns auf dem Sitz ruht. Was ist mit mir los?

»Alles in Ordnung, Norah?«, fragt er, als wir in die Straße zwischen Stephen's Green und unserem Hotel einbiegen. »Du bist sehr still. Hat dir der Abend Spaß gemacht?«

»Doch, doch! Ich bin nur müde.« Ich überlege, ihn scherzhaft auf die blonde Frau anzusprechen, entscheide mich aber dagegen. Es geht mich nichts an, und da ich schließlich hier bin, um Andrew wiederzusehen, darf er auch seinen Spaß haben.

17

How Long Has This Been Going On?

Montag, 23. Dezember 2019

Im Lauf der Jahre habe ich festgestellt, dass einige Lebensweisheiten meiner Mutter wahr sind. Manche sind ziemlich daneben (zum Beispiel: *Geh nie grußlos an einer einsamen Elster vorbei.* Oder: *Trau keinem Mann, der Rot oder einen Trenchcoat trägt.*), aber andere vernünftig und zutreffend (etwa: *Am nächsten Morgen sehen die Dinge immer anders aus.*).

Das erweist sich heute Morgen wieder als wahr. Als ich aufwache, kommt es mir vor, als hätte ich den gestrigen Abend nur geträumt, von dem Moment an, da Laoise/Lily uns die Tür öffnete, bis zu den Liedern und alles dazwischen. Im kalten Licht des Tages – durch den bleigrauen Himmel sieht es draußen extrem kalt aus – wird klar, dass meine seltsamen Anwandlungen, dass Joe mir gehört, durch den Champagner und die eigentümliche Atmosphäre bei dem Dinner ausgelöst wurden. Hätte er mir nicht schon mehrmals gesimst, damit ich den gestrigen Abend kommentiere, würde ich glauben, ich hätte mir alles nur eingebildet. Ich nehme mir vor, später zu antworten, obwohl ich weiß, dass ich das wahrscheinlich nicht tun werde. Ich weiß, ich sollte kreative Bestrebungen unterstützen, aber wenn ich alles kommentiere, das ich gekauft, gegessen oder getragen habe, hätte ich keine Zeit für irgendetwas anderes. Mein Handy summt, kaum dass ich es hinlege: Joe.

Wie geht's deinem Kopf? Sehen wir uns in einer halben Stunde beim Frühstück?

Ich schicke ihm ein Daumen-hoch-Emoji und steige unter die Dusche, wo ich im heißen Wasser unter der Regenbrause und in dem satten Geranienduft des Duschgels vom Hotel schwelge. Ich nehme mir vor, Joe um seines zu bitten, sofern er es nicht nach Hause mitnimmt. Zweifellos werden die halb leeren Fläschchen noch Jahre am Grund meines Kulturbeutels liegen, aber das Herz will, was es will.

Er sitzt schon am Tisch, als ich den Frühstücksraum betrete, und trägt einen groben schwarzen Polopullover – er gehört zu den wenigen Männern, die so etwas tragen können.

»Ich habe gerade ein irisches Frühstück bestellt. Willst du das auch?« Ich nicke, und er gibt der Kellnerin ein Zeichen, dass sie zwei bringen soll. Er weiß, dass ich nur langsam in die Gänge komme, wenn ich am Abend zu viel getrunken habe. Die Normalität der Situation ist sehr beruhigend. Wie er zu seiner Sitznachbarin sagte: *Wir sind nur Freunde.*

»Also, was den heutigen Tag angeht«, beginnt er. »Ich möchte etwas vorschlagen.«

»Und was?«

»Wir fahren aufs Land und suchen das Abenteuer. Lazareena hat den Killiney Hill empfohlen ...«

»Oh, der wurde mir auch ans Herz gelegt. Moment, wer oder was ist Lazareena?«

»Die Frau, die neben mir saß. Rate mal, wie sich der Name schreibt.« Ich weigere mich zu raten, worauf er mir ihr Instagram-Profil zeigt: Lasairfhiona99. Es überrascht mich, dass es noch 98 weitere gibt.

»Das ist krass. Was sollen die vielen Buchstaben? Gab es einen nationalen Buchstabenüberschuss, als die Namen verteilt wurden, oder was?«

»Keine Ahnung. Aber er ist schön, oder? Er bedeutet Flamme des Weines.«

Verdammt. Das ist tatsächlich schön. Typisch Joe, dass er eine Frau fragt, was ihr Name bedeutet. Oh, wie selbstgefällig sie darauf geantwortet haben muss.

»Also ist sie dir auf Instagram gefolgt?«

»Ja. Sie macht Federzeichnungen und illustriert Bücher. Sie hat auch einen Etsy-Shop. Ich kann ihn dir zeigen …«

»Ich verstehe schon, danke. Und? Wirst du dich hier noch mal mit ihr treffen?« Ich sage das in einem locker-scherzhaften Ton und bin überrascht, weil mich seine Antwort umhaut.

»Vielleicht, falls ich morgen Abend nichts mit mir anzufangen weiß.« Er lächelt mich an. »Sie ist mit ein paar Freunden in einem Pub und sagt, ich kann hinkommen, wenn du beschäftigt bist.«

»Oh!« Womit beschäftigt, will ich fragen, aber dann fällt es mir ein: Andrew. »Großartig. Also hat sie dir den Killiney Hill empfohlen?«

»Ja, und ein Dorf namens Dalkey. Killiney reimt sich auf *whiney* und Dalkey auf *walkie*, was mir angemessen erscheint. Wir können mit dem Nahverkehrszug hinfahren.«

»Okay, gut.« Ich bin inzwischen nicht mehr so angetan von der Idee, aber mir ist klar, dass ich irrational reagiere. Wenn so viele Leute das empfehlen, wird es wohl ein netter Ausflug werden. Und die frische Luft wird uns heute guttun und für einen kühlen Kopf sorgen, falls von meinen seltsamen Anwandlungen noch Reste übrig sind.

Eine Stunde später sitzen wir im Zug und verlassen damit den Bahnhof Pearse. Die Rezeptionistin im Hotel hat uns entschieden beigepflichtet, dass sich der Ausflug lohne, war aber ein wenig besorgt wegen des Wetters.

»Es soll heute noch schneien«, sagte sie. »Aber ich glaube nicht daran. Hier hat es seit zehn Jahren nicht mehr geschneit. Und über Weihnachten schneit es sowieso nie, so sehr wir uns das auch wünschen. Also müssten Sie eigentlich trocken zurückkommen.«

»Das Wetter weiß nicht, dass Weihnachten ist«, sagte Joe hinterher, aber wir haben uns trotzdem dick angezogen, denn es ist unangenehm kalt. Vermutlich ist es verrückt, heute lange Spaziergänge zu machen, aber wir sind entschlossen.

Die automatische Durchsage teilt uns regelmäßig mit, wo wir sind, jedoch auf Irisch, sodass es uns ein Rätsel bleibt. Da der Zug nur bis zur Küste und wieder zurück fährt, können wir uns schlecht verfahren. Joe und ich sitzen nebeneinander in Fahrtrichtung und schauen aus dem Fenster. Wir kommen an einem Fußballstadion, einem Kricketplatz und Reihenhäusern aus rotem Backstein vorbei – und plötzlich lassen wir die Stadt hinter uns und fahren an der Küste entlang. Es geht nach Süden, sodass die niedrig stehende Wintersonne uns in die Augen scheint, während das dunkelblaue Meer und der ockergelbe Strand an uns vorbeiziehen. Am Horizont sehen wir eine stille Halbinsel liegen. Rechterhand erstreckt sich die Stadt, und dahinter erkenne ich in der Ferne blaue Berge. Zwei rot-weiß gestreifte Türme ragen über einem Gebäude am Strand auf – wahrscheinlich ein altes Kraftwerk.

Ich drehe lächelnd den Kopf zu Joe, und er lächelt zurück. Wir brauchen nichts zu sagen. Er holt seinen Fotoapparat heraus und fotografiert. Im Zug ist es still und friedlich, wahrscheinlich weil es zehn Uhr vormittags ist und er in die Vororte fährt. Sogar die Sitze haben ein ruhiges Grün, und die Gesichter der Passagiere, die aufs Meer hinausschauen, wirken friedvoll. Auch wenn ich vermutlich nur meine Urlaubsstimmung auf sie übertrage, finde ich, dass die Menschen hier entspannter sind als in London.

»Jede Gegend hat ihre Probleme«, sagt Joe, als ich meine Gedanken ausspreche. »Die Mieten sind hier sehr hoch, weil die vielen Technologiekonzerne die Preise hochtreiben ... und alles andere ist hier auch nicht billig.«

»Hat Lasairfhiona dir das erzählt?«, frage ich und versuche, nicht zu schelmisch zu klingen.

»Ja. Sie sagt, die Mieten sind ›zum Haareraufen‹, wortwörtlich.« Er kichert ... liebevoll? Ist das ein liebevolles Kichern? Es drängt mich, eine Bemerkung über sie zu machen, lasse es aber bleiben.

Die Bahnhöfe ziehen in einer friedlichen Parade vorbei: Booterstown, Blackrock, dann Dun Laoghaire, das einen richtigen Hafen hat, mit Schiffen und Pier, und schöne georgianische Reihenhäuser mit Blick aufs Wasser. Dann beschlägt die Fensterscheibe, vielleicht, weil wir zu viel dagegenatmen oder weil es kälter geworden ist. Ich mache Anstalten, mit dem Ärmel das Kondenswasser wegzuwischen, aber Joe sagt: »Warte.« Er beugt sich über mich, und mit dem Finger zeichnet er den Umriss unserer Köpfe an die Scheibe – es sind nur ein Dutzend Striche, aber unsere Gesichter sind klar zu erkennen. Joe zeichnet ständig, und daher weiß ich, dass das nichts zu bedeuten hat, trotzdem bin ich enttäuscht, als wir uns unserer Station nähern und er die Zeichnung wegwischt.

Dalkey erweist sich als hübsches Städtchen mit puppengroßen Häusern, gestrichen in Bonbonfarben und weihnachtlich geschmückt. Wir betreten eine winzige Buchhandlung namens The Gutter Bookshop und sind froh, ins Warme zu gelangen, denn es weht ein eisiger Wind von der Irischen See landeinwärts. Ich kaufe einen Band irischer Gedichte, nicht weil ich ihn brauche, sondern weil ich es nicht fertigbringe, eine Buchhandlung mit leeren Händen zu verlassen. Schon gar keine unabhängige mit einem freundlichen Besitzer, der einen bunten Yes-Equality-Button trägt.

Als wir die kurvige Straße zum Killiney Hill hochsteigen, fragt mich Joe nach Pat und Helena. Ich erzähle ihm von Pats Angebot, Verwandte von mir ausfindig zu machen.

»Das ist doch befremdlich, dass meine Großmutter von hier stammt und ich nicht mal weiß, wo sie gelebt hat.«

»Verstehe ich gut«, sagt Joe sanft.

»Ich weiß«, sage ich und denke, wie trivial das verglichen mit seiner Geschichte ist.

»Inzwischen sehe ich das gelassen«, sagt er. »Du weißt, als wir jünger waren, kam ich mir vor wie ein Hochstapler, weil ich keine chinesischen Freunde hatte und nicht Chinesisch sprach ... Deshalb hab ich angefangen, mich mit der Geschichte Chinas zu befassen. Aber das interessiert mich nicht mehr. Ich lerne Kantonesisch, weil ich das möchte, nicht weil ich glaube, etwas beweisen zu müssen. Ich bin, wer ich bin.«

Er klingt zuversichtlich und selbstsicher. Der Unterschied zu damals verblüfft mich. Ich glaube, früher war er darauf angewiesen, anderen zu gefallen, aber heute sehe ich, wie sehr er sich geändert hat – und was für eine starke Persönlichkeit hinter seinem nonchalanten Humor steckt. Dass er unseren Freunden die Reise mit mir verschwiegen hat – das habe ich zuerst seiner Angewohnheit zugeschrieben, Konflikten auszuweichen, aber vielleicht hielt er das auch schlicht für unnötig. Darüber denke ich noch nach, als er sich zu mir umdreht, um mir die letzten Stufen zu einem Aussichtspunkt hinaufzuhelfen.

Wir schauen hinunter auf den kurvenreichen Weg, der gesäumt ist von hohen Granitmauern und Bäumen, dazwischen Zauntore, die einen Blick auf Häuser und ihre Aussicht aufs Meer gewähren. Jedes ist auf seine Art schön, mit Efeubewuchs, Schieferdächern, Erkerfenstern, Türmchen und Dachplattformen.

»Viele gehören Prominenten«, sagt Joe. »In einem wohnt Van the Man. Kennst du diesen Namen von ihm?«

»Von Van Morrison? Äh – ja.« Ich bin nicht gewillt zu fragen, von wem er das weiß. Joe hat gerade einen heftigen Anfall von Erwähneritis.

Uns kommt eine Spaziergängerin mit einem Golden Retriever entgegen. Sie trägt Joggingklamotten und eine Daunenweste. Eine Rettungsweste, würde Kiran sagen.

»Haben Sie gehört? Met Eireann hat eine Wetterwarnung rausgegeben«, ruft sie uns fröhlich zu, als würde sie uns kennen. »Wir kriegen einen Schneesturm!«

»Hm«, sagt Joe, als sie an uns vorbeigelaufen ist. »Sie ist der erste Spaziergänger, dem wir begegnet sind. Vielleicht ein schlechtes Zeichen?«

»Dann lass uns zu dem Aussichtspunkt laufen, es kann nicht mehr weit sein.«

Wir biegen von der Sorrento Road auf die Vico Road ein, wo sich ein fantastischer Blick öffnet über eine Bucht weit im Süden, über der drei Gipfel thronen. Tannen und Zedern stehen entlang der schmalen Uferstraße, und dahinter tost die graue See. Es ist wie Cornwall oder wie ein kaltes, windiges Italien. Ich mache ein paar Fotos mit meinem Handy, und gerade gehe ich ein paar Schritte rückwärts, um einen besseren Bildausschnitt zu bekommen, da höre ich Joe meinen Namen schreien. Er reißt mich zurück, und im selben Moment braust ein Auto an mir vorbei, das aus einer unübersichtlichen Kurve geschossen kam.

»Alles okay?«, fragt er. Zutiefst erschrocken starre ich dem Wagen hinterher, als meine Knie plötzlich nachgeben. Joe fängt mich ab und hält mich fest, und ich klammere mich an ihn und berge das Gesicht an seiner Schulter.

»Nichts passiert«, murmelt er. »Du bist unverletzt.« Er hält mich weiter fest, bis ich mich langsam von ihm löse.

»Da hab ich noch mal Glück gehabt. Lass uns bis ganz nach oben gehen«, sage ich mit klappernden Zähnen.

Ein steiler Anstieg unter Bäumen bringt uns in einen Park, wo es ein wenig geschützter ist. Kurz darauf sehen wir den legendären Obelisken vor uns. Die Köpfe in den Wind gebeugt, steigen wir zu ihm hinauf. Inzwischen habe ich mich von dem Schreck erholt und kann es genießen, vom Wind gezaust zu werden und den Elementen ausgesetzt zu sein. Es ist, als könnte mich der nächste Windstoß von den Füßen reißen und in eine andere Welt katapultieren. Wir erreichen die Hügelkuppe. Ich drehe mich zu Joe hin und lächle ihn an. »Wir haben es geschafft.«

»Komm her«, sagt er. Er zieht mich an seine Seite für ein Selfie und lehnt den Kopf an meinen, aber meine Haare haben andere Ideen und flattern uns beiden vors Gesicht. Er streicht sie mir nach hinten und steckt sie in den Mantelkragen. Als ich die Wange an seine drücke, knipst er uns. Ich höre das Klicken und spüre es wie ein Kribbeln. Oh Gott. Was passiert hier?

»Schaffen wir dich ins Warme, sonst erfrierst du noch«, sagt er entschieden.

Ich nicke. Der Himmel hat sich zugezogen, der Wind dringt mir bis auf die Haut, und ich fühle ein paar Schneeflocken im Gesicht. Es lässt sich noch nicht sagen, ob der Schnee liegen bleibt. Er streckt den Arm zur Seite, um meine Hand zu nehmen, aber ich tue so, als hätte ich das nicht bemerkt, und springe voraus wie eine aufgescheuchte Ziege.

18

Going Back

Wir sind noch ein ziemliches Stück vom Zentrum entfernt und haben anscheinend die verkehrte Straße genommen, denn wir kommen an einem Parkplatz raus. »Entschuldigen Sie, gibt es in der Nähe ein Café oder ein Restaurant, das geöffnet hat?«, schreie ich gegen den Sturm einer Frau zu, die zwei Hunde in den Fond ihres Jeeps verfrachtet.

»Versuchen Sie's beim Fitzpatrick's Hotel«, ruft sie mir zu. »Das liegt zwei Minuten von hier in diese Richtung.«

»Zwei Minuten«, keuche ich. »Das können wir schaffen. Oh Gott, wie konnten wir nur glauben, das wäre ein guter Tag für einen weiten Spaziergang?«

Mir tränen die Augen vom Wind, sodass ich vom Hotel nicht viel erkennen kann, außer dass es wie ein Miniaturschloss mit Zinnen und Türmchen aussieht. Als wir in die Wärme treten und die Schwingtür hinter uns zufällt, bin ich unbeschreiblich erleichtert. Blinzelnd sehe ich rote Teppiche und gemütliche Sitznischen und ein Feuer im Kamin, aber es scheint auch ungewöhnlich viel los zu sein, so als fände eine Veranstaltung oder Feier statt.

»Tut mir leid, aber wir haben geschlossen wegen einer Hochzeit«, erklärt uns ein Mann in der Dienstkleidung des

Hotels. Ich bin derart durchgefroren, dass ich kaum sprechen kann.

»Draußen stürmt es heftig – könnten wir wohl bitte eine Tasse Tee bekommen?«, fragt Joe. »Irgendwo in einer Ecke? Wir bleiben nicht lange. Wir sind Touristen«, fügt er hinzu.

»Nun, also gut, kommen Sie«, sagt unser Retter, und wir wechseln erleichterte Blicke. Er führt uns zu einem Tisch im Foyer, der etwas abseits neben dem Kamin am Frontfenster steht. Über der Bucht wird es dunkel, und ich stelle mir vor, dass unten in der Stadt die Lichterketten an den Christbäumen eingeschaltet und Kerzen und Kaminfeuer angezündet werden, während draußen der Sturm wütet. Auf unserem Tisch steht ein Teelicht, und ein Kellner nimmt unsere Bitte um zwei Tassen Tee entgegen, reißt ein Streichholz an und hält die Flamme an den Docht. Joe schiebt mir die Kerze zu, und unsere Hände berühren sich kurz, bevor ich meine wegziehe. Ich beschäftige mich damit, in meinem Tee zu rühren, dann spiele ich mit einem Zuckertütchen. Ungeschickt reiße ich es auf, sodass der Zucker auf den Tisch rieselt.

»Seit wann nimmst du Zucker?«, fragt Joe. Er wischt die Körnchen vom Tisch in seine Hand. Während ich nach einer plausiblen Antwort suche, sagt er: »Sieh dir das an.«

Ich blicke auf. Das Licht im Raum hat sich verändert. Es ist erst halb vier, aber draußen wird es auf einmal dunkel, und ein seufzender, böiger Wind wird stetig lauter und übertönt das Stimmengemurmel im Bereich der Rezeption. Das Rot der üppigen Weihnachtssterne auf der Fensterbank leuchtet noch intensiver, da es hinter der Scheibe immer weißer und weißer wird. Da treiben nicht nur ein paar Flocken vorbei, sondern dichter Schnee, ein Schneetreiben aus dem Nichts, das uns vor Augen führt, dass die Naturgewalten das Ruder übernommen haben.

»Ein ausgewachsener Schneesturm«, sagt ein älterer Mann, der in der Nähe steht. Er schaut ehrfürchtig, scheint das aber auch aufregend zu finden. Ich selbst habe noch nie einen erlebt. Wir haben das Hotel keinen Moment zu früh erreicht.

»Der Micra ist bei dem Wetter nutzlos. Ich werde Dermot bitten müssen, beim Subaru die Schneeketten aufzuziehen«, sagt eine Frau neben ihm.

Der Hotelmanager, Gareth laut Namensschild, kommt zu uns und fragt, ob wir noch etwas wünschen. »Und ich möchte Sie auch über die Lage draußen informieren ... die Straßen werden ringsherum gesperrt, auch der Zug fährt nicht mehr. Werden Sie den Rückweg antreten können?«

»Das hört sich nicht danach an. Haben Sie vielleicht noch Zimmer für uns?«, fragt Joe. Offenbar befürchtet er dasselbe wie ich – dass das Hotel wegen der Hochzeitsgäste ausgebucht ist.

»Bin mir nicht sicher. Der Sturm ist von den Bergen herübergezogen, sodass einige Übernachtungsgäste in Wickow festsitzen. Dafür wollen andere Gäste übernachten, die eigentlich heute noch heimfahren wollten. Ich werde mich gleich an der Rezeption für Sie erkundigen, wenn Sie möchten.«

»Ich tue das lieber sofort«, sagt Joe zu mir und rennt los, bevor der Mann sich von unserem Tisch abwendet. Bestürzt über die rasche Wendung der Ereignisse trinke ich meinen Tee und beobachtete Joe beim Gespräch mit der Rezeptionistin. Er redet und redet und deutet auf mich, und ich versuche, verzweifelt und verfroren auszusehen, was nicht schwer ist. Das scheint mir eine sehr lange Verhandlung zu sein für etwas, das normalerweise nur fünf Minuten dauert, und ich werde immer unruhiger – bis ich sehe, dass er seine Kreditkarte hervorholt. Puh. Aber dann, nachdem sie eigentlich fertig sein müssten, reden sie weiter. Flirtet er etwa mit ihr? Ja, tatsächlich. Mein Gott, er ist unmöglich! Doch im Grunde bin ich froh darüber. Vielleicht hat er gewisse Empfindungen in mir ausgelöst, aber das bedeutet nichts. Das kommt nur daher, dass wir ständig zusammen sind. Eine Hormonsache. Ich bin mir sicher, dasselbe passiert auch im Gefängnis.

»Willst du zuerst die gute oder zuerst die schlechte Nachricht?«, fragt Joe, als er zum Tisch zurückkommt.

»Die schlechte bitte«, sage ich, ohne dass ich überlegen müsste.

»Die schlechte ist, sie haben nur noch ein einziges Zimmer. Ist das okay? Ich meine, wir befinden uns gerade in einer albernen Komödie aus den Vierzigerjahren.«

»Nein, das geht in Ordnung«, sage ich, froh, dass er die Situation ins Lächerliche zieht. »Du wirst dich unter dem Bett verstecken müssen, wenn mein Mann reinkommt, aber das macht nichts. Und die gute Nachricht?«

»Die gute Nachricht lautet: Wir haben ein Zimmer. Gern geschehen!«

»Danke.« Beim Blick nach draußen empfinde ich schon das *eine* Zimmer als Glücksfall. Und es wäre albern, ein Problem daraus zu machen. Schließlich sind wir erwachsene Menschen. Und ich brauche mich zum Schlafen nicht unbedingt auszuziehen.

»Das Zimmer war ursprünglich für die Sängerin der Band gedacht«, sagt Joe. »Sie ist oben in Roundwood eingeschneit – nach allem, was man hört, ist sie untröstlich, weil sie es nicht schafft.« Er grinst, vermutlich weil er die Rezeptionistin wörtlich zitiert, und wartet gespannt ab, was ich darauf sage.

Schweigend sehe ich ihn an. »Und das erzählst du mir, weil …?«

»Nur so«, sagt er. »Ich dachte, das interessiert dich vielleicht. Die Braut wird sehr enttäuscht sein. Man hat es dem Paar noch nicht gesagt. Im Moment wird noch das Essen aufgetragen.«

»Joe«, sage ich. »Raus damit. Meinst du, ich sollte aus der Torte springen und singen? Ich weiß nicht mal, was für eine Band das ist.« Ich würde wetten, dass der erste Song von Ed Sheeran oder John Legend ist, und das würde ich nicht hinkriegen.

»Na ja, Orla an der Rezeption meint, das sei eine Rock-'n'-Roll-Band«, sagt Joe. »Sie heißt Blue Notes. Das klingt aber mehr nach Jazz, oder?«

Ich fange an zu lachen – das ist wirklich rasend komisch. Und dann kann ich nicht mehr aufhören. Immer wieder steigt Lachen in mir auf. Außerdem bin ich jetzt optimistisch, dass er nicht geflirtet hat: Er hat nur das Terrain für mich sondiert.

»Hast du das eingefädelt?«, frage ich.

»Nope«, sagt er. »Du hast recht. Das wäre verrückt. Du bist wahrscheinlich sowieso eingerostet, nicht wahr? Und ohne Probe kriegst du das auch gar nicht hin.« Er sieht mir in die Augen.

»Ich komme sehr gut ohne Proben aus«, widerspreche ich, obwohl mir klar ist, dass ich in seine Falle tappe. »Das habe ich im Finnegan's auch gekonnt, weißt du noch?«

»Warst das du?«, sagt er. »Ich dachte, es war Kiran, die gesungen hat.«

»Halt die Klappe! Okay, na schön.« Ich schüttele den Kopf über ihn und lache wider Willen. »Na gut! Wenn es dich glücklich macht. Ich sage ihnen, dass ich zur Verfügung stehe, und sie können entscheiden.« Ich bin mir sicher, dass die Bandmitglieder nicht irgendjemanden singen lassen werden, von dem sie noch nie gehört haben.

Eine halbe Stunde später stehe ich in einem Hinterzimmer, wo Stapel von Geschirr und Dienstkleidung aufbewahrt werden, und lerne die Band kennen: Ronan an der Leadgitarre, Sinead am Keyboard, Kevin am Schlagzeug, Paul am Saxofon und Johnno an der Bassgitarre. Ich habe kurz vorgesungen, und nun gehen wir die Setlist mit einer Begleitung von Ronans Handy durch, um sicherzugehen, dass ich alle Songs kenne, was, wie sich herausstellt, der Fall ist. Ich hätte beinahe laut gelacht, als ich sah, mit welchem Song sie beginnen wollen. Ich kann es kaum erwarten, Joe das zu erzählen. Das kann nur ein Zeichen sein. Ganz zu schweigen davon, dass ich moralisch unter Druck gesetzt wurde, nicht nur von der Band, sondern auch von Gareth und den zwei Brautjungfern, sobald die davon Wind bekommen hatten. Niemand sagte ausdrücklich, dass wir das Zimmer nicht bekämen, wenn ich nicht singe, aber ich habe den Eindruck, dass hier ein karmisches Tauschgeschäft vor sich geht.

Doch der Druck ist gar nicht nötig. Vielleicht hat es damit zu tun, dass ich vom gewohnten Alltag weit weg bin oder dass Joe bei mir ist, oder es ist das Zusammenspiel unwahrscheinlicher Zufälle, das mich überzeugt hat – ich bei Sturm in diesem Schloss. Jedenfalls bin ich mir sicher, dass ich den Auftritt hinbekomme und dass ich das tun will. Ich will keine Zeit mehr vergeuden, und heute Abend werde ich singen. Erstens, weil keine traurigen Songs vorgesehen sind, und zweitens, weil das eine Hochzeitsfeier ist.

»Aber was wirst du so lange machen?«, frage ich Joe, als ich mir den Zimmerschlüssel bei ihm hole. »Ich möchte nicht, dass du ganz allein hier herumsitzt und dich langweilst.«

»Oh, das werde ich nicht«, erwidert Joe mit einem Funkeln in den Augen. »Und wenn doch, geh ich auf unser Zimmer und warte auf dich. Keine Sorge – du wirst großartig sein.«

Bei »unser Zimmer« überläuft es mich, aber den Gedanken schiebe ich erst mal beiseite. Jetzt gibt es Wichtigeres. Ich freue mich, weil ich nach sechs Jahren zum ersten Mal wieder auf einer Bühne stehen und singen werde, mit einer Band, die ich noch nie spielen gehört habe. Und ich werde bei einer Hochzeit singen! Also nicht vor betrunkenen Geschäftsleuten in einer Hotelbar, wo ich mich durchmogeln kann, wenn ich den Text vergesse oder meinen Einsatz verpasse. Die Messlatte lag noch nie so hoch.

»Oh Gott, Joe, ich weiß nicht, ob das gut geht«, sage ich plötzlich. »Es war wohl ein bisschen arrogant von mir zu glauben, ich könnte auf die Bühne hüpfen und einfach lossingen. Ich bin völlig unvorbereitet. Was, wenn ich das vermassele? Dann ist die Hochzeit ruiniert!«

»Du wirst es nicht vermasseln. Du wirst das großartig machen«, sagt er wieder. »Du hast das schon einmal gemacht und kannst es wieder.«

»Meinst du wirklich?«

»Ich weiß es.« Er lächelt mich an. »Was sagst du deinen Schülerinnen, wenn sie vor ihrem Chorsolo nervös sind?«

»Dass sie sich auf jemanden im Publikum konzentrieren und für ihn singen sollen ...« Meine Perle der Weisheit erscheint mir jetzt wie der faulste Rat aller Zeiten. Es tut mir leid, Ashanti, rufe ich ihr im Stillen zu. Das habe ich nicht begriffen.

»Sehr gut, tu das.« Er legt eine Hand an meine Wange – was er noch nie getan hat –, aber ich habe nicht mal die Zeit, mich darüber zu wundern, wie richtig sich das anfühlt. »Das ist lange überfällig. Geh einfach hin und genieße es. Nebenbei, was wirst du eigentlich anziehen?« Er mustert skeptisch meine Jeans und den Pullover. »Kannst du so auftreten?«

»Nein, und ich muss jetzt gehen und mich umziehen! Wir

sind um fünf Uhr dran.« Es ist bereits fünf nach halb vier, obwohl es draußen aussieht wie Mitternacht. »Aisling, eine der Brautjungfern, ist ein Genie. Sie hat mir ein schwarzes Kleid samt Strumpfhose und Pumps gebracht. Die Pumps sind eine Nummer zu groß, aber ich brauche ja nicht viel darin zu laufen.«

»Du füllst sie aus«, sagt Joe und drückt meine Schulter.

Beim Umziehen befällt mich das schlimmste Lampenfieber, das ich je hatte. Ich habe weiche Knie, mir ist übel, und meine Hände sind eiskalt. Aber die Zeit schreitet voran, bis der Moment gekommen ist, da ich mit den Musikern auf die Bühne muss. Um fünf Uhr trete ich in meinem geborgten Kleid vor das Publikum und strahle in den Saal, während Ronan das Mikrofon in die Hand nimmt.

»Guten Abend, Leute – wir sind die Blue Notes, und wir freuen uns, heute Abend zu diesem ganz besonderen Anlass bei Ihnen zu sein, bei der Hochzeit von Astrid und Stephen!« Es wird begeistert geklatscht, und ich entspanne mich ein wenig, da mir zwei schöne Dinge über Hochzeiten einfallen. Ja, die Messlatte mag hoch liegen, aber Hochzeitsgäste sind wohlwollend, und vor allem dreht es sich gar nicht um mich. Ronan stellt die Bandmitglieder vor und dann: »Wir freuen uns auch, heute Abend mit einer besonderen Gastsängerin aufzutreten … die den ganzen Weg von London hierhergekommen ist, die sagenhafte Norah Baker!« Noch mehr Applaus. Ich tippe an mein Mikrofon. »Guten Abend und herzlichen Glückwunsch, Astrid und Stephen! Ich hoffe, Sie werden jedes Jahr ein so schönes Weihnachtsfest feiern wie heute.« Ich lächle das Paar an, das sich zu seinem ersten Tanz in die Mitte begibt, und nicke Sinead zu. Er spielt die Eingangsakkorde von *All I Want For Christmas Is You*, und ich singe das wunderbare Intro im Motown-Style genau wie damals im Finnegan's. Und dann geht ein Jubel durch den Saal, als das Brautpaar anfängt, einen Jive zu tanzen. Jeder klatscht mit, viele Handys werden hochgehalten, um das Ereignis zu filmen. Wie ich damals im Finnegan's entdeckte, ist ein bisschen Adrenalin manchmal ganz gut. Ich finde jemanden im Saal, für den ich singe, und als ich das abschließende *You, Baby,* singe, zeige ich auf ihn. Er rührt sich nicht, aber er lächelt.

Die Leute klatschen begeistert, als das Paar seinen Jive beendet, und wir leiten ohne Pause über zu *Around The Christmas Tree,* das Signal für die Gäste, sich auf die Tanzfläche zu begeben, wo die älteren Verwandten allen zeigen, wie es geht. Dann spielen wir *Frosty The Snowman,* anschließend eine rockige Version von *Santa Claus Is Coming To Town,* bei dem alle unter zehn aufspringen, und sie tanzen weiter zu *Jingle Bell Rock.* Mir fehlen ein paar Wörter bei *The Man With The Bag,* ich überspiele das aber ganz passabel. Noch nie war ich so dankbar für die wöchentlichen Stimmübungen mit meinen Schülerinnen, denn dadurch bin ich überhaupt noch imstande, spontan aufzutreten. Das Tempo ist hochenergetisch, und normalerweise wäre ich jetzt schon erschöpft, aber die Begeisterung im Saal hält mich die nächsten fünfundvierzig Minuten in Schwung. Danach machen wir für fünf Minuten Pause.

»Das war fantastisch! Ich danke Ihnen vielmals!« Zu meinem Erstaunen ist die Braut persönlich zu mir gekommen, um sich zu bedanken. Sie umarmt mich und reicht mir ein Glas Wasser – was ich noch bei keiner Hochzeit erlebt habe.

»Oh nein, ich danke *Ihnen.* Es ist wunderbar, eine tolle Hochzeit, und Sie haben die schönste Zeit des Jahres dafür gewählt. Und wie Sie getanzt haben, das war umwerfend!«

Astrid, die entspannteste Braut, die ich je gesehen habe, erzählt mir von ihren Schwierigkeiten, den passenden Sommertermin dafür zu finden, und wie ihnen klar wurde, dass Weihnachten ideal wäre, weil dann alle Freunde aus dem Ausland nach Hause kämen und keiner eigens für die Hochzeit anreisen müsste.

»Eine Hochzeit an einem Montag, das würde man seinem ärgsten Feind nicht zumuten, geschweige denn der Familie und Freunden. Aber morgen haben alle frei, und deshalb passt das bestens. Jedenfalls freut es mich, Sie kennenzulernen – und nochmals vielen Dank!« Sie rauscht davon in einer Wolke bräutlichen Glamours, und ich bin umso mehr entschlossen, einen guten Auftritt hinzulegen. Ich möchte Joe finden und mich vergewissern, dass er klarkommt, aber Ronan winkt mich auf die Bühne, und ich sehe, dass Joe sich schon mit einer Hübschen in einem pinkfarbenen Kleid unterhält. Ich schaue weg, steige auf die Bühne und konzentriere mich auf die Musik.

Die zweite Hälfte des Auftritts vergeht noch schneller, und nach nur dreißig Minuten verkündet Aisling mit entwaffnendem Charme, dass wir nur noch kurz Zeit haben, um den älteren Herrschaften einen Wunsch zu erfüllen. Alle tanzen noch glücklich, und ich schaffe es, das ungewohnte Tempo zu halten, doch ich verheddere mich im Text bei unserem Finale von *Must Be Santa.* Wir verbeugen uns unter wildem Jubel und Applaus. Mir läuft der Schweiß in Strömen. Ich wünschte, ich hätte ein Papiertaschentuch bei mir, und hoffe sehr, Aisling wird nicht sauer sein, wenn ihr Kleid hinterher aussieht, als hätte es in der Sauna gelegen. Wir verbeugen uns ein letztes Mal, wie ich glaube, aber da kommt eine Frau zu uns und bittet Ronan, ihr noch einen Musikwunsch zu erfüllen.

»Welchen Song will sie?«, fragt Sinead, nachdem sie gegangen ist.

»Ich hab ihr gesagt, dass du es vielleicht nicht kennst, Norah. Oder doch? *Going Back* von Dusty Springfield. Normalerweise lehnen wir Musikwünsche ab, aber er kommt von der Brautmutter.«

Ausgerechnet dieses Lied? Lächelnd schüttle ich den Kopf und versichere Ronan, dass ich es kenne.

»Aber ist es nicht ein bisschen zu traurig?«

»Das ist nur eine Zugabe, das wird gut ankommen. Wir werden noch mal alles geben. Okay, Leute!«, sagt er zu den anderen. *»Going Back.«*

Sinead beginnt auf dem Keyboard, und ich setze leise ein, wobei ich meinem Glücksstern danke, dass ich den Text noch kann. Damals sagte er mir nicht viel, als Andrew den Song für mich in Italien spielte. Aber heute verstehe ich ihn – oder ich verstehe endlich, was er mir bedeutet. Es geht darum, sich die Zuversicht der Jugendjahre zurückzuholen, aber mit der Weisheit der Erfahrung. Ich weiß, dass mir Liebeskummer bevorstehen kann, aber ich bin auch stärker und mutiger geworden. Ich habe Illusionen verloren und an Reife gewonnen. Ich hatte recht, dass der Song mit nur einer Gitarre und meinem Gesang nicht gut klingt, sondern dass er einen satteren Sound braucht, den man nur mit vielen Musikern erreicht, die ein Crescendo aufbauen können. Das gelingt uns, und auch meine Stimme hat einen vollen Klang, sie ist nicht dünner geworden, wie ich befürchtet hatte, sondern voller. Der Song wäre damals noch nichts für mich gewesen, aber jetzt kann ich ihn singen. Als ich zu der Zeile gelange, dass man seine Tage leben und nicht seine Jahre zählen soll, kommen mir die Tränen, aber es sind Freudentränen. Ich finde Joes Gesicht in der Menge, und sein stolzer Blick gibt mir den

Rest: Die Tränen laufen mir über die Wangen an meinem Lächeln vorbei. Ich singe und weine vor allen Leuten, und es macht mir nichts aus.

Aber ich bin nicht als Einzige so bewegt. Alle klatschen, mancher hat Tränen in den Augen, und einige Gäste sind aufgesprungen. Ich weiß genau, dass sie von dem Song begeistert sind, nicht von unserer Performance, aber wir haben damit einen Nerv getroffen.

»Wie kommt es, dass alle Leute diesen Song kennen?«, frage ich Ronan verwundert.

»Der lief vor Jahren bei irgendeiner Weihnachtswerbung«, sagt er und strahlt mich an, während wir uns ein letztes Mal verbeugen. »Darin ging es um einen jungen Mann, der Weihnachten nach Hause fährt, und seine Mutter schaltet den Tauchsieder ein – oh Gott, jetzt kommen mir auch noch die Tränen. Danke, Norah, das war großartig.«

Ich lache über die absurde Situation und wische mir die Tränen weg. »Bitte, danke mir nicht, ehrlich. Ich sollte euch danken. Und Mairead.« Die arme Mairead, die in Roundwood eingeschneit ist, hat einen wunderbaren Abend verpasst.

»Nimmst du Cash, oder willst du das Geld überwiesen haben?«, fragt Ronan. Als wahrer Musiker denkt er auch ans Geld. Ich brauche nicht mal darüber nachzudenken. Geld zu nehmen, würde gegen den Geist dieses besonderen Abends verstoßen. Sie haben mir etwas viel Besseres als Geld gegeben.

»Oh, ehrlich gesagt möchte ich es gar nicht. Bitte gebt es Mairead, und sie kann es spenden, wenn sie es nicht annehmen will. Danke noch mal euch allen. Ihr wart brillant.«

Nachdem ich mich kurz von allen verabschiedet habe, springe ich von der Bühne und laufe zu Joe. Er schließt mich in die Arme und lächelt mich an, ohne ein Wort zu sagen. Ich drücke ihn an mich, überglücklich, dass er mich überredet hat – und bei dem Auftritt dabei gewesen ist.

»Du warst fantastisch, Norah. Bist du zufrieden damit, wie es gelaufen ist?«, fragt er, und ich nicke nur und strahle ihn an.

Inzwischen hat der DJ aufgebaut und legt einen Ed-Sheeran-Song auf. Ich wusste, dass Ed irgendwann kommen würde, und überlasse ihm nur zu gern das Feld. Joe und ich fangen an zu tanzen, ich lege die Arme um seinen Nacken. Es ist mir egal, dass ich in fremden, zu großen Schuhen tanze oder dass er unter all den Smokings in Jeans dasteht – ich kann nicht aufhören zu lächeln und die Wange an ihn zu schmiegen.

»Wir haben noch nie zusammen getanzt, oder?«, murmle ich an seiner Schulter und klinge heiser vom Singen. »Nicht mal bei Kirans Hochzeit … oder bei Pauls und Javiers.«

»Doch, haben wir – Gangnam-Style«, sagt Joe. Ich pruste vor Lachen, und er beugt mich in Hollywood-Manier über seinen Arm nach hinten. Und gerade als ich überlege, ob ich den Mut habe, ihn zu küssen, zieht er mich an sich und küsst mich. Es ist ein absolut magischer Kuss. Ich bin machtlos, kann nichts anderes tun, als ihn erwidern, obwohl mir der erschrockene Gedanke durch den Kopf schießt: *Joe! Du küsst Joe!* Wir tanzen weiter, sein Kinn ruht auf meinem Kopf. Er räuspert sich, und ich rechne damit, dass er sagt, das sei keine gute Idee gewesen. Stattdessen fragt er: »Also bist du wieder da? Die sagenhafte Norah Baker ist zurück?«

»Das hoffe ich.« Ich fühle mich sagenhaft – und furchtlos. Deshalb küsse ich ihn wieder und schwelge in dem Gefühl seiner Lippen, seiner Haare unter meinen Fingern und in seinem Geruch. Es fühlt sich genau richtig an. Selbst die alarmierten Gedanken sind verstummt.

»Also ...«, sagt er und weiß nicht weiter. »Wow.«

Es gibt nichts zu sagen, und darum lächeln wir uns an, schweigend und unsicher, und tanzen weiter.

»Und? Hast du jetzt eine neue Freundin? Die in dem rosa Kleid?«, frage ich, um ihn zu necken.

»Wer? Ach ja. Wir haben uns nur kurz unterhalten.« Er grinst. »Ich sage, dass ich Trickfilme mache, und sie fragt: ›Manga‹?«

»Was? Oh.« Angesichts seiner asiatischen Züge hat sie wohl geglaubt, es könne sich nur um japanische handeln. »Das tut mir leid.«

»Ich hab schon Schlimmeres erlebt.« Er legt den Arm enger um mich. »Ich habe sowieso kaum zugehört.«

Plötzlich wird Ed von Lady Gaga abgelöst, und Astrid stürmt mit ihren Brautjungfern und allen Freundinnen auf die Tanzfläche. Das wäre normalerweise genau nach meinem Geschmack, aber nicht heute Abend. Wir halten inne und sehen uns an.

»Was möchtest du jetzt machen?«, fragt Joe. »Möchtest du etwas trinken oder ...?«

Wieder eine Wegentscheidung. Ich weiß, die Antwort lautet: ins Bett gehen – genauer gesagt, ihn auf dem Boden schlafen lassen und ich bekleidet im Bett, nachdem ich mir behelfsmäßig die Ohren verstöpselt und die Augen verbunden habe (mein Zahnschutz ist im Shelbourne). Aber das will ich nicht. Ich will zwar ins Bett, aber da möchte ich alles mit ihm machen, nach dem ich mich sehne, seit wir zusammen auf den Hügel gestiegen sind – seit heute Morgen sogar. Dinge, die wir nicht tun sollten, wenn wir Freunde bleiben wollen. Aber wer denkt an Freundschaft, wenn man von einem Mann so angesehen wird wie ich jetzt von Joe?

Ich nehme ihn bei der Hand und führe ihn von der Tanzfläche. Wahrscheinlich ist es unvernünftig, aber ich bin es leid, vernünftig zu sein. Ich bin es leid, über alles vorher nachzudenken und ständig pessimistisch zu sein. Ich möchte unbekümmert leben und etwas riskieren, so wie früher. Als wir den Ballsaal verlassen haben, zeigt sich bei einem raschen Blick zum Fenster, dass es noch immer stürmt, aber wir bleiben nicht stehen, um es uns anzusehen. Wir steigen die Treppe hoch, ohne einen Gedanken daran zu verschwenden, was morgen sein wird, an Heiligabend.

19

Coffee Cold

Heiligabend 2019

Im Dezember geht die Sonne in Dublin erst gegen halb neun auf. Das weiß ich, weil es Viertel vor neun ist und ich schon seit einiger Zeit wach liege. In Joes Arm geschmiegt sehe ich zu, wie es hinter dem Fenster heller wird. Das Zimmer ist schön: ein vergoldetes Himmelbett, gelbe antike Tapete, und von der Wand gegenüber lächelt ein Ölporträt aus dem siebzehnten Jahrhundert.

Ich trage noch mein Top, das ich aus meiner Tasche geholt habe, und meine Hose, aber Joe liegt mit nacktem Oberkörper da und gibt mir die Gelegenheit, den muskulösen Arm zu bewundern, den er um mich gelegt hat, und wenn ich mich vorsichtig umdrehe, auch seine Brust und Schultern. Er schläft friedlich weiter, die dunklen Wimpern ruhen auf den Wangen, der Mund ist entspannt. Ich bin hin- und hergerissen zwischen Bewunderung – er ist ein schöner Anblick – und dem Gedanken: *Das ist Joe. Ich habe mit Joe geschlafen.* Mit JOE.

Es war wundervoll. Und etwas, das sich nicht mehr ungeschehen machen lässt. Solange wir hier sind, in dieser geschützten Ausnahmesituation, ist es okay. Aber wie wird das Ganze heute Nachmittag aussehen? Was um alles in der Welt wollen wir damit anfangen? Was soll ich Caroline und Kiran sagen? Und was soll ich wegen Andrew tun?

»Hey.« Er regt sich und zieht mich an sich. »Bist du wach? Komm her.« Er küsst mich langsam, mit geschlossenen Augen und legt ein Bein über mich.

Das fühlt sich so gut an, dass ich eine Weile so liegen bleibe. Ich kann nicht glauben, dass wir Zeit mit der Stadterkundung vergeudet haben, während wir im Shelbourne unsere Zimmer hatten. Jetzt würde ich alles geben für eine exklusive hemmungslose Erkundung von Joe. Andererseits komme ich mit den Ungewissheiten nicht klar und verstehe nicht, wie er so entspannt sein kann.

»Sollten wir nicht drüber reden?«, frage ich. Plötzlich bin ich sehr aufgeregt.

»Klar.« Er reibt sich die Augen. »Worüber möchtest du reden?«

»Nun … über alles.« Ich weiß nicht, wie ich meine Frustration ausdrücken soll. Dass die Sache nicht so einfach ist, und ich will, dass er das anerkennt. »Wie wollen wir damit umgehen?«

»Was möchtest *du?*«, fragt er und setzt sich auf.

»Nein – was möchtest du?« Ich hätte beinahe gelacht, so absurd ist das.

»Okay«, sagt Joe. »Ich nehme an, wir bleiben weiter Freunde, aber auch … damit.« Er deutet auf das Bett.

»Wie?« Ich rücke ein bisschen von ihm weg. »Du meinst, Freunde mit gewissen Vorteilen?« Ich spreche jede Silbe mit Verachtung aus.

»Nein. Ich meine … zusammen sein. Uns treffen. Sehen, wie es läuft.«

»Sehen, wie es läuft?« Ich starre ihn an. »Einfach so? Als hätten wir uns über Tinder kennengelernt? Was ist mit unserer Freundschaft?«

»Ja, sicher, aber ...« Er gerät ins Stocken, und ich rechne damit, dass er sagt: Wir können trotzdem Freunde bleiben. Stattdessen sagt er: »Ich empfinde etwas für dich, weißt du.«

»Wirklich? Wie lange schon?« Halb hoffe ich, er sagt, dass er seit dem Abend im Finnegan's wahnsinnig in mich verliebt ist, doch seine Antwort ist seltsam enttäuschend.

»Ich habe das zum ersten Mal gemerkt, als du sagtest, dass du nach Dublin willst, um Andrew wiederzusehen. Die Vorstellung, dass er nicht auftaucht und du enttäuscht bist, hat mir etwas ausgemacht. Aber dann hat mir der Gedanke, dass er kommt, noch mehr ausgemacht. Ich will dich nicht an einen anderen verlieren, Norah.«

»Also ging es nur darum, einen Rivalen aus dem Feld zu schlagen?« Das ist schroff, ich weiß. Aber ich bin verwirrt und ringe verzweifelt um Klarheit, selbst wenn sich dabei bestätigt, dass die Sache nicht funktionieren kann.

»Natürlich nicht! Ich habe dich immer gemocht – mir war nur nicht klar, wie sehr, bis du mit dieser Idee um die Ecke kamst.« Er überlegt einen Moment lang. »Ich habe dich schon früher küssen wollen. Aber beide Male war es gerade ungünstig.«

»Wann?«

»Das erste Mal an dem Abend, als wir alle ins Finnegan's gegangen sind.« Er lächelt. »Ich hatte gerade den Mut aufgebracht, dich zu fragen, ob du mal mit mir ausgehst, aber da haben dich Kiran und Caroline zur Bühne geschleppt. Und hinterher war ich froh darüber, denn mir wurde klar, dass ich nicht ein paar verlegene Dates mit dir haben und dann den Kontakt verlieren will.«

»Ja, genau! Was, wenn wir ein paar verdruckste Abende miteinander verbringen, und dann geht unsere Freundschaft in die Brüche?«

»Wird sie nicht«, sagt er. Die Antwort ist lächerlich. Offensichtlich hat er keinen blassen Schimmer, wie es sich auf unsere Freundschaft auswirkt, wenn wir ein Verhältnis anfangen. Oder er weiß es, und es ist ihm egal. Ich weiß nicht, was schlimmer ist.

»Wann war das andere Mal?«, frage ich.

»Welches andere Mal?«

»Als du mich angeblich küssen wolltest?«

Er seufzt. »Das war in dem Jahr, als ich zu dir nach Hause gekommen bin, an Heiligabend. Da wäre es völlig unpassend gewesen.«

»Das stimmt.« Bei der Erinnerung fühle ich mich getroffen. »Und das ist es jetzt auch! Du weißt, ich bin hier, um Andrew wiederzusehen – und trotzdem hast du mich ins Bett gezerrt.«

Ich weiß, das ist vollkommen daneben, doch er reagiert mit einem Tiefschlag. »Ich habe dich nicht ins Bett gezerrt! Soweit ich mich erinnere, hast du mich von der Tanzfläche gezogen, nicht umgekehrt.«

Ich schnappe nach Luft. Aber bei seinem nächsten Satz möchte ich ihm am liebsten eine knallen.

»Und was Andrew betrifft, er wird nicht kommen. Er hat zehn Jahre Zeit gehabt, Norah. Wenn er wirklich mit dir zusammen sein wollte, hätte er das längst haben können. Wenn er dich hätte finden wollen, hätte er dich gefunden.« Er runzelt die Stirn, als wäre ihm ein unliebsamer Gedanke gekommen. »Wirst du zu dem Treffpunkt gehen? Obwohl das zwischen uns passiert ist?«

»Ja! Nein. Ich weiß es nicht!« Das ist die Wahrheit. »Heute

ist Heiligabend, und ich müsste in neun Stunden vor dem Bewley's stehen. Und jetzt ist das passiert und macht alles kompliziert, und ich verstehe nicht, wieso du das nicht siehst!« Ich hole tief Luft. »Joe, wir sind nicht zwei Fremde, die sich einfach aufeinander einlassen und abwarten können, wie es sich entwickelt ... Stell dir vor, wir gehen ein paar Wochen miteinander aus und machen dann Schluss. Wie könnten wir danach noch Freunde sein?«

»Könnten wir.«

»Nein, könnten wir nicht!«

»Tja ... Es ist ein bisschen zu spät, um sich darüber den Kopf zu zerbrechen, nicht wahr? Schließlich haben wir schon ... die Grenze überschritten. Warum also nicht abwarten, wie es sich entwickelt?«

Ich schüttle den Kopf. Ich habe keine Antwort darauf, denn die wesentliche Aussage liegt in seinem Ton: Er klingt unbekümmert. Und das tut mehr weh als alles andere – dass er bereit ist, die Würfel rollen zu lassen und mich als Freundin zu verlieren, nur um ein bisschen Sex zu haben.

Wir sehen uns eine Weile schweigend an. »Wir werden trotzdem verlegen sein, wenn wir uns sehen, oder?«, sagt er.

»Ja, aber daran ist nichts mehr zu ändern.«

»Vielleicht doch. Ich habe ein Jobangebot aus Japan.«

»Wie bitte?«

»Ja. Letzten Monat hat sich ein Studio bei mir gemeldet. Es gab ein Gespräch, ich habe ihnen ein paar Arbeiten geschickt ... und jetzt haben sie mir eine Stelle angeboten.« Er zieht kurz die Brauen hoch. »Die sitzen in Tokyo. Wenn du also nicht mit mir zusammen sein willst, kann ich es dir einfacher machen, indem ich nach Japan gehe.«

»Nach Japan? Was ist mit der Wohnung, die du kaufen wolltest?«

»Die würde ich vermieten«, sagt er.

»Aber wie meinst du das: mit dir zusammen sein? Meinst du, zusammen ausgehen? Als Paar? Einfach so?« Ich verstehe nicht, wie er glauben kann, dass es so simpel wäre.

»Ja«, sagt er, und die Schlichtheit seiner Antwort geht mir nahe. »Zusammen ausgehen. Ein Paar sein. Einfach so.«

Einen Moment gestatte ich mir zu glauben, es könnte so sein – wir könnten unsere Freundschaft übergangslos in etwas ganz anderes verwandeln, ohne uns darüber Gedanken zu machen, was daraus wird.

»Aber wenn du nicht willst, kann ich den Job annehmen. Das heißt für dich, keine verdrucksten Abende. Ich ziehe nach Japan, und das war's dann.«

»Oh mein Gott.« Ich greife mir an die Schläfen. »Stellst du mir ein Ultimatum? Im Ernst, Joe. Du stellst mich vor diese Wahl? Geh mit mir aus, oder ich ziehe nach Japan?«

»Nein! So meine ich das nicht. Ich meine …« Er stockt, da ihm offenbar klar wird, dass er genau das gesagt hat.

Das ist wie ein Albtraum. Gestern um diese Zeit war Joe mein bester Freund, und jetzt haben wir miteinander geschlafen, und er zieht ins Ausland, es sei denn – was? Es sei denn, ich gehe mit ihm aus, und wir verlieben uns? Ich habe ihn immer auf eine gewisse Art geliebt. Ich hätte nur nie gedacht, dass ich ihn auch auf diese Art lieben könnte, und jetzt scheint mir, ich könnte das, wenn er nur anerkennen würde, dass das eine bedeutende Sache ist, und sich nicht benehmen würde, als redeten wir bloß darüber, zusammen einen neuen Abendkurs zu besuchen.

»Ich komme damit nicht klar«, sage ich. »Joe, ich kann jetzt nicht weiter darüber reden. Ich brauche etwas Abstand, einen klaren Kopf.« Ich ziehe meine Kleidung aus meiner Tasche und hebe das geborgte Kleid auf. Es lag auf dem Boden, wo ich es gestern Abend hingeworfen habe – als wir uns in die Arme fielen. Dabei waren wir nicht im Mindesten verlegen gewesen, sondern es war himmlisch. Doch jetzt ist es wie ein Albtraum, einer, in dem man mit einem Auto ohne Lenker durch die Gegend rast oder durch einen endlosen Aufzugschacht fällt. Ich ziehe mir meine Wintersachen an und nehme den Mantel über den Arm. Normalerweise sehe ich vor dem Auschecken in alle Schubladen und unters Bett, ob ich auch nichts vergessen habe, aber hier würde ich nichts von mir finden. Beim Hinausgehen sehe ich flüchtig in Joes Gesicht. Er wirkt schmerzerfüllt, so als ob ihm gerade klar geworden wäre, wie viel wir verloren haben.

20

I Get Along Without You Very Well

Als ich die Treppe hinuntergehe, finde ich das Foyer verlassen vor wie ein Geisterschiff. Ich stelle mir vor, dass das Personal, das heute Morgen Dienst tun soll, noch eingeschneit ist. Und ich frage mich, wie ich nach Dublin zurückkommen soll, wenn die Straßen gesperrt sind und kein Zug fährt. Ich habe eine Tüte gefunden, in die ich Aislings Kleid gepackt habe, und drücke auf die Klingel an der Rezeption, obwohl vermutlich niemand kommen wird. Irgendwo ist jedoch ein Staubsauger zu hören, und eine Minute später, nachdem ich zum zweiten Mal geklingelt habe, wird er abgeschaltet. Eine junge Frau taucht auf und nimmt die Tüte mit dem Kleid sowie meinen Brief für Aisling entgegen. Nicht allzu überrascht hört sie sich meine lange Erklärung an.

»Nein, der Zug fährt wieder«, sagt sie, als ich danach frage.

Gott sei Dank. Ich sah mich schon die acht Meilen bis zum Shelbourne frierend durch den Schnee stapfen, und Joe fünfzig Schritte hinter mir.

»Ich weiß auch nicht, ob das Zimmer schon bezahlt ist«, sage ich, da mir einfällt, dass Joe seine Kreditkarte vielleicht nur gezückt hat, um für die Buchung die Nummer anzugeben. »Kann ich bitte die Hälfte bezahlen?«

»Nein, das wurde gestern Abend erledigt«, sagt sie, nachdem sie nachgeschaut hat. *Verdammt, Joe,* denke ich, obwohl ich genau so verärgert wäre, wenn er nicht bezahlt hätte.

Draußen liegt hoher, unberührter Schnee und funkelt in der Sonne. Der Himmel ist nahezu wolkenlos. Zum Glück habe ich die Sonnenbrille nach unserem ersten Stadtbummel in der Handtasche gelassen. Die Luft ist frisch und klar, und ich atme tief durch, bevor ich den Hügel hinunterlaufe. Ich folge der Strecke, die ich mit Joe gegangen bin, und finde den Bahnhof, gehe auf den eisigen Bahnsteig und kauere mich auf eine Bank. Im Gebäude gibt es keine Sitzgelegenheit, was bei solch einem Wetter ein Manko ist. Acht Minuten Wartezeit, bis der Zug kommt. Ich hoffe, dass Joe mich nicht einholt.

Ich bin noch dabei zu verarbeiten, was in den letzten vierundzwanzig Stunden passiert ist. Aber von allem, was mich beschäftigt, denke ich immer wieder an das Jahr, von dem Joe zuletzt gesprochen hat – als er mich Heiligabend besuchte. Ich hatte im September an der Guildhall ein Aufbaustudium für ein Gesangsdiplom begonnen und war seitdem stark beschäftigt gewesen und so erschöpft wie noch nie. Deshalb hatte ich, als mein Vater mich an einem Abend im Oktober anrief, die Mailbox anspringen lassen. Ich wollte noch schnell ins Sainsbury, bevor ich mit dem Bus nach Peckham fuhr, wo ich inzwischen in einer anderen WG wohnte.

Dad hinterließ mir eine Nachricht und klang ganz normal. »Rufe nur an, um Hallo zu sagen, Liebes. Gibt es was Neues? Oh, und ich habe zwei Karten für Ronnie Scott in zwei Wochen, die Mingus Big Band. Das wird ein fantastischer Abend. Ruf mich zurück.« Das tat ich, sobald ich zu Hause war und mir etwas zu essen gemacht hatte. Doch er ging nicht ans Telefon. Das war ungewöhnlich – er legte das Gerät immer zum Aufladen auf den Flurtisch, wenn er nach Hause kam, obwohl ich ihm erklärt hatte, dass das dem Akku schadete. Als ich am nächsten Tag anrief, meldete er sich auch nicht, und am Abend, vierundzwanzig Stunden nach seinem Anruf, wurde ich unruhig und rief meine Mutter an.

»Was soll ich tun, Darling?«, sagte sie. »Wahrscheinlich hat er sein Handy verloren oder das Ladekabel verlegt.«

»Das ist ihm noch nie passiert«, erwiderte ich. »Und er hat mir auch keine E-Mail geschickt oder sonst wie Bescheid gegeben. Das sieht ihm nicht ähnlich.«

Sie seufzte, und ich hatte ein schlechtes Gewissen, weil ich sie damit belastete. Sie und mein Vater kamen zurzeit gut miteinander aus, aber sie war auch nicht darauf erpicht, mit ihm Kontakt zu haben. Ich wollte seine Freunde jedoch nicht wegen einer Befürchtung anrufen, die sich vielleicht in Wohlgefallen auflösen würde, und Miles wohnte inzwischen in Nottingham. Meine Eltern waren seit fünf Jahren geschieden, aber meine Mutter hatte selbst gesagt: Wenn man Kinder hat, ist man sein Leben lang miteinander verbunden.

»Wahrscheinlich ist er bei einem Jazzkonzert, weißt du. Aber wenn du willst, fahre ich morgen früh zu ihm. Dann kann ich ihm etwas von dem Chutney bringen, das ich gerade gemacht habe.«

»Danke, Mum.« Ich legte auf, noch immer sehr unruhig. Natürlich war seit dem letzten Kontakt erst ein Tag vergangen, aber es war nicht seine Art, nicht zurückzurufen. Normalerweise telefonierten wir mehrmals in der Woche. Es war jetzt sieben Uhr. Ohne lange zu überlegen, nahm ich den Ersatzschlüssel zu seiner Wohnung und machte mich auf den langen Weg von Peckham nach Ealing. Als ich endlich dort ankam, klingelte ich und wartete darauf, dass er mir öffnete und mir vorhielt, ich würde einen unnötigen Wirbel machen. Gleich würde er uns beiden einen Tee kochen. Es würde eine neue Folge von *Doctor Who* geben, die er aufgespart hatte, damit wir sie uns zusammen ansehen konnten. Ich selbst mochte die Serie nicht so sehr, aber ich schaute sie gern mit ihm zusammen.

Keine Reaktion. Ich bekam Angst. Ich schloss auf und stellte fest, dass in keinem Zimmer Licht brannte. Dann hörte ich die Nadel des Plattenspielers kratzen und wusste es. Ich wusste es, bevor ich um die Ecke bog und seine Beine sah.

Vom Rest des Abends weiß ich kaum noch etwas. Ich bin jedenfalls ohnmächtig geworden, und als ich irgendwann zu mir kam, saß ich neben meinem toten Vater auf dem Fußboden. Ich weiß noch, dass ich mit meinen schwachen Erste-Hilfe-Kenntnissen versucht habe, ihn wiederzubeleben. Ich wusste nicht, ob ich einen Rettungswagen rufen oder was ich sonst tun sollte, also rief ich meine Mutter an, was mir mit meinen zitternden Fingern nicht gleich gelang. Sie kam sofort angefahren und war wie eine Superheldin – rief den Rettungswagen und die Polizei, dann saß sie bei mir, während ich den ganzen Abend weinte und schluchzte. Ich übernachtete bei ihr. Dass ich bei ihr schlief, wäre zu viel gesagt. Mir war, als könnte ich nie wieder schlafen.

Seit dem Abend war ich im Schockzustand. Als die nächste Verwandte meines Vaters hatte ich bergeweise Verwaltungskram zu bewältigen, aber das war mir egal, denn mir schien, ich würde das am besten überleben, indem ich mich beschäftigt hielt. Meine Mutter half mir bei einigen Angelegenheiten. Sie ging zum Coroner und zur Autopsie, sie rief seine Freunde an, sie rief in der Guildhall an und bat für mich um Urlaub. Doch es gab gewisse Dinge, die ich selbst erledigen musste, da weder Miles noch Mum sie tun wollten. Ich besorgte den Totenschein. Ich plante die Beerdigung. Ich wählte die Musik dazu aus – *Amazing Grace*, gesungen von Aretha Franklin. Ich ging zu Anwälten und Steuerberatern und setzte den langen Prozess der Testamentseröffnung in Gang. Und die schlimmste Aufgabe von allen: Ich räumte seine Wohnung aus. Miles kam für eine Woche aus Nottingham herüber und half mir. Aber es war klar, dass das viel länger dauern würde, und deshalb kündigte ich in meiner WG in Peckham und zog zurück in Dads Wohnung, um die Aufgabe zu bewältigen. Ich wollte das nicht – sie sollte genau so bleiben, wie er sie hinterlassen hatte. Doch es musste getan werden, damit wir sie verkaufen konnten. Meine Mutter half mir, soviel sie konnte, bis wir wegen Dads Schallplattensammlung, die er ausdrücklich mir hinterlassen hatte, in Streit gerieten.

»Ich habe bei *Gumtree* eine Anzeige reingesetzt«, sagte sie. »Es haben sich schon drei Interessenten gemeldet. Ich habe ihnen deine Nummer gegeben.«

Ich rastete komplett aus, und zum ersten Mal seit jenem Abend weinte und schluchzte ich wieder. »Norah«, sagte sie, sobald ich mich beruhigt hatte. »Ich wollte dich nicht aufregen. Aber denk darüber nach. Ja, die Platten gehören dir, aber sie sind viel Geld wert, und das brauchst du. Durch das zweite Studium erhöhen sich deine Schulden. Und es wird mindestens ein Jahr dauern, bis du Geld vom Verkauf der Wohnung siehst.«

Ich hörte nicht mehr zu, weil ich mich jetzt fragte, ob ich mich Miles gegenüber falsch verhielt. Er hatte Vaters Wagen bekommen, ein Nichts im Vergleich zu der Plattensammlung, die eine fünfstellige Summe einbrächte. »Nimmst du es mir übel, wenn ich sie behalte?«, fragte ich ihn später. »Immerhin könnte ich sie verkaufen und mit dir den Erlös teilen. Sag mir ehrlich, ob du meinst, dass ich das tun sollte, denn ich will nicht, dass wir uns deswegen überwerfen.«

»Nein, tu das nicht«, sagte Miles. »Die Platten waren euer Ding. Ich verstehe das. Ich hätte aber gern eine davon als Erinnerungsstück.« Er suchte sich *Kind Of Blue* von Miles Davis aus, und bis er schließlich aufbrach, weinten wir beide.

Danach bat ich meine Mutter nicht mehr, mir bei Papierkram zu helfen, und ich habe seitdem auch nicht mehr geweint. Ich rechnete ständig damit, dass mich die Trauer von Neuem überfiel und ich schmerzerfüllt am Boden säße, doch stattdessen fühlte ich mich wie betäubt – nicht traurig, nicht deprimiert, nur seltsam erschöpft, egal wie lange ich schlief. Ich nahm keine Gigs an, teils weil ich zu viel anderes zu tun hatte, aber hauptsächlich, weil ich spürte, dass ich nicht singen könnte. Im Dezember rief mich Ernie an, mein Pianist.

»Ich wurde gefragt, ob ich bei einer Privatfeier in einem Club auftreten will«, sagte er. »Sie hätten gern eine Sängerin dabei. Möchtest du? Wenn nicht, kann ich jemand anderen ansprechen. Buki vielleicht.«

»Nein, ich möchte singen«, sagte ich. Ich trug das in meinen Kalender ein und gab meinem Handy mehrere Erinnerungsaufträge, denn in meinem derzeitigen Zustand würde ich den Termin sicher vergessen. Der Abend kam, und ich hätte ihn tatsächlich fast vergessen. Erst als ich den Guildhall-Campus verließ, fiel es mir ein, gerade noch rechtzeitig, um es nach Soho zu schaffen.

»Kommst du klar, Süße?«, fragte Ernie, als ich aus der Garderobe kam und meinen Platz neben ihm einnahm. Er hatte meinen Vater durch die Jazzkreise gekannt und war in dem kleinen Trauerzug bei der Beerdigung mitgegangen. Ich nickte und bekam sogar ein Lächeln hin. Er legte die Setlist aufs Klavier, und wir begannen mit *Bewitched, Bothered And Bewildered* von Ella Fitzgerald.

Schon bei den ersten Tönen wusste ich, das würde kein

brillanter Auftritt werden. Der Song, den ich immer sehr gemocht hatte, erschien mir abgedroschen und plump-vertraulich, und anstatt an den Text zu denken, ließ ich den Blick durch den Raum schweifen. Das war ein schöner Club, unkonventionell, aber elegant, mit rot verkleideten Wänden und einem prasselnden Feuer im Vorderzimmer. Im ersten Stock gab es einen eleganten Speiseraum mit einem halben Dutzend Kronleuchtern und einer umfangreichen Gemäldesammlung, die jeden verfügbaren Platz an der Wand einnahm. Normalerweise hätte es mich überglücklich gemacht, in solch einem Club zu singen, doch an dem Abend kam mir das reizlos und sinnlos vor. Inzwischen hatte ich aber genügend künstlerische Erfahrung, dass ich mich fehlerfrei durch die Songs schleppte. Unser Auftritt würde bis elf Uhr dauern, dann würde ich mit der U-Bahn zu der leeren Wohnung in Ealing fahren.

Der Song endete, und ich wartete auf das Intro des nächsten. Welcher das sein würde, wusste ich nicht mehr. Vom Klavier kamen die vertrauten Töne, und ich sang, bevor mir bewusst wurde, welcher Song es war: *I Can Get Along Without You Very Well.* Plötzlich schnürte es mir die Kehle zu, und in meinen Augen brannten Tränen. Ich ertrank in Erinnerungen. Mein Vater in der Küche an Heiligabend, das Lied lief, während er kochte, und er fragte mich, ob ich das gern in der Version von Chet Baker hören wollte. Nie wieder konnte ich ihn eine Platte für mich auflegen lassen, nie wieder über seine albernen Witze lachen, nie wieder mit ihm reden. Ich setzte zur zweiten Strophe an, bekam aber keinen Ton heraus. *I've forgotten you,* sang ich oder vielmehr flüsterte ich, und dann musste ich aussetzen, weil ich weinte. Einige Gäste drehten sich nach mir um. Ich wusste, wenn ich den Raum nicht sofort verließ, würde es noch peinlicher, und deshalb schlüpfte ich zurück in die Garderobe, wo meine Sachen lagen.

Augenblicke später klopfte jemand behutsam an die Tür. Ich rechnete mit dem Manager, aber es war Ernie, und er schaute mich besorgt an.

»Es tut mir leid. Du hast sicher anderes im Kopf.«

Er klang so sehr wie mein Vater, dass ich wieder anfing zu weinen, und ich weinte so heftig wie lange nicht und barg das Gesicht in meinem Mantel, um es zu dämpfen.

Ernie tätschelte mir zaghaft die Schulter.

»Bitte entschuldige«, sagte ich, sobald ich sprechen konnte. »Ich kann wieder mit dir rausgehen und den Auftritt durchziehen, wenn du mir fünf Minuten Zeit lässt.«

»Nein, lass nur, Liebes«, sagte er. »Fahr nach Hause und schlaf dich aus. Ich weiß, wie es ist, jemanden zu verlieren. Das drückt einen furchtbar nieder.«

Ich seufzte, denn genauso empfand ich: als ob mich etwas zu Boden drückte, das für andere unsichtbar war. Ich fühlte mich mit meiner Trauer allein, weil meine Mutter ihn nicht so sehr vermisste wie ich, nicht einmal Miles schien so um ihn zu trauern wie ich. Ich war seine Tochter gewesen, hatte aber auch drei Jahre nach dem Studium bei ihm gelebt und war diejenige, die mit den Anwälten und dem Testament befasst war. Damit war ich in einer eigenartigen Position und konnte von meinen Freunden nicht erwarten, dass sie das verstanden. Caroline war sehr nett gewesen, aber schon seit ihrem achten Lebensjahr ohne Vater, und deshalb hatte ich Schuldgefühle, wenn ich sie damit belastete. Und Kiran, so sehr ich sie mochte, war in solchen Situationen nicht hilfreich. Sie schickte Blumen und ging mit mir essen, aber nach ein paar Gesprächen spürte ich ihre Hoffnung, dass ich bald wieder nach vorn schauen würde.

An Heiligabend fuhr ich mit meiner Reisetasche zu meiner Mutter. Ich weiß nicht, was ich erwartet hatte – schwarze Tischdecken oder ein karges Mahl? –, jedenfalls steckte sie in den gewohnten Weihnachtsvorbereitungen, ließ Radio 4 laufen, und jede waagerechte Fläche der Küche war belegt. Wir setzten uns zusammen hin, und ich schälte Kartoffeln und Pastinaken und bestrich die Hackfleischpasteten mit gequirltem Ei, genau wie im vorigen Jahr, und so würde es auch im nächsten und übernächsten Jahr sein.

»Du triffst dich heute Abend nicht mit deinen Freunden, Liebes?«, fragte sie, als wir endlich fertig waren. »Miles ist im Drayton.«

»Heute nicht. Ich möchte nichts weiter als früh schlafen gehen.«

»Hast du Lust, mit mir fernzusehen? Ich wollte *Victoria Wood's Mid-Life Christmas* gucken.«

Wieder fühlte ich mich schuldig und glaubte, meine Eltern im Stich zu lassen, weil ich etwas für mich tat. Aber ich war es leid, dieses Gefühl mit mir herumzutragen. Das hatte meinem Vater nichts genützt.

»Nein … tut mir leid, Mum, ich will lieber allein sein und lesen.«

Ich ging in mein Zimmer, aber lesen konnte ich nicht. Ich starrte die Wand an, die in einem warmen Rosa gestrichen war, und die abstrakten Drucke, die Mum in der Galerie einer Freundin gekauft hatte. Gerade wollte ich mir den Pyjama anziehen, als es an der Tür klopfte. Ich sah auf die Uhr und stellte erschrocken fest, dass eine halbe Stunde vergangen war.

»Norah, ich bin's noch mal.« Mum. »Du hast Besuch.«

Besuch? Vermutlich Caroline, aber warum sagte sie das nicht? »Wer ist es, Mum?«

»Joe«, zischte sie durch die Tür.

»Oh.« Ich setzte mich auf und schaute durchs Zimmer, kroch aus dem Bett und zog mir meine riesige, höchst unvorteilhafte Strickjacke über. »Okay, ich komme.«

Joe stand in der Tür mit einem Geschenk.

»Hey«, grüßte er, als er mich sah. »Ich wollte dich nicht stören ... dir nur dein Weihnachtsgeschenk vorbeibringen.«

»Oh Gott, das Wichteln! Hab ich total vergessen. Ich weiß nicht mal mehr, wen ich gezogen habe«, sagte ich.

»Du hattest Paul. Er wird es verkraften«, sagte Joe. »Bist du beschäftigt, oder kann ich reinkommen?«

»Ja, komm«, sagte ich. Ich sparte mir die Mühe, ihn zuerst ins Wohnzimmer zu meiner Mutter zu bringen, und nahm ihn gleich mit in mein Schlafzimmer oder vielmehr in das Gästezimmer. Miles hatte seinem Zimmer eine persönliche Note gegeben mit all den Postern und seiner alten CD-Sammlung, den Schulbüchern und Zeugnissen, die bis 1999 zurückreichten. Nicht dass ich etwas dagegen hatte. Meine persönlichen Sachen waren alle in Dads Wohnung. So verlief die Trennlinie in der Familie: ich und Dad auf der einen Seite, Mum und Miles auf der anderen. Nur dass die Symmetrie jetzt fehlte. Jetzt stand ich Mum und Miles allein gegenüber. Es war nicht ihre Absicht, mich auszuschließen, aber ich empfand die Situation immer als merkwürdig und unausgeglichen.

In meinem Zimmer kroch ich wieder unter die Decke und lehnte mich ans Betthaupt. »Ich hoffe, das macht dir nichts aus? Mir ist kalt. Ich friere die ganze Zeit.«

»Nein, das ist in Ordnung ... Bitte sehr.« Er gab mir das Geschenk, das in schönes braunes Papier mit aufgedruckten Stechpalmenzweigen eingepackt war.

Ich wickelte zwei DVDs aus: *Cast Away* und *Rocky*. Ich

musste lächeln, weil mir einfiel, wie verblüfft ich gewesen war, als Joe mich nach meinem ersten Gig mit »Adrian!« begrüßte.

»Ich weiß, du liebst *Cast Away*«, sagte er. »Und *Rocky* ist auch ein Guter. Darin geht es ums Überleben.« Ich schaute skeptisch. »Na ja, vielleicht ist *Rocky* jetzt gerade nicht das Richtige für dich. Ich finde ihn irgendwie gut. Ich weiß nicht. Wenn ich ehrlich bin, weiß ich nicht, was ich sagen soll – mehr bringe ich gerade nicht zustande, Norah. Aber ich bin für dich da, wenn du mich brauchst.«

Seine Freundlichkeit bewegte mich tief, und ich fing wieder an zu weinen. Joe schaute bestürzt, doch dann kam er zu mir und legte einen Arm um mich. Ich lehnte mich an seine wollige Schulter und weinte hemmungslos, während er mir übers Haar strich und flüsterte, dass alles wieder gut würde.

»Tut mir leid«, sagte ich, als ich mich gefangen hatte. »Ich bin ziemlich down.«

»Du brauchst dich nicht zu entschuldigen«, sagte er. »Das ist nun mal furchtbar, Norah. Ich weiß, wie sehr du deinen Dad geliebt hast.«

»Wusstest du, dass ich ihn gefunden habe, Joe?«, fragte ich. Ich hatte das meinen Freunden noch nicht erzählt. Die Beerdigung hatte im kleinen Kreis stattgefunden, und verständlicherweise hatte mich niemand nach Einzelheiten gefragt.

»Nein. Das tut mir sehr leid.«

»Das ist das Schlimmste, was mir je passiert ist«, sagte ich niedergeschlagen.

Joe nickte, und eine Weile saßen wir schweigend da.

»Ich überlege, etwas Neues anzufangen«, sagte ich dann. »Ich denke an eine Lehrerausbildung. Hältst du das für verrückt?«

»Nein, überhaupt nicht. Ich glaube, du wärst eine gute

Lehrerin«, erwiderte er. »Was möchtest du unterrichten? Geschichte?«

»Nein, lieber Musik.« Zum ersten Mal seit Monaten spürte ich wieder einen gewissen Antrieb. »Ich weiß nicht, ob das ohne ein richtiges Musikstudium geht. Aber vielleicht mit diesem Diplom ... ich weiß nicht.« Ich verfiel wieder in meine schwermütige Trägheit. »Hast du Lust, *Rocky* zu gucken?«, fragte ich. »Ich bin mir bei *Cast Away* im Moment unsicher.«

Er schob die DVD in meinen Laptop, und nach wenigen Augenblicken vertiefte ich mich in die Geschichte des liebenswerten, begriffsstutzigen Muskelpakets, der ein erfolgreicher Boxer werden wollte. Ich lachte sogar, als Rocky sagte: *Für dich ist es Thanksgiving, für mich ist es Donnerstag.*

»Genauso geht es mir«, sagte ich. »Für dich ist es Heiligabend, für mich ist es Dienstag.«

Im Laufe des Films fielen mir die Augen zu, und ohne mir etwas dabei zu denken, lehnte ich mich an Joes Schulter und konnte mich zum ersten Mal seit Monaten entspannen.

Als ich wach wurde, war es kurz vor Mitternacht, und Joe war gegangen. Ich fand eine Weihnachtskarte von ihm vor und öffnete sie. *Kopf hoch, wenn der Hals auch dreckig ist. Oder so ähnlich. Ruf mich an, wenn du abhängen willst – wir müssen über nichts reden, wenn du nicht willst. Frohe Weihnachten. J x*

Am nächsten Morgen wachte ich endlich mal wieder vor zehn Uhr auf. Ich war niedergeschlagen, aber damit ging es mir besser als in den vergangenen Monaten, als ich mich wie betäubt fühlte. Ich lebte jetzt in einer neuen Welt. Sie gefiel mir zwar nicht, aber ich konnte darin überleben.

»Was hat Joe gewollt?«, fragte meine Mutter. Mir war klar, dass die Frage nicht wörtlich gemeint war, sondern dass sie wissen wollte, was ihn hergeführt hatte. Ich ärgerte mich trotzdem darüber.

»Er wollte nichts«, antwortete ich. »Er hat mir etwas gegeben.«

Der Zug läuft in den Bahnhof ein, und ich suche mir einen Fensterplatz. Bald schaue ich auf das Meer und denke, dass ich es zuletzt mit Joe zusammen gesehen habe. Ich erinnere mich an damals, als er mich nach dem Tod meines Vaters ständig besuchte – nicht um tiefschürfende Gespräche zu führen, sondern um für mich da zu sein. Er ging mit mir ins Kino und ins Restaurant oder gab mir Artikel zu lesen, die er unterhaltsam fand. Ich habe noch immer die DVDs, die er mir damals geschenkt hat und auch seine Weihnachtskarte mit seiner markanten spitzen Handschrift in schwarzer Tinte. So ist das mit alten Freunden: Anders als bei neueren Freunden weiß man gewisse Dinge über sie, etwa wie ihre Handschrift aussieht, wie ihr zweiter Vorname lautet (er heißt James), wo sie als Kinder gewohnt haben und wie ihre Eltern mit Vornamen heißen. Ich kenne sogar seine Handynummer auswendig. Joe war immer da, ein ständiger Begleiter meines Lebens. Wenn ich die Freundschaft mit ihm aufgrund einer unbedachten Bettgeschichte verlieren würde, wäre das furchtbar.

Trotzdem sieht Joe darin keine Schwierigkeit, und hält es für eine Lösung, nach Japan zu ziehen, damit ich die Verlegenheit zwischen uns nicht ertragen muss. Als würde das etwas ändern, wenn wir einen Ozean zwischen uns haben.

Der Zug erreicht die Pearse Station, wo ich aussteigen muss. Ich verlasse mit den anderen Passagieren den Waggon. Sicher erscheine ich in ihren Augen mehr oder weniger wie sie: leicht verkatert unterwegs, um noch schnell in der Stadt ein letztes Geschenk oder ein paar Rollen Weihnachtspapier zu kaufen. Ich kann es selbst kaum glauben, wie viel passiert ist, seit wir gestern in den Zug gestiegen sind. Aber ich beschließe, keine Zeit mehr damit zu vergeuden, über Joe zu grübeln, sondern mir eine ruhige, ausgeglichene Haltung zuzulegen für den bevorstehenden Abend und den ursprünglichen Reisezweck: mein Wiedersehen mit Andrew.

21

I Say A Little Prayer

Im Hotelzimmer angekommen, gehe ich unter die Dusche und lege mich hin, um ein Weilchen zu dösen, wache aber erst nach zwei Stunden wieder auf. Im Grunde bin ich darüber froh, denn ich habe in der Nacht wenig Schlaf bekommen. Mir kommt die verrückte Idee, noch schnell einen Stadtbummel zu machen, aber ich kann mich nicht dazu durchringen. Stattdessen bestelle ich mir ein Schinken-Käse-Sandwich aufs Zimmer und verzehre es noch im Hotelbademantel. Danach geht es mir viel besser, und ich kann ruhiger an den Abend denken als zuvor. Ich werde um sechs Uhr vor dem Bewley's stehen und zehn Minuten warten, und vielleicht wird Andrew doch kommen. Wenn ja, wunderbar. Und wenn nicht – werde ich es überleben. Ich werde trotzdem noch meinen Job und meine Wohnung haben. Ich werde weiterhin Miss Jones sein, und damit werde ich absolut klarkommen. Ich bin mit mir allein zufrieden.

Ich mag mit mir allein zufrieden sein, aber allmählich fällt mir die Decke auf den Kopf. Es ist drei Uhr, und ich weiß nicht, wo Joe ist. Nicht dass ich ihn momentan sehen möchte, aber ich hoffe, dass es ihm gut geht – und ich würde gern mit jemandem reden. Deshalb freue ich mich, als eine WhatsApp von Pat eingeht, in der sie fragt, ob ich zu ihr in die 1848 Bar kommen möchte.

Im Hotel ist mächtig was los, denn schließlich ist Heiligabend. Ohne die dicken, weichen Teppiche wäre der Stimmenlärm ohrenbetäubend, und durch die vielen Gäste ist es so warm, dass ich in meinem Wollpullover zerfließe. Ich betrete die 1848 Bar und finde Pat an der Theke.

»Na, wie geht's?«, fragt sie. »Helena ist zu BT's gegangen, um für ihre Mutter Kosmetik zu besorgen, aber ich brauche eine Verschnaufpause. Was jetzt nicht erledigt ist, wird nicht mehr getan, das ist meine Devise.«

»Weise Worte. Möchten Sie etwas trinken?«, frage ich. »Hallo, Gerry. Was empfehlen Sie heute Abend oder vielmehr heute Nachmittag?« Es ist Weihnachten, da verliert die Tageszeit an Bedeutung.

»Heute habe ich einen heißen Smoking Bishop«, sagt Gerry, worauf Pat loskichert. »Smoking Hot Bishop? Ist das nicht der Typ aus der Comicserie *Fleabag?* Nein, Gerry, ich mache nur Witze – er duftet herrlich, was immer drin ist.«

»Portwein, Rotwein und Orange und ein paar geheime Zutaten«, sagt Gerry und schenkt uns beiden ein Glas ein. »Bitte sehr, die Damen, auf Ihr Wohl.«

»Und auf Ihres, Gerry. Haben Sie für morgen schon alles erledigt? Oder müssen Sie noch Kleinigkeiten besorgen?«

Ich nippe an meinem Smoking Bishop, der so köstlich schmeckt, wie er duftet, und als ich ihnen beim Plaudern zuhöre, wird mir klar, dass ich Dublin vermissen werde – und das, obwohl ich nur ein paar Tage hier gewesen bin. Ich würde gern wieder herkommen, und ich werde auch nach den Verwandten meines Vaters suchen. Auch wenn sie nicht mehr leben oder kein Interesse an mir haben, wäre es schön, etwas über sie zu erfahren, nur für mich selbst.

»Also«, sagt Pat zu mir, als Gerry jemand anderen bedient. »Ich habe Neuigkeiten für Sie. Marita Byrne, meine alte Nachbarin in Drimnagh, hat sich bei mir gemeldet.«

»Oh, tatsächlich?« Ich habe schon gar nicht mehr daran gedacht, weil mir das unwahrscheinlich erschien.

»Maritas Mutter war Margaret Byrne, und deren Schwester Cora ist 1955 nach Manchester gezogen. Natürlich müssten Sie das überprüfen und mehr recherchieren, aber es kann nicht so viele Cora Byrnes in Liberties gegeben haben, die in den Fünfzigern nach Manchester gezogen sind. Nach allem, was man hört, war Cora ein schwieriger Mensch, und nachdem sie fort war, ist sie mit ihrer Familie nicht in Kontakt geblieben, abgesehen von einer gelegentlichen Weihnachtskarte. Aber Marita ist eine liebenswerte Person. Sie hat mich gebeten, Ihnen ihre Nummer zu geben, damit Sie anrufen können, wenn Sie das möchten. Aber Sie sind natürlich zu nichts verpflichtet.«

Ich bin sprachlos.

»Verzeihung. Könnten Sie das noch mal sagen? Ich muss mir das aufschreiben.«

Pat wiederholt geduldig alle Informationen. »Ich fürchte, Cora und ihr Mann sind vor einigen Jahren gestorben. Margaret lebt noch. Und Marita hat einen sehr netten Mann geheiratet, der im Mater Hospital arbeitet. Sie hat zwei Kinder in Ihrem Alter – Emer und John. Wie gesagt, Sie müssen das überprüfen. Aber für mich klingt das, als hätten Sie Cousins.«

»Cousins«, wiederhole ich tonlos.

Ich bin so überwältigt, dass ich schon wieder weine, zum zweiten Mal in den letzten vierundzwanzig Stunden, und insgesamt das erste Mal seit vielen Jahren. Ich weiß nicht, was mich mehr bewegt, dass ich in Dublin Verwandte habe oder dass ich meinem Vater nicht mehr davon erzählen kann.

Pat hört mir zu, als ich das zu erklären versuche und erzähle. Ich hatte einmal erwähnt, dass meine Eltern geschieden waren, und sie bittet mich, die Folge der Ereignisse näher zu schildern.

»Sie haben allerhand durchgemacht«, bemerkt sie. »Haben Sie einmal Hilfe in Anspruch genommen, Norah, bei einem Trauerberater oder Therapeuten?«

»Eigentlich nicht. Oder vielmehr überhaupt nicht.« Ich denke an das Jahr nach dem Tod meines Vaters zurück. Damals habe ich mich in den Papierkram gestürzt, mein Gesangsdiplom gemacht und mich anschließend zu einer Lehramtsausbildung angemeldet. Die war strapaziös, aber das gefiel mir, weil ich dadurch kaum daran denken konnte, was passiert war.

»Meinen Sie denn, ich bräuchte das? Schließlich verliert jeder seine Eltern.«

»Ich weiß nicht, was Sie brauchen oder nicht brauchen. Aber Sie haben in jungen Jahren zuerst das gewohnte Familienleben und dann Ihren Vater verloren – und zudem haben Sie als Tochter viel Verantwortung getragen. Also würden Ihnen Gespräche darüber vielleicht guttun.«

»Sie finden, ich war jung?« Mir fällt plötzlich wieder ein, was eine Kollegin vor Jahren zu mir sagte. Wir sprachen über Elternabende, und ich erwähnte, dass ich in jungen Jahren meinen Vater verloren hätte, und als ich auf ihre Nachfrage sagte, ich sei sechsundzwanzig gewesen, meinte sie: *Also waren Sie gar nicht so jung.*

Ich erzähle Pat davon, und sie schüttelt den Kopf. »Was für eine dumme Bemerkung«, sagt sie. »Vermutlich meinte sie das im Vergleich zu Schulkindern. Trotzdem ist Sechsundzwanzig ein geringes Alter, um ein Elternteil zu verlieren. Und es spielt eigentlich keine Rolle, wie alt man dabei ist. Ich war fünfundfünfzig, als meine Mutter starb, und ich war niedergeschmettert. Sie dagegen hatten mit mehr zu kämpfen. Darum meine Anregung.«

»Also eine Therapie?«

»Vielleicht. Ich weiß nicht, ob das ein Allheilmittel ist, aber Sie könnten mal reinschnuppern.« Ihr nächster Vorschlag überrascht mich noch mehr. »Und wie wär's, wenn Sie eine Kerze für ihn anzünden? Es ist Heiligabend.«

Verwirrt wie ich bin, verstehe ich das zunächst im übertragenen Sinn, aber sie meint, ich sollte tatsächlich in eine der nahen Kirchen gehen. »Ich weiß nicht, ob Kirche zu Ihrem Leben gehört«, fügt sie hinzu, »aber manchmal kann es tröstlich sein, dort eine Kerze anzuzünden.«

Während ich mir das durch den Kopf gehen lasse, fragt sie: »Was ist mit Joe?«

Ich hatte es nicht vor, aber dann erzähle ich ihr von dem Spaziergang, dem Schneesturm, der Hochzeitsfeier, dem Kuss.

»Was für ein Abenteuer!«, sagt sie. »Ich bin froh, dass Sie nicht von einer Sturmbö ins Meer geweht wurden. Der Sturm war ungewöhnlich stark. Aber was ist nun mit Joe? Hat die Chemie nicht gestimmt?«

»Oh doch, und wie! Das war … so schön wie noch nie«, erwidere ich und merke, dass es wahr ist. »Aber … er meint, wir könnten einfach zusammen sein und abwarten, wie es sich entwickelt. Ich halte das aber für komplizierter.«

Pat schaut ratlos, und ich sehe ihr an, dass sie das für eine lahme Ausrede hält.

»Anscheinend habe ich Angst«, gebe ich zu. »Ich habe Angst, dass es zwischen uns nicht funktioniert und dass ich ihn verliere. Und ich will nicht auch noch ihn verlieren.«

Oh nein. Das Weinen wird allmählich zur Gewohnheit,

denn schon wieder fließen Tränen. Pat reicht mir ein Papiertaschentuch, und ich tupfe mir hastig die Augen.

»Entschuldigen Sie ... oh Gott, wie peinlich. Und heute Abend soll das Treffen mit Andrew stattfinden!«

»Gehen Sie ruhig hin«, sagt sie. »Das wird Ihnen helfen, sich über Joe klar zu werden. Aber was Ihre Verlustangst betrifft ...«

»Ja?«

»Nun, dieses Risiko muss man immer eingehen, wenn man sich in jemanden verliebt.«

»Das ist der Punkt. Was, wenn wir uns nicht verlieben und unsere Freundschaft verlieren nur wegen eines Flirts?«

»Wenn die Freundschaft stark genug ist, sollte sie das überstehen. Und überhaupt ... ist es das Risiko nicht wert?«

»Es geht mir darum, dass Joe kein Risiko dabei sieht. Das beunruhigt mich. Außerdem finde ich den Zeitpunkt unpassend. Schließlich bin ich wegen Andrew hier«, füge ich schwach hinzu, weil ich das Gefühl habe, ich müsste für ihn eintreten, nachdem Pat ihn außer Acht lässt. »Ich werde hingehen – ich glaube zwar nicht, dass er kommt, aber vielleicht tut er's doch. Und was dann?«

»Ich weiß nicht. Sie müssten schauen, ob er heute in Dublin genauso anziehend ist wie damals in Verona. Die Frage ist: War es der Mann, oder war es der Mondschein? Es ist leicht, sich in Italien zu verlieben, bei all dem Wein und den Rosen und dergleichen. Aber jemand, der auf dem Killiney Hill – und in einem Schneesturm – eine Flamme entfachen kann, ist etwas Reelles, wenn Sie mich fragen.«

Darauf weiß ich nichts zu sagen.

»Vielleicht geht es bei Andrew noch um etwas anderes«, fährt Pat nachdenklich fort. »Wann, sagten Sie, haben Sie den Kontakt zu ihm verloren?«

»Vor sechs Jahren.«

»Vor sechs Jahren? Ist da nicht auch Ihr Vater gestorben?«

»Ja. In demselben Jahr.« Es verblüfft mich, dass mir das nie aufgefallen ist. »Ich hätte ihm geschrieben, was passiert ist, aber er hatte auf meine vorige E-Mail nicht geantwortet, und darum habe ich es bleiben lassen.«

»Also ist das eine offene Angelegenheit«, sagt Pat. »Sie haben ihm nicht von Ihrem Verlust erzählt, und vielleicht können Sie den Tod Ihres Vaters erst akzeptieren, wenn Sie das getan haben.«

Ich sehe ihr staunend ins Gesicht. »Pat, sind Sie sicher, dass Sie eine Buchhandlung führen sollten? Sollten Sie nicht besser als Psychotherapeutin oder Lebensberaterin arbeiten?«

Pat lächelt erfreut. »Nein, ich verkaufe gern Bücher. Ich hätte nur nichts dagegen, zu Weihnachten häufiger Urlaub zu machen – diese Woche war wunderbar.«

Wir trinken aus und verlassen die Bar. Pat will sich mit Helena treffen, und ich kehre in mein Zimmer zurück, da ich mich zu nichts anderem entschließen kann. Ein Dutzend Mal greife ich zum Handy, um Joe zu schreiben, aber ich weiß nicht, was, und deshalb lege ich es immer wieder hin. Bald ist die Zeit gekommen, da ich mich umziehen muss, um mich mit Andrew zu treffen – was noch offen ist. Ich überlege, was ich anziehen will, als mein Handy klingelt. Es ist meine Mutter. Ich gehe sofort ran.

»Frohe Weihnachten, Mum«, sage ich und setze mich auf die Bettkante. »Wie ist es bei deinem Retreat?«

»Sehr gut, Darling. Sehr hilfreich.« Sie hält inne, und danach höre ich ihr eine ungewohnte Unsicherheit an. »Wir haben hier über unsere Lieben gesprochen … und, na ja, mir ist klar geworden, dass ich unsere Verabredung nicht hätte absagen dürfen. Das bereue ich jetzt.«

»Oh, Mum.« Noch mehr Tränen! Wann hört das auf? Ich blinzle sie weg und schaue aus dem Fenster, um mich zu beruhigen. »Ist schon gut. Ich verstehe, dass du unbedingt dort hinwolltest.«

»Ja, aber ich hätte mir über meine Prioritäten im Klaren sein müssen. Ich hatte mich mit dir verabredet und hätte das akzeptieren sollen.« Sie seufzt. »Du warst immer so eigenständig, Norah. Ich hatte nie das Gefühl, dass du mich brauchst, sogar als du noch klein warst. Und du hast deinen Dad vergöttert, da habe ich manchmal geglaubt, du willst mich gar nicht.«

»Warte mal, Mum. Rufst du an, um dich zu entschuldigen oder um mich zur Schnecke zu machen?«, frage ich halb im Scherz.

»Um mich zu entschuldigen! Vermutlich hätten wir längst mal über all das reden sollen. Ich weiß, ich war dir nach Mikes Tod keine große Stütze.«

»Doch, das warst du, Mum«, sage ich und dachte an all ihre Hilfe bei den juristischen Angelegenheiten und beim Verkauf der Wohnung.

»Ich meinte emotionale Unterstützung«, erwidert sie. »Es tat weh zu sehen, dass du ihn so offensichtlich lieber hattest als mich. Ihr beide hattet so viel gemeinsam, und ich war die Böse, die immer alles verboten hat …« Sie seufzt wieder. »Wie auch immer. Ich habe wirklich angerufen, um mich zu entschuldigen. Ich bedaure, dass wir dieses Weihnachten nicht zusammen verbringen, und hoffe, du lässt mich das wiedergutmachen.«

»Das kannst du tatsächlich tun«, sage ich. »Ich wäre froh, wenn du mir mehr von Dad erzählst. Alles, woran du dich erinnerst und von dem ich nichts weiß. Selbst wenn dir die Sachen albern vorkommen.«

»Davon gibt es viel«, sagt sie. »Wir sollten uns verabreden, wenn du wieder hier bist, dann kann ich dir alles erzählen. Oh, Darling, nicht weinen. Erzähl mir, was du erlebt hast.«

Ich gehe zu dem Sessel am Fenster, wo ich in den Park sehen kann. »Wie viel Zeit hast du?«

Eine halbe Stunde später beenden wir unser Gespräch, und ich staune, wie viel wir uns plötzlich zu sagen haben – mehr als in all den Jahren. Als ich ihr gestand, dass zwischen mir und Joe »etwas passiert« sei, reagierte sie überraschend positiv und tat meine Befürchtungen ab. »Nun, die Freundschaft hat doch schon einen Knacks bekommen, nicht wahr? Also kannst du ebenso gut aufs Ganze gehen.«

»Danke, Mum, aber ich glaube nicht, dass es zwischen uns funktionieren kann.« Ich erklärte ihr meine Zweifel und fügte hinzu: »Außerdem ist der Zeitpunkt unpassend – gerade jetzt, wo ich Andrew vielleicht finden werde.«

»Was denn, das versuchst du immer noch?«, fragte sie, als ging es um einen völlig überholten Trend wie Peeling mit dem Luffaschwamm.

»Ja! Ich bin extra deswegen hergekommen, also werde ich natürlich nach ihm suchen. Und sei es auch nur, um zu erfahren, was aus ihm geworden ist – oder warum ich ihn nicht finden kann.«

»Nun, ich hoffe, er ist nicht tot oder so«, sagte sie. »Das wäre wirklich schade.«

Das war nicht gerade rücksichtsvoll formuliert, aber das ist eine Möglichkeit, für die ich mich wappnen sollte. Ich lasse mich aufs Bett sinken und versuche nachzudenken. Ich wünschte, ich hätte die anderen Gäste in dem Supperclub gefragt, ob sie einen Musiker mit seinem Namen kennen. Wenn Dublin ein Dorf ist, dann müsste eigentlich jemand von ihm gehört haben. Irgendetwas spukt mir im Hinterkopf herum, etwas, das der entscheidende Hinweis sein könnte. Was ist es? Eine Bemerkung dazu, dass in Dublin alles zwei Namen hat. Wir sprachen über den Dead Zoo ... Ich schaudere wieder. Moment. Was hatte dieser Ehemann über Leute gesagt, die ihren Namen ändern?

Die erste Regel des Hipsterclubs lautet: Ändere deinen Namen ins Irische.

Ich drehe mich um und öffne hektisch meinen Browser. Meine erste Suche ergibt nichts, weil ich mir wegen der Suchbegriffe unsicher bin. Dann gebe ich ein: Power auf Irisch. Und Sekunden später habe ich ihn gefunden. Da ist er. Nach sechs langen Jahren erscheint er quicklebendig auf dem Bildschirm.

Kopfschüttelnd stelle ich fest, dass er die ganze Zeit unter einem anderen Namen gelebt hat. Andrew de Paor, zeitgenössischer Komponist. Unterrichtet am DIT Conservatory of Music and Drama. Er hat Filmmusik komponiert, er hat Preise gewonnen ... Ich stoße auf seine Webseite und klicke mich neugierig zu seinem Lebenslauf durch, um ein Foto zu finden. Er sieht älter aus, sein Gesicht ein bisschen rundlicher, aber er ist es. Das ist der junge Mann, den ich in Italien kennengelernt habe, nunmehr erwachsen und berühmt. Sehnsucht nach jener Woche in Verona überkommt mich, aber ich bin auch dankbar, ihn gefunden zu haben. Endlich. Ich bin ungeheuer erleichtert, dass ihm nichts zugestoßen ist, dass er lebt und Erfolg hat.

»Andrew!«, sage ich laut. »Du angeberischer Idiot! Du hättest es mir auch sagen können, als du deinen Namen geändert hast!« Ich bin angesäuert, weil ihm nicht eingefallen ist, das zu erwähnen. Andererseits ist es durchaus möglich, dass er es mir geschrieben hat. Nach dem Tod meines Vaters war ich derart benommen, da kann mir eine E-Mail entgangen sein, selbst eine von ihm. Oder er hat mir versehentlich an meine alte E-Mail-Adresse geschrieben ... oder ich habe mich vertippt, als ich ihm die neue mitteilte ... Das wird sich wahrscheinlich nie klären.

Ich überfliege seinen Werdegang und welche Preise er gewonnen und wo er mitgewirkt hat – die Liste ist so lang, ich muss mehrere Seiten scrollen. Kompositionen für RTE, die BBC, das deutsche Fernsehen, Composer in Residence am Banff Centre und bei der Helene Wurlitzer Foundation in New Mexico. Nirgends werden eine Frau oder Kinder erwähnt, aber das gehört vielleicht nicht auf solch eine Webseite – und wie hätte er dafür Zeit finden sollen? Dann gehe ich auf YouTube und höre mir eins seiner Stücke an, ein Streichquartett, *Eternity in C.* Es ist wirklich schön, eine schlichte Melodie, eingeführt vom Cello und mehrfach wiederholt von den Violinen und der Bratsche, voller Traurigkeit, aber auch Hoffnung und Trost. Mir fällt ein, dass er in Verona einmal sagte, er liebe Kanons und wolle einen Kanon für Streicher komponieren.

»Warum?«, fragte ich.

»Sie sind wie das Leben«, antwortete er. »Wir verleben unsere Tage, Jahreszeiten, Feste immer wieder gleich, aber mit kleinen Variationen und kommen immer wieder auf dieselben Dinge zurück. Egal wie schlecht oder gut ein Tag ist, es folgt ein anderer und noch einer, ohne Ende ... was einen traurig oder hoffnungsvoll stimmen kann, je nachdem, wie man es betrachtet.«

Ich schüttle den Kopf. So viele Jahre habe ich nach ihm gesucht und mich gewundert, dabei war er direkt vor meiner

Nase. Ich weiß jetzt, dass er noch lebt und wo er lebt, und ich werde auf gut Glück um sechs zum Bewley's gehen.

Jetzt ist es zwanzig nach vier. Kurz schaue ich aufs Handy, ob Joe sich gemeldet hat, aber nein. Was bezweckt er damit? Will er mich etwa die übrige Zeit hier ignorieren? Wie soll dann unsere Heimfahrt werden? Ich frage mich, ob ich an seine Zimmertür klopfen soll, damit wir reden können. Aber ich weiß noch immer nicht, was ich sagen soll. Also lege ich das Handy weg und konzentriere mich auf Andrew. Wie meine Mutter früher zu sagen pflegte, wenn ich bei mehreren Möglichkeiten hin und her überlegte: *Am besten, man hält sich an den ursprünglichen Plan.*

22

I'm Beginning To See The Light

Bevor ich zum Bewley's gehe, möchte ich Pats Vorschlag folgen. Sie hat mir zwei Kirchen empfohlen, die St Ann's Church auf der Dawson Street und St Theresa's Church, die Karmeliterkirche auf der Grafton Street. In St Ann's soll eine Weihnachtsliedermesse stattfinden und deshalb entscheide ich mich für St Theresa's. Sie befindet sich am Johnsons's Court, einer Gasse, die von der Grafton Street abzweigt und in der ein Juweliergeschäft neben dem anderen liegt. Sie ist sehr hübsch: Das Pflaster ist in der Mitte ein wenig eingesunken, an den Seiten hat sich Schnee gesammelt, und über mir hängt ein Netz von Lichterketten, das über die gesamte Gasse gespannt ist wie ein Fischernetz voller Sterne. Bald stehe ich vor dem Kirchenportal, einem hohen Bogen mit einer schwarzen, goldbeschlagenen Tür, die gerade so weit geöffnet ist, dass ich mich durch den Spalt schieben kann.

Ich weiß nicht mehr, wann ich zuletzt in eine Kirche gegangen bin außer wegen einer Hochzeit oder eines Konzerts. In der stillen Dunkelheit leuchtet Kerzenschein, und schwaches Licht fällt durch die bunten Fenster über dem Altar. Eine Handvoll Leute sitzen verteilt in den Bänken, einige knien. In einer Seitenkapelle finde ich eine Reihe brennender weißer

Kerzen, nehme mir eine frische und zünde sie an einer anderen an. Dann setze ich mich davor auf die Bank und sehe zu, wie die Flamme wächst. Vielleicht hatte ich gedacht, ein magischer Frieden würde sich auf mich herabsenken, doch stattdessen fühle ich mich unsicher. Ist das alles? Oder sollte ich noch etwas anderes tun, zum Beispiel ein Gebet sprechen? Ich bin unschlüssig. Es kommt allerdings wirklich selten vor, dass ich mich in Ruhe auf mich besinnen kann und nicht von einer Aufgabe zur nächsten eile – möglicherweise habe ich mit meiner Mutter mehr gemein, als ich dachte. Auch als mein Vater noch lebte, war ich immerzu beschäftigt, oft auf Kosten der Zeit mit ihm. Ich denke an jenen Heiligabend, als ich mich vor dem Drayton mit Kiran gestritten hatte – ich wünschte, ich wäre bei ihm zu Hause geblieben und hätte mit ihm Musik gehört oder einen Film angeschaut oder mit ihm gekocht.

Aber es ist nicht so, als hätten wir das nicht an anderen Abenden getan. Ich war eine gute Tochter. Das hat meine Mutter vorhin am Telefon gesagt, und ich fand das überraschend tröstlich. Nach seinem Tod habe ich mir bittere Vorwürfe gemacht, dass ich mich intensiver um ihn hätte kümmern müssen. Er hatte das Rauchen aufgegeben, aber ich hätte dafür sorgen müssen, dass er Sport trieb, weniger trank, mehr unter Leute ging.

Aber das lag nicht bei dir, Norah, hatte meine Mutter gesagt. *Er hat sein Leben genauso gelebt, wie er es wollte, und er hätte niemals etwas daran geändert. Du hast nichts falsch gemacht. Und er im Grunde auch nicht. Er hätte dies oder jenes tun können, aber wie könnte man behaupten, dass das einen entscheidenden Unterschied gemacht hätte? Er hat eben Pech gehabt.*

Armer Dad. Er hat Pech gehabt, und ich auch. Bisher war

ich schnell dabei, meine Trauer zu bagatellisieren und zu sagen, dass er ein gutes Leben hatte, oder anderen zu versichern, ich sei völlig darüber hinweg. Aber vielleicht werde ich nie ganz darüber hinwegkommen. Mir fällt ein, was ich früher mit Paul und Joe manchmal gespielt habe: »Ich werde niemals ...« Paul fand das viel interessanter als das gängige »Ich habe noch nie ...« zu spielen. Es gibt so vieles, das ich mit meinem Vater nie wieder tun werde. Ich werde ihm nie erzählen können, dass ich zu singen aufgehört habe oder dass ich das Unterrichten liebe. Ich werde ihm nie meinen künftigen Ehemann vorstellen können, sollte es ihn eines Tages geben. *Aber er kennt Joe*, schießt es mir durch den Kopf, bevor ich den Gedanken verbannen kann. Ich werde nie mit ihm zum Altar schreiten, ihm nie sein Enkelkind in den Arm legen.

Und es wird mich immer traurig machen. Doch anzuerkennen, was passiert ist und dass es okay ist, darüber traurig zu sein, scheint ein Anfang zu sein. *Du fehlst mir, Dad*, denke ich und versuche, ihm den Gedanken zu senden. *Ich wünschte, du könntest sehen, was ich gerade tue und wo ich bin – ich wünschte, wir könnten uns noch einmal sehen und miteinander reden. Aber ich werde dich nie vergessen.*

Ich werfe eine Münze in den Opferstock, wie Pat gesagt hat, und betrachte meine Kerze zwischen all den anderen. Ich habe sie an der Kerze eines anderen angezündet, und ein anderer wird wiederum seine an meiner anzünden, sodass, wenn ich gegangen bin und meine Kerze heruntergebrannt ist, das Licht weiterbrennen wird, über Weihnachten und darüber hinaus. Ich denke daran, wofür die Kerzen angezündet wurden, für einen Verlust, eine Hoffnung, eine Bitte, und ziehe ein wenig Trost aus dem Gedanken.

Ein helles Klingen lässt mich aufmerken, es kommt von

einer Stimmgabel. Vor dem Altar steht ein kleiner Chor, und die Leiterin gibt jedem Sänger seinen Ton. Wahrscheinlich proben sie für die Abendmesse. Als ich die Seitenkapelle verlasse, sehe ich, dass die anderen Besucher schon gegangen sind. Nur die Chorleiterin und ihre Sänger sind noch da. Ich kann nicht widerstehen und setze mich, um ein wenig zuzuhören. Sie singen *The Lamb* von John Taverner und *What Sweeter Music* von John Rutter. Und als ich ein weiteres modernes Stück erwarte, singen sie das alte Lied *O Little Town Of Bethlehem* vierstimmig und so volltönend und schön, dass man Musikinstrumente gar nicht vermisst. Ich schweife ab und denke, wie wunderbar das Zusammenspiel von Worten und Musik doch ist und dass unzählige Stimmen es an diesem Abend singen, weil es seit Generationen weitergegeben wird.

Ich sehe auf die Uhr und stelle erschrocken fest, dass es schon fünf nach halb sechs ist – keine halbe Stunde mehr bis zu dem Treffen mit Andrew. Leise eile ich auf den Ausgang zu. Mir bleibt gerade noch so viel Zeit, dass ich mich im Hotel umziehen und zum Café laufen kann.

Der Seiteneingang wurde jedoch inzwischen abgeschlossen, sodass ich durch das Hauptportal gehen muss und auf einer anderen Straße rauskomme. Ich bin verwirrt und schlage die falsche Richtung ein, was ich erst nach zehn Minuten bemerke. Nun ist die Zeit zu knapp, um ins Hotel zurückzulaufen – ich frage mich sogar, ob ich es zum Bewley's noch rechtzeitig schaffen kann. Ich rufe den Stadtplan im Handy auf und finde endlich den Weg zur Grafton Street. Unterwegs kommt mir eine Erinnerung. Der dunkle Schneematsch und die Lichtreflexe der bunten Fenster in der Nässe erinnern mich an den nasskalten Abend vor zehn Tagen, als meine Mutter mir abgesagt hatte und ich anschließend unbewusst bis nach Soho gelaufen war, den ganzen Weg bis zu Joes Wohnung.

Abrupt halte ich an und stehe wie erstarrt auf dem Bürgersteig, während die Passanten an mir vorbeieilen. Fast kann ich den Lichtstrahl aus dem Dunkeln sehen, als mich die Erkenntnis trifft. Ich brauchte gar nicht zu überlegen, ob ich zu Joe wollte, ich folgte meinen Füßen und kam bei ihm an, weil mein Instinkt mich zu ihm trieb, als ich einsam und traurig und verwirrt war. Und jetzt und hier auf dem nassen Pflaster in Dublin erkenne ich, was ich eigentlich immer gewusst habe: dass Joe mein Zuhause ist. Er ist es, bei dem ich immer sein will. Ob Andrew kommt, ist jetzt unerheblich. Andrew ist das verblasste Foto an der Wand, Joe ist mein Fundament, das mich trägt, die Wand, an die ich mich lehnen kann. Andrew ist das Sommerkleid, aus dem ich herausgewachsen bin, Joe ist der Mantel, den ich mein Leben lang tragen will. Ich hoffe nur, er empfindet genauso für mich.

Hastig greife ich zum Handy. Es ist mir plötzlich dringend, mit ihm zu reden. Doch es klingelt, ohne dass er rangeht. Ich weiß, er hört keine Mailboxnachrichten ab, also schreibe ich ihm.

Es tut mir leid wegen vorhin. Bitte ruf mich an. Ich gehe weiter, und nach einer Minute schreibe ich ihm wieder. *Werde jetzt zu dem Treffpunkt gehen. Wenn Andrew kommt, sage ich ihm Lebwohl.*

Das ist nicht toll, aber es muss genügen. Zehn Minuten später hat er sich noch immer nicht gemeldet, und gelesen hat er meine Nachrichten auch nicht. Inzwischen habe ich die halbe Grafton Street zurückgelegt. Als das Bewley's in Sicht kommt, ist es auf der Straßenuhr davor schon eine Minute nach sechs. Da stehen allerhand Leute vor dem Café, aber keiner ist Andrew – was mich nicht sonderlich überrascht.

Plötzlich unsicher, ob ich überhaupt hier sein sollte, gehe ich auf die Uhr zu. Was wenn Joe sich abgewiesen fühlt und gerade seine Sachen packt, um abzureisen? Sollte ich nicht zum Hotel rennen und versuchen, ihn aufzuhalten, anstatt hier auf jemanden zu warten, der nicht kommen wird? Doch während ich schwanke, entdecke ich ein vertrautes Gesicht in der Menge. Er lehnt neben der Uhr an der Wand des Cafés, die Hände in den Manteltaschen. Für eine Sekunde stehe ich wie angewurzelt da: Ich kann es nicht glauben, dass er hier ist. Er sieht mich, und sein Gesicht hellt sich auf – er lächelt zögernd, dann grinst er breit, ein Anblick, den ich niemals leid sein werde. Ich renne auf ihn zu.

»Ich dachte, wenn das der Weg zu deinem Herzen ist, hier auf dich zu warten, dann sollte ich das tun«, sagt Joe.

»Ich bin ja so froh.« Und ich falle ihm in die Arme und küsse ihn ungestüm. »Ich bin so froh, dass du hier bist. Hast du meine Nachrichten bekommen? Es tut mir leid wegen vorhin. Das war nur neu für mich, und ich hatte Angst.«

»Schsch. Ist schon gut, Norah.« Er küsst mich. »Ich habe deine Nachrichten gelesen. Du brauchst dich nicht zu entschuldigen. Mir tut es auch leid. Du hattest recht. Es hat mich auch verunsichert. Es hat mir Angst gemacht, und ich hätte das eher zugeben sollen. Aber ich will das Risiko eingehen.«

»Ich auch.« Ich strahle ihn an.

»Gott sei Dank. Norah … ich will der sein, mit dem du dich unter Straßenuhren triffst. Ich will mich mit dir auf alles einlassen, voll und ganz.«

»Ich mich auch mit dir.«

»Gut. Dann lass uns das tun.«

Die Passanten, der Lärm und die fernen Stimmen eines Weihnachtschors verschwimmen im Hintergrund, als wir uns von Neuem ineinander verlieren. Es ist schwer zu begreifen, dass ich so großes Glück habe, dass mein bester Freund auf diese Weise die Liebe meines Lebens wird. Aber ich glaube daran. Und ich könnte mir nichts Schöneres wünschen. Ich greife nach seiner Hand. Mir ist gerade eingefallen, dass ich kein Weihnachtsgeschenk für ihn habe, aber ich weiß auch, dass ihm das nicht wichtig ist.

»Also«, sagt er nach ein paar Minuten. Er schaut zu der Uhr hoch, und er braucht nichts zu sagen, denn wir denken beide dasselbe.

»Tja«, sage ich.

»Es ist fast zehn nach sechs.«

»Ich weiß.«

Er beißt sich auf die Unterlippe, und ich glaube zu wissen, was er denkt: genau wie erwartet. Trotzdem überrascht mich, was er als Nächstes sagt.

»Bist du enttäuscht?« Die Besorgnis in seinem Blick verrät es mir: Er will nicht, dass ich enttäuscht bin, und das nicht etwa um seinetwillen, sondern um meinetwillen.

»Nein, bin ich nicht«, antworte ich aufrichtig. »Ich habe ihn tatsächlich gefunden, vorhin im Internet. Er hat seinen Nachnamen geändert. Jedenfalls weiß ich jetzt zumindest, was aus ihm geworden ist. Alles andere ist unwichtig.«

»Bist du sicher?«, fragt er, und ich nicke entschieden. Ich habe erreicht, was ich wollte: die Situation mit Andrew klären. Es stellt sich heraus, dass man auch ganz allein zu einem Abschluss kommen kann. Er ist nicht tot, und wahrscheinlich bringt er gerade ein Kind ins Bett oder trinkt etwas mit seiner Frau. Und der Gedanke macht mir gar nichts aus, anders als noch vor ein paar Tagen. Ich hoffe, dass er so glücklich ist wie ich.

»Manche Leute werfen mir vor, unpünktlich zu sein«, sagt Joe mit einem Blick zum Himmel. »Aber …« Sein Lächeln wird breiter, weil ich ihn angrinse, und ich beschließe, ihm den Triumph zu lassen, er hat ihn verdient.

»Du kommst immer gern zu spät, Joe. Aber heute Abend nicht.«

»Nein, heute Abend nicht. Heute Abend wollte ich pünktlich sein.«

Mir fällt etwas ein. »Joe, was ist mit dem Job in Japan? Ich habe vergessen, was du mir darüber erzählt hast, weil ich dabei so aufgewühlt war. Ist er dir wichtig?«

Ich fürchte mich davor, dass er ja sagt, und finde seine tatsächliche Antwort nicht beruhigend. »Schon möglich. Aber etwas anderes ist mir wichtiger.«

»Aber solltest du – sollten wir nicht darüber reden?«

»Keine Sorge. Das können wir später noch – nicht heute Abend.« Er greift nach meiner Hand. »Was möchtest du jetzt tun?«

Ich blicke lächelnd zu ihm auf und denke, dass es mir egal ist, solange wir zusammen sind. Und dass es schade wäre, unsere schönen Hotelzimmer nicht auszunutzen – oder wenigstens eins.

Gerade will ich vorschlagen, ins Hotel zu gehen und die vergeudete Zeit wettzumachen, als mich eine Stimme hinter mir zusammenfahren lässt.

»Norah?«

Ich erstarre und bin beinahe zu erschrocken, um mich umzudrehen. Diese Stimme habe ich seit zehn Jahren nicht gehört, aber ich erkenne sie sofort. Er klingt ein wenig älter und außer Atem, als wäre er gerannt. Doch er ist es. Er tritt näher.

»Norah? Bist du das?«

Ich weiß es, auch ohne mich umzudrehen: Es ist Andrew.

23

Old Flames

Heiligabend 2019, 18.10 Uhr

Ich habe durchaus schon peinliche Vorstellungsmomente erlebt, aber dieser wird mir unvergesslich bleiben. Ich weiß buchstäblich nicht, was ich sagen soll oder wie ich die beiden nennen soll, besonders da ich mich mit diesem neuen Andrew gerade erst selbst wieder bekannt mache. Er ist älter und fülliger geworden und hat tatsächlich einen Bart. Einen Bart! Darüber haben Joe und ich gewitzelt, aber ich habe nicht wirklich damit gerechnet.

»Ähm ... Andrew, das ist Joe. Joe, das ist Andrew.«

Joe reagiert als Erster und streckt ihm die Hand hin. »Freut mich, dich kennenzulernen«, sagt er.

Er klingt so gewandt und selbstbewusst, dass sogar Andrew ihn erstaunt ansieht, der offenbar in die Defensive geraten ist, weil er bei unserem Wiedersehen einen unerwarteten Gast antrifft. »Freut mich auch, Joe. Und frohe Weihnachten.«

»Fröhliche Weihnachten«, sagt Joe.

Ich überlege schon, ob wir einen peinlichen Abend zu dritt über uns ergehen lassen sollen, doch Joe befreit mich aus dem Dilemma.

»Norah, wie wär's, wenn ihr über alte Zeiten plaudert? Wir sehen uns dann später im Hotel.«

»Ganz sicher, Joe?« Es widerstrebt mir plötzlich, ihn gehen zu lassen.

Er sieht mich an, mit diesem neuen Lächeln, das ich bereits liebe. »Völlig. Viel Spaß – bis nachher.« Er gibt mir einen Kuss auf die Wange, nickt Andrew zu und geht.

Meine Güte, das war geschmeidig, denke ich und sehe ihm nach. Wann hat er sich das angeeignet?

»Unglaublich, dass du gekommen bist!«, sagt Andrew. »Also, wie geht es dir? Es ist ja eine Weile her!«

»Das kann man wohl sagen.« Ich stimme ihm lächelnd zu. »Und wie ist ...«

»Ist er dein ...« Wir reden gleichzeitig.

»Entschuldige!«, sagt er. »Lass uns noch mal anfangen. Willkommen in Dublin!«

»Danke«, sage ich und frage mich schon, ob wir über Nettigkeiten hinauskommen werden. Oder noch in das Café gehen. Ich friere wie ein Schneider. »Es ist schön hier.«

Gerade will ich vorschlagen hineinzugehen, als wir von einer fröhlichen Stimme überrascht werden.

»Andrew? Andrew Power! Komm her zu mir!« Eine schöne blonde Frau, die noch größer ist als ich, in einem hochgeschlossenen Webpelzmantel kommt auf uns zu. »Wie geht es dir? Wir haben uns ja ewig nicht gesehen!«

»Ah ... Grainne! Wie geht's?« Andrew klingt ein bisschen nervös, doch Grainne freut sich immens, ihn zu sehen, und mir kommt ein erschütternder Gedanke: Hat Andrew sich etwa angewöhnt, sich mit Frauen für Heiligabend auf der Grafton Street zu verabreden? Reist er durch Europa und sammelt E-Mail-Adressen und lockt gutgläubige Frauen zum Bewley's, nur um zu sehen, welche aufkreuzt?

»Lebst du jetzt in Dublin oder noch in Berlin?«, fragt sie.

»Nein, nein, wieder in Dublin. Und du?«

»In Australien!«, antwortet sie. »In Sydney. Ich arbeite für ein Auktionshaus. Vormittags mache ich meinen Job, nachmittags bin ich am Strand. Besser kann man es nicht haben!«

»Fantastisch!« Andrew stellt mich ihr vor, und als ich überlege, ob ich Joe anrufen und ihm einen Abend zu viert vorschlagen soll, sagt Grainne, wie nett es war, sich über den Weg zu laufen, und saust ins Café, um sich mit ihren Freunden zu treffen.

»Wow. Wie klein die Welt ist!«, sagt Andrew und sieht mich mit einem komischen Grinsen an. »Was habe ich dir gesagt? Geh an Heiligabend die Grafton Street entlang, und du begegnest Gott und der Welt.«

Das hat er damals nicht gesagt – damals hat er es poetischer ausgedrückt, nicht wahr? Aber ich weiß, was er meint und lächle einfach. »Ja, die Welt ist klein.«

»Gut, hör zu, lass uns woanders hingehen. Hast du Zeit, um etwas zu trinken? Wie wär's mit ... Lass mal sehen. Es wird überall brechend voll sein. Ah, ich weiß. Hier entlang.«

»Warum nicht ins Bewley's?«, frage ich verwirrt, gehe aber mit ihm. Wir biegen in den Johnsons's Court ein, wo ich vorher gewesen bin.

»Da war kein Platz mehr – ich habe eben kurz reingesehen. Und ich weiß nicht, wie es dir geht, aber ich könnte ein Bier vertragen. Ich will genau wissen, was du in der Zwischenzeit getrieben hast. Ist es wirklich schon zehn Jahre her?«

Wir gehen durch mehrere Straßen, biegen in demselben Gassengewirr, das Joe und ich neulich erkundet haben, ein paar Mal rechts und links ab. »Ah, wir sind im Purple Flag District«, sage ich.

»Ha, ich weiß! Was soll das? Keine Ahnung.« Er hält mir eine Tür auf, und wir gehen hinein. »Das ist Dublins absoluter Geheimtipp. Ich stehe auf Hotelbars, du auch?«

»Tatsächlich, ja.« Er geht voran die Treppe hoch und an einer Glastür vorbei in ein hübsches, verstecktes Lokal. Es hat diese Wohnzimmeratmosphäre, die mir schon bei anderen aufgefallen ist, vornehm und ein wenig abgenutzt, mit grünen Tapeten und verglasten Bücherschränken. Es ist gut besucht, aber wir finden einen Platz an der Theke und bestellen einen Champagnercocktail für mich und ein großes Heineken für ihn.

»Das muss gefeiert werden, findest du nicht? Ich kann nicht glauben, dass du wirklich gekommen bist«, sagt er.

»Ich staune, dass *du* gekommen bist!«, entgegne ich. »Ich meine, wie wahrscheinlich war das? Vor allem da du auf meine letzte E-Mail nicht geantwortet hast.« Daran merke ich, dass sich meine Gefühle für ihn vollständig gewandelt haben – sonst hätte ich nicht zugeben können, dass ich genau nachgehalten habe, wer wem zuletzt geschrieben hat.

»Moment«, sagt er. »*Du* hast *mir* nicht geantwortet, oder? Du hast mir deine neue E-Mail-Adresse mitgeteilt, ich habe darauf geantwortet und dann nichts mehr von dir gehört. Da bin ich mir ziemlich sicher.«

»Nein! Von dir kam keine Antwort. Daran würde ich mich erinnern!« Wir streiten ein paar Minuten darüber, bis unsere Getränke kommen und wir uns einigen, das als Fehlkommunikation abzuhaken. Schließlich sei das ewig her.

»Also dann prost«, sagt er, und wir stoßen an. »Du siehst schön aus, Norah. Du hast dich kein bisschen verändert.«

Ich lache, weil mir gerade klar wird, wie ungepflegt ich in meinem Pullover-Jeans-Outfit und ohne einen Hauch Make-up erscheinen muss – ein ganz anderer Look, als ich mir für diesen Abend vorgestellt hatte. Wenigstens habe ich geduscht. Oder war das gestern? »Du hast dich auch nicht verändert«, erwidere ich, eher höflich als ehrlich, denn in Wirklichkeit hat er ein paar graue Haare bekommen und ein bisschen mehr Moos angesetzt, wie Kiran es ausdrücken würde. »Allerdings muss ich sagen, dass ich irgendwann geglaubt habe, du wärst tot«, gestehe ich. Meine neue Ehrlichkeit gefällt mir. Ich hätte das früher ganz sicher nicht ausgesprochen.

»Ach ja, der Name!« Er schaut ein wenig verunsichert. »Das wirkt prätentiös, ich weiß. Aber es gibt einen Flötisten, der Andrew Power heißt. Das hat immer wieder zu Verwechslungen geführt. Und ich dachte, es ist ganz gut, einen Künstlernamen zu haben. Du weißt schon ... um die Paparazzi fernzuhalten.« Er grinst.

»Du bist sehr erfolgreich. Ich habe mir kürzlich deinen Kanon für Streicher angehört. Er ist wirklich schön.«

»Danke«, sagt er ernst. »Aber was ist mit dir? Du warst ebenfalls verschwunden! Ich habe dich nämlich auch gegoogelt ... Was machst du zurzeit?«

Meine Erfolge sind Peanuts im Vergleich zu seinen Arbeiten und Auszeichnungen. Aber ich bin stolz und glücklich, ihm zu berichten, was ich beruflich mache, denn ich liebe meine Arbeit.

»Deshalb habe ich dich also nicht gefunden – ich habe nach einer Sängerin gesucht, nicht nach einer Lehrerin. Trotzdem gibt es viel Musik in deinem Leben«, stellt er fest. »Das ist eine schöne Sache.«

»Das stimmt.« Ich lächle ihn an und frage mich, ob er ständig solche lockeren Sprüche benutzt. Es fällt mir schwer zu entscheiden, ob ich ihn wie einen alten Freund oder mehr wie eine freundliche Zufallsbekanntschaft empfinde – oder beides. Er könnte fast ein lang verschollener Cousin sein. Was tatsächlich denkbar ist, wie mir jetzt einfällt. Ich muss mir auf die Lippe beißen, um nicht zu lachen.

»Singst du denn noch?«, fragt er.

»Nun, eigentlich nicht. Aber ich werde wieder damit anfangen.« Ich erzähle von meiner Auszeit und komme dadurch auf meinen Vater zu sprechen.

»Tut mir leid, das zu hören«, sagt er. Er berührt kurz meinen Arm. »Das ist eine furchtbare Sache. Ich weiß noch, wie du von ihm gesprochen hast – er war sicher ein großartiger Mensch. Ihr habt euch nahe gestanden.«

»Das ist wahr. Aber Andrew, du hast deinen Vater auch verloren, und neulich dachte ich noch daran, dass ich dich nie danach gefragt habe ... Mir war damals nicht klar, was das heißt.«

»Wahrscheinlich hätte ich nicht viel erzählt«, sagt er. »Ich hab das damals alles weggepackt. Es löst eine gewisse Scham aus, wenn man so jung ein Elternteil verliert. Man fühlt sich anders, und in dem Alter will man das nicht. So ein Verlust ist in jedem Alter schwer. Aber ich kann dir versichern, es wird leichter. Die Trauer wird nicht geringer, sondern man selbst wird stärker und kann besser damit leben.«

Ich nicke und finde das irgendwie tröstlich.

»Aber das hätte ich dir damals nicht sagen können ... bei dem Thema war ich sehr verschlossen. Das hat auch in meinen Beziehungen für Probleme gesorgt ... Aber ich werde darin schon besser, obwohl manche Leute vielleicht daran zweifeln mögen.« Er lächelt mich wehmütig an und nimmt einen Schluck Bier.

Das bringt mich auf einen Gedanken. »Bist du mit jemandem zusammen?«

»Ja. Sie ist zufällig auch Sängerin. Eine Mezzosopranistin, Zuzana – Zu. Sie ist Tschechin. Sie singt in vielen Opern- und

Konzerthäusern, und ich bin auch viel unterwegs. Aber wir sorgen dafür, dass das funktioniert.«

Ich nicke und denke, wie eifersüchtig mich das vor ein paar Wochen – vor ein paar Tagen! – noch gemacht hätte: Andrew, der erfolgreiche Komponist, und eine zweifellos schöne tschechische Opernsängerin. Doch jetzt denke ich: *Gut, dass sie es ist und nicht ich.* Dafür sorgen zu müssen, dass das funktioniert, mit vielen Kompromissen und Telefongesprächen, mühsam abgezweigten Wochenenden, Skypen und Terminabgleichen – das klingt ermüdend, stressig und absolut unbefriedigend. Aber ich wünsche ihnen, dass sie glücklich sind. Er hat es verdient.

»Weiß sie, dass wir in diesem Moment zusammen sind?«, frage ich plötzlich.

»Oh ja.«

»Und sie hat nichts dagegen? Wie hast du ihr das erklärt?« Das möchte ich wirklich gern wissen.

»Ich habe ihr die Wahrheit gesagt ... dass wir uns damals im Urlaub kennengelernt haben und eine Romanze hatten, als wir noch sehr jung waren. Dass wir zusammen auf der Straße musiziert haben und als Freunde in Kontakt geblieben sind. Und dass wir uns aus den Augen verloren haben, aber diese Verabredung bestand. Die ich deshalb einhalten wollte.« Er zuckt mit den Schultern. »Sie ist ziemlich abergläubisch – wie viele Sängerinnen meiner Erfahrung nach. Sie trägt auch eine Glückskette und hat lauter Rituale, die sie vor den Auftritten einhält. Deshalb sagte sie, ich soll das Versprechen halten – wegen des Karmas.«

Ich nicke. *Als Freunde?*, denke ich, und dann erkenne ich, dass ich ihn einfach danach fragen kann. »So hast du mich gesehen, Andrew? Als eine Freundin?«

»Nun ja ...« Er verzieht das Gesicht. »Irgendwie ja. Vielleicht nicht ganz. Na ja, vielleicht habe ich das ein bisschen für sie verharmlost. Bin ich schrecklich? Aber ich wusste, du würdest auch nach vorn sehen und dein Leben weiterleben, genau wie ich.«

Ich nicke wieder. In diesem Punkt bin ich gar nicht geneigt, ehrlich zu bekennen, wie nahe ich daran gewesen bin, in der Vergangenheit stecken zu bleiben. Ich nehme mir einen Moment Zeit, um jener anderen Norah Mitgefühl entgegenzubringen, die zu diesem Treffen gegangen und tief enttäuscht worden wäre. Besonders als er weitererzählt.

»Ich habe nicht erwartet, dass es zwischen uns wieder aufflammt. Wie soll das auch möglich sein? Du weißt sicher, was du damals gesagt hast: dass es beim Jazz um den Moment geht.«

»Nein, das hast *du* gesagt!«, protestiere ich. »Dabei ging es um Wein. Du hast gesagt, beim Wein geht es um den Moment.«

»Hab ich? Ich weiß es nicht mehr.« Er runzelt die Stirn, dann lacht er. »Und da siehst du es. Wir hatten eine schöne Zeit miteinander, aber mehr war uns nicht vergönnt.«

»Vom Schicksal zusammengeführt, aber nicht füreinander bestimmt«, sage ich und muss an eine Diskussion mit Joe denken.

»Ah, das ist großartig«, sagt Andrew. »Das ist treffend ausgedrückt. Ich war vollauf mit meiner Arbeit befasst, als wir uns damals begegnet sind. Ich hatte nicht die Reife für eine feste Beziehung und eigentlich auch kein Interesse daran. Ich habe dir sehr gern geschrieben, aber um ehrlich zu sein, hatte ich ganz andere Dinge im Kopf. Allerdings war ich betrübt, als du deinen Freund erwähnt hast – Mark hieß er, oder?«

»Matt.«

»Ja. Als du nicht zu meinem Konzert kommen konntest …«

»Ja! Das weiß ich noch. Ich wünschte, es hätte geklappt.«

»Ist schon gut, Norah. Ich war enttäuscht über deine Absage, aber auch ein bisschen erleichtert. Denn selbst wenn du keinen Freund gehabt hättest, hätte es nicht so sein können wie damals – oder so werden können wie damals, denn ich musste zurück nach Berlin.«

»Das wäre hart geworden«, pflichte ich ihm bei. Traurig, das jetzt zu hören, aber es bestätigt meine Vermutungen von damals, dass es zu schmerzhaft gewesen wäre, ihn zum zweiten Mal gehen zu lassen, und auch Kirans vernünftige Einschätzung, dass er sowieso nicht die Absicht hat, es wieder aufleben zu lassen. Wenn er mich anschließend hätte wiedersehen wollen, hätte ich mich natürlich darauf eingelassen. Vermutlich wäre ich sogar nach Berlin gezogen, wenn er mich darum gebeten hätte. Aber das war nicht passiert, und es ist okay.

»Na, jedenfalls sind wir jetzt hier«, sagt er, als hätte er meine Gedanken gelesen. »Ist das nicht ein Wunder? Dass du und ich nach zehn Jahren tatsächlich hierhergekommen sind, um der alten Zeiten willen – das ist eine schöne Sache. Ich weiß noch, mit welchen Songs du mich vertraut gemacht hast, und du erinnerst dich vielleicht auch an einige, die ich dir beigebracht habe.«

»Oh! Allerdings! Du wirst nicht glauben, was neulich Abend passiert ist, genauer gesagt, gestern.« Ich erzähle ihm von dem Spontanauftritt bei der Hochzeit und dass ich *Going Back* gesungen habe.

»Sag bloß! Du hast bestimmt stürmischen Applaus bekommen. Du und Dusty! Das passt.« Er schüttelt bewundernd den Kopf. »Ich wünschte, ich wäre dabei gewesen. Die hatten echtes Glück, dass du zufällig dort warst.«

»Und ich hatte Glück, dass du mir den Song beigebracht hast.«

»Anscheinend. Das ist komisch, nicht? Welchen Einfluss selbst kurze Begegnungen auf uns haben können. Das ist ein bisschen wie mit deinem Vater, weißt du.« Er lächelt mich an. »Durch ihn kennst du die vielen Jazzstücke, nicht wahr? Und wenn du sie singst, holst du ihn in die Gegenwart zurück. Und dann führst du andere an diese Musik heran, und so geht es weiter.«

»Wie ein Kanon«, sage ich.

»Genau. Spielte er ein Instrument? Ich weiß nicht mehr, ob du das mal erwähnt hast.«

»Nein, tat er nicht. Er war Baukalkulator. Er hat in seinem Leben nie eine Note gespielt, er war nur ein Jazzfan.«

»Jede Musik hat ihr Publikum. Er war bestimmt sehr stolz auf dich«, sagt er.

»Danke. Ja, das war er.« Oh, wieso bringt mich im Moment alles zum Weinen? Ich räuspere mich und gebe dem Barkeeper ein Zeichen, der uns daraufhin noch eine Runde bringt.

»Du hattest eine sehr schöne Stimme«, fährt Andrew fort. »Sicherlich noch immer. Warum hast du das Singen aufgegeben? Bestimmt nicht nur, weil du ihn verloren hast?«

Ich seufze. »Wahrscheinlich nicht. Wenn ich ehrlich sein soll, war mein Erfolgshunger wohl nicht groß genug. Ich war nicht bereit, mein ganzes Leben dem Singen zu opfern und mich zu vermarkten und Werbung zu machen, um mich besser zu verkaufen und die nächste Joss Stone zu werden … all das war mir zuwider. Ich wollte bloß singen.«

»Dann tu das«, sagt er. »Das ist schon das ganze Geheimnis, Norah. Ich bin ganz erfolgreich damit. Ich bin kein Arvo Pärt oder Hans Zimmer, aber das ist nicht wichtig. Ich habe vor langer Zeit begriffen, dass egal welche Erfolge ich erziele, es immer einen Preis gibt, den ich nicht gewinne, immer jemand eine bessere Kritik bekommt, ich nicht für jeden reizvollen Kompositionsauftrag gefragt bin. Und deshalb mache ich einfach mein Ding. Die Arbeit selbst ist ein Lohn.« Er stutzt und lacht. »Entschuldige, ich wollte dir keinen Vortrag halten.«

Wir plaudern noch eine Weile über Musik, unsere Arbeit und unser Leben in London und Dublin. Andrew erzählt, dass er ein Haus in Portobello hat, worauf ich ihn verblüfft ansehe und er erklärt, dass eine Gegend bei Dublin so heißt.

»Es ist ein kleines Reihenhaus«, sagt er. »Es hatte drei winzige Schlafzimmer im oberen Stock, aber ich habe die Wände herausgerissen und ein großes Schlafzimmer daraus gemacht, mit einer frei stehenden Badewanne – ich liebe das.«

Es gab mal eine Zeit, da hätte ich das wunderbar gefunden und mir ausgemalt, wie ich ihn besuche und was wir in dem Bett und der Badewanne tun … Jetzt denke ich, dass sich das Haus dadurch schlechter verkaufen oder vermieten lässt, ganz zu schweigen davon, welche Junggesellen-Vibes da rüberkommen. Das beweist meine Theorie, dass manche Menschen auch in einer festen Beziehung Single bleiben. Ich frage mich, wie Zuzana darüber denkt, dass dadurch Zimmer für künftige tschechisch-irische Babys fehlen. Aber sicher weiß sie, was sie tut.

»Wie lange bist du schon mit … tut mir leid, ich kann mir keine Namen merken, es ist zum Haareraufen. War es John?«

»Joe.« Ich lächle über den Ausdruck, weil Lasairfhiona, wie Joe mir erzählt hat, ihn auch gebraucht hat. »Schwierige Frage. Ich kenne ihn schon ewig, aber … zusammen sind wir erst seit Kurzem.«

»Das ist großartig. Er ist ein Glückspilz«, sagt Andrew. »Was macht er beruflich?«

Während ich das erkläre, fällt mir auf, dass er und Andrew einiges gemeinsam haben – abgesehen von mir. Beide sind schöpferisch tätig und begabt und charmant. Und beide sind bodenständig, umgänglich und allürenfrei. Aber in meinen Augen ist Joe der Zuverlässigere – er ist stärker. Ich könnte mich endlos auf ihn stützen, er würde nicht einknicken. Er wäre wie ein Fels in der Brandung. Wogegen Andrew bei der ersten Belastung ausweichen würde, vielleicht unbewusst, aber dennoch. Das Urteil stütze ich teils darauf, dass er sagte, er sei noch nicht bereit gewesen für eine feste Beziehung – was meiner Ansicht nach nicht völlig geklärt ist –, und teils darauf, dass er kaum darauf eingegangen ist, als ich ihm einmal schrieb, dass es mit meiner Gesangskarriere schlecht lief.

Aber vielleicht ist das nur eine Frage der Prioritäten. Bei Andrew kommt die Musik immer an erster Stelle, und bei seiner Arbeit gibt er alles. Ich würde mich mit dem zufriedengeben müssen, was übrig bleibt. So war es zwischen uns von Anfang an. Er hat an seine Karriere gedacht, aber es war nicht so, als hätte er nicht versuchen können, sich in London niederzulassen oder mich wenigstens zu besuchen. Ich habe mir die Schuld gegeben, weil ich das Treffen in London nach seinem Konzert abgelehnt habe, aber war es da nicht sowieso schon zu spät? Selbst dass er heute Abend erst zehn nach sechs gekommen ist, spricht doch Bände, finde ich.

Einen Moment lang stelle ich mir ein anderes Leben vor, in dem ich Andrew vor zehn Jahren nach New York und dann nach Kalifornien und Berlin gefolgt wäre. Ich wäre eine Randfigur seines Lebens gewesen und hätte kaum ein eigenes geführt, sondern ihm geholfen, Stipendienformulare auszufüllen, und geduldig gewartet, während er komponierte. Joe widmet sich auch mit Hingabe seiner Arbeit, aber ich weiß, das wird ihn nicht abhalten, mich zum Mittelpunkt seines Lebens zu machen. Wie bei dem Jobangebot aus Japan. Das wäre sicherlich eine große berufliche Chance für ihn, aber es scheint, als habe er vor, es abzulehnen, um bei mir in London zu bleiben.

»Und wir haben in diesen erstaunlichen Zelten übernachtet, in der Wüste in New Mexico. Man stand mit der Sonne auf …«

Andrew erzählt von seiner Arbeit für die Wurlitzer Foundation, und das ist bestimmt interessant, aber ich habe eine ganze Weile nicht zugehört und stattdessen über etwas nachgedacht. Ich weiß nicht, wie sehr Joe an dem Job in Japan interessiert ist, aber wenn, dann verpasst er vielleicht eine Riesenchance, nur weil er nicht mehr Single ist. Was sagte er noch gleich? *Anderes ist mir wichtiger.* In dem Moment hatte ich nicht weiter darüber nachgedacht. Und nun sitze ich in dieser Hotelbar und plaudere mit einer alten Flamme seit – ich sehe auf die Uhr – über anderthalb Stunden. Eigentlich fast zwei.

»Musst du wieder los?«, fragt Andrew.

»Allerdings.« Ich stehe auf und ziehe mir den Mantel an. »Tut mir leid, Andrew, ich hab nicht auf die Zeit geachtet.«

»Gut.« Er steht ebenfalls auf. »Es war total schön, dich wiederzusehen, Norah. Lass uns nicht wieder zehn Jahre warten. Bitte, ich geb dir meine E-Mail-Adresse, und du kannst mir deine geben. Wenn ich das nächste Mal in London bin, komme ich und halte einen Vortrag vor deinen Schülerinnen, wenn du möchtest. Und ich lade euch beide zum Essen ein.«

»Wirklich? Das wäre großartig. Ich würde auch gern Zuzana kennenlernen.« Ich umarme ihn und bin zutiefst erleichtert, weil ich nichts dabei empfinde, außer Zuneigung für einen alten Freund.

»Fast hätte ich es vergessen«, sagt er, als wir auf die Rechnung warten. »Ich habe etwas für dich.« Er greift in seine Tasche und nimmt ein Foto aus einem Terminkalender. »Erinnerst du dich?«

Die Aufnahme hat er gemacht, als wir am Gardasee auf die Fähre warteten. Ich in meinem schwarzen Kleid beschirme mir die Augen mit einer Hand und blinzle lächelnd in die Kamera. Das ist, als sähe ich eine alte Freundin wieder. Ich betrachte die junge Frau und denke: *Ja, ich erinnere mich an dich.*

»Das hab ich gefunden, als ich zu Hause mein altes Zimmer ausräumte ... meine Mutter hat mich jahrelang dazu gedrängt. Es lag in einer Schublade. Ich fand es ein bisschen komisch, dass ich es behalten habe – du weißt schon, wegen Zu.«

Das wundert mich – ist das nicht ein wenig übertrieben? Doch dann stelle ich mir vor, wie es mir ginge, wenn Joe ein Foto von einer alten Freundin aufbewahrt hätte und ich es fände.

»Deshalb habe ich es heute Abend eingesteckt, für den Fall, dass du auftauchst. Was ich noch immer unglaublich finde ... Nun jedenfalls schenke ich es dir. Als kleines Andenken an unsere Woche in Italien.«

Ich brauche das Erinnerungsstück nicht, aber ich bedanke mich und stecke es ein. Ich bin glücklich, weil die beiden Männer, die mir so lange im Kopf herumgegangen sind, endlich die richtigen Plätze eingenommen haben: Andrew als netter alter Freund und Joe als der ... nun, als der Richtige.

Das Bezahlen dauert ewig, aber schließlich stehen wir draußen. Ich greife zum Handy, um Joe Bescheid zu geben, dass ich auf dem Rückweg bin, doch der Akku ist leer. Es ist schon halb neun.

»Du musst heute Abend um Mitternacht auf die Glocken hören«, sagt Andrew. »In der ganzen Stadt läuten die Kirchenglocken. Das hört man auch im Shelbourne.«

Er lächelt mich an, und für eine Sekunde trauere ich dem nach, was nie gewesen ist. Aber nur für eine Sekunde, und dann ist das Gefühl vorbei. Nach einem kurzen Abschied trennen sich unsere Wege – er fährt zu seiner Mutter nach Bray, und ich kehre zurück zum Shelbourne. Ich renne los, ohne mich noch einmal umzusehen.

24

What A Difference A Day Makes

Heiligabend 2019, 20.45 Uhr

Voller Unruhe eile ich zum Hotel. Joe wird sicher nicht erwartet haben, dass ich so lange wegbleibe oder nicht ins Bewley's, sondern woanders hingehe – was, wenn er noch mal zurückgekommen ist und mich nicht angetroffen hat? Hoffentlich versteht er, dass Andrew und ich uns viel zu erzählen hatten.

Ich denke noch mal ernsthaft über Joes Jobangebot in Japan nach. Zwar weiß ich nichts Genaues, aber klar ist, dass es für ihn eine große Chance bedeutet und auch ein großes Abenteuer. Ich frage mich, wo in Japan. Vermutlich in Tokyo oder einer anderen Großstadt. Mein Wissen über das Land ist sehr oberflächlich, aber ich habe Fotos gesehen. Es gibt nicht nur Millionenstädte, sondern auch viele herrliche Waldgebiete. Caroline war dort und sagt, dass sie nirgendwo so gut gegessen hat wie in Japan. Und ich erinnere mich, dass mein Vater mir erzählte, es gebe da eine große Jazzszene, besonders in Tokyo.

Wäre es verrückt, Joe zu sagen, dass ich mit ihm ziehen würde, wenn er die Stelle annähme? Ich liebe meine Arbeit in der Mädchenschule, aber war ich am Ende des Trimesters nicht plötzlich mit der Befürchtung konfrontiert, ich könnte in dreißig Jahren aufwachen und mich genau da wiederfinden, wo ich heute bin? Während ich auf das Shelbourne zuhalte, beschließe ich, am besten offen mit ihm darüber zu reden. Anscheinend denke ich schon sehr weit voraus, aber Joe soll wissen, dass ich für alles offen bin, was er wirklich will, denn ich bin wahnsinnig in ihn verliebt.

Abrupt bleibe ich auf dem rutschigen Pflaster stehen, als mich die Erkenntnis trifft: *Ich bin wahnsinnig in Joe verliebt!*

Ich laufe hinein, den roten Teppich entlang, lächle dem Portier zu und stürze ins Foyer. Sicherheitshalber werfe ich einen Blick in die Kellerbar, ob er etwa mit einem Buch dort wartet, aber das ist nicht der Fall. Zu ungeduldig, um auf den Aufzug zu warten, eile ich die Treppen hoch und komme atemlos vor seiner Tür an. Ich klopfe.

Keine Reaktion. Ich warte zwei, drei Minuten und klopfe erneut. Wieder nichts. Nun mache ich mir Sorgen. Ich schließe mein eigenes Zimmer auf und ramme, ohne mich mit Lichtanschalten aufzuhalten, mein Ladekabel ins Handy, um zu sehen, ob er mir eine Nachricht hinterlassen hat. Aber das Display bleibt erst einmal schwarz. Während ich darauf warte, dass es Minimalladung erhält, sehe ich aus dem Fenster in den weihnachtlich beleuchteten Park und frage mich, ob Joe sich entschieden hat … was? Noch mal einen kurzen Bummel zu machen? Plötzlich fallen mir Lasairfhiona und ihre Einladung zu dem Heiligabend-Umtrunk ein. Ich bin mir aber sicher, dass er nach allem, was zwischen uns geschehen ist, nicht mit ihr ausgeht. Oder doch?

Mein Handy hat nun ein Prozent Akkuladung, von Joe ist aber keine Nachricht eingegangen. Ich schreibe ihm: *Bin wieder in meinem Zimmer. Wo bist du?* Es kommt keine Antwort.

Ich warte fünf lange Minuten. Nichts. Nicht mal ein blaues Häkchen. Noch einmal gehe ich nach nebenan und klopfe. Es bleibt still, und so kehre ich in mein Zimmer zurück. Vielleicht hat er sich doch Lasairfhiona und ihren Freunden angeschlossen, da ich schließlich den Abend mit Andrew verbringen würde. Das ist im Grunde in Ordnung, denke ich, aber ich bin aufgewühlt – und besorgt. Plötzlich überkommt mich ein ungutes Gefühl. Kann ihm etwas zugestoßen sein – irgendein furchtbarer Unfall auf dem Rückweg zum Hotel? Wenn er irgendwelchen Ärger bekommen hat, welcher Art auch immer, werde ich mir das nie verzeihen.

Um mich abzulenken, öffne ich meine Handtasche und nehme das Foto heraus, das Andrew mir gegeben hat. Ich erkenne mich kaum wieder. Was für kindliche Züge ich damals noch hatte – und wie dünn ich war! Allerdings habe ich das zu der Zeit nicht gesehen. Ich erinnere mich, dass ich mich in diesem Urlaub in meinem Bikini unwohl gefühlt habe, aber jetzt denke ich: *Warum habe ich nicht den ganzen Tag Bikini getragen?* Während ich das Foto betrachte, wird mir noch etwas klar. Ich bin nach Dublin gekommen, um Andrew zu finden – aber vielleicht war die Person, die ich wirklich finden musste, mein jüngeres Ich, die Norah, die Risiken einging, die in Bars sang, durch Italien reiste und dort eine Woche mit einem Mann verbrachte, den sie kaum kannte. Diese Norah bin ich nicht mehr und möchte ich auch nicht mehr sein. Aber vielleicht kann ich mir diesen Abenteuersinn und meine alte Furchtlosigkeit wieder aneignen.

Aber man steht immer wieder vor neuen Situationen, wie ich inzwischen weiß, und meine alte Furchtlosigkeit hindert mich nicht daran, mir wegen Joe Sorgen zu machen. Natürlich ist es schwieriger, furchtlos zu sein, wenn man viel zu verlieren hat. Doch meine Erfahrungen haben mich eines gelehrt: Was immer passiert, was immer mir das Leben schwer machen wird, ich werde es überstehen. Selbst wenn ich Joe verlieren sollte, werde ich klarkommen. Und mehr als klarkommen. Allerdings wüsste ich wirklich gern, wo er steckt.

Es klopft an der Tür. »Norah?«

So schnell habe ich mich noch nie bewegt. Innerhalb von zwei Sekunden bin ich an der Tür und reiße sie auf, dann falle ich ihm um den Hals. »Joe! Wo bist du gewesen? Ich dachte, du wärst tot! Oder mit Lasairfhiona zusammen!« Was natürlich besser wäre als tot, aber ich möchte nicht wählen müssen. Ich küsse ihn leidenschaftlich, dann ziehe ich ihn ins Zimmer und küsse ihn noch einmal.

»Wow«, sagte er nach einer Minute. »Ich will nicht lügen: Wenn das jedes Mal passiert, wenn ich aus Versehen eingeschlafen bin, dann werde ich das häufiger tun.«

»Oh Gott, du hast geschlafen? Wie konntest du nur?« Unfassbar, dass er friedlich schlummerte, während ich völlig aufgelöst war.

»Na ja, du warst bei einer Verabredung. Ich bin nervös in meinem Zimmer rumgelaufen, denn das waren ziemlich aufregende Tage, und ich weiß ja nicht, wie es bei dir war, aber ich hab kaum geschlafen. Ich dachte, ich mache für fünf Minuten die Augen zu, und als ich wieder wach wurde, hab ich deine Nachricht gesehen – vor zwanzig Sekunden.« Er hält inne. »Also, wie war dein Wiedersehen mit Andrew? Bist du nach all den Jahren noch immer verrückt nach ihm?«

»Es war gut. Es war nett.« Tatsächlich muss ich einen Moment nachdenken, um mich zu erinnern, wie es war. Ich werde Joe später von Pats scharfsinnigen Bemerkungen zu meinem »Abschluss« mit Andrew erzählen.

»Gut und nett ist genau das, worauf ich gehofft hatte. Ich muss zugeben, ich habe mich gefragt, ob ich vollkommen verrückt bin, dass ich dich mit deiner alten Flamme etwas trinken gehen lasse … Aber ich wollte auch, dass du dich dem Gespenst stellst, sozusagen. Damit da keine Baustelle bestehen bleibt.«

»Da ist keine … oder vielmehr ist da schon eine, aber zwischen dir und mir. Komm her.« Ich ziehe ihn aufs Bett, und er nimmt mein Gesicht in die Hände und küsst mich, und dann ist erst mal Schluss mit Reden.

Später liegen wir eng umschlungen da und überlegen, ob wir schon hungrig genug sind, um etwas beim Zimmerservice zu bestellen, oder uns ein Bad einlassen. Ich bin für das Bad, aber Joe sagt, er möchte nicht, dass ich später Hunger bekomme und grantig werde, also bestellen wir zwei Cheeseburger und eine Flasche Rotwein.

»Der perfekte Heiligabendschmaus«, sagt Joe, als das Essen da ist.

»Nicht wahr?« Ich beiße in meinen Burger, während er mir ein Glas Wein einschenkt. »Oh, der ist gut … Ich bin mir nicht sicher, ob ich heute schon irgendwas gegessen habe, und du? Oder … Moment, ich hatte ein gegrilltes Sandwich.« Ich schüttle den Kopf. Dieser ganze Feiertagsurlaub ist nicht gut für meinen Cholesterinspiegel. »Aber es gibt etwas, worüber ich mit dir reden muss, Joe.«

Er sieht mich argwöhnisch an. »Okay … Was denn? Will Andrew eine Dreiecksbeziehung mit uns?«

»Was? Oh – nein. Allerdings möchte er, dass wir seine Freundin kennenlernen. Sie heißt Zu und ist offenbar Opernsängerin.« Ich stürze mich auf die Pommes, die genauso salzig und fettig sind, wie sie sein sollten. »Nein, ich wollte mit dir über Japan reden. Oder dich wegen Japan fragen.« Ich bringe das äußerste Opfer und unterbreche meine Pommeszufuhr, damit ich anständig reden kann. »Ist das für dich eine große Chance? Denn ich möchte nicht, dass du sie sausen lässt.«

»Wirklich?« Er hält meinen Blick fest, und kurz wird mir schwindlig von dem Ausdruck in seinen Augen.

»Wirklich. Würdest du gern nach Japan ziehen? Weil … ich würde es mir überlegen«, sage ich.

»Was überlegen – eine Fernbeziehung?«

»Bloß nicht!«, ist meine unzensierte Antwort. »Na ja, zur Not. Aber ehrlich, der Gedanke, mit dir zu skypen und auf den Zeitunterschied Rücksicht zu nehmen und in ein Flugzeug steigen zu müssen, um dich zu sehen – wo ich dich gerade erst gefunden habe, sozusagen –, das wäre furchtbar. Wenn wir das wollen, dann würde ich es einfach tun.«

»Du würdest mitkommen?«, fragt er, wieder mit diesem schwindelerregenden Blick. »Und was ist mit deiner Stelle?«

»Ich könnte vermutlich um ein Sabbatjahr bitten«, räume ich ein. »Und ich würde dort definitiv arbeiten wollen, also müssten wir uns um ein Visum kümmern. Aber was ist mit dir? Was hältst du davon?«

»Na ja …« Er schiebt seinen leeren Teller weg und wischt sich die Finger mit der Stoffserviette ab. »Ganz ehrlich? Ich will nicht nach Japan. Ich habe das nur als letzten Ausweg erwähnt, aber den will ich eigentlich nicht gehen.«

»Ehrlich?« Ich bin ganz durcheinander, als meine vagen Aussichten auf Tempel und Wälder, Wolkenkratzer und Sushi in die Ferne rücken.

»Ja. Wo ich jetzt bin, komme ich ziemlich gut klar, weißt du. Ich übernehme größere Rollen, mache immer wieder etwas Neues – ich möchte das gar nicht ändern. Die Bezahlung in Japan wäre ziemlich gut, die Arbeitszeiten allerdings lang, noch länger als hier. Aber es ist sehr schön zu wissen, dass du dazu bereit wärst.« Er schweigt kurz. »Schön ist nicht einmal annähernd das richtige Wort. Es ist wunderbar. Zu wissen, dass du es wirklich in Betracht ziehst. Das ist der Grund, weshalb ich gerade so eifrig nachgehakt habe. Tut mir leid, das war ein bisschen übertrieben.«

»Ist schon gut.«

Er zieht eine Braue hoch. »Nicht dass ich nicht begeistert bin, aber was hat den Sinneswandel in Bezug auf mich ausgelöst – ich meine, in Bezug auf uns? Heute Morgen warst du dir nicht so sicher.«

»Nichts Bestimmtes, sondern im Grunde alles.« Ich zögere, versuche, meine Gedanken in Worte zu fassen. »Ich bin wohl lange einem Hirngespinst nachgejagt und habe viel Ballast mit mir rumgetragen. Und heute habe ich endlich erkannt, wie ich das alles loslassen kann, falls du verstehst, was ich meine.«

Er nickt. »Ich bin sehr froh darüber. Auch für dich.«

»Ich hatte auch Angst vor diesem Schritt, wenn ich ehrlich bin. Ich hatte Angst, dich für immer zu verlieren …« Ich denke an mein Gespräch mit Pat. »Die habe ich auch jetzt noch.«

»Das weiß ich. Aber ich gehe nicht weg«, sagt Joe. Er stellt mein Tablett beiseite und legt den Arm um mich, sodass wir uns beide an das gepolsterte Kopfende des Bettes lehnen. »Nebenbei bemerkt – dein Handy hat vibriert. Willst du sehen, wer es war? Oder auch nicht – das kann warten.«

»Ehrlich?« Ich nehme mein Handy, auf dem in der Tat viele Nachrichten eingegangen sind. Ich sehe zuerst in »Yass Queens«. Die erste Nachricht kam um sechs Uhr und ist von Kiran: *ERWISCHT! Meine Mum whatsappt mit deiner Mum – sie sagt, du machst einen heimlichen romantischen Urlaub mit JOE?! Unserem alten Freund JOSEPH LEE? Echt? Wann wolltest du uns das denn sagen?*

Caroline schrieb direkt danach: *Norah, ist was wahr? Ich*

fand immer, ihr beide passt gut zusammen ♥. Bitte sag es allen, ich kann's nicht erwarten, von dir zu hören?!

Ich bin immens erleichtert. Nicht dass ich geglaubt hätte, sie hätte etwas dagegen, aber es ist ein Unterschied, ob man nichts dagegen hat oder sich von ganzem Herzen freut. Es würde mich nicht abhalten, wenn sie sich nicht freute – aber ich bin heilfroh, dass sie es tut.

Kiran, zwei Minuten später: *JA – UPDATE BITTE!*

Ich zeige es Joe. »Das habe ich bekommen. Und du?«

»Ähnlich … Kiran ist nicht sehr diskret, was?«

»Nein. Aber für sie kommt das überraschend. Sie haben uns nie zusammen gesehen, oder?«

»Jetzt schon.« Er zeigt mir eine Nachricht aus dem Chat der Jungs. Paul: *Wir hören Gerüchte, dass du unsere Heiligabendtradition aus einem bestimmten Grund hast ausfallen lassen – einem Grund mit langen lockigen Haaren. Kannst du bestätigen oder dementieren?*

»Wir müssen nicht antworten.« Joe wirft das Handy aufs Bett. »Sollen sie sich ruhig reinsteigern, das macht Spaß.«

»Wirklich, Joe?« Ich hätte gedacht, dass er noch mehr als ich darauf erpicht wäre, unsere Beziehung bekannt zu geben. Er interessiert sich aber mehr für eine meiner Haarlocken, die er sich um den Finger wickelt.

»Ja, wirklich.« Er grinst mich an. »Mir ist ehrlich gesagt egal, was sie denken. Wenn du glücklich bist, bin ich es auch.«

»Ich genauso. Aber pass auf, wir geben ihnen etwas, weil Weihnachten ist. Wir könnten ein Foto schicken.«

Joe zieht eine Braue hoch.

»Nein, nicht so … ich ziehe meinen Bademantel an.« Ich greife danach, streife ihn über und befreie meine Haare aus dem Kragen. »Lehn dich an mich, dann machen wir eins.« Wir lächeln gemeinsam in die Kamera, und in letzter Sekunde, bevor es klickt, drehe ich den Kopf und küsse ihn auf die Wange. In der nächsten Sekunde ist das Foto unterwegs nach London zu unseren Freunden im Haupt-Gruppenchat. Es ist, als warteten wir auf den Donner nach dem Blitz. Weniger als fünf Sekunden dauert es, dann summen und vibrieren unsere Handys, und Emojis und Nachrichten prasseln herein, von herzlichen und sentimentalen bis zu sarkastischen und eindeutig unanständigen.

»Oh-oh.« Joe hält sein Handy auf Armeslänge weg. »Jetzt haben wir's geschafft.«

»Ja, das haben wir.« Ich strahle ihn an. »Gut, jetzt lass sie uns weglegen. Ach, da fällt mir etwas ein. Du weißt doch von den fünf Hochzeiten im nächsten Jahr, auf die ich eingeladen bin?«

»Und ob. Diese Nervensägen – wie können sie es wagen, dich zu einer schönen Hochzeit einzuladen, wenn du auch zu Hause sitzen und dein gespartes Flug-und-Strumpfhosen-Geld zählen könntest.«

Darüber muss ich lachen und kann nicht mehr aufhören. Der ganze Druck und die Emotionalität der vergangenen Tage sprudeln in mir hoch, und ein paar Minuten lang halte ich mir den Bauch vor Lachen, während Joe mich verwundert anstarrt. Endlich schaffe ich es, wieder ruhig zu werden. »Na, vielleicht gehe ich sogar hin – und du könntest mich begleiten? Und, Joe, ich fange wieder an zu singen. Maria organisiert für Februar eine Tribute Night und hat mich gebeten zu singen … Kommst du und schaust es dir an? Es ist aber in Walthamstow. Ein bisschen weit, ich weiß.«

»Also, ich weiß nicht, das klingt alles ziemlich lästig. Hochzeiten *und* ein Gig?« Er beugt sich zu mir und küsst mich. »Ja, Norah. Für dich gehe ich bis ans Ende der Welt – also auch nach Walthamstow.«

Als wir uns wieder küssen, hören wir von überall Glockenläuten, wie von Andrew angekündigt. Nichts hat sich auf dieser Reise auch nur entfernt so entwickelt, wie ich es erwartet habe, und dafür werde ich ewig dankbar sein. Es ist das schönste Weihnachten, auf das ich je hoffen konnte – und wenn ich die Zeichen richtig deute, wird das nächste Jahr sogar noch besser.

Epilog

You Make Loving Fun

Heiligabend 2020

Also, man kann wohl mit Recht behaupten, dass dieses Jahr nicht so gewesen ist, wie wir erwartet haben«, sagt Joe. »Aber ich bin froh, dass du mir geholfen hast, es durchzustehen … Frohe Weihnachten.«

»Ich auch. Frohe Weihnachten, Joe.« Ich stoße mit meiner Sektflöte an und sehe zu, wie die aufsteigenden Bläschen im Kerzenschein funkeln.

Wir sind in Joes Wohnung in Bloomsbury. Der Kauf der Wohnung in Acton hat sich im Laufe des Sommers zerschlagen, genauso wie der Umzug seiner Firma in ein neues Gebäude. Deshalb hat er seine Suche erst einmal eingestellt – zum einen, weil wir beide nicht wollen, dass er so weit im Westen wohnt, während ich noch immer in Nordlondon bin, und teils, weil wir sehr zaghaft überlegen, uns eine gemeinsame Wohnung zu kaufen. Daher sind wir jetzt in demselben Zimmer wie im vergangenen Dezember, nur dass ich nicht mehr neben dem Kamin sitze, sondern bei ihm auf dem Sofa. Meine Füße liegen auf seinem Schoß, und wir tragen unsere Couchklamotten. Genauer gesagt habe ich das Flanellhemd an, das er damals trug – ich habe es mir gleich zu Beginn des Winters angeeignet. In der Wohnung gibt es noch viel mehr Spuren von mir: nicht nur die Schublade mit Kleidung in seinem Schlafzimmer und meinen Laptop und meine Lehrbücher, sondern auch meine Trompete und den Notenständer. Joes Wohnung ist viel schalldichter als meine, und die Wohnung unter ihm steht leer. Aufs Singen musste ich dieses Jahr aus den offensichtlichen Gründen verzichten. Der Gig im Februar, im Greyhound in Walthamstow, war mein erster und letzter Auftritt. Ich weiß nicht, wann es wegen der Pandemie wieder möglich sein wird, in der Öffentlichkeit und mit anderen Menschen zu singen.

»Bist du traurig, dass du morgen deine Mum nicht siehst?«, fragt Joe.

Ich schüttle den Kopf. »Eigentlich nicht – sie ist bei Miles und Amanda, also ist sie nicht allein, und das ist die Hauptsache. Du siehst deine Familie ja auch nicht. Wir sitzen also im gleichen Boot. Außerdem bin ich wirklich froh, dass wir nur zu zweit sind. Meine Begeisterung für Familienweihnachten ist begrenzt, habe ich gemerkt.«

»Und wenn Emer und John dich einladen?«, fragt Joe.

Ich lächle. »Dann vielleicht. Aber ich treffe mich mit ihnen lieber erst mal im normalen Alltag, bevor ich mich zu einem gemeinsamen Weihnachten verpflichte.« Zu den kleineren Enttäuschungen im Laufe des Jahres gehörte, dass wir die Reise im Mai zu meinen irischen Cousins abblasen mussten. Marita und ich hatten letztes Jahr in Dublin Kontakt aufgenommen, bevor wir abreisten – Joe bestand darauf, dass ich sie anrufe, und sie traf sich mit uns im Shelbourne am Stephen's Day, wie ich den zweiten Weihnachtstag nun nenne, und wir hatten ein sehr angenehmes und überraschend emotionales Gespräch. Sie konnte mir auch den Unterschied zwischen Großcousins und -cousinen (was sie als Cousine meines Vaters ist) und Cousins und Cousinen zweiten Grades erklären (was ihre Söhne sind). Ich habe mich seitdem mit Emer und John angefreundet, wenn auch nur online. Emer ist erstaunlicherweise auch Musiklehrer, und John ist Buchhalter, spielt in seiner Freizeit aber Tenorsaxofon. Ein paar Mal war ich auf Zoom sogar am Familienquiz beteiligt. Und ich bin generell eingeladen, sie in Dublin zu besuchen, sobald es möglich ist – vielleicht werde ich diesen Abstecher machen, wenn ich Pat und Helena in Westport besuche. Ich folge ihrer Buchhandlung auf Instagram, und der weite Himmel und die spröde Schönheit der Landschaft sind zu einem lockenden Traum geworden, den Joe und ich uns eines Tages erfüllen werden, ein Versprechen, das wir immer wieder erneuern.

Der Backofen piept, und Joe geht, um die Würstchen im Blätterteig herauszunehmen – Mums Spezialität, die sie inzwischen lokal verkauft, aber wir haben sie gratis bekommen. Sie baut sich ein kleines Cateringgeschäft auf, *Dinners by Deborah*. Sie füllt den Bewohnern von Ealing und Chiswick, die viel Geld und wenig Zeit haben, die Tiefkühltruhen und hat jetzt Barnes ins Visier genommen.

»Ich wollte nie wieder einen Boss haben«, hat sie zu mir gesagt. »Ich hätte das schon vor Jahren tun sollen. Aber es ist nie zu spät, nicht wahr? Ich glaube, ich habe noch wenigstens zwei Berufswechsel in mir, bevor ich den Löffel abgebe.«

Mums neues Geschäft und der Riesenerfolg von Joes Film, der genau dann herauskam, als Millionen verzweifelter Eltern ihn brauchten, gehören für uns zu den wenigen Glanzpunkten in diesem Jahr, das für viele Menschen furchtbar war. Selbst wir, die unfassbares Glück hatten, fanden es hart. Ich zähle schon nicht mehr die schlaflosen Nächte, in denen ich mir aus diversen Gründen Sorgen um meine Schülerinnen mache, und Onlineunterricht ist grauenhaft: doppelter Aufwand für die halbe Wirkung. Aber während der ganzen Herausforderungen ist Joe die Lichtgestalt gewesen, der Regenbogen am Ende des Sturms. Ihn zu lieben und von ihm geliebt zu werden ist unbeschreiblich schön, ein endloses Entzücken, für das ich keine Worte und keinen passenden Song habe. Ich hatte recht mit meiner Vermutung, dass er ein Fels in der Brandung wäre, denn ich habe in diesem Jahr unvorstellbar oft Halt bei ihm gefunden, und er hat nicht ein einziges Mal gewankt. An ihm gibt es nichts, was ich nicht mag.

»Gar nichts?«, neckte Kiran mich einmal in unserer wöchentlichen Zoom-Sitzung.

»Gar nichts?«, fragte auch Caroline, und ihr neuer Verlobungsring funkelte, als sie den Bildschirm nachstellte.

Ich dachte gründlich nach. »Na ja, er hat noch immer einen schrecklichen Musikgeschmack. Aber wir entdecken eine gewisse gemeinsame Grundlage. Ich habe ihm wieder Miles Davis' *Kind of Blue* vorgespielt, und er sagte, das könnte er als Hintergrundmusik gerade so aushalten. Und wir mögen beide Fleetwood Mac. Das ist ein Anfang.«

Joe reißt mich aus meinen Gedanken, indem er sagt: »Erinnerst du dich an vergangenes Jahr um diese Zeit, Norah? Als du hereinkamst und ich dir einen Cocktail machte und du mich bedrängt hast, mit dir nach Dublin zu reisen?«

»Ich dich bedrängt? So war das überhaupt nicht!«, protestiere ich. »Du warst total begeistert. Du und deine Hintergedanken.«

»Natürlich hatte ich Hintergedanken«, sagt Joe. »Ich glaubte nicht, dass er aufkreuzen würde, und wollte da sein, um dich aufzufangen. Erstaunlicherweise kam er doch. Wenn auch gute zehn Minuten zu spät.«

Joe zieht mich immer noch mit Andrews Verspätung auf,

und als Andrew auf Zoom zu meinen Schülerinnen über das Komponieren sprach – das einzige Mal, dass ich dieses Jahr mit ihm Kontakt hatte –, riet Joe mir vorher, ihn besser zehn Minuten früher zu bestellen.

»Okay, okay«, sage ich und stupse ihn mit dem Fuß an. »Weißt du, ich finde, du solltest Andrew wirklich dankbar sein. Denn wenn er nicht versprochen hätte, sich in zehn Jahren mit mir in Dublin zu treffen, wären du und ich bestimmt nicht zusammen dort hingefahren. Und wer weiß, was dann passiert wäre? Du kannst meinetwegen darüber lachen, aber ich glaube, hier war das Schicksal am Werk.«

»Tatsächlich ist es deine Mum, der ich dankbar bin«, sagt Joe. »Hätte sie nicht ihre Weihnachtspläne geändert, wärst du nicht nach Dublin gesaust, um Andrew zu treffen. Und wenn du dich dazu nicht entschieden hättest, wäre mir vielleicht nie klar geworden, was ich für dich empfinde.«

»Ein schrecklicher Gedanke.« Die Vorstellung entsetzt mich. Denn ohne unsere gemeinsame Reise hätte ich vielleicht ebenfalls nicht gemerkt, wie viel Joe mir bedeutet – und mir wäre die Liebe meines Lebens durch die Lappen gegangen.

»Da habe ich noch mal Glück gehabt«, sagt Joe, genau wie ich auf dem Killiney Hill, nachdem er mich vor dem überschnellen Wagen von der Straße weggerissen hatte. »Schau, ich weiß, noch ist nicht Weihnachten, aber ... ich hab etwas für dich.«

»Ein Geschenk? Ich dachte, das gibt es erst morgen!« Joe ist wunderbar bei Geschenken, ich dagegen schrecklich. Ich habe ihm Smart-Touch-Handschuhe gekauft, aber ich weiß, dass er mich wieder ausstechen wird, genauso wie im vergangenen Jahr, als er mir die Smaragdkette kaufte, die mir in dem Antiquitätengeschäft in Dublin so gut gefallen hatte. Er ging hinein, als ich weg war, zeigte der Verkäuferin mein Foto und fragte sie, was ich mir angesehen hatte.

»Nur eine Kleinigkeit. Für morgen habe ich noch etwas anderes, aber ich fand, heute Abend könnte das auch sehr schön sein …« Er hält mir ein riesiges, in braunes Papier gewickeltes Paket hin, mit seinem Unterschriftenstempel darauf.

»Ui, ist das groß! Ist das ein Hamsterkäfig?« Ich reiße das Papier an einer Ecke auf.

»Nein, das ist kein Hamsterkäfig!« Da ist doch eine Sache, die ich an Joe ändern will: Ich fände es toll, einen Hamster zu haben, aber er hat sein Veto eingelegt, bis er – oder wir – eine größere Wohnung beziehen. »Mach es auf.«

Ich reiße das Papier ab und lehne mich zurück. »Oh – wow!« Es ist eine Karaokemaschine. »Joe! Das ist ja cool! Ich danke dir von Herzen. Ich liebe sie. Und ich liebe dich.«

»Ich weiß, dass du das Singen vermisst«, sagt er. »Natürlich ist das nicht das Gleiche, aber vielleicht ein netter Ersatz, bis öffentliche Auftritte wieder möglich sind. Hier – gieß uns noch einen Drink ein, und ich baue sie auf.« Ich hänge zwar noch küssend an seinem Hals, aber ich bin bereit, mich vorübergehend von ihm zu lösen, und mixe uns zwei Poinsettia-Cocktails: Sekt, Preiselbeersaft und einen Schuss Grand Marnier.

Ich habe meinen kaum angetrunken, als er aufsteht. »Das sollte so gehen. Wie wär's, wenn wir es ausprobieren …« Er drückt ein paar Knöpfe, und eine vertraute Melodie setzt ein: *Baby, It's Cold Outside.* »Erinnerst du dich? Das lief an dem Dezemberabend, als du bei mir reingeschneit bist … Du hast mir erklärt, dass man den Song nicht mehr spielen kann.«

»Das habe ich allerdings.«

»Aha, ja, aber … es gibt eine Ausweichversion. John Legend hat einen neuen Text geschrieben. Oder – und das gefällt mir – du kannst auch Teile austauschen, damit es weniger … problematisch ist. Etwa so. Ich singe den ersten Teil …« Ich lasse ihn anfangen, und dann falle ich lachend ein und singe den männlichen Part. Ich habe noch nie mit Joe gesungen, und ganz wie erwartet klingt er einfach fürchterlich. Aber er hat Spaß dabei, er bringt sehr viel Charakter in den Gesang, und man kann nicht behaupten, dass er nicht aus sich herausgeht, und genau das will man ja von seinem Karaokepartner.

»Das war toll! Ich liebe das … danke, Joe«, sage ich am Ende.

»Du klingst wunderbar. Ich nicht so sehr. Hast du dir eigentlich mal Gedanken über deinen Künstlernamen gemacht?«, fragt er beiläufig. »Norah Baker funktioniert ja noch. Aber wie wäre es mit … Norah Lee? Oder Norah Lee Jones? Mir gefällt, wie sich das anhört …«

Ich habe Songs in die Abspielschlange gestellt, drehe mich um und schaue ihm ins Gesicht, um zu sehen, ob das ein Scherz sein soll oder ob er meint, was ich glaube, das er meint. Weil sein Nachname Lee ist.

»Willst du …«

Er nickt und sieht zugleich begeistert und ängstlich aus, genauso wie ich mich fühle. »Ich will es, wenn du es willst. Ich weiß, du hättest vorher gern eine angemessene Diskussion und eine Liste mit Pros und Kontras. Aber ich muss einfach fragen. Norah, du weißt, dass ich dich liebe. Willst du mich heiraten?«

»Joe! Oh mein Gott – natürlich will ich! Warte.« Ich drehe mich um und tippe mit zitternden Händen in die Suchleiste, bis der Song, den ich will, abgespielt wird: *Signed, Sealed, Delivered*. In letzter Zeit höre ich mehr Motown, denn das ist Gute-Laune-Musik, macht ungeheuren Spaß, und man kann nicht immer Jazz hören.

»Also bedeutet das ja?«, fragt er, und ein Lächeln breitet sich auf seinem Gesicht aus, als ich nicke und ihn küsse. Er fährt fort: »Bleibt das jetzt so? Du kommunizierst mit mir nur noch über Lieder, so wie in einem Musical?«

»Nein. Na ja, vielleicht!« Ich habe definitiv Lust zu singen – so sehr wie seit Jahren nicht mehr. Als Joe mich an sich zieht und wieder küsst, frage ich mich, wie wir um alles in der Welt eine Hochzeit planen sollen, solange die Situation so ist, wie sie ist. Doch dann beschließe ich, mir darüber keine Gedanken zu machen. Wenn das vergangene Jahr mich eines gelehrt hat, dann dass es keinen Sinn hat, der Vergangenheit nachzuhängen oder über dem zu brüten, was vielleicht bevorsteht. Von jetzt an mache ich immer einen Schritt nach dem anderen. Ich blicke hoffnungsvoll in die Zukunft und koste jeden Augenblick aus, der mir beschieden ist.

ENDE

Dank

Allen, die mir beim Schreiben von *Maybe this year – Dieser eine Tag im Winter* geholfen oder hinter den Kulissen ihre Magie entfaltet haben, bin ich ungeheuer dankbar. Zuallererst jedem bei Michael Joseph: Vielen Dank an Rebecca Hilsdon für die Auftragsvergabe und an Rebecca und Clare Bowron für die fantastischen Bearbeitungen, die das Buch auf ein ganz neues Niveau gehoben haben. Dank auch an Zana Chaka, Hanifa Frederick, Sriya Varadharajan und Katie Williams sowie an Nick Lowndes und David Watson. Großer und herzlicher Dank gilt auch meiner Agentin Rowan Lawton, die an mich geglaubt hat und ohne die es das Buch jetzt nicht gäbe.

Ohne die Experten, die sich die Zeit genommen haben, ihr Fachwissen mit mir zu teilen, hätte ich den Roman auch nicht schreiben können. Vielen Dank an Rosie Breckon und Ed Watkins, die mir geschildert haben, wie es ist, Musik an einer weiterführenden Schule zu unterrichten. Vielen Dank an Christina Kenny, die mich mit Ed in Kontakt gebracht und mich mit der Szene weiblicher Teenager in Ealing der frühen Nullerjahre vertraut gemacht hat (einschließlich ihrer Beschreibung einer Razzia, die ich fast wortwörtlich übernommen habe). Vielen Dank an Edmund Joliffe, der so großzügig mit seiner Zeit war und mit mir so vergnüglich über das Leben als Komponist gesprochen hat. Vielen Dank auch an Hermine Ruck-Keene, sicherlich eine meiner bestvernetzten Freundinnen! Vielen Dank an Ian Steplowski, der sich die Zeit genommen hat, sein Fachwissen über Charaktermodellierung zu teilen. Yang Chi Ying war eine unschätzbare Hilfe bei einigen Details von Joes Hintergrund, von denen hier längst nicht alles dargestellt wird: Danke, Yang, ich habe viel gelernt. Und vielen Dank an die wunderbare Autorin Lijia Zhang, die mich über Yuanfen informiert hat. All diese Menschen haben ein Leben lang Wissen angesammelt, von dem sich nur die kleinste Spitze des Eisbergs in dieser Geschichte zeigt – wenn sich Fehler eingeschlichen haben, gehen sie auf meine Kappe. Vielen Dank an meine Schwägerin Anne und meine Nichte Marianne für ihre Hinweise zu Mountjoy Square und irische Hipster-Witze. Danke auch an meine Freundin und Kollegin Deirdre Mask, die mich ermutigt hat, als ich zweifelte, ob ich während einer Pandemie einen ganzen Roman schreiben könnte …

Nicht zuletzt danke ich Alex, weil er mich im Laufe der Jahre in vielerlei Hinsicht unterstützt hat, auch an den Wochenenden, an denen ich in die Tasten gehämmert habe. Mit den Worten von Fleetwood Mac: *You make loving fun.*

Anmerkungen zu den Schauplätzen

Der Supperclub am Mountjoy Square ist fiktiv, wurde aber von einem Pop-up-Dinner im Dubliner Tenement Museum in der Henrietta Street (https://14henriettastreet.ie/) inspiriert.

Pat und Helenas Buchhandlung in Westport ist ebenfalls erfunden und beruht auf der wunderbaren Buchhandlung Tertualia, The Quay, Westport, Co. Mayo (https://tertuliabookshop.com/).

Die Jugendherberge in Verona existiert und ist immer noch in Betrieb. Zu finden ist sie in der Via Santa Chiara 10 (https://www.ostelloverona.it).

Während ich diesen Roman schreibe, hat das Bewley's Café nur zum Mitnehmen geöffnet – was ein trauriger Zustand ist. Ich kann nur hoffen, dass es bald aufs Neue seine Türen öffnet und ich dort wieder Tee und eine klebrige süße Schnecke bestellen kann.

Die Community für alle, die Bücher lieben

- ★ In der Lesejury kannst du Bücher lesen und rezensieren, die noch nicht erschienen sind
- ★ Gemeinsam mit anderen buchbegeisterten Menschen in Leserunden diskutieren
- ★ Autoren persönlich kennenlernen
- ★ An exklusiven Gewinnspielen und Aktionen teilnehmen
- ★ Bonuspunkte sammeln und diese gegen tolle Prämien eintauschen

Jetzt kostenlos registrieren: www.lesejury.de

Folge uns auf Instagram & Facebook:
www.instagram.com/lesejury
www.facebook.com/lesejury